KB124709

죄의 궤적

2

죄의 궤적

2

오쿠다 히데오

장편소설 — 송태욱 옮김

은행나무

| **일러두기** |

본문의 주는 모두 옮긴이의 것으로, 괄호 안에 글씨 크기를 줄여 표기했습니다.

25

10월 10일 이른 아침, 산야 일대에서 폭동이 일어났다. 발단은 경찰이 어젯밤부터 무리한 불심검문으로 몇 명을 연행했고, 그것에 화가 난 노동자들이 동료를 석방하라며 요시노 거리에 있는 산야 지구 파출소, 통칭 매머드 파출소(아사쿠사 경찰서 관내의 니혼즈쓰미 파출소의 별명) 앞에 집결한 것이었다. 선두에 선 것은 산야노동자연합회의 활동가들이지만, 이번만은 노동자의 분노가 엄청나서 폭동으로 발전하는 데 많은 시간이 필요하지 않았다. 그리고 마치이 미키코도 당사자의 한 사람이었다. 어머니가 연행되었던 것이다.

어젯밤 10시가 지나 여러 명의 형사가 산야에 밀어닥쳤다. 수색영장도 없는데 의견도 묻지 않고 간이 여관이나 식당, 술집, 종국에는 민가에까지 들어가 수상한 사람이 없느냐며 집

수색을 시작했다. 그런 무리한 강행은 예사롭지 않았고, 형사들의 눈에는 핏발이 서 있었다.

어머니는 평소처럼 경찰의 출입을 거절하며 "영장을 보여줘!" 하며 여관 현관에서 앞을 가로막았지만, 형사들은 회유하는 자세를 전혀 보이지 않고 "공무집행방해로 체포한다!" 하고 큰 소리로 고지하고는 마이크로버스에 어머니를 밀어 넣었다. 미키코는 어안이 벙벙하여 "이러면 안 되는 거 아니에요?" 하며 애써 냉정하게 항의했지만, 형사들은 "내일 돌려보낼 테니까" 하고 모호한 대답만 하며 상대하려고 하지 않았다. 물론 연합회의 활동가도 잠자코 있지 않고 몇 명은 인간 방패가 되어 수색을 방해했지만 그때마다 치워졌다.

미키코는 폭동이 시작될 거라는 예감이 들어서 평소에는 닫지 않는 덧문을 닫고 새로운 투숙객을 받지 않았다. 그리고 종업원에게는 집에서 대기하고 있도록 지시하고 자신은 방에 드러누워 밖의 상황을 살폈다. 어렸을 때 대규모 폭동을 경험했는데 그때는 몇몇 여관과 음식점이 불탔다. 마치 이 여관은 어떻게든 지키지 않으면 안 된다.

동이 틀 무렵, 요시노 거리 쪽에서 고함 소리가 들려오기 시작하고 곧 물건이 깨지는 소리가 거기에 섞이기 시작했다. 확성기를 사용한 경찰의 목소리도 들려왔다. 옥상의 빨래 건조대로 가서 서쪽을 보자 검은 연기가 피어오르고 있었다. 또 불을 지른 모양이었다. 이런 일을 하니까 산야는 아무리 시간이 지나도 일반 시민들이 색안경을 끼고 보는 것이다.

미키코는 1층으로 내려가 부엌에 있는 모든 양동이에 물을 담았다. 소방대는 산야를 뒷전으로 미룰 것이기 때문에 최소한의 자위책이다. 그리고 부엌문을 통해 밖으로 나가 이제 막 배달된 조간을 우편함에서 꺼냈다.

싸늘한 공기가 기분 좋기도 해서 미키코는 평상에 앉아 신문을 펼쳤다. 1면에는 「도쿄 국제스포츠대회, 드디어 개막」이라는 큰 제목이 흔들리고 있었다. 도쿄 올림픽의 리허설로 자리매김한 국제 대회가 내일부터 개막하는 것이다. 전 세계에서 선수들이 초청되었기 때문에 앞으로 일주일 동안 도쿄는 엄중한 경계 태세가 유지되는 것이다. 혹시 어젯밤 경찰의 일제 수색도 그 일환인 것일까.

그리고 사회면을 펼치자 거기에는 8월에 미나미센주마치에서 일어난 전 시계상 살인사건으로 폭력단 간부를 전국에 지명 수배했다는 기사가 실려 있었다. 미키코는 깜짝 놀라 글자를 좇았다. 아무래도 범인이 특정되었고 사건은 해결되는 듯싶다. 관련된 폭력단은 우에노신와회이고 범인은 이미 국외로 도망쳤다는 것이다.

다행이다. 동생은 사건과 무관한 것이다. 우노 간지라는 빈집 털이 젊은이도. 미키코는 안도의 한숨을 내쉬었다.

그때 근처 주민이 지나갔다. 같은 여관업을 하는 여주인이다.

"미키코, 문단속 단단히 하는 게 좋을 거야. 다마히메 공원에서 경찰과 인부 집단이 대치하고 있어. 지금 상황을 보고 왔는데 충돌은 시간문제야."

"그래요? 고마워요."

미키코는 두근거리는 가슴이 진정되지 않았다. 이럴 때는 반드시 투석이 시작된다. 연합회가 돌을 준비하여 노동자들에게 주기 때문이다. 양쪽 다 할 거라면 제발이지 아라카와 하천 부지에서 하라고 말해주고 싶어진다.

미키코는 걱정되어 보러 가기로 했다. 바로 코앞이어서 시작되면 피해가 미치는 것은 피할 수 없다.

공원을 들여다보니 과연 노동자와 경찰대가 대치하며 고함소리가 어지러이 날고 있었다. 주위에는 사복경찰도 몇 명 있는데 미나미센주서의 오바의 모습도 있었다.

미키코의 시선을 느끼고 오바가 가볍게 한 손을 들어서 미키코는 머리를 숙이고 옆으로 가서 말을 걸었다.

"대체 무슨 일이에요? 어젯밤부터 가택수색이 예사롭지 않았잖아요. 인부들도 화가 날 만하지요."

미키코의 물음에 오바는 턱을 치켜올리더니 다른 형사들과 떨어진 장소로 이동했다.

"아직 비공개 수사인데 긴급사태니까 너한테는 말해줄게.

8

경찰은 초등학교 1학년 남자아이를 찾고 있어. 젊은 남자가 데려간 게 아닐까 생각하는데, 산야에서 본 적 없어? 가택수색은 그 일환이야."

"초등학교 1학년 남자아이라니, 혹시 두부집 요시오를 말하는 거예요?"

"뭐야, 어떻게 알고 있지?"

"그야, 다른 형사가 탐문조사를 했으니까요. 이삼일 전에요."

"그럼 이야기가 빠르겠군. 아는 거 없어?"

"몰라요. 저기, 혹시 유괴인가요?"

"말할 수 없어."

"맙소사……. 동네 두부집 아들이지, 부잣집 자식도 아닌데."

미키코가 오바의 반응을 살펴도 얼굴에 깊은 주름이 새겨진 베테랑 형사는 전혀 표정을 바꾸지 않고 "그보다 미키코, 노동자를 선동하고 있는 연합회 좀 달래주지 않을래?" 하고 뻔뻔한 말을 했다.

"산야에 단서는 없는 것 같고, 더 이상 가택수색을 할 생각이 없거든. 연행된 노동자도 오후에는 차례로 석방할 거야. 그러니까 무기를 거두라고 말이야."

"또 얌체 같은 말을……."

"지나친 것은 인정해. 하지만 우리도 비상사태였거든. 내일부터 국제스포츠대회가 시작되고, 대규모 폭동이라도 일어나면 국가의 체면도 말이 아니고 말이야. 미키코, 딱 한 번만 부탁할게. 연합회와 사이가 좋잖아."

"관계없어요. 멋대로 정하지 마세요."

미키코는 화를 내면서도 노동자 쪽으로 시선을 향했다. 소동을 수습하고 싶은 것은 자신도 마찬가지다. 시선을 전후좌우로 돌리자 생각했던 대로 맨 뒤쪽에 위원장인 니시다가 핸드 마이크를 들고 노동자에게 지시를 내리고 있었다. 일단 공원을 나간 미키코는 크게 빙 돌아 뒤쪽에서 다가갔다. 젊은 여자 혼자는 역시 그 자리가 어울리지 않아 긴장했지만 곧 연합회의 멤버가 발견하고 손짓을 했다. 니시다가 있는 곳까지 가서 이야기를 했다.

"저기, 위원장님, 경찰이 연행한 노동자를 오후에 석방한다고 하니까 지금은 물러나주지 않겠느냐고 하는데요."

"난센스예요. 석방은 당연한 거니, 거래가 안 되겠지요. 최소한 이번의 위법한 수사와 부당한 체포를 인정하고 기자회견을 열어 국민에게 사죄할 것, 그리고 앞으로 여관에 숙박부 제출을 절대 요구하지 않겠다는 뜻을 문서로 보여줄 것."

니시다가 주먹을 휘두르며 강한 어조로 말했다. 이럴 때의 운동가는 정말 생기가 넘쳐 보인다.

"그건 어렵지 않을까요?"

"그렇다면 교섭은 거부지요. 올림픽 리허설 대회를 위해선지 뭔지는 모르겠지만, 국가적 행사가 있을 때마다 산야에 과격파가 잠복해 있다는 트집을 잡고 신발을 신은 채 들이닥치는 것은 참을 수 없어요."

"아니, 지금은 다른 것 같아요. 경찰은 행방불명된 아이를 찾고 있대요. 확실히는 말하지 못하지만 유괴사건이 아닌가 싶어요."

미키코가 이렇게 말하자 니시다는 깜짝 놀란 얼굴로 "그런 거예요?" 하며 갑자기 톤을 낮췄다.

"산야에 없다는 것을 알았으니까 이제 물러난다고 했어요. 그러니까 이쯤에서 그만해달라는 것 같아요."

"찾고 있는 게 아이였다고요?"

"네. 초등학교 1학년 남자아이요. 위원장님, 짐작 가는 거 없어요?"

미키코가 묻자 니시다는 "아니요" 하고 고개를 가로저었다.

맥이 빠졌는지 니시다는 갑자기 기운이 없어졌다. "뭐야"라고 되풀이해서 중얼거렸다. 하지만 곧바로는 물러날 수 없는지, 한동안은 구호를 외치는 데 가세하고 있었다.

미키코는 큰 소동이 일어나지는 않을 거라고 추측하고 그 자리를 떠나기로 했다. 그렇게 되면 식당을 여는 일이 기다리고 있다.

폭동이 일어난 다음 날 저녁, 아키오가 얼굴을 내밀었다. 양복을 어깨에 걸치고 몸을 흔들며 현관을 들어오자마자 "엄마, 체포되었다며?" 하고 기운찬 목소리로 말했다.

"어제 석방되었어. 지금은 부엌에 있고." 카운터에서 일을 하고 있던 미키코가 턱으로 안쪽을 가리켰다.

"엄마도 정말 여전해. 상대가 경찰이라면 느닷없이 피가 거꾸로 솟는다니까."

아키오는 때라도 빼고 온 것인지 산뜻한 표정이었다. 문득 보니 손에는 선물인 듯한 종이 꾸러미가 들려 있다.

"오늘은 뭐야?"

"아니, 방금 에코의 웨이트리스가 '아키오, 네 어머니가 공무집행방해로 그저께 체포된 것 같아'라고 가르쳐줘서 상황을 보러 온 거지."

"흐음……. 아사쿠사는 어땠어?"

"산야와 같아. 그저께 밤부터 형사들이 돌아다니면서 조직 사무소나 간이 여관 같은 데를 닥치는 대로 가택수색을 하는 모양이야. 무슨 일이 있는지 모르겠지만 경찰을 상당히 당황하게 한 사건이라도 일어난 거 아니야?"

아키오가 이렇게 말하며 툇마루에 앉았다. 한쪽 다리를 무릎에 올리고 아주 새것인 에나멜 구두를 옷소매로 닦았다.

"좋은 구두를 신었네." 미키코가 말했다.

"헤헤. 새로 산 거야. 우에노의 마쓰자카야 백화점에서. 처음으로 백화점에서 구두를 샀지."

아키오가 기쁜 듯이 대답했다. 뭔가 기분이 좋아 보였다.

"너, 얼마 전에 분명히 24만 엔인가 필요하다고 했었잖아. 그런 애가 어떻게 새 구두를 살 수 있었던 거지?"

"아아, 그거. 걱정하게 해서 미안. 잊어버려. 해결되었으니까."

"어떻게 해결한 건데?"

"음, 그냥 뭐."아키오가 대답을 흐리며 싱글벙글한다.

"그냥 뭐라니, 제대로 설명해봐."

"그러니까 형편이 나아졌다는 거지. 우에노신와회와 금전 문제로 말썽이 좀 있었는데 오늘 다 처리되었거든."

아키오의 설명은 대답이 되지 않았지만 그보다 우에노신와회라는 말을 듣고 미키코는 생각이 났다.

"아, 맞다. 어제 신문 봤어? 미나미센주마치의 살인사건, 그 우에노신와회의 간부가 지명 수배되었다던데."

"아아, 그거. 정말 지독한 야쿠자야. 사위와 결탁해서 노인을 죽였으니까 말이야. 하지만 그 일로 나도 조직의 금족령 처분이 풀렸어. 형님들이 여러 가지로 의심해서 미안했다고 나한테 정중히 사과하더라고. 나도 깜짝 놀랐지. 형님들은 미나미센주마치의 살인사건에 내가 관련되지 않았을까 하고 진심으로 의심했더란 말이지. 나도 상처를 받았어. 내가 그러면 안 되는 거 아니냐고 불평을 했더니 형님들이 미안, 미안, 하면서 웬일로 용돈까지 주더라고."

"뭐야, 그걸로 구두를 산 거야? 어쩐지 기분이 좋은 것 같더라니."

미키코는 쓴웃음을 지었다. 동생은 여전히 단순하다.

"누나한테도 구두 사줄까? 가끔은 하이힐도 신어보는 게 어때?"

"됐어. 비라도 맞게 되면 인부들이 일을 허탕 치게 되잖아. 그렇게 되면 우리도—"

"뭐, 나도 돈에 궁한 것만은 아니야."

아키오는 구두를 벗고 카운터로 올라와 복도를 쿵쾅쿵쾅 소리를 내며 안쪽으로 걸어갔다.

"엄마, 있어? 나카미세도리에서 쑥 경단을 사 왔는데 먹을 거야?"

아키오가 환한 목소리로 말했다. 이 광경만 보면 마치 효자 같다.

미키코는 한숨을 한 번 내쉬고 다시 장부를 정리했다. 가족이 모이자 어쩐지 마음이 차분해진다. 셋뿐이라 더욱 그렇게 느껴진다.

도쿄 역에서 아타미 역까지 소요 시간은 준특급으로 불과 한 시간 30분이었다. 틀림없이 한나절은 열차에 흔들릴 거라고 생각하고 있었으므로 우노 간지는 기대가 어긋나 김이 새고 말았다. 계획으로는 차내에서 파는 술을 사서 홀짝홀짝 마시며 느긋하게 경치를 바라보며 시간을 보낼 생각이었던 것이다.

"후지산은 어디야?"

옆자리에 앉은 사토코에게 물으니 하얀 원피스를 입고 완전히 양갓집 규수인 체하는 누드 댄서는 흥 하고 코웃음을 치며 "바보 아니야? 후지산은 좀 더 서쪽이잖아. 하코네의 산을 넘지 않으면 안 보여"라며 자신도 시골 사람인 주제에 간지를 무시했다.

아타미에 가자는 말을 꺼낸 사람은 사토코다. 요구받았던 10만 엔을 어떤 일로 형편이 닿아 건네자 사토코의 태도가 돌변했다. 지금까지 '이봐'라고 불렀던 것이 '저기'로 변했고, 눈빛도 목소리도 요염해졌다. 그리고 우선은 요시와라의 전 인쇄공장을 나가는 것이 선결과제이고, 먼저 기분 전환으로 여행이라도 다녀오자는 이야기가 나왔던 것이다.

행선지를 아타미로 정한 것은 사토코가 동경하고 있었기 때문이다. "옛날부터 한번 가보고 싶었어"라고 눈을 빛내며 말했고, 간지도 이의가 없었다. 애초에 홋카이도를 떠난 것은 올여름이 처음이고 일본의 지명에도 어두웠다. 도쿄, 오사카, 교토, 알고 있는 것은 그 정도다.

역에 도착하여 역사를 빠져나가자 그리운 바다 냄새가 났다. 역 앞은 사람들을 보내고 맞이하는 마이크로버스가 줄지어 있고, 상호가 찍힌 겉옷을 입은 남자들이 깃발을 들고 "××여관 손님은 이쪽입니다"라고 소리치고 있었다. 문득 주위를 둘러보면 신혼여행 중인 젊은 남녀뿐이었다. 각각 상기된 얼굴로 바싹 붙어 있었다.

"오늘은 무슨 요일이지?" 간지가 물었다.

"금요일. 평일이라 그렇게 복잡하지 않을 거라 생각했는데 아타미는 다르구나. 금요일에 결혼식을 올리면 토요일과 합쳐 2박이 가능하니까, 그래서 많은 건가." 사토코가 대답했다.

급한 출발이었기 때문에 간지와 사토코는 예약 같은 건 하지 않았다. 자, 이제 어떻게 할까, 하고 잠시 서 있었더니 아타미시(市) 관광협회라고 쓰인 옷을 입은 중년의 남성이 싱글벙글 웃는 얼굴로 다가왔다.

"손님, 여관은 어디시죠? 버스 찾아드릴까요?"

"저희는 예약하지 않았어요." 사토코가 대답했다.

"어허, 저런. 예약을 안 하셨나요? 신혼부부인 줄 알았습니다."

"뭐, 그런 것이긴 하지만요…….”

사토코가 쑥스러운지 말을 흐렸다. 그 옆얼굴에 지금까지 보인 적이 없는 청순함이 흘러넘쳐 간지는 성욕이 불끈불끈 솟아났다.

"예약하지 않으셨다면 제가 소개하겠습니다. 저기에 안내소가 있으니까 가시겠어요?”

담당자가 재촉하여 역사 정면에 있는 안내소로 들어갔다. 여자 사무원이 차를 내왔고 둘은 카운터에 나란히 앉았다.

"손님들께서는 몇 박을 하시나요?” 남자가 물었다.

"3박이에요.”

정하지 않았지만 사토코가 바로 대답했다.

"예산은요?”

"글쎄요…… 당신, 어떻게 할 거야?”

당신이라고 불려 간지는 깜짝 놀랐지만 아무렇지도 않은 얼굴로 "얼마든 상관없지 않을까?” 하고 표준어로 대답했다. 상경한 지 두 달이 지나자 슬슬 도쿄 말을 자연스럽게 쓸 수 있게 되었다.

"손님께서는 젊으신데 사장님 배포네요. 아하하. 그렇다면 해변의 다이코쿠 여관은 어떨까요? 아침과 저녁 식사를 포함해서 1박 한 명에 4000엔인데요.”

"4000엔? 그럼 둘이면 8000엔?”

사토코가 얼빠진 소리를 질렀다.

"이틀 이상 머무르시면 할인해드려야지요. 1박 요금을 반으로 깎아드린다거나 하는 정도의 서비스는 해드리겠습니다."

남자가 손을 비비며 말했다. 간지는 지금까지 중요한 고객으로 대접받은 경험이 없어서 그만큼 더 기분이 좋아졌다.

"거기, 회는 나와요?" 간지가 물었다.

"아타미에서 회를 내지 않으면 어떻게 하겠습니까? 도미든 광어든 얼마든지 나옵니다. 하하하."

남자가 금니를 보이며 호쾌하게 웃었다.

"그럼 거기로 하지."

"정말 감사합니다."

"저기, 좀 더 싼 데도 괜찮은데." 사코토가 옆에서 걱정스럽게 말했다.

"됐어, 됐어. 나는 창으로 바다를 보면서 신선한 회를 먹고 술을 마실 거니까."

"그거야 뭐 손님이 원하시는 대로 다이코쿠 여관은 모두 바다 쪽입니다."

남자가 여유를 주지 않고 나왔다. 간지가 재차 승낙하자 의자를 빙 돌려 책상 위의 전화기를 들었다.

"그럼 지금 예약하겠습니다. 손님, 성함은요?"

간지가 입을 열려고 하자 사토코가 사이를 두지 않고 "사토

18

예요" 하고 가짜 이름을 댔다.

예약 절차가 끝나고 지도를 받아 안내소를 뒤로하고 역 앞에서 택시를 잡았다. 운전사에게 여관 이름을 말하자 "손님, 좋은 여관에 묵으시네요" 하고 치켜세우는 듯한 말을 했다.

차로 몇 분 달리지 않아 여관에 도착했다. 확실히 철근콘크리트 구조의 대형 여관이었다. 여종업원이 나와 재빨리 쭉 늘어서서 고개를 숙였다. "어서 오십시오." 기운찬 합창이 현관 지붕에 울리고, 이것이 고급 여관의 환대인가 해서 간지는 멋쩍어졌다.

생각해보면 휴양지에 오는 것은 간지의 인생에서 처음 있는 일인지도 모른다. 어렸을 때 할머니에게 맡겨지고는 레분토에서 한 번도 나간 적이 없었다. 결혼한 어머니가 거두어 삿포로에서 살았던 기간에도 어딘가로 데려간 기억이 없다. 그리고 중학교를 졸업하고 일했던 때도 번화가를 어슬렁거린 정도였지 여행과는 인연이 없었다. 그런 자신이 난생처음 홋카이도를 떠나 멀리 도쿄까지 왔고, 게다가 아타미까지 발을 뻗었던 것이다. 돈만 있다면 자신은 어디든지 갈 수 있다. 그렇게 생각했더니 간지는 마음이 가벼워졌다. 어디로 가든 동료는 있고 살아갈 수 있다.

카운터에서는 사토코가 숙박부에 주소와 이름을 적었다. 힐끗 들여다보자 부부라고 되어 있고 엉터리 이름과 주소가 쓰여 있었다.

　방으로 안내되었다. 창 너머는 온통 바다였다. 마침 날이 저무는 시간이어서 해수면이 군데군데 오렌지색으로 빛나고 있다. 사토코가 무심코 "와아" 하고 소리를 질렀고 여종업원은 눈을 가늘게 뜨며 좋아했다.

　방에는 냉장고와 텔레비전이 있었다. 복도 정도 넓이의 마루방에는 서양식 의자와 탁자도 놓여 있다. 다다미 냄새도 향기롭다. 이것이 진짜 여관인가 하며 새삼 감격했다. 지금까지 묵어온 간이 숙소는 그냥 셋방이다.

　곧바로 온천에 들어가려고 방에서 유카타(가운 모양의 무명 홑옷으로, 주로 잠잘 때나 목욕한 뒤에 입는다)로 갈아입으려고 할 때, 간지는 사토코의 슈미즈 차림을 보고 욕정이 발동했다. 아무 말도 하지 않고 뒤에서 부둥켜안았다.

　"잠깐 기다려. 이제 막 도착했잖아."

　사토코가 손을 뿌리치려고 했다.

　"좋잖아. 우선 첫 번째야. 시간이라면 얼마든지 있으니까."

　간지는 목에 찰싹 달라붙어 몸을 밀착시키며 말했다. 방석 두 장을 나란히 깔고 사토코를 넘어뜨리고 위에 올라탔다.

　"아, 간지 너도 참." 사토코는 형식적으로만 항의를 했고 그 목소리는 달콤했다.

　둘이서 몸을 겹치고 나란히 허리를 움직이자, 간지는 불과

30초 만에 끝나고 말았다.

온천에 몸을 담근 후 방에서의 저녁 식사에 입맛을 다셨다. 신선한 회가 접시에 가득하고 냄비 요리도 준비되어 있었다. 사토코가 발랄하게 맥주를 따르고 간지는 더욱 기분이 좋아졌다.

고급 여관답게 탁자에 늘어선 요리는 호화로웠다. 회는 빛나 보일 만큼 신선하고 야채의 조림 하나도 기품이 있었다.

"사토코 씨, 밥은 할 줄 알아?" 간지가 물었다.

"무슨 실례되는 말씀을. 잘하지. 라후테(돼지고기 뱃살을 오키나와 전통 소주와 간장으로 삶은 오키나와의 향토 요리)를 만들어주면 혼슈 사람들도 다들 깜짝 놀라지."

"라후테라는 건 뭔데?"

"돼지고기 조림이야. 맛있어."

"그럼 다음에 만들어줘."

"좋아. 있잖아, 돌아가면 신주쿠에서 연립주택을 얻어서 살까?"

사토코가 생각지도 못한 말을 했다. 지금까지 사토코가 간지를 연애 상대로 취급한 적은 없었다.

"나라도 괜찮겠어?"

"괜찮아. 이제 혼자는 싫어."

간지는 당황하면서도 기분이 나쁘지 않았다. 역시 돈의 힘이 크다는 건가. 바로 얼마 전까지만 해도 발길질만 당했는데.

"신주쿠에서 호스티스 일을 찾아볼까?" 사토코가 말했다.

"스트립 쪽이 더 잘 버는 거 아냐? 조금 전에 이 여관으로 올 때 보니까 술집 골목에 스트립 극장이 있었잖아. 난 사토코 씨라면 여기서도 살 수 있을 거라고 생각했어."

"짓궂기는. 원래는 남자가 돈을 벌어 여자를 부양하는 거야."

"아, 나도 벌어야지. 이제 슬슬 떳떳한 직업을 구하고 싶기도 하고. 위험한 일을 하는 건 이것으로 마지막으로 해야겠지."

간지가 말했다. 사토코에게 건넨 10만 엔의 출처는 고리대금업자 사무실에 몰래 들어가 금고를 부수고 얻은 돈이라고 말해두었다. 실상은 폭력단 자금이라서 경찰에 신고하지 못할 것이라고도. 사토코는 그것으로 납득했다.

벽시계를 보니 이제 막 저녁 7시가 되었다. 텔레비전에서는 가요 프로그램이 시작되어 사회를 보는 다카하시 게이조가 출연자를 소개하고 있었다. 그중에 후나키 가즈오(1960년대에 활약한 일본의 엔카 가수)가 있어 사토코가 "아, 이 사람 좋아"라고 들뜬 목소리로 말했다.

"잠깐 NHK 뉴스 좀 볼게."

간지는 다다미 바닥을 기어 텔레비전까지 가서 채널을 돌렸다.

"뭐야, 너도 뉴스 같은 걸 보는 거야?"

사토코가 항의했지만 간지는 개의치 않고 뉴스를 응시했다. 톱뉴스는 도쿄 국제스포츠대회가 가스미가오카의 국립경기장에서 올림픽 규모 그대로 개회식을 한다는 뉴스였다. 신설된 거대 스탠드가 관중으로 가득 차고 세계에서 찾아온 선수단이 활기차게 입장하고 있었다.

"흐음, 이런 걸 하고 있구나. 그러고 보니 도쿄 올림픽까지 앞으로 정확히 1년 남았네."

사토코가 흥미 없다는 듯이 말했다. 간지도 관심은 없다.

두 번째 뉴스는 국회였다. 임시국회의 일정이 정해지고 이케다 총리의 소신 발표 연설이 주목을 받았다는 등의 이야기를 전하고 있었다.

세 번째 뉴스는 가나가와의 건널목에 선 채 오도 가도 못하게 된 소형트럭을 근처에 사는 가족 네 명이 밀어 아슬아슬한 고비에서 대형 사고를 면했다는 이야기였다. 공을 세운 아버지가 상기된 얼굴로 인터뷰에 답하고 있었다.

아무래도 큰 사건은 없는 듯했다. 간지는 그것을 확인하고 채널을 다시 가요 프로그램으로 돌렸다. 브라운관에서는 아즈사 미치요가 '안녕 아가야'를 부르고 있었다.

"또 이 여자야. 싫어. 돌려도 돼."

곧바로 사토코가 심한 욕설을 퍼부었다.

"곧 끝날 거야."

간지는 무시하고 다시 식사를 했다. 냄비 요리에는 싸움닭 고기가 들어 있어 먹기 시작할 때부터 몸이 따뜻해졌다. 싸움 닭을 먹는 것은 난생처음이다. 사토코도 땀을 흘리며 유카타를 벌리고 냄비를 들쑤시고 있었다. 하얀 살갗이 요염하다.

"나, 하고 싶어졌어."

간지가 말하자 그 시선에서 의미를 간파한 사토코는 "그만 둬. 한창 밥 먹는 중에" 하며 유카타의 앞섶을 여몄다.

"괜찮잖아. 괜찮아. 나, 오늘은 몇 번이라도 할 수 있으니까."

간지는 젓가락을 놓고 일어났다.

"바보야. 그만둬. 정말 믿을 수가 없다니까."

사토코는 저항했지만 간지는 개의치 않고 넘어뜨려 식사를 중단시키고 행위에 이르렀다. 처음에는 싫어했던 사토코도 간지가 무심히 허리를 움직이자 체념했는지 "아앙, 아앙" 하며 꽤 큰 소리를 냈다. 텔레비전에서는 미나미 하루오(20세기 일본 가요계를 대표하는 국민적 가수)가 도쿄 올림픽을 주제로 한 노래인 '도쿄올림픽 선창'을 부르고 있었다.

하룻밤에 대체 몇 번이나 섹스를 한 것일까. 커튼을 친 어둑한 방 안, 머리맡에 쌓아 올려진 휴지를 보고 간지는 자신의 성욕에 놀라고 있었다. 스무 살의 육체는 연료가 가득 찬 어선 같아서 그칠 줄을 모른다. 마지막에는 사토코가 아프니까 이제 그만하라고 죽는소리를 해서 그냥 자기로 했다. 그런데도 눈을 뜨고 보면 간지의 하반신은 딱딱하게 융기되어 있었다.

옆에서는 사토코가 등을 돌리고 자고 있었다. 어깨를 찌르자 나지막하게 우물거리는 소리를 내며 머리카락이 걸쳐진 얼굴을 돌리고 "왜?"라고 언짢은 듯이 말했다.

"한 번만 더하게 해줘."

"바보. 너는 발정 난 원숭이야? 그런 걸로 깨우지 마."

사토코는 진심으로 질린 듯한 눈을 향하고 이불을 머리까지 뒤집어썼다.

어쩔 수 없어서 엎드린 채 담배에 불을 붙였다. 재떨이를 가까이에 두고 담배 연기를 내뿜었다. 잠시 후 사토코도 이불에서 얼굴을 내밀고 "나도" 하며 손을 뻗었다. 피우다 만 담배를 건넸다.

"그런데 너 어젯밤에는 어떻게 된 거야? 나는 바스러지는 줄 알았어."

"아니, 돈이 해결되니까 어쩐지 마음이 느긋해져서."

"오늘 밤에는 이제 싫어."

"그런 말 하지 말고. 세 번쯤은 괜찮잖아."

간지가 애원을 하자 사토코는 담배 연기를 크게 내뱉고 "그때 마음이 바뀌면" 하고 말하며 코웃음을 쳤다.

"저기, 간지. 신주쿠에서 연립주택을 찾게 되면 신분증명서가 필요하잖아. 내 도항증명서는 사용하고 싶지 않으니까 네가 마치이한테 부탁해서 어떻게 해봐."

사토코가 도쿄로 돌아가고 나서의 일을 꺼냈다.

"알았어. 아키오라면 그런 건 간단할 거야."

"그리고 너도 일자리를 찾아."

"알았어. 난 머리가 나쁘니까 할 수 있는 일이 별로 없지만, 점원 같은 거라면 괜찮을 거라고 생각해."

"스스로 그렇게 말하는 거 아니야."

"사실은 야쿠자가 되고 싶지만, 도잔회의 형님들이 나는 바보여서 야쿠자를 할 수 없다고 했거든."

"그러니까 스스로 그런 말 하지 않는 거라니까."

사토코가 담배를 재떨이에 눌러 끄고 다시 이불을 뒤집어 썼다.

그때 방 입구에서 바스락거리는 소리가 났다. 간지가 "뭐야?" 하고 중얼거리자 사토코가 "신문 아니야?" 하고 대답했다.

"고급 여관은 그런 서비스가 있어."

간지가 이불에서 빠져나와 입구까지 가자 확실히 문틈에 조간이 끼워져 있었다. 간지는 그 자리에서 신문을 펼쳤다. 1면은 역시 도쿄 국제스포츠대회가 개막했다는 기사였다. 다른 면을 봐도 대부분 대회 관련 기사이고 달리 큰 사건은 없는 듯했다.

간지는 아무래도 면책된 기분이 들고 어쩌면 그것은 꿈이었던 게 아닐까 하는 기분마저 들며 온몸이 따뜻해졌다. 마음속에서는 행복감이 차올랐다.

침실로 돌아간 간지는 다시 이불 속으로 들어가 사토코를 덮쳤다.

"바보, 그만둬!" 사토코가 몸에 힘을 주며 저항했다.

간지는 사토코의 유카타 자락을 걷어 올리고 억지로 가랑이를 벌렸다.

27

10월 13일 아침, 오치아이 마사오는 경시청으로 출근하자마자 〈주오신문〉의 기자에게 붙잡혀 강한 어조로 추궁당했다. 마쓰이라는 동년배로, 기회만 있으면 경찰에게 덤벼드는 기자다.

"오치아이 형사님, 범인에 대한 새로운 단서는 찾았어요? 녹음테이프는 공개하는 건가요?"

"나한테 물어봐도 소용없다니까요. 좀 더 위에 물어봐요."

오치아이는 같은 정도로 강한 어조로 대꾸하고 계단으로 향했다.

"아니, 오치아이 형사님, 어디로 가는 거죠? 형사실이 아닌가요?"

형사부 수사1과는 본청사의 1층에 있다. 대답을 하지 않고 뛰어 올라가자 마쓰이는 지네처럼 몸을 좌우로 흔들며 뒤를 따라왔다.

"부장실에서 부른 건가요? 아니면 회의실?"

"아, 시끄럽게 정말. 당신하고 관계없는 일이잖아요."

"관계가 많지요. 나는 벌써 사흘이나 기다렸어요. 범인을 놓치고, 아이의 생명이 걸려 있으니까 아직 협정을 풀 수 없다는 변명이 언제까지 통할 것 같아요?"

손에 든 신문으로 등을 거리낌 없이 두드린다. 오치아이는 화가 나서 계단참에서 멈추고 돌아섰다.

"다마리 1과장님은 뭐라고 하세요?"

"오늘 밤 저녁 8시에 기자회견을 열고 협정을 풀겠다고 하던데요."

"그럼 기다리면 되잖아요."

"그때까지 범인을 체포할 가망은 있어요? 아이는 무사히 구할 수 있어요?"

"그러니까 나한테 묻지 말라니까요. 나는 그냥 졸때기 수사관일 뿐이에요."

이렇게 말하며 발길을 돌리자 마쓰이가 "오치아이 형사님,

당신이 범인을 놓쳤다고 하던데요?" 하고 도전하는 듯한 눈빛으로 말했다.

"누가 그래요?"

오치아이는 순간적으로 머리에 피가 몰렸다.

"다들 알고 있어요. 당신과 이와무라 형사가 몸값 전달 장소에 있었잖아요?"

"아아, 그래요."

오치아이가 노려보자 마쓰이는 겁을 먹기는커녕 입가를 가볍게 올리며 "저기, 그때 얘기 좀 해줘요"라며 갑자기 어조를 누그러뜨렸다.

오치아이는 상대하는 것을 그만두고 다시 계단을 뛰어 올라갔다. 마쓰이도 두 단씩 뛰어서 따라왔다.

3층 복도를 성큼성큼 걸어 형사부장실의 문을 노크했다. 안에서 문을 수십 센티미터만 열고 비서관이 얼굴을 내밀었다.

"수사1과 5계의 오치아이입니다."

이렇게 말하며 들어가자 문이 닫히는 전차에 뛰어오르듯이 마쓰이도 함께 들어왔다.

"이봐, 당신—"

오치아이가 항의하는 것보다 빨리 마쓰이는 몸을 비스듬히 피하며 이지마 형사부장을 향해 목소리를 높였다.

"이지마 부장님, 〈주오신문〉의 마쓰이입니다! 협정은 좋습니다만 스즈키 상점에 접근하는 것도 허용되지 않는다는 것은 대체 어떻게 된 겁니까! 우리 데스크가 물어보고 오라고 해서요!"

"뭔가, 자네는?"

응접 의자에 앉아 있던 다마리가 얼굴을 찌푸렸다. 오치아이가 마쓰이의 어깨를 잡아 복도로 밀어내려고 하자 이지마가 자신의 책상에서 "잠깐 기다리게" 하고 손으로 제지했다.

"아이가 돌아오지 않은 이상, 스즈키 상점도 보도 규제의 대상이네. 기자가 몰려가면 숨길 수가 없잖은가. 그것도 오늘 밤까지니까 협조 좀 해주게."

이지마가 억누른 어조로 말했다. 마쓰이가 다시 입을 열려고 했기 때문에 이번에는 선수를 쳐서 복도로 밀어내고 문을 닫았다.

오치아이에게 신문기자는 무례하기 짝이 없는 패거리였다. 서른이 될까 말까 한 젊은이가 자신의 부모쯤 되는 나이의 경찰 간부에게 덤벼드는 것이다. 다마리에 따르면 신문기자는 엘리트일수록 공무원을 눈엣가시로 여기고 권력에 반대하는 것을 어필하고 싶어 한다는 것이다. 와세다대학 정경학부 신문학과를 졸업한 마쓰이는 그런 학력만으로도 경원하고 싶어지는 기자였다.

"이봐, 다시 한번 보게."

다마리가 턱으로 지시해서 오치아이가 문을 열고 복도를 내다봤다. 그러자 생각했던 대로 마쓰이가 엿들으려고 귀를 대고 있어 얼굴이 부딪칠 뻔했다.

"당신 말이야, 적당히 안 하면 출입을 금지시킬 거요."

오치아이가 침을 튀기며 말했다. 마쓰이는 홍 하고 코웃음을 치며 허세를 부리듯이 느긋한 발걸음으로 돌아갔다.

"좋아, 회의다. 오치아이는 처음이지? 이지마 부장님, 수사 1과의 오치아이입니다."

다마리의 소개를 받고 오치아이는 차렷 자세를 취했다. 경시청의 형사부장은 국가공무원의 상급직 직위이고 계급은 경시감이며, 대체로 1년 반이나 2년이 지나면 이동해 간다. 그러므로 일개 병졸이 직접 이야기할 기회는 우선 없다. 형사부장실에는 다마리 외에 다나카 과장대리와 미야시타 5계장도 불려와 있었다.

"자네가 오치아이인가? 앉게. 범인을 놓친 것은 큰 실수지만, 경위를 종합하면 수사본부의 판단에 중대한 과실이 있었던 것 같네. 자신을 책하지는 말게. 중요한 것은 실수를 만회하려고 무리한 수사를 하지 않는 일이네. 이럴 때 잘못된 체포가 일어나지. 초조감은 금물이야."

이지마가 강한 어조가 아니라 차분하게 말했다. 오치아이는 형사부 톱의 냉정함에 안도했다. 미야시타도 부장의 말을 명심하고 있는 것 같았다.

"오늘부터 수사본부를 재편성한다. 원한, 성격 이상자, 각각의 방향에서 복수의 반이 범인을 쫓게 될 것이다. 5계는 우노 간지라는 빈집 털이 상습범을 맡는다. 아이가 유괴된 당일 같이 놀았다는 증언은 도저히 무시할 수가 없다. 체포영장도 나와 있으니 무슨 일이 있어도 우노 간지의 신병을 확보하도록. 자네는 해당 인물의 출신지인 홋카이도의 레분토까지 다녀왔다지? 자네가 제일 잘 알고 있는 셈이니, 부탁하네."

"예, 알겠습니다."

오치아이는 등을 펴고 대답했다.

"오늘 밤의 수사 회의는 5층 대회의실에서 연다. 그때 다시 전 수사관들에게 수사 방침을 내릴 것이다. 이상. 가도 좋다."

이지마가 퇴실을 촉구하여 미야시타와 둘이서 부장실을 나오자, 복도에는 나가사키 2계장과 다른 한 사람이 기다리고 있었다. 아무래도 반별로 지시를 내린 것 같다.

1층의 형사부실에는 5계 전원이 모여 있었다. 오늘은 일요일이지만 물론 쉴 수 있는 것은 아니다. 이와무라가 일어나 미야시타와 오치아이가 마실 차를 내왔다.

"어땠나?" 니이가 오치아이에게 물었다.

"범인을 놓쳤다고 질책받을 줄 알았는데 오히려 격려를 하던데요."

"흐음, 능력 있는 상급직이군."

"다마리 1과장이 항의를 해주었기 때문이야." 미야시타가 담배에 불을 붙이며 말했다. "아사쿠사서의 호리에 서장이 자신의 판단 미스를 감추려고 오치아이와 이와무라가 담당 장소를 떠난 탓이라고 말해서, 웃기지 말라고 항의하며 자신의 실수를 인정하게 한 거야. 도대체가 지폐 번호도 적어놓지 않았으니 무슨 변명을 할 수 있겠어."

"그랬나요?"

오치아이는 호리에와 다마리가 서장실에서 동석했을 때의 상황을 떠올렸다. 수사의 초기 단계부터 호리에는 다마리를 견제하고 있었다.

"하지만 이지마 부장님도 손해를 봤군. 그 상급직은 올 8월에 경찰청으로 이동할 예정이었는데 적당한 후임이 없어서 앞으로 반년만 해달라는 경시총감님의 부탁을 받고 남은 거거든. 그런데 마침 이번의 큰 실수가 나온 거지. 출세에는 확실히 영향을 미칠 거야. 그런데도 안색 하나 바꾸지 않으니까 대단한 거 아냐? 현장의 형사로서는 어떻게든 체면을 세워줘야지."

모리가 한숨 섞어 말하자 각자 고개를 끄덕였다. 경찰 조직은 복잡하지만 인간관계는 단순하다. 책임을 지는 상사가 부하의 신뢰를 얻는다.

"좋아. 밤의 수사 회의까지 개인행동을 허가한다. 여전히 유력한 단서는 얻지 못했지만 마지막까지 포기하지 마. 오늘 저녁 8시까지 범인의 신병이 확보되고 아이가 무사히 돌아오면 경찰의 실수는 없는 것이 된다. 다들 힘내자."

미야시타가 스스로를 고무하듯이 짝짝 손뼉을 치고 일어났다. 5계의 형사 일곱 명이 방을 나가 거리로 흩어졌다. 오치아이는 노면전차를 타고 미나미센주마치의 도쿄 스타디움을 향해 갔지만, 그곳이 범행 현장이라는 것만으로 길이 있는 것은 아니었다.

몸값을 빼앗긴 10월 9일 밤, 경시청은 사이타마 현경, 지바 현경, 가나가와 현경에 협력을 요청하여 1도 3현에 긴급 수배를 내렸지만 범인인 듯한 인물이 검문에 걸리는 일은 없었다.

당황한 수사본부가 맨 먼저 한 것은 범인을 놓쳤다는 사실에 대한 함구령으로, 매스컴에는 24시간 알려지는 일이 없었다. 그 이유는 과거에 범행이 보도되어 도망칠 수 없다고 심리적으로 내몰린 유괴범이 인질인 아이를 살해한 전례가 있었기 때문이다. 하지만 이번 경우는 이미 몸값이 건네져서 설득력이 없었다. "24시간 이내에 범인을 잡아"라는 호리에 서장의 난폭한 지령에 구체적인 책략은 없고, 매스컴에 알려지기 전에 범인을 확보하여 수사 실수를 은폐하려는 의도는 분명하고, 수사관은 우왕좌왕할 뿐이었다.

그사이 오치아이와 이와무라는 스즈키 상점에 대기하며 요시오의 귀가를 기다렸다. 범인이 몸값을 손에 넣은 이상 앞으로 아이를 감금할 이유는 어디에도 없고 무사하다면 돌아올 것이다.

하지만 그날 밤 범인으로부터는 아무런 연락도 없었다. 경찰은 미아 신고가 없는지 관내 모든 경찰서에 통지를 내리고 연락을 기다렸지만 그와 비슷한 보고도 없었다.

오치아이는 아버지인 하루오에게 도쿄 스타디움에서 일어난 자초지종을 이야기했다. 어떻게 변명을 해야 좋을지 생각이 떠오르지 않았고, 위에서의 지시가 아무것도 없었기 때문이다. 갑작스러운 시간 변경에 배치를 맞추지 못해 범인을 놓쳤다는 사실을 하나도 숨기지 않고 말하자, 하루오는 그 점에 대해서는 비난하지 않고 "하지만 돈을 건넸으니까 요시오는 돌려보내겠지요?" 하고 매달리듯이 말했다. 오치아이는 눈을 맞추지 못하고 그저 고개를 숙일 수밖에 없었다.

함께 거실에 있으면 하루오가 신경을 쓰기 때문에 오치아이와 이와무라는 부엌에서 대기하며 전화가 오는 것을 기다렸다. 호소노와 나가사키는 서둘러 수사본부로 돌아갔다. "여러 명 있어봤자 아무 소용이 없어"라는 이유였지만 겸연쩍어서 있을 수 없다는 것이 본심일 것이다.

심야, 오치아이가 마루방에 방석을 늘어놓고 드러누워 꾸벅꾸벅 졸고 있었더니 가게 쪽에서 무슨 소리가 났다. 뭐지 하고 보러 갔더니 간수 냄새가 나며 김 너머에서 하루오가 두부를 만들고 있었다. 벽시계를 보니 새벽 3시 반이었다. "어떻게 된 겁니까?" 하고 물어보니 "언제까지고 가게를 닫고 있을 수는 없으니까요"라고 힘없이 말하며 묵묵히 작업을 계속했다. 어딘가 대화를 거부하는 느낌이 들었고, 뭔가를 하지 않으면 시간을 보낼 수 없을 거라는 마음에 가만히 내버려두기로 했다.

아침이 되어도, 대낮이 되어도 범인에게서 전화는 걸려 오지 않았다. 아이가 발견되었다는 보고도 없었다. 이렇게 되면 최악의 사태를 상정하지 않을 수 없다. 오치아이도, 이와무라도 말없이 답답한 시간을 보내고 있었다.

그사이 하루오는 가게를 열고 영업을 하고 있었다. 근처의 단골손님이 며칠간 가게 문을 닫았다는 걸 걱정했지만 "집안에 좀 불행한 일이 있어서"라고 웃으며 응대하는 것에는 놀랄 수밖에 없었다. 아마도 인간은 극한 상황에 빠지면 감정의 회로를 닫을 수 있는 모양이다.

저녁때가 되어 미야시타로부터 청으로 돌아오라는 명령이 내려와 아사쿠사서의 형사와 교대하고 경시청으로 돌아갔다. 기다리고 있던 것은 다마리 1과장의 심문이었다. 어젯밤 무슨 일이 있었는가를 세부에 걸쳐 물었다. 오치아이는 그때 범인을 놓친 것은 오치아이와 이와무라가 담당 장소를 벗어났기 때문에 일어난 실수로 보고되었다는 말을 듣고 눈이 뒤집힐 것 같은 분노를 느꼈다. 다만 니이도 현장에 있었기 때문에 곧바로 반론하여 상세한 사정을 알게 된 다마리가 호리에에게 항의했다. 그 때문에 아사쿠사서와 수사1과 사이에는 한때 불온한 공기가 흘렀던 것 같다.

그리고 저녁 8시가 되어 형사부장실에 기자 클럽의 간부가 모였다. 이지마 부장이 사건의 경위를 설명하고, 남자아이 유괴사건에서 경찰은 몸값을 건네고 범인을 놓쳤다며 경찰의 수사 실수를 인정했다. 그리고 앞으로 72시간 보도를 삼가주기를 요청했다. 기자 클럽 측은 당초 반발했지만 이지마는 인명이 우선이라고 설득하여 간신히 받아들이게 했다.

그사이 경시청은 총력을 다해 범인을 쫓고 있지만 행적을 파악하지 못하고 있었다. 다만 유력한 단서 하나는 얻을 수 있었다. 그것은 10월 9일 저녁 6시 45분경, 도쿄 스타디움의 북쪽 도로에서 장갑을 낀 젊은 남자 한 명이 택시에서 내렸다는 목격 정보다. 목격한 사람은 스타디움의 경비원 이데 사부로(58세)로, 아직 가을인데 남자가 흰색 장갑을 끼고 있어 기억하고 있었다고 한다. 마른 체형으로 신장은 165센티미터에서 170센티미터. 머리는 삼 대 칠로 가르마를 탔고 회색 점퍼에 거무스름한 바지를 입은 차림. 주차장을 지나 정면 입구 방면으로 걸어가는 것을 봤지만, 그 이후는 이데 사부로 경비원이 스탠드로 들어갔기 때문에 보지 못했다는 것이다.

그리고 다음 날에는 그 젊은 남자를 도쿄 스타디움에서 내려준 택시도 특정할 수 있었다. 도쿄교통의 운전사 하마무라 기이치(50세)는 10월 9일 저녁 6시 반경 아사쿠사센조쿠마치 1가의 고쿠사이 거리에서 젊은 남자를 태웠다. 남자는 "도쿄 스타디움"이라고만 말하고, 운전사가 "오늘 밤은 긴테쓰 경기지요?" 하고 말을 걸어도 "예" 하고 건성으로 대답할 뿐이어서 이야기하고 싶지 않은가 보다고 생각해 그 이후로는 말을 하지 않았다. 도중에 도로공사가 있어 우회할 것을 제안했을 때도 "예" 하고 대답할 뿐이었다. 따라서 운전사에게는 목소리에 대한 기억은 없었다.

인상적이었던 것은 도쿄 스타디움에 도착하여 하차할 때로, 택시 대금 220엔을 지불할 때 남자가 장갑을 끼고 있었다는 점이다. 운전사는 "택시를 세울 때는 눈치채지 못했기 때문에 승차 중에 끼지 않았을까요?"라고 증언했다.

몸값을 운반한 오토바이에서는 지문이 채취되지 않아 범인이 장갑을 끼고 있었을 공산이 크다. 그렇다면 택시의 젊은 승객을 유력한 참고인으로 생각할 수 있다.

곧바로 100명 이상의 수사관을 동원하여 센조쿠마치 일대를 구석구석 수색했다. 그런데 센조쿠마치는 예전의 유곽인 요시와라였고 지금은 터키탕 밀집지이기 때문에, 그 일제 적발로 착각한 경영자와 깡패들이 미성년 여종업원을 도피시키기 위한 시간을 벌기 위해 바리케이드를 치고, 나아가 산야의 좌익까지 이야기를 듣고 방해하러 와서 또다시 큰 소동이 벌어졌다.

결국 유괴사건과는 무관한 공무집행방해 혐의의 체포자를 많이 낳았을 뿐, 장갑을 낀 젊은 남자를 발견하지 못하고 단서도 얻을 수 없었다. 오치아이는 전후 18년이 지난 지금도 도쿄에 많은 마굴이 존재한다는 것에 새삼 놀랐다. 그것은 패전으로 GHQ(연합국 최고사령부)에 의해 약화된 일본 경찰이 아직 그 상처를 치유하지 못한 흔적이다.

수사본부에는 초조해하는 기색이 확산되고, 호리에가 띄우는 격문이 공허하게 울릴 뿐이었다. 수사관 중에는 밤의 수사회의에 출석하지 않는 사람도 있었다. 오바 같은 사람은 "호리에의 얼굴을 보면 패주고 싶어진다"고까지 말하며 그 시간에 경찰서 내의 식당에서 당당히 저녁을 먹었다. 수사본부의 재편은 필연이라고 할 수 있었다. 오치아이 자신도 피해자 가족을 생각하면 간부가 한마디라도 사죄하러 가야 한다는 말을 하고 싶어 견딜 수가 없었다.

도쿄 스타디움에 가자, 입구는 철문으로 닫혀 있고 한산했다. 오늘 밤 다이마이의 최종전이 열린다고 하는데 아직 오전 중이어서 어디에도 인기척은 없었다. 조명 철탑이 파란 하늘에 높이 솟아 있고 그 끝에는 솔개가 유유히 선회하고 있었다.

문에서 안을 들여다보자 매표소 옆에 경비실이 있고 사람의 모습이 보였기 때문에 오치아이는 "실례합니다" 하고 소리쳤다. 머리가 반백인 경비원이 문에서 얼굴을 내밀었다. 오치아이의 모습을 확인하고는 모자를 쓰고 종종걸음으로 다가왔다.

"경찰입니다."

"수고하십니다. 매일 고생하시네요."

경비원이 정중한 어조로 말했다.

"탐문조사입니다. 이데 씨는 안 계십니까?"

"예, 접니다. 어제도 아사쿠사서의 형사님이 와서 여러 가지를 묻고 갔습니다만."

"몇 번이나 이렇게 죄송합니다. 그런데 뭔가 새롭게 생각난 것은 없습니까? 남자의 인상이나 몸짓이나 신고 있던 신발이나 뭐든 좋습니다."

"그게 말이지요, 저도 힐끗 봤을 뿐이어서요. 그보다 형사님, 아이는 돌아왔습니까?"

경비원이 이렇게 묻자 오치아이는 대답이 막혔다.

"아니, 아직 공표되지 않은 것은 알고 있습니다. 실은 그저께 온 형사님에다 여러 명의 경찰이 와서 대체 무슨 일이 있었느냐고 물었더니, 다른 사람에게 말하면 곤란하지만 실은 아이가 유괴되어 그 몸값을 받은 장소가 도쿄 스타디움의 주차장이었다고 하지 않겠습니까? 그래서 저도 깜짝 놀랐거든요."

"아아, 그랬습니까."

오치아이는 비밀을 유지해왔지만 수사를 위해 털어놓는 수사관이 있다는 것도 충분히 예상하고 있었다.

"그럼 저도 솔직히 말씀드리겠습니다. 유괴사건입니다. 오늘 밤에는 발표가 있을 거라고 생각합니다만, 그때까지는 비밀로 부탁드립니다."

"예, 알고 있습니다. 아내한테도 말하지 않겠습니다. 유괴라는 말을 들으면 저도 가슴이 아픕니다. 뭔가 협력할 수 없을까 해서 여러 가지로 되짚어보고 있습니다만, 하여튼 얼핏 본 거라서요……."

경비원이 동정 어린 표정으로 말했다. 오치아이는 호주머니에서 우노 간지의 사진을 꺼내 경비원에게 보여주었다.

"이 남자와 닮지는 않았습니까?"

"글쎄요, 어떨는지. 어제 온 형사님한테도 말했습니다만, 가까이서 본 게 아니라서요."

"그렇습니까? 이곳 주차장은 경기 중 사람의 출입은 어떻습니까?"

"경기 중에는 별로 없습니다. 그날 밤에도 마침 첫 번째 경기가 한창 진행 중이어서 한산했습니다."

"누군가 없었습니까?"

"글쎄요, 어떨는지."

"저희는 다른 목격자가 없었는지 찾고 있습니다."

오치아이가 끈덕지게 물고 늘어지자, 경비원은 잠깐 생각에 잠긴 후 "그러고 보니……" 하고 입을 열었다.

"그날 밤 상이군인 부랑자가 있었던가."

"상이군인입니까?"

"예, 맞아요. 경기가 있는 날에는 아무튼 어디선가 찾아와서 관중한테 동냥을 하거든요. 뻔뻔하게 부지 안으로 들어오기 때문에 그때마다 저희가 쫓아내지만, 매일 밤 일어나는 일이라 가끔은 귀찮아서요. 그날 밤에도 분명히 있었을 겁니다."

도쿄에는 아직 많은 상이군인이 있었다. 그들은 전쟁에서 손발을 잃은 전 군인들로 길가에 쭈그리고 앉아 구걸을 하고 있었다.

"알겠습니다. 정말 감사했습니다."

오치아이는 감사하다는 말을 하고 물러나 그길로 미나미센주서로 갔다. 형사과의 폭력단 담당자에게 도쿄 스타디움 주변의 깡패들을 가르쳐달라고 해서 미노와바시 골목 안쪽에 있는 폭력단 사무소를 찾아갔다. 그리고 스타디움에 출몰하는 상이군인에 대해 묻자 중간 보스라는 남자가 나와서 "형사 나리, 혹시 그거 유괴사건 조사인 겁니까?" 하고 역으로 물어 왔다.

"당신들도 알고 있습니까?"

오치아이는 반쯤 어이가 없어 한숨을 내쉬었다. 보도는 금지해두었지만 아라카와구와 다이토구에서는 상당수의 사람이 이 유괴사건을 알고 있다고 한다.

"그야 그날 밤 형사님이 대거 노점상으로 분장한 채 감시하고 있었잖아요. 협조한 것은 우리들입니다. 사정 정도는 들어야지요."

"아아, 그렇습니까? 그때는 협조해줘서 고마웠습니다."

"그런데 범인을 놓쳤다고요?" 중간 보스가 엷은 웃음을 띠고 말했다.

"이봐요, 말본새가 그게 뭡니까?" 오치아이가 발끈해서 중간 보스를 노려보았다.

"형사님, 화내지 마시고요. 그런데 상이군인이 어떻게 된 건데요?"

오치아이는 마음을 가라앉히고 그날 밤 도쿄 스타디움에 있던 상이군인을 찾고 있다고 사정을 이야기했다.

"그거라면 우에노 역으로 가보세요. 거기에 의족을 한 상이군인이 있는데 그 사람이 부랑자의 뒤를 봐주는 사람이니까요. 본인은 자기가 살아남은 가미카제 특공대라고 뻐기지만, 해군이 아니라 육군 군복을 입고 있어서 뻥이라는 걸 금방 알 수 있지요. 허투루 볼 수 없는 아저씨입니다."

"알았어요. 고마웠습니다."

오치아이는 이제 우에노 역으로 갔다. 단서가 될지 어떨지는 모르지만 형사는 이렇게 발로 정보를 얻을 수밖에 없다.

우에노 역에서는 부랑자의 뒤를 봐주고 있다는 의족을 한 남자로부터 9일 밤 도쿄 스타디움에서 구걸을 한 상이군인을 특정할 수 있었다.

"일단 내가 영업하는 지역을 관리하니까요. 프로야구 야간경기는 상당히 돈을 벌 수 있지요. 다들 기분이 들떠서 지갑도 좀 헐렁해지거든요. 그런데 늘 영업하는 지역을 갖고 다툼이 일어나니까 불공평해지지 않도록 내가 순번을 짜고 있지요. 그날 밤은 기억하고 있습니다. 다이마이의 더블헤더였으니까요. 노인한테 건수를 돌릴까 하며 오성장군이라는 별명을 가진 아저씨한테 주었습니다. 평소에는 우에노 공원에 있지요. 오성장군은 딱한 아저씨입니다. 서른 지나서부터 두 번이나 소집되어 만주에서 종전을 맞았는데, 도망이 늦어져 소련군의 포로가 되었다가 시베리아 수용소에서 5년이나 노역을 한 사람이지요. 손가락 몇 개가 없는 것은 동상 때문입니다. 그런데 가까스로 돌아왔더니 공습으로 가족은 죽었고 친척도 없어지고 말았지요. 다들 그런 사람들뿐입니다. 나도 그렇고요. 실은 가미카제 특공대에 있었어요. 언제 출격 명령이 떨어질지 모르는 상황에서요……."

남자가 의족을 탁탁 두드리며 강담사의 어조로 말을 하기 시작했다.

"고맙습니다. 우에노 공원으로 가보지요."

오치아이는 남자에게 100엔짜리 지폐를 쥐여주고 재빨리 그 자리를 떴다.

서쪽 입구로 달려가서는 언덕의 급한 계단을 올라가 사이고 다카모리(메이지유신의 주역 중 하나인 군인이자 정치인) 동상 앞으로 나아갔다. 광장은 지방에서 올라온 관광객으로 붐비고 있었다. 구석에 돗자리를 펼친 부랑자가 몇 명 있었다. 군복 차림의 남자는 금방 찾을 수 있었다. 목책에 기대고 내뻗은 발에는 지저분한 행전이 감겨 있었다.

"당신이 오성장군인가요? 우에노 역에서 당신의 뒤를 봐주는 사람한테 듣고 왔는데요."

오치아이는 이렇게 말을 걸고 사정을 설명했다. 9일 밤의 일을 물으니 오성장군은 "아아, 도쿄 스타디움에서 긴테쓰 경기를 한 날 밤 말이군. 확실히 장갑을 낀 젊은이가 있었소" 하고 시원하게 증언했다.

"자세히 좀 얘기해주세요."

오치아이는 마음이 조급했다. 먼저 100엔짜리 지폐를 쥐여주었다.

"이야, 형사 나리, 이거 미안해서리."

오성장군이 싱글벙글하며 100엔짜리 지폐를 두 손으로 쥐고 뻗어 햇빛에 비춰봤다.

"됐으니까 얼른 이야기해봐요."

"아니, 프로야구 야간 경기는 후한 관중이 많고 도시락이 많이 버려져서 우리한테는 고마운 날이지요. 그래서 그때도 첫 번째 경기가 시작되는 4시 반 정도에 가서 문 근처에 앉았는데 경비원이 귀찮게 해서요. 저쪽으로 가라고 하거든요. 그래서 뒤로 돌아가기도 하고 주차장으로 들어가기도 하고, 뭐 이리 저리 맴도는 일을 반복하지요. 하지만 계속 감시할 수도 없는 일이라 눈을 피해—"

"그건 됐고, 장갑을 낀 남자 말입니다."

"그 남자가 무슨 짓이라도 저지른 거요?"

"찾고 있어요. 사건의 참고인이라서." 오치아이는 답답해져 사진을 보여주었다.

"이 남자 아니었어요?"

오성장군은 가슴 주머니에서 금이 간 동그란 안경을 꺼내 코에 걸치고 응시하며 고개를 끄덕였다.

"아아, 그렇지, 이런 느낌의 남자였소."

"느낌이 아니라 이 남자 맞아요?"

"나는 눈이 나빠서. 그래서 느낌뿐이오."

오성장군이 술 냄새가 나는 숨을 토하며 대꾸했다.

"알겠습니다. 그럼 됐습니다. 그때의 일을 말해주세요."

"그때 나는 주차장 구석에 있었소. 그런데 젊은 남자가 앞으로 쓰윽 지나가길래 이봐, 형씨, 적선 좀 하쇼, 하며 빈 깡통을 내밀었지요. 그랬더니 남자는 내 쪽을 힐끗 쳐다보기만 하고 무시하고 안쪽으로 가버렸지. 세워둔 자전거인지 오토바이인지를 찾고 있더군요."

"그건 정확해요?" 오치아이는 긴장의 빛을 띠었다. 여기에 목격자가 있었다.

"그럼, 확실해요. 아직 가을인데 장갑을 끼고 있었고, 저놈 도둑 아닌가 해서 지켜보고 있었으니까. 그랬더니 한 오토바이 좌석을 위로 열고 안에서 종이 꾸러미를 꺼내더니 점퍼 속에 넣었으니까, 아니, 저거, 치기배 아니야 하고―"

"꾸러미는 크기가 어느 정도였어요?"

"이쯤 되려나."

오성장군이 두 손으로 크기를 보여주었다.

"돈다발 크기였어요?"

"그래, 맞아요. 그 정도."

"그런데 그 남자가 어떻게 하던가요?"

"돌아갈 때 내 옆을 다시 지나갔는데 이번에는 호주머니에서 꼬깃꼬깃한 100엔짜리 지폐를 꺼내 휙 던져줘서 뭐야, 좋은 놈이잖아, 했지요. 그래서 기억하고 있었던 거요."

"그때 받은 100엔짜리는 갖고 있어요?"

"설마, 그날 다 써버렸죠."

오치아이는 지문을 채취할 수 있지 않을까 생각했지만 그건 어려울 것 같았다.

아무튼 목격 정보는 고마운 일이다. 오치아이는 오성장군의 이름과 나이를 듣고 우에노에서 멀리 가지 말아달라고 부탁하고 다시 100엔을 건넸다.

그날 밤 수사 회의는 경시청 5층의 대회의실에서 열렸다. 형사부장이 출석하기 위한 이례적인 조치였다.

정면의 긴 탁자에는 수사 간부가 쭉 늘어섰는데 그것은 앞으로의 지휘 계통을 생각하게 하는 배열이었다. 정면에 이지마 형사부장, 그 양옆에 형사부 참사관과 다마리 1과장, 그리고 또 그 양옆에는 다나카 과장대리와 감식과장이었다. 거기에 호리에 아사쿠사서 서장의 모습은 없고 아무도 그것에 대해 언급하지 않았다. 소집된 수사관은 대충 150명이었다. 수사 1과부터 세 개의 계와 미나미센주서, 아사쿠사서, 우에노서의 형사과에서 사람을 긁어모았고, 그 외에도 폭력단 담당인 4과, 절도범 담당인 3과의 얼굴도 있었다.

좌석 옆에는 간판이 세워져 있는데 거기에는 붓글씨로 '요시오 군 유괴사건 수사본부'라고 쓰여 있었다. 지금까지 '10월

6일 발생 사건 수사본부'였던 임시 간판에 정식 이름이 붙은 것이다. '요시오 군'이라고 남자아이의 이름이 전면에 나온 것에서 오치아이는 새삼 인명을 가깝게 느끼고 가슴이 옥죄었다.

회의실은 쥐 죽은 듯 조용했고 오늘 밤만큼은 아무도 담배를 피우지 않았다. 이지마가 마이크를 잡고 맨 처음으로 말을 꺼냈다.

"여러분, 수고가 많다. 지금부터 '요시오 군 유괴사건'의 첫 번째 수사 회의를 시작하겠다. 정말 안타깝지만 오늘 시점에 아이의 안부는 알 수 없다. 그리고 범인도 검거하지 못했다. 그리고 몸값 50만 엔도 빼앗긴 채다. 이는 경시청으로서 통한의 극치이고 우선은 각자 그것을 가슴에 새기기를 바란다. 우리는 이 수사에서 중대한 실수를 범했다. 이 책임에서는 벗어날 수 없다. 그리고 모든 책임은 형사부의 최고 책임자인 나한테 있음을 먼저 여기서 분명히 밝혀두고자 한다."

형사부장이 하는 반성의 변에 수사관들이 얼굴을 들었다. 많은 수사관들은 틀림없이 질책을 들을 거라고 생각하고 있던 듯하다.

"그런데 앞으로의 수사 말인데, 내가 본부장을 맡고 차석으로 다마리 1과장이 지휘를 맡는다. 그리고 매회 수사 회의를 전담하는 것은 다나카 과장대리다. 수사의 최우선 순위는 첫째로 아이의 구출이다. 살아 있을 거라고 믿자. 이 중에는 아이가 있는 아버지도 있을 것이다. 무슨 일이 있어도 요시오 군을 부모에게 돌려보내지 않으면 안 된다. 범인 체포인가, 아이의 구출인가, 양자택일에 몰렸을 때는 주저하지 말고 아이의 구출을 택해라. 다음으로 범인의 특정에 관해서는 미리 전해둔 것처럼 스즈키 상점에 대한 원한, 성격 이상자, 쾌락을 위한 범죄, 우노 간지라는 스무 살의 남자, 이 네 가지 방향에서 동시에 진행한다. 반을 나누는 것은 다나카 과장대리에게 맡기고 각 반은 모두 과장대리의 지시를 따르도록. 그리고 그것과는 별개로 특명반을 설치하는데 그 반은 범인 체포보다 아이를 찾아내는 데 전력을 다하도록. 내 말은 여기까지다."

이지마가 마이크를 다마리에게 건넸다. 다마리는 수사관을 둘러보고 엄중한 표정으로 입을 열었다.

"방금 이지마 부장님으로부터 말이 있었지만 책임에 관해 말하자면 내가 더 무거운 것은 명백하다. 초동수사 때 수사 계통을 철저히 하지 않았던 것이 몸값을 빼앗기는 큰 실수를 부르고 말았다. 나는 이 건에 관해 배를 가를 각오다. 아무쪼록 여러분도 전력을 다해 실수를 만회하기 바란다."

다마리의 이야기도 역시 부장과 마찬가지로 결의 표명으로 시작되었다. 오치아이는 지금 경시청이 궁지에 몰려 있다는 것을 통감했다. 수사관들의 표정도 지금까지 이상으로 험악해져 있다.

이어서 오늘부터 가세한 수사관들을 위해 다마리가 사건의 경위를 다시 설명했다. 동시에 서기 담당이 큼직한 이동식 칠판에 시간 순서대로 기록해간다. 도쿄 스타디움에서 몸값을 빼앗기고 범인을 놓친 대목을 쓸 때 오치아이는 몸이 졸아드는 것 같았다. 판단이 잘못되었다고는 생각되지 않지만 나중에 생각하면 이와무라만을 차에서 내리게 하고 몸값이 든 오토바이에서 눈을 떼지 않도록 하는 수도 있었다.

"그렇다면 현시점에서의 수사 상황, 앞으로의 전망을 각 반이 발표하도록 하겠다. 먼저 스즈키 상점의 전 종업원 가와다 게이코의 행적이다."

"예." 대답을 하며 일어선 것은 1과 2계의 주임이었다.

"가와다 게이코의 행적은 현재도 밝혀지지 않았습니다. 스즈키 상점을 그만둔 후에는 일단 도피한 상대의 연립주택으로 들어갔습니다. 하지만 곧 이사했는데 이사한 곳은 모릅니다. 그리고 사랑의 도피를 한 상대는 안도 기미오, 25세, 직업은 바텐더입니다. 야마나시현 고후시(市) 출신으로 전과는 없습니다만, 소년 시절에 비행 경력은 있습니다. 도둑질과 싸움으로 두 번쯤 경찰 신세를 졌습니다. 본가와의 연락은 3년 전부터 두절되었고 저와 다른 한 명이 본가를 찾아갔더니, 묻기 전부터 아버지가 '우리 아들이 무슨 일이라도 저질렀습니까?'라고 말하며 얼굴이 새파래졌습니다. 그 후 아들에 대한 욕지거리를 심하게 퍼붓는 걸 보니 부모 자식 관계는 이미 끊어진 인상이었습니다. 다만 중학교 시절의 동급생 몇 명에게 물어봤더니 말솜씨가 좋고 요령이 좋은 남자로, 불량했지만 마음씨가고운 구석도 있어 결코 심한 나쁜 짓을 할 만한 사람은 아니었다고 증언했습니다. 그리고 상당한 호색꾼이고 여자에게 인기가 많았다고 합니다. 한편 가와다 게이코는 수수한 성격으로지금껏 연애 사건을 일으킨 적이 없고 누구한테 물어도 얌전한 아이라는 대답이 돌아왔습니다. 현지 동급생에게 탐문조사를 하고, 바텐더와 사랑의 도피를 한 것 같은데 들은 이야기가없는지 물었더니 다들 한결같이 놀라며 믿을 수 없다는 반응이었습니다. 두 사람의 관계를 상상해볼 때 안도 기미오가 가와다 게이코를 홀리고 첫 연애에 푹 빠진 가와다 게이코가 따라간 것이 아닐까 싶습니다. 사랑의 도피를 한 이유도 결혼을반대했다는 것뿐입니다. 저희로서는 계속해서 두 사람의 행적을 수색할 생각입니다만, 스즈키 상점을 그만두기 직전에 가와다 게이코가 후지은행 아사쿠사 지점에서 5만 엔을 찾았습니다. 그로부터 날이 지났기 때문에 슬슬 어딘가의 지점에서현금을 찾지 않았을까요? 그러면 지금의 거주지를 대충 알 수있습니다. 은행에는 이야기를 해놨고 공개하지 않는다는 약속을 하고 협조를 얻을 수 있게 되었습니다. 현재 그것을 기다리고 있는 중입니다. 물론 두 사람이 범인일 경우 50만 엔의 현금을 얻어 은행에서 생활비를 찾을 필요가 없어집니다만, 반대로 찾게 되면 이 사건에서는 무죄가 아닐까 하는 추측도 가능해집니다. 그러므로 어떻든 유력한 정보가 될 거라는 것입니다. 지금까지는 이상입니다."

담당 수사관의 발표에 몇몇 질의와 응답이 있었고, 이어서 성격 이상자의 선을 쫓고 있는 4계의 주임이 수사 상황을 발표했다.

"수사1과 4계에서 보고하겠습니다. 현재 다이토구, 아라카와구, 스미다구, 아다치구에 주소를 둔 성범죄자 전과자를 조사하는 중인데 전체 89명 중 62명까지 알리바이 확인을 마쳤습니다. 나머지 27명 중 15명은 확인 작업 중이고 나머지 12명은 소재 불명입니다. 다만 소재 불명자 중에는 여자가 세 명 있는데 그들은 제외해도 좋을 거라고 생각합니다. 그리고 68세의 노인과 보행이 곤란한 장애인이 한 명씩 있어 그들도 제외해도 좋을 것 같습니다. 따라서 현재 쫓고 있는 소재 불명자는 7명으로 단단히 수색하는 중입니다. 다만 유감스럽게도 해당자들은 이웃과의 교제가 없고 정해진 직장도 없기 때문에 확인은 난항을 보이고 있습니다. 그리고 처음에 성범죄 전과자라고 했습니다만 그들 대부분은 강간죄로, 아동을 상대로 한 범죄자는 네 명밖에 없습니다. 그리고 그 네 명은 모두 알리바이가 있습니다. 내일부터 분쿄구, 주오구, 에도가와구 순서로 수사 범위를 넓혀갈 방침입니다. 하지만 4계로서는 수사의 긴급성에서 비춰볼 때 부녀자 폭행 전과자는 제외해도 좋은 게 아닐까 생각하고 있습니다. 여기에 대해 수사본부에서 가르침을 내려주시면 좋을 것 같습니다."

"알겠네. 자네가 말한 대로겠지. 그렇게 해주게."

다마리가 즉시 대답하여 4계의 보고는 끝났다. 이때 비서관이 나타나 이지마에게 귀엣말을 했다. 이지마가 손목시계를 들여다보고 일어섰다. 전원의 눈이 그를 향했다.

"여러분, 기자회견이 있어서 실례하겠네. 계속해주게."

이지마는 넥타이를 고쳐 매고 빠른 걸음으로 회의실을 나갔다. 앞으로 기자들로부터 모진 곤욕을 당할 것이다. 그리고 내일 조간에서는 유괴사건이 발생했는데 몸값을 빼앗기고 아이는 아직 돌아오지 않았다는 것이 백일하에 드러날 것이다. 경찰의 실수도 틀림없이 대대적으로 보도될 것이다.

오치아이는 문득 아내 하루미의 얼굴이 떠올랐다. 벌써 나흘이나 집에 들어가지 못하고 만족스럽게 이야기도 나누지 못했다. 오늘 밤에는 집에 들어가려고 생각했다. 내일 아침 신문에서 사건을 알게 된 아내는 남편이 담당한 사건이라는 것을 알고 걱정할 게 틀림없다.

"이봐, 오치아이." 누가 이름을 불렀다.

"아, 예." 깜짝 놀라 제정신을 차렸다. 다나카 과장대리가 짧은 목을 뻗어 보고 있었다.

"5계 차례야. 우노 간지의 선에 대해 자네가 보고하게."

"예, 알겠습니다."

오치아이는 호주머니에서 수첩을 꺼내 낮의 탐문조사에서 얻은 정보를 순서에 따라 보고했다.

28

10월 14일, 오치아이는 새벽 5시가 지나 눈을 떴다. 밖은 아직 어둡다. 남편이 빨리 일어날 것을 예상한 것인지 아내 하루미는 벌써 일어나 부엌에서 식사 준비를 하고 있었다.

이불에서 빠져나와 우선 아기 침대에서 자고 있는 아들의 잠든 얼굴을 바라봤다. 그러고는 발소리를 죽여 부엌으로 가자, 하루미가 먼저 "조간이라면 아직 오지 않았는데" 하고 말했다.

"깨워줄 테니까 30분만 더 자는 게 어때?"

"아니, 일어났어."

오치아이는 잠옷 바람으로 거실에 앉아 텔레비전을 켰다. 하지만 아직 방송은 시작되지 않아 지지직 하는 잡음만 흘러나왔다.

"여보, 텔레비전은 몇 시부터 시작하더라?"

"그런 것도 몰라? NHK가 6시부터. 민영방송은 6시 반부터야."

아내가 어이가 없다는 듯이 말했다. 애초에 바빠서 텔레비전을 볼 시간도 없고, 수상기를 산 것도 작년이어서 오치아이는 방송에 대해 잘 몰랐다.

"여보, 유괴사건은 알고 있어?"

오치아이가 물었다. 어젯밤은 마지막 전철로 퇴근했기 때문에 먼저 자고 있던 하루미와는 이야기도 나누지 못했다.

"몰라. 그게 뭔데?"

"그럼 밤 뉴스에 맞추지 못했나 보군."

"무슨 얘기야?"

"남자아이의 유괴사건이 있었어. 어제부터 정식으로 수사본부에 들어갔거든."

"뭐? 유괴사건이 일어났다고?"

하루미가 돌아보며 얼굴을 일그러뜨렸다. 어머니는 누구든 아이의 유괴사건이라는 말을 들으면 가슴이 죄어든다.

"미안한데 또 계속 서에서 묵어야 할 것 같으니까 그리 알아."

"응, 괜찮아. 친정도 가깝고. 하지만 싫다, 유괴라니."

"신문에 나올 것 같은데, 몸값을 전달할 때 범인을 놓쳤어. 경시청의 큰 실수지. 나도 현장에 있던 한 사람이야."

"그래……." 하루미는 점점 더 표정이 어두워졌다.

그때 아파트 복도에 경쾌한 신발 소리가 들리며 현관 우편함에 조간신문이 꽂혔다. 오치아이는 서둘러 가지러 달려가 밥상 위에 펼쳤다. 1면에는 '아사쿠사에서 초등학교 1학년 남자아이 유괴'라는 커다란 활자가 비뚤거리고 있다. 사진은 피해자인 스즈키 상점 부부의 아주 초췌한 얼굴이 게재되어 있었다. 매스컴은 기자회견 후 자택으로 몰려간 것인가. 오치아이는 게재된 사진에 충격을 받았다. 관할서의 누군가가 안내하지 않았을까. 아마 수사본부도 마음을 쓰지 못했을 것이다. 피해자 가족의 보호를 아무도 생각하지 못했다.

지면에는 「몸값 50만 엔 범인에게 빼앗기다」 「경찰, 몸값 수수 현장에서 범인을 놓치다」라는 표제도 있었다. 오치아이는 서둘러 기사에 시선을 가져가 개요를 확인했지만 역시 논조는 혹독하고 대부분 경찰의 수사를 비판하는 내용이었다.

"아침 다 됐어." 하루미가 걱정스럽게 말했다.

"그래, 먹어야지."

신문을 접고 막 지은 밥을 그러넣는다. 6시가 되어 텔레비전을 켰다. 유괴사건은 톱뉴스였다. 여기서는 스즈키 상점의 부부가 카메라 앞에 끌려 나와 조명을 받고 있었다. "지금 심정은요?"라는 등 기자들의 무신경한 질문을 받고 아버지인 하루오가 입술을 꼭 깨물고 "괴롭습니다"라고 필사적으로 대답했다.

"가여워서 볼 수가 없어."

하루미가 일어나 부엌으로 가버렸다. 오치아이도 보기가 힘들었다. 어머니 도시코의 얼굴은 당초보다 열 살은 늙어버린 것 같았다.

아침 8시에 수사본부가 있는 아사쿠사서로 출근하자, 강당에서 다나카 과장대리가 기다리고 있다가 "오치아이, 수사 회의는 됐으니까 지금 당장 스즈키 상점으로 가게" 하고 지시했다.

"아침부터 장난 전화가 끊이지 않아서 큰일이 난 모양이야."

"장난 전화요?"

"어, 그래. 아이를 데리고 있으니까 50만 엔 더 내라든가, 꼴좋게 됐군, 고소하다든가 하는 전화가 여러 통 걸려 오는 모양이야."

"지독한 짓이네요."

오치아이는 말문이 막히고 몸이 떨릴 만큼 분노를 느꼈다.

"이건 이와무라로부터의 보고야. 녀석은 이른 아침부터 바로 스즈키 상점으로 가서 피해자 집이 심각한 상황이니까 지원을 부탁한다고 전화를 해 왔어. 부부한테 물었더니 오치아이, 자네가 왔으면 한다는 거야. 친절하게 대해주었으니까 자네와 이와무라가 좋다는 거지. 그러니까 우노 간지를 쫓는 것과는 별도로 부부를 보호해주게."

"알겠습니다."

오치아이는 경찰서를 나서 스즈키 상점으로 달려갔다. 마침 아이들의 등교 시간이었고 인접한 후지초등학교에 이르자 교문 앞에 많은 사람들이 몰려 있었다. 자세히 보니 매스컴 관계자들이었다. 요시오가 다니는 초등학교에서도 취재 전쟁이 시작된 것이다.

응대하러 나온 나이 든 교사가 기자들에게 둘러싸여 "지금까지 사건을 몰랐던 것인가" "교장을 만나게 해달라" 하는 소리를 듣고 있었다. 오치아이는 비집고 들어가 큰 소리로 꾸짖어주고 싶은 마음에 사로잡혔지만 단념하고 발길을 재촉했다.

이 사건은 사회를 휩쓸 거라는 예감이 들었다. 경찰에도, 매스컴에도, 국민에게도 경험하지 못한 일이 너무 많다.

스즈키 상점에 도착하자 여기에도 매스컴 관계자들이 앞길에 많이 모여 있었다. 오치아이를 발견하자마자 기자가 우르르 둘러싸고 수사 상황에 대한 질문 공세를 했다.

"저는 대답할 수 없습니다. 수사본부의 다나카 과장대리, 또는 경시청의 홍보과에 문의해주세요."

"수사본부는 한동안 정례 회견을 안 한다고 하던데요. 이상하잖아요. 큰 사건인데."

덤벼드는 한 기자가 있어 자세히 보니 〈주오신문〉의 마쓰이였다.

"또 당신이오?" 오치아이가 얼굴을 찌푸렸다.

"회견이 없으면 현장의 형사를 붙잡는 수밖에 없지요."

"아이가 아직 돌아오지 않았어요. 피해자 집에서 보도 전쟁 같은 건 그만해주시오."

"그렇게는 안 되지요. 우리도 그걸로 장사하는데."

마쓰이가 함부로 한 말에 오치아이는 피가 거꾸로 솟아 멈춰 서서 "지금 장난해!" 하고 고함을 질렀다.

"당신들, 앞으로 스즈키 상점에 대한 취재는 일절 금지합니다. 멋대로 했다가는 기자 클럽에서 쫓아낼 거요."

"뭐? 당신, 순사부장인 계급으로 어떻게 그런 말을 할 수가 있지? 수사본부에서 졸때기일 텐데."

"뭐라고! 이 자식!"

마쓰이의 멱살로 손을 뻗쳤다. 그때 뒤에서 팔이 잡혀 돌아보니 이와무라였다. "선배님, 안 좋아요" 하고 귓가에 대고 말했다. 오치아이를 억지로 끌어당겨 살짝 열린 셔터를 통해 가게 안으로 들어갔다.

"기자의 도발에 넘어가서는 안 돼요."

셔터를 닫고 이와무라가 말했다.

"그건 그렇고 뭐야, 저놈들 태도는?"

"오늘 아침 NHK 뉴스를 본 다른 방송국이나 신문사가 우리는 아직 못 했으니까 취재하게 해달라고 밀어닥친 겁니다. 저는 독신 기숙사에서 6시 뉴스를 보자마자 분명히 큰일이 일어날 것 같아서 직접 달려온 겁니다."

"그래서 자네가 저 기자 놈들을 저지한 거야?"

"그렇습니다. 집으로 들어오면 끝일 것 같아서요."

"그런가……. 그런 자네를 칭찬해야겠군. 좋은 판단이었어."

오치아이는 심호흡을 하고 마음을 진정시키려고 했다. 이성을 잃고 기자와 서로 고함을 지른 것은 처음이었고, 자기 자신도 놀랄 만큼 흥분했다.

가게에서 거실로 들어가자 거기에는 부부가 이미 병자 같은 안색으로 앉아 있었다. 탁자 위에는 전화기와 녹음기가 내내 그대로 놓인 채였다.

"오치아이 씨, 요시오는 어떻게 되는 걸까요?"

하루오가 힘없이 말하자 오치아이는 "괜찮을 겁니다. 반드시 데려오겠습니다" 하고 대답했다. 그럴 자신은 어디에도 없지만 객기로라도 그렇게 말할 수밖에 없었다.

"아버님, 장난 전화는 몇 통이나 걸려 왔습니까?"

"글쎄요, 전화를 받으면 아무 말도 하지 않고 찰칵 끊어버리는 일이 몇 번 있어서 잘 모르겠습니다만 이야기를 한 것은 세 통이었습니다."

"그건 제가 사정 청취를 끝낸 거라 보고하겠습니다."

이와무라가 옆에서 말했다. 수첩을 보며 보고한다.

"먼저 아침 7시 전후에 첫 번째 전화가 왔습니다. 젊은 남자의 목소리로 아이는 지금 자신이 맡고 있다, 50만 엔을 더 준비하면 돌려보내겠다, 다시 전화하겠다, 하는 내용이었습니다. 두 번째 전화는 아침 7시 15분경, 이것도 젊은 남자 목소리로, 아이는 도쿄만(灣)에 빠뜨렸다, 그러니 포기하라, 하는 내용이었습니다. 그리고 세 번째 전화는 아침 8시가 지나서였는데 이번에는 나이 든 남자로 보이는 목소리로, 어차피 악랄한 장사를 하고 있겠지, 천벌이다, 꼴좋게 됐다, 하는 내용이었습니다. 모두 아버님이 레코더로 녹음을 했습니다. 제가 그것을 들어봤습니다만 세 건 모두 지금까지의 전화와는 다른 목소리였습니다. 선배님도 들어보시겠습니까?"

"그래, 들어보지."

오치아이는 보고를 받은 것만으로 속이 메슥메슥했지만 듣지 않을 수 없어서 이어폰을 귀에 댔다. 과연 귀로 뛰어든 것은 인간의 마음 깊숙한 어둠을 떠올리게 하는 어두운 목소리였다.

"용서할 수가 없어."

"가혹한 이야기지요."

이와무라가 분개한 얼굴로 말했다.

오치아이는 점점 더 분노가 끓어올라 이 남자들도 반드시 붙잡겠다고 맹세했다. 죄상이 가벼운 부분은 취조실에서 혼을 내주겠다는 것까지 생각했다.

그때 전화벨이 울렸다. 거실에 있던 이들 모두가 튕기듯이 얼굴을 들었다.

"내가 받지. 어차피 장난 전화야." 오치아이가 수화기를 들었다. "예, 스즈키 상점입니다."

처음에 찰칵 하는 소리가 들리고 남자 목소리가 들렸다.

"하루오 씨입니까? 가와사키의 다쓰로입니다만."

"예?"

"사촌인 다쓰로입니다. 잊어버렸어요?"

"아아, 죄송합니다. 전화 바꾸겠습니다."

오치아이는 "친척인 것 같습니다" 하며 수화기를 하루오에게 건넸다. 텔레비전에서 뉴스를 보고 깜짝 놀라 전화를 한 것 같았다.

"이래서는 한동안 혼란스럽겠군. 경찰이 비용을 부담하는 전화를 하나 설치해서 그걸로 서와의 연락용으로 쓰는 게 낫겠어."

"저도 그렇게 생각했습니다. 다나카 과장대리님께 말씀드리지요."

이와무라가 고개를 끄덕였다. 그때 오치아이는 퍼뜩 뭔가 생각났다.

"이봐, 지금 안 건데, 범인한테서 온 전화는 처음에 찰칵 하는 소리가 났었나?"

"무슨 이야기입니까?"

"공중전화라면 처음에 10엔짜리 동전이 떨어지는 소리가 들리지. 지금 전화가 그랬어."

"그렇습니까? 몰랐습니다. 어딘가의 공중전화일 거라고 단정했습니다."

"이 무슨 일이야. 나도 멍청했어."

오치아이는 깜짝 놀랐다. 100명이 넘는 수사관들이 있는데 범인이 걸어온 전화가 공중전화인지 집 전화인지 아무도 조사하자고 하지 않았다니. 전화를 사용한 범인과의 대화에 많은 형사들이 익숙하지 않은 것이다. 가정용 전화의 보급은 급속하게 진행되었지만 아직 전국에서 200만 세대 정도에 지나지 않는다. 자택에 전화가 있는 형사는 거의 없다.

"좋아, 그것도 다시 조사해보자. 제대로 녹음되어 있고 특정할 수 있다면 단서가 될 거야."

하루오가 전화를 끊었기 때문에 오치아이는 그 전화를 빌려 수사본부에 걸었다. 다나카에게 새로운 전화 회선 하나를 끌어달라고 부탁하고, 공중전화인지 집 전화인지 조사해야 한다고 말했다. 다나카도 생각지도 못한 모양으로, 자꾸만 자신의 어리석음을 원통하게 여기며 아주 서둘러 조사하겠다고 말했다.

그리고 수화기를 놓자마자 아주 요란한 벨 소리가 울렸다.

"예, 스즈키 상점입니다." 오치아이가 받았다.

받자마자 툭 끊어졌다. 장난 전화다. 몇 초 후 다시 울렸다. 받자마자 또 아무 말도 하지 않고 끊겼다.

"아버님, 가게 전화번호는 전화번호부를 보면 알 수 있는 건가요?" 오치아이가 물었다.

"물론 알 수 있습니다. 전화를 신청하면 자동적으로 전화번호부에 오릅니다."

앞으로는 참 끔찍한 세상이 되겠구나, 하고 오치아이는 망연자실했다. 편지와 전보였던 개인 간의 통신 수단이 앞으로 몇 년만 지나면 전화가 보통이 된다. 그렇게 되면 발신자가 특정되지 않고 누구든 익명으로 말할 수가 있다.

다시 전화벨이 울렸다.

"예, 스즈키 상점입니다."

"이봐, 50만 엔 준비됐나?" 낮게 우물거리는 목소리의 남자였다.

"아직 못 했습니다. 은행이 9시에 문을 열어서 앞으로 찾아오겠습니다."

오치아이는 순간적으로 이야기를 맞췄다. 이와무라로부터 보고받은 첫 번째 전화를 한 사람일 것이다. 녹음테이프로 실컷 들었던 범인의 목소리와는 전혀 닮지 않았다.

"그럼 그 돈을 오전 10시, 도쿄 역의 마루노우치 중앙 개찰구로 가져와."

"알겠습니다. 사람이 많을 텐데 표지로 삼을 만한 것을 가르쳐주시겠습니까?"

"아아, 그러니까……. 그럼 회색 작업복을 입고 있으니까 그걸로 찾아봐."

"알겠습니다. 그럼 10시에 가겠습니다."

전화를 끝내자 오치아이는 다시 다나카에게 연락해서 지금의 협박 전화 한 건을 전했다. 다나카는 콧김이 닿을 것 같은 기세로 "우리한테 맡겨, 붙잡아서 혼을 내줄 테니까" 하고 말했다.

다시 전화벨이 울렸다.

"예, 스즈키 상점입니다."

"뉴스 봤어. 당신 말이야, 깨소금 맛이군. 아이는 진작 죽었어."

일부러 괴롭히려는 전화였다.

"야, 난 형사다. 다시 한번 말해봐."

오치아이가 무시무시한 태도로 위협하자 상대는 당황해서 전화를 끊었다.

오치아이는 허망감에 시달렸다. 형사가 되어 많은 범죄자를 봐왔지만 일반 사람들의 악의를 보게 된 것은 이번이 처음이다. 사람의 마음이란 알 수 없다는 것일까.

다시 전화벨이 울렸다.

"제가 받겠습니다." 이번에는 이와무라가 수화기를 들었다.

"이봐, 난 형사다. 꼴좋다고? 당신, 부끄럽지도 않아?"

누구인지 모르는 사람을 이와무라가 몹시 꾸짖었다.

점심때까지 전화는 서른 통 넘게 걸려 왔다. 친척, 지인에게서 온 것을 제외하면 모두 아무 말도 하지 않거나 일부러 괴롭히려는 것이거나 사건에 편승한 협박이었다.

오전 10시에 도쿄 역에서 몸값을 받겠다고 지정한 남자는 감시하던 형사들에게 그 자리에서 깨끗이 체포되었다. 범인은 열아홉 살의 은행원으로, "잘하면 목돈을 벌 수 있을 것 같아서 했다"는 단순한 동기였다.

범인으로부터는 여전히 연락이 없었다.

오후가 되어 오치아이와 이와무라는 아사쿠사서의 형사와 피해자 집에서 대기하는 일을 교대하고 후지초등학교로 갔다. 범인의 음성을 우노 간지와 구멍가게에 간 아이들에게 들려주기 위해서다. 사건이 공개된 이상 한시라도 빠른 확인이 요구되어 수사본부에서 교장과 각 보호자에게 의뢰했더니 곧바로 양해해주었다. 아이는 휩쓸리게 하고 싶지 않지만, 그렇게 말할 수도 없는 것이다.

교장실에 레코더와 녹음테이프를 가져가 준비를 갖추었다. 미나미센주서에서 오바도 달려왔다.

"나도 넣어줘. 우노 간지가 궁금해서 견딜 수가 있어야지. 어젯밤에도 꿈에 나왔다니까."

오바는 뭔가 비과학적인 말을 했지만 오치아이도 비슷한 것 같았다. 머리에 떠오른 것은 우노 간지의 얼굴 사진뿐이었다.

아이들을 부르자 걱정이 된 부모들도 달려와 교장실은 만원 상태였다.

아이들은 다섯 명인데 모두 1, 2학년생이다. 오치아이는 이전에 이야기를 한 메밀국숫집 아이에게 말을 걸었다.

"요코야마 다케시였지? 아저씨 기억하니?"

아이가 긴장한 얼굴로 꾸벅 고개를 숙였다.

"지금부터 음성테이프를 들려줄 거야. 요시오 집에 전화를 걸어온 남자의 목소리인데, 그 목소리를 듣고 10월 6일 일요일 신사에서 보고 그 후 구멍가게에서 주스와 과자를 사준 형과 목소리가 비슷한지 어떤지 생각해봐. 다른 애들도 알았지?"

오치아이가 물으니 각자 잠자코 고개를 끄덕였다.

"그럼 재생한다. 다들 좀 더 가까이 와."

아이들의 원이 좁혀진다. 어른들도 함께 몸을 내밀었다. 범인의 목소리가 흘러나온다.

「"스즈키 씨입니까?" "어제 전화한 사람이오. 아들을 데리고 있다고 말한—"」

첫 부분을 듣는 것만으로 아이들의 안색이 변했다. 그것은 짐작 가는 데가 있어서가 아니라 공포 때문이었다. 한 1학년생이 도움을 구하는 것처럼 어머니 다리에 매달렸다.

"히로시, 잘 들어봐. 중요한 일이니까."

어머니가 재촉하자 그 아이는 이제 울기 시작했다. 동요는 전염되어 모두가 침착성을 잃었다.

"잠깐 멈추지요. 학생들이 두려워합니다."

교장이 딱딱한 표정으로 손을 뻗어 정지 버튼을 눌렀다.

"아이들은 스즈키 요시오 군이 유괴된 사실을 알고 있습니다. 뉴스에 나온 이상 숨겨둘 수가 없어 오늘 아침 각 담임선생님들에게 전하도록 했습니다. 그 결과 학교 전체에 동요가 퍼져나가 지금은 모든 학년에서 수업을 할 수 없는 상태입니다. 그래서 이 아이들한테도 배려를 해주었으면 합니다."

"교장선생님, 아이들이 두려워하는 것은 알겠습니다만 저희도 일각을 다투고 있습니다. 비슷한지 아닌지 그것만 대답해주면 됩니다."

오바가 속행을 요구했다. 그 말투가 고압적으로 들렸는지 옆에 있던 교감이 항의하는 듯이 말했다.

"형사님, 몸값을 요구하는 대화를 그대로 아이들에게 들려주다니, 너무 무신경한 거 아닌가요? 왜 편집해 오지 않은 거죠?"

"그건 지당합니다만 시간이 없습니다. 아무쪼록 형편을 참작해주십시오."

오치아이가 변명을 하고 아이들에게도 사과했다.

"너희들, 무섭게 해서 미안하다. 하지만 요시오를 구하기 위해 필요하단다. 그러니까 좀 참고 들어줄래? 언젠가 주스를 사 준 형의 목소리와 비슷한지, 비슷하지 않은지."

"좋아요, 전 들을게요."

한 학생인 다케시가 말했다. 분발해서 용기를 낸 소년의 눈이었다. 아버지가 곧 "대단하구나, 다케시" 하고 칭찬했다.

다시 스위치를 올리자 울고 있던 아이도 함께 귀를 기울였다.

"말투는 다르지만 비슷한 것 같아요." 다케시가 말했다.

"그래. 너희들과 이야기했을 때는 북쪽 지방 사투리를 썼었지?"

"네. 하지만 목소리가 비슷해요."

"알았어. 고마워. 다른 애들은 어떠니? 의견을 맞추지 않아도 좋아. 생각한 것을 솔직하게 말해주렴. 모르면 모른다고 해도 돼."

오치아이가 묻자 다른 네 명은 모르겠다고 말했다. 이것만으로도 수확이다. 적어도 전혀 다르다는 감상은 없었다.

아이들과 보호자, 교사에게 고맙다고 말하고 초등학교를 뒤로했다. 그길로 이번에는 아사쿠사의 스트립 극장으로 갔다. 사전에 방문하겠다고 알렸기 때문에 지배인이 입구에서 기다리고 있었다.

"수고하십니다." 셔츠에 나비넥타이를 맨 차림의 지배인이 고개를 숙였다. "무희들도 몇 명 모아두었습니다. 뭐든지 물어보세요."

저자세인 것은 우노 간지를 수색했을 때 일부러 숨기고 있다며 몇 번이나 가택수색을 하겠다고 위협한 탓일 것이다.

지배인실로 안내하자 맨얼굴의 무희 몇 명이 나른한 듯이 담배를 피우고 있었다.

"이봐, 화장을 지우면 딴사람 같군. 어디 유령이 나오는 집인가 했다니까."

오바가 난폭하게 말했다. 여자들은 담배 연기를 코로 내뿜으며 "그쪽이야말로 넥타이만 풀면 야쿠자잖아" 하며 지지 않고 응수했다.

다만 처음에는 귀찮아하는 것 같았던 여자들도 음성테이프를 들려주니 태도가 바뀌었다.

"이게 몸값을 요구하는 전화예요?"

"어머, 무서워라."

각자 얼굴을 일그러뜨리며 피해자를 동정한다.

"어때, 우노 간지의 목소리와 비슷해?" 오바가 물었다.

"어떨까, 말투가 전혀 다른데."

"범인은 다른 사람 목소리를 흉내 냈을 가능성이 높습니다. 그 점도 유의해서 들어보세요." 오치아이가 말했다.

"하지만 녹음된 목소리는 실제와 조금 다르다고 하고. 게다가 전화 목소리를 녹음한 거잖아요."

"난 비슷하다고 생각해."

한 무희가 확신에 차서 말하여 여자들이 술렁였다.

"정말? 그럼 그 바보 간지가 유괴범인 거야?"

"난 사토코 씨가 가자고 해서 자주 술을 마시러 갔는데, 늘 도중에 간지를 불러내 둘이서 장난치며 놀았어. 그 후에 둘이서 같이 살게 되었는데……. 그러니까 이 중에서 내가 간지와 가장 말을 많이 해봤을 거야."

"비슷하다고?" 오바가 확인했다.

"비슷하다고 생각했을 뿐이고, 책임은 못 져요."

"책임지지 않아도 돼요. 폐를 끼치지도 않고요." 오치아이가 말했다.

"그럼 비슷해요. 사투리는 없앴지만 뭘 생각하는지 알 수 없는 멍한 느낌은 남아 있으니까. 간지는 바보라서 긴장하지 않거든요."

"그러고 보니 그럴지도." 다른 여자가 말했다.

"그럼 다시 한번 들어봐요."

오치아이가 테이프를 되감아 두 번째로 재생했다. 여자들이 열심히 듣는다.

"응, 역시 비슷한 것 같아."

한 사람은 거듭 긍정했지만 나머지 여자들은 대답을 피하고 고개를 갸우뚱할 뿐이었다.

"아이, 무서워라. 이거 몸값을 요구하는 대화잖아?"

"아, 싫어. 귓가에 남을 것 같아. 부모가 안됐어."

"미안합니다. 협조해줘서 고맙습니다." 오치아이가 감사를 표했다.

"그런데 기나 사토코는 지금 어떻게 지내지? 알고 있지?" 오바가 물었다.

"아뇨, 몰라요. 행방불명."

"누군가는 알고 있겠지."

"아무도 몰라요, 안 그래?" 여자들끼리 서로 고개를 끄덕인다.

"한솥밥을 먹은 사이에 아무도 모르는 일은 없겠지? 부탁해. 가르쳐줘. 은혜는 갚을 테니까. 앞으로 무슨 일이 있었을 때 내가 도와주지. 약속해."

오바가 더욱 물고 늘어지자 여자들은 얼굴을 마주 보며 입을 다물었다.

"말해줘. 사토코가 아직 우노 간지와 같이 있다면 아이의 생명이 걸려 있을지도 모르는 일이야."

오바가 고개를 숙인다. 그러자 한 무희가 "실은……" 하며 털어놓았다.

"토요일이었나. 낮에 분장실을 지키고 있었더니 전화가 걸려 왔는데 받아보니 사토코 씨였어요. 용건은 아직 지불받지 못한 급료가 일주일 치 있는데, 지배인한테 말해서 받아주지 않겠느냐는 거였어요. 사토코 씨, 말도 않고 나가서 그건 어렵지 않겠느냐고 했더니 그럼 포기하겠다고."

"어디서지?"

"아타미래요. 온천에 몸을 담그고 때를 빼서 다시 도쿄에서 새로 시작하겠대요."

온천이라는 말을 듣고 오치아이와 오바는 얼굴을 마주 보았다.

"우노 간지도 같이 있나?"

"그런 말은 안 했어요. 나도 묻지 않았고요."

"도쿄에서 새롭게 시작하겠다고? 장소는 말 안 했어?"

"신주쿠래요. 믿을 데는 없지만 여자이고 어떻게든 안 되겠느냐며."

"신주쿠……. 저기, 기나 사토코에 대해 좀 더 말해주지 않을래?"

오바가 담배를 꺼내 불을 붙였다. 무희는 약간 망설였지만, 지배인이 "형사님한테는 협조해두는 게 좋아"라고 귀엣말을 하자 조그맣게 코로 숨을 내쉬며 사토코의 경력이나 사람됨을 이야기하기 시작했다.

그날 밤의 수사 회의에서는 처음에 다마리 1과장이 신속하게 제외해야 하는 수사상의 장애에 대한 보고를 했다.

"오늘 이지마 형사부장님이 일본전신전화공사의 부총재와 직접 담판을 해서 전화의 역탐지가 가능해졌다. 내일부터 통신기사를 스즈키 상점에 파견하여 악질적인 장난 전화, 편승에 의한 협박 전화를 역탐지하기로 한다. 역탐지에 관해 경찰은 아직 경험이 없기 때문에 전신전화공사의 지도를 받고 앞으로 누구나 사용할 수 있는 매뉴얼을 작성할 것이다. 그리고 즉각 악질적인 범인 한두 명을 공갈 미수죄로 체포하여 매스컴에 발표한다. 아마 매스컴은 해당 사안을 일제히 보도하고 공격할 것이기 때문에 그것이 본보기가 되어 장난 전화는 그칠 것이다. 보고에 따르면 오늘 아침 NHK에서 1보가 나온 이래 스즈키 상점에는 100통이 넘는 장난 전화, 일부러 괴롭히려는 전화가 걸려 왔다고 한다. 아마 지금도 오고 있을 것이다. 수사본부가 설치된 아사쿠사서와 경시청에도 마찬가지로 장난 전화가 걸려 오고 있다. 정말 지겨운 세상이 되었다. 전화의 익명성을 구실로 평소의 울분을 풀려고 하는 놈들이 있다는 것이다. 설마 일반 시민이 수사를 방해하는 날이 올 줄은 생각지도 못했다. 다 같이 명심하자. 통신과 교통의 급격한 발달로 범죄는 변모하고 있다—"

다마리의 말을 수사관들은 진지한 얼굴로 듣고 있었다. 전화와 자가용의 보급은 앞으로 다양한 범죄를 낳을 것임이 틀림없다. 경찰 역시 기로에 서 있다.

다마리에 이어서 다나카가 이야기를 시작했다.

"오늘 5계의 오치아이로부터 범인이 사용한 전화가 공중전화인지 집 전화인지 확인해야 한다는 말을 듣고 녹음테이프를 다시 들어봤더니, 어떤 통화에도 공중전화 특유의 찰칵 하는 동전 떨어지는 소리가 녹음되어 있지 않았다. 전신전화공사에 문의했더니 공중전화의 구조상 어떻게 해도 동전 떨어지는 소리가 발생하기 때문에 소리가 나지 않았다면 가입 전화로 판단하는 것이 타당하다는 회답을 받았다. ……여기에 관해 수사본부는 식견이 없었음을 부끄러워해야 한다. 범인한테서 걸려 온 전화를 녹음한 경험이 부족했기 때문에 생각이 미치지 못했다. 나도 그렇지만, 공중전화에서 걸려 왔을 거라고 하찮게 보고 있었다. 반성하고 있다."

다나카가 가볍게 고개를 숙이자 호응하는 듯이 형사들도 고개를 숙였다.

"그래서 범인이 몸값을 건네는 장소로 갈 때 택시에 탔다고 여겨지는 아사쿠사센조쿠마치 1가의 교차로를 중심으로 반경 200미터 범위 내의 가입 전화 건수를 전화번호부를 기초로 조사했더니 대충 180건이었다. 대부분 상점이나 회사, 공공기관이고 개인 주택의 경우 30건도 되지 않는다. 내일부터 이 모든 곳을 이 잡듯이 뒤진다. 담당 할당은 나중에 하겠지만 주의할 점으로는 수화기의 지문 채취도 할 수 있기 때문에 각 수사관들은 함부로 손대지 않기를 바란다."

다나카가 차를 마시고 한 호흡 쉰다.

"그런데 여기서부터는 전화의 주인에 관해서다. 오늘 오바 주임과 오치아이, 이와무라가 테이프레코더를 들고 우노 간지와 면식이 있는 아이들과 아사쿠사의 스트립 극장의 무희들에게 이야기를 듣고 왔다. 그 결과 아이들 중에서 한 명, 무희들 중에서 한 명이 우노 간지의 목소리와 비슷하다고 증언했다. ……그때의 심증을 보고해주게."

다나카가 오치아이와 오바를 번갈아 쳐다봤다. 오바가 오치아이를 향해 턱을 치켜들어 오치아이가 보고하게 되었다.

"그럼 보고하겠습니다. 아이들도, 무희들도 가장 많은 의견은 '알 수 없다'는 것이었습니다. 하지만 그것은 우노 간지가 평소 북쪽 지방 사투리로 대화를 했는데 그것이 나오지 않았기 때문인 것으로 보입니다. 그런 가운데 비슷하다는 인상을 가진 사람이 두 명 있었다는 것은 유력한 증언이라고 생각해도 좋지 않을까 생각합니다. 증언자가 한 명이 아니라 두 명이라는 것은 단순히 두 배가 아닙니다. 게다가 아이와 무희는 다른 사람들입니다. 또한 모른다고 대답한 사람들도 확실히 부정한 것은 아닙니다. 계속해서 우노 간지를 중요 참고인의 맨

위에 놓아야 한다고 생각합니다. 그리고 이것은 오바 주임이 한 무회로부터 얻은 정보입니다만……."

오치아이가 오바를 보자 다시 턱을 치켜올리며 일일이 자신에게 묻지 말라는 표정을 지었다. 자신에게 이야기하라는 것이라고 판단하고 오치아이가 이야기를 이어갔다.

"우노 간지와 함께 사랑의 도피를 한 기나 사토코라는 오키나와 출신의 여자가 토요일 오후에 스트립 극장 '아사쿠사 펠리스'로 전화를 해왔습니다. 용건은 지불받지 못한 급료에 관한 것이었는데, 그때 어디 있느냐는 물음에 아타미의 온천에 있다고 대답했습니다. 동료끼리이기 때문에 거짓말을 할 필요가 없으니 사실이 아닐까 생각됩니다. 그렇다면 여자 혼자 온천에 있다는 것은 생각하기 힘들고 남자가 함께 있다고 추측하는 것이 일반적일 것으로 보입니다. 다시 말해 우노 간지와 기나 사토코는 지금도 같이 행동하고 있을 가능성이 높은 것 같습니다. 그리고 앞으로 도쿄로 돌아와 신주쿠에서 다시 시작하고 싶다고 전화로 이야기했다고 합니다. 아마 스트립 극장이나 터키탕, 카바레 같은 곳이겠지요. 오늘 밤부터 즉시 조사해보고자 합니다. 그리고 또 한 가지 중요한 것이 있는데, 기나 사토코가 상경한 경위입니다. 후쿠오카에서 터키탕에 미성년 소녀를 알선한 일로 경찰의 조사를 받은 적이 있는데, 체포가 두려워 도망쳐 왔다는 사정이 있는 것 같습니다. 그래서 곧바로 후쿠오카 현경에 문의했더니 확실히 1년 반 전에 기나 사토코에게는 매춘방지법 위반으로 체포영장이 나왔다는 것이었습니다. 즉, 발견하는 대로 기나 사토코는 신병을 구속할 수 있다는 것입니다."

오치아이가 말하자 수사관 중에서 "그것 참 좋은 소식이군" 하는 목소리가 나왔다.

"기나 사토코에게 그 이전의 전과는 있나?" 다나카가 물었다.

"아니요. 그래서 후쿠오카 현경에 사진과 지문은 없습니다."

"알았네. 사진이 필요하겠군. 스트립 극장에는 선전용 얼굴 사진이 있을 테니까 그걸 제공하게 하지."

"아니, 그게 저도 봤습니다만 덕지덕지 화장을 한 것뿐이라 아마 맨얼굴은 딴사람이 아닐까……."

수사관들 사이에서 "하하하하" 하는 실소가 터져 나왔다.

"난감하군. 앞으로 본명을 사용한다는 보장도 없고."

"오키나와 출신답게 눈이 크고 피부가 거무스름하다고는 들었습니다만."

"알았네. 아무튼 오치아이는 그 선에서 쫓아주게. 목적은 우노 간지의 신병 확보야. 다만 우노 간지가 유괴범이라고 단정하는 건 아니네. 그건 유념하도록. 예단은 금물이니까."

다나카가 자신에게도 타이르는 듯이 말했다.

"그럼 다음이다. 도잔회 쪽에서 우노 간지를 쫓고 있는 반으로부터 이야기를 들어볼까? 우에노서의 와타나베 주임. 수확이 좀 있었지?"

"예, 있었습니다."

와타나베가 수첩을 펼치고 보고를 시작했다. 오치아이는 얼굴을 보고 생각해냈다. 전 시계상 살인사건 때 골동품 가게에 대한 수사로 인도 금화를 알아낸 형사다.

"도잔회의 마치이 아키오가 우노 간지와 친교가 있었기 때문에 그쪽에서 추적해봤습니다만, 마치이 아키오는 도잔회의 금족 처분이 풀려 지금은 조직 사무실에 출입하고 있습니다. 그래서 형님들을 분노하게 한 인도 금화 건은 결말이 났나 싶어 금화를 매수한 우에노의 호라쿠 상회에 가봤더니, 금화는 이미 팔리고 없었습니다. 그래서 '어떤 손님이 사 갔습니까?' 하고 물었더니 중국인 점주가 뭐라고 말을 흐려서, 추궁했더니 마치이 본인이 사 갔다고, 같은 금액인 24만 엔에 가져갔다고……."

"그건 어떻게 된 건가?"

"호라쿠 상회로서는 도난품일 가능성이 있다는 것을 알고 증거품으로서 압수당하는 것만은 피하고 싶다, 매각한 액수라도 좋으니까 얼른 가져가라는 것이었겠지요. 그런데 마치이가 사들인 이유인데, 제가 얻은 정보에 따르면 우에노신와회의 다치키라는 간부가 도잔회에 대해 전 시계상 집에서 훔친 금화를 신와회에 돌려주지 않으면 조직 사이의 불화가 된다고 위협했다고 합니다. 그런 사정으로 원래의 주인에게 돌아간 것이 아닐까 싶습니다."

"그런가. 하지만 그것과 유괴사건은 어떤 관계가 있는 거지?"

"돈의 출처입니다. 마치이가 처음에 금화를 팔고 얻은 돈은 형님들에게 빼앗겼을 겁니다. 야쿠자의 상하 관계로 볼 때 돌려받았다고는 생각하기 힘듭니다. 애초에 금족 처분을 내린 것은 자신의 생각으로 뭔가를 해보라는 것이겠지요. 마치이는 어딘가에서 돈을 변통했을 공산이 큽니다. 그런데 유괴사건으로 몸값을 건넨 것이 10월 9일, 마치이가 호라쿠 상회에서 금화를 되산 것이 10월 11일—"

"마치이를 임의로 잡아 올 수 있을까?" 다나카가 곧바로 몸을 내밀었다.

"저번에 우에노서는 마치이 체포로 얼굴에 똥칠을 했는데 가능하면 다른 서에서……."

"그럼 우리가 하지 뭐. 내가 서장한테 교섭해보지."

오바가 말했다. 모두의 시선이 향하고, 오바라면 괜찮을 거라는 무언의 분위기가 흘렀다.

오치아이는 예기치 않은 전개에 머리가 혼란스러웠다. 여기서 마치이와 다치키의 이름이 나오다니. 우에노신와회의 다치키가 관련되어 있다면 안면이 있어서 물어보기는 쉽다. 오늘 밤에는 바로 다치키의 가게로 찾아가기로 했다.

오치아이는 수사의 핵심에 다가가고 있다는 실감이 들었다. 다만 요시오가 돌아오지 않은 것을 생각하면 마음의 흥분은 없다. 머리에 떠오른 것은 쇠약한 부모의 얼굴뿐이다.

29

그날 오전 노동자들을 보내고 방 청소를 끝낸 후 이제 공부를 시작해볼까 하고 카운터의 책상에서 교재를 펼치자, 산야 여관업조합의 조합장이 전단지를 들고 찾아왔다. 마치이 미키코는 늘 있는 동네의 미화 추진 전단지 나부랭이라고 생각하고 "수고하십니다. 거기에 놔두세요" 하며 보지도 않고 대답했더니, 조합장이 "그게 아니라" 하며 목소리를 죽여 말해서 처음으로 얼굴을 들었다.

"아사쿠사의 두부집 아이 유괴사건, 그 공개 조사 전단지야. 아침 일찍 매머드 파출소의 경찰이 찾아와서 산야의 여관에 배포해달라고 부탁해서 이렇게 돌아다니는 거야. 미키코, 유괴된 요시오 알지?"

요시오라는 이름을 듣고 미키코는 무심코 기어 일어나 문틀까지 갔다. 전단지를 들여다본다. 거기에는 활자가 아니라 붓으로 쓴 다음과 같은 글귀가 있었다.

요시오 군 유괴사건의 범인은 이런 인물입니다.

• 18세에서 40세 정도의 남자입니다.

• 10월 9일 저녁 6시 반경, 다이토구 아사쿠사센조쿠마치 1가에
  서 택시를 탄 것이 확인되었습니다.

• 그날 저녁 7시경 미나미센주마치의 도쿄 스타디움 주차장에
  나타난 것이 확인되었습니다. 위의 사실을 실마리로 —

• 돈이 궁했는데도 최근에 갑자기 주머니 사정이 좋아진 남자가
  있다.

• 최근 남자아이를 데리고 걷고 있던 수상한 남자가 있다.

• 그 남자아이는 왼쪽 다리가 불편하여 살짝 끌며 걷는다.

• 최근에 남자아이용 옷이나 신발을 구입한 남자가 있다.

이런 인물이 짐작 가는 분은 급히 경찰서에 알려주세요.

1963년 10월 15일

경시청 아사쿠사서 특별수사본부

전화(872)×××1~3

전단지 한가운데에는 그네를 탄 채 웃고 있는 스즈키 요시
오의 사진이 실려 있었다. 미키코는 가슴이 죄어옴과 동시에
등골이 서늘해졌다.

갑자기 주머니 사정이 좋아진 남자. 그건 아키오를 말하는 게 아닌가. 바로 얼마 전에 여관으로 찾아와 야쿠자들끼리 다투던 금전 문제가 해결되었다고 환한 표정으로 말했다. 마쓰자카야 백화점에서 샀다는 비싸 보이는 구두를 신고 있었고 누나에게도 사줄까 하고 경기가 좋은 말도 했다. 아니, 설마—

"무섭지? 미키코. 이런 서민 동네에서 유괴사건이 일어나다니. 부모들도 무서워하며 아이들한테 한동안 밖에서 놀지 못하도록 타이르고 있대."

조합장이 말하는 것을 건성으로 들으며 미키코는 자신의 상상을 부정했다. 아키오가 유괴사건을 일으킬 거라고는 도저히 생각되지 않는다. 확실히 불량하기는 하지만, 하는 일이라면 싸움과 공갈 정도다. 아키오는 좀도둑질도 하지 않는다. 왜냐하면 아키오는 폼을 잡기 때문이다.

"그럼 열 장 두고 갈 테니까 여관 안과 식당, 밖의 전봇대에 붙여줘."

"알겠습니다. 수고하세요."

미키코는 조합장을 보내고 전단지를 다시 한번 읽고 새삼 몹시 걱정했다. 요시오는 누나의 주산 학원에 자주 따라와 교실 구석에서 혼자 얌전히 그림을 그리고 있던 남자아이다. 다리가 불편한 듯 가볍게 끌며 걸었지만 학생들은 그것이 어떤 것인지 이해하고 있어 아무도 놀리거나 하지 않았다.

보도에 따르면 유괴된 지 이미 일주일이 지났고, 몸값을 받고 나서도 며칠이나 지났을 터였다. 그렇다면 아이를 돌려보내지 않는 것은 어떻게 된 일인가.

아무튼 마음에 걸리는 것 하나는 확실히 해두고 싶다. 미키코는 공부를 중단하고 "잠깐 도서관에 다녀올게" 하며 어머니에게 거짓말을 하고 여관을 나섰다. 그리고 자전거를 타고 아사쿠사 공원 뒤쪽의 카페 '에코'로 갔다. 가게 안에는 평소처럼 안쪽 박스석에 도잔회의 젊은이들이 모여 있었다. 다만 아키오의 모습만 없다.

"저기, 아키오는?"

미키코가 묻자 젊은이들이 얼굴을 마주 보고 난 후, 한 청년이 "아키오라면 미나미센주서에 갔는데요"라고 대답했다.

"경찰서? 왜?"

"글쎄요, 잘은 모르겠지만 어젯밤 오바라는 형사가 조직 사무실에 와서 '물어보고 싶은 것이 있으니까 아키오를 서로 넘겨'라고 말했어요. 그래서 형님이 스마트볼장에서 대기하고 있던 아키오를 불러 '거역하면 귀찮아지니까 잠깐 다녀와'라고 했고요. 그 후로 돌아오지 않았으니까 아직 경찰서에 있는 거 아닐까요?"

"체포된 거야?"

"아뇨, 임의예요."

"그럼 한 가지 묻겠는데 너희들 아키오가 거금을 손에 넣었다는 이야기 들어본 적 있어?"

미키코의 물음에 젊은이들은 입을 다물었다.

"뭐야? 묵비권이야? 난 아키오의 가족이야. 대답해, 빨리."

"…… 우에노신와회의 간부한테 인도 금화 건으로 협박을 받았는데, 그럭저럭 돈을 마련해 되사서 그걸로 해결했다고 하던데요."

"그건 나도 알고 있어. 아키오는 어떻게 돈을 마련한 거지?"

"글쎄요, 우리한테도 확실히 말을 하지 않았고……."

"그럼 가능성을 얘기해봐. 어떻게 하면 아키오 같은 졸때기가 이십 몇만 엔인가 하는 돈을 마련할 수 있는 거지?"

미키코가 계속해서 추궁하자 한 명이 마지못해 말한다는 느낌으로 입을 열었다.

"자세한 것은 모르지만 바보 간지와 관련된 거 아닐까요? 그 이후로 모습을 감추었고. 아키오가 간지를 숨겨준 것은 사실이니까."

"그것 말고는? 알고 있는 건 다 알려줘."

"그것뿐이에요. 아무리 부하라고 해도 뭐든 이야기하는 사이도 아니고요. 특히 돈벌이 이야기는 시시콜콜 묻지 않는 것이 우리 세계의 예의니까요."

애송이가 불만스러운 태도를 취하며 아는 듯이 말했다.

"그래, 알았어. 고마워."

미키코는 발길을 돌려 그길로 미나미센주서로 향했다. 어머니에게는 알리지 않기로 했다. 알렸다가는 또 달려가 소란을 피울 게 뻔하다.

자전거를 타고 고쿠사이 거리를 달렸다. 센조쿠마치 1가 교차로에 당도했다. 그러고 보니 전단지에 범인이 여기서 택시를 탔다고 쓰여 있었던 것을 떠올리자 미키코는 한기가 들었다. 그리고 문득 깨달으니 여기저기 전봇대에 전단지가 붙어 있어 동네 주민 전체가 걱정하고 있는 것이 절실히 전해졌다. 미키코의 마음에 이루 말할 수 없는 초조감이 차올랐다.

미나미센주서에 도착하여 임의로 조사를 받고 있는 마치이 아키코의 누나라고 말하고 면회를 요청하자, 젊은 형사가 나와서는 "안 돼요, 안 돼"하며 고압적인 태도로 손을 좌우로 흔들었다.

"어째서요? 임의잖아요?"

"임의여도 안 돼요."

"저기 말이에요, 만나게 해주지 않으면 우에노서 때처럼 변호사를 부를 테니까 오바 씨한테 그렇게 전해주세요."

미키코가 날카로운 시선으로 노려보며 말하자마자 형사는 당황하며 안쪽으로 뛰어갔다. 그리고 3분 후에 오바가 나타났다.

"미키코, 변호사를 불러도 소용없어. 그렇게 되면 우리는 아무리 작은 죄라도 찾아내서 아키오를 체포할 테니까."

오바는 수면 부족인지 눈가가 거무스름한 채 언짢은 듯이 말했다.

"그럼 부르지 않을 테니까 나하고 10분만 이야기하게 해줘요. 무슨 일이 있어도 확인하고 싶은 것이 있으니까요."

"확인하고 싶다는 게 뭔데? 혹시 아키오가 거금을 변상한 일인가?"

오바의 말에 미키코는 대답이 궁했다. 그렇구나, 아키오가 경찰서에 불려 온 이유도 그것이었나.

"그렇다면 나하고 같네, 뭐. 아키오는 11일, 판매한 금화를 같은 금액으로 되샀지. 내가 알고 싶은 것은 돈의 출처야. 그 자식, 판매한 돈으로 되샀을 뿐이라고 시치미를 떼지만 나도 잡아 온 이상 확인을 했다. 그 돈은 형님들이 빼앗아서 이미 다 썼거든. 그것을 지적했더니 아키오 녀석, 건방지게 묵비권을 행사하고……."

"그럼 제가 물어볼게요. 그럼 되잖아요?"

"미키코가 물어봐준다고?"

"경찰에 협력할 생각은 없지만 가족으로서 걱정되잖아요. 유괴사건의 전단지가 나돌고 최근에 갑자기 돈 씀씀이가 좋아진 남자가 없느냐고 쓰여 있으니까요. 그러고 보니 아키오 그 녀석, 돈에 궁했는데 갑자기 씀씀이가 헤퍼졌으니까요⋯⋯."

"돈에 궁했다? 그게 무슨 말이지?"

"그러니까 그것도 포함해서 물어볼 테니까 잠깐 이야기하게 해줘요."

"그럼 나도 동석하지. 취조실로 가자."

"오바 씨가 있으면 이야기하고 싶지 않은 일도 있잖아요. 밖의 카페에서 이야기할게요."

"그건 안 되지."

"어째서요? 나는 아키오가 유괴사건과 무관하다는 것을 확인하고 싶을 뿐이에요. 저기, 경찰한테 이런 이야기를 하는 것은 내가 동생을 믿기 때문이에요. 아키오는 바보이고 무모하지만 유괴 같은 비열한 짓은 절대 안 해요. 그걸 확인하고 안심하고 싶은 거예요."

미키코가 진지한 얼굴로 호소하자 오바는 잠깐 생각한 후 "알았어. 다만 밖으로는 못 보내. 옥상을 열어줄 테니까 거기서 이야기해"하고 뜻을 굽혔다.

경찰서의 옥상으로 안내되어 올라갔다. 그곳은 온통 콘크리트인 살풍경한 바닥이었고, 구석의 빨래 건조대에는 몇 벌의 유도복이 널려 있었다. 벤치가 있는 걸 보니 휴게실로도 사용되고 있는 모양이었다. 서쪽으로 눈을 주자 도쿄 스타디움의 커다란 스탠드가 우뚝 솟아 있다. 주위가 단층이나 2층의 민가뿐이어서 마치 바다에 떠 있는 거대한 유조선 같았다.

보도에 따르면 요시오 유괴사건의 몸값은 도쿄 스타디움의 주차장에서 빼앗긴 것 같다. 그리고 그것은 수사의 연계 미스에 의한 것으로, 경시청의 큰 실수라고 보도되었다. 경찰은 지금 필사적일 것이다. 지난 며칠 동안 산야에서 수사하는 모습만 봐도 그 무리함이 두드러졌다.

잠시 하늘을 보고 있었더니 아키오가 오바에게 이끌려 왔다. "이봐, 10분뿐이야." 오바는 그 말만 하고 문 저편으로 사라졌다.

"누나, 무슨 일이야?"

아키오가 지르퉁하게 말을 던졌다.

"아키오, 엄마가 알기 전에 나한테만 사실을 말해. 너, 이십몇만 엔인가 하는 돈 어떻게 마련한 거야?"

"경마야."

"거짓말하지 마."

"그럼 복권."

미키코는 화가 났으므로 거침없이 다가가 아키오의 뺨을 찰싹 후려쳤다.

"무슨 짓이야? 누나하고는 상관없는 일이잖아."

"상관이 아주 많지. 너, 경찰이 유괴사건 범인으로 의심하고 있어. 누명이라면 확실히 벗어야 하잖아."

"그런 건 경찰도 알리바이 조사로 알고 있어. 나는 9일 정오 지나서부터 밤늦게까지 롯쿠의 스마트볼장에 대기하고 있었거든. 어떻게 몸값을 받을 수 있겠어. 게다가 말이야, 어젯밤에는 테이프레코더에 내 목소리를 녹음해서 협박 전화와 비교해서 들어봤는데 경찰의 과학검사소인가 하는 데서 전혀 다른 사람이라는 판단을 내렸어. 그런데도 신병을 구속하고, 이건 전적으로 인권 유린이야. 누나, 저번의 그 변호사 좀 불러줘."

아키오가 안색을 바꾸고 항변했다. 미키코는 알리바이가 있다는 말을 듣고 일단 안심했다.

"너, 정말 관계없는 거지?"

"당연하잖아. 누나, 날 의심한 거야?"

"그런 건 아니지만…… 그럼 돈의 출처를 말해."

"그건……." 아키오가 말을 흐렸다.

"왜 말할 수 없는데? 훔친 돈이야?"

"말 같잖은 소리 하지 마. 나는 대장부로서의 수양을 쌓으려고 야쿠자가 된 거야. 시시한 도둑질 같은 건 형님들의 명령이라도 하지 않아."

"그럼 말해봐. 이 협객에 물든 놈아."

"저기 말이야, 하나라도 말하면 금화가 지금 어디에 있는지 그런 것까지 들춰내게 될 거고, 그렇게 되면 여러 가지로 위험해져."

"금화는 어디에 있는데?"

미키코가 묻자 아키오는 주위를 둘러보며 "우에노신와회의 다치키라는 야쿠자한테. 전 시계상은 자기들 친척뻘이니까 빨리 돌려달라고 위협해서……" 하고 조그만 소리로 털어놓았다.

"그걸 경찰이 알게 되면 뭔가 안 좋은 거야?"

"그거야 다치키의 원한을 사서 자칫하면 조직 사이의 큰 싸움이 일어나. 그러니까 나는 시치미를 떼고 있는 거야."

"이 멍청아, 이래서 정말 야쿠자는 싫다니까."

미키코는 깊은 한숨을 내쉬었다.

"아무튼 나는 체포 같은 걸 당하지 않았고, 임의로 유치장에 넣을 수는 없으니까 견디고 있으면 저녁때쯤엔 풀려날 거야."

"오바 씨는 아무리 작은 죄라도 찾아내서 체포한다고 했어."

"그런 건 협박이야. 난 이제 경찰의 속셈을 알고 있다고."

"뻐기지 마, 그런 걸로."

"하지만 경찰도 역시 무시무시한 조직이야. 전 시계상이 살해당한 사건 때 현장에 빈집 털이 간지가 우연히 있었다는 것을 정확히 파악하고 있더라니까."

"뭐야, 그건?"

"아아, 누나한테는 말하지 않았나? 간단히 말하면 간지가 빈집 털이를 하러 들어간 집에서 우연히 살인사건이 일어난 거지. 그런데 간지는 거기서 훔친 금화를 가치도 모른 채 나한테 주었고, 나도 아무것도 모르니까 팔아넘겼는데, 그래서 이야기가 복잡해져서—"

"야, 10분 지났어."

그때 오바가 들어왔다. 또 한 명의 형사가 있어 아키오를 데려갔다.

"미키코, 아키오는 털어놨어?"

오바가 담배에 불을 붙이며 물었다.

"유괴사건과 관계없다는 것만은 알 수 있어서 안심했어요."

"그게 아니라 돈의 출처 말이야."

"그건 나한테도 말하지 않았어요. 아아, 하지만 오바 씨니까 한 가지만 가르쳐줄게요. 되산 인도 금화는 우에노신와회의 다치키라는 야쿠자한테 돌려줬대요."

"다치키한테 금화를 돌려줬다고? 그거 확실해?"

"아키오가 그렇게 말하던데요."

"그래? 미키코, 고마워."

오바가 보기 드물게 감사를 표했다. 고자질한 게 되지만 무슨 상관이야, 하고 생각했다. 어차피 야쿠자들 사이의 분쟁이다. 사정은 모르지만 전원이 체포되면 된다.

"아키오는 조금 더 데리고 있을게."

"네, 마음껏 그렇게 하세요. 뭣하면 피해 신고서를 제출할까요? 아키오가 여관의 돈을 조금씩 훔쳐가니까요."

"하하하, 그럼 부탁할까."

오바가 코로 담배 연기를 내뿜으며 쓴웃음을 지었다.

서민 동네의 하늘은 완연한 가을 하늘로 구름이 높았다. 아라카와강의 건너편에서는 공장들의 굴뚝 연기가 자로 잰 듯이 동일한 각도로 너울거리고 있다.

그날 저녁 여관의 식당에서 NHK의 7시 뉴스를 보고 있었더니 경시총감이 녹화로 출연하고 있었다. 경시총감은 사건 발생 이후 유력한 단서를 얻을 수 없는 상황에 대해 걱정과 고심을 토로하며 범인에게 호소했다.

"옛날부터 '죄는 미워하되 사람은 미워하지 말라'고 했습니다. 우리는 그런 마음으로 있기 때문에 신속하게 요시오 군을 집으로 보내주었으면 합니다. 날이 지나고 있는 관계로 요시오 군을 돌려보낼 방법에 대해 궁리하고 있을지 모르겠습니다만, 자신이 이름을 대고 나설 용기가 없다면 적어도 어딘가의 큰 역, 영화관, 동물원 등에 데려다주면 그다음에는 미아로서 누군가 보호할 것입니다. 그 외에도 여러 가지 방법이 있을 것이라 생각하니 양심이 있다면 이 기회에 신속하게 돌려보냈으면 합니다. 또한 시민 여러분께도 정보 제공 등 더 많은 협조를 부탁드립니다."

경시총감이 텔레비전에 나와 호소한 것은 일본 경찰 역사상 처음 있는 일이다. 미키코는 마치 드라마라도 보고 있는 것 같은 묘한 감각으로 브라운관 속에서 말하는 장년의 남자를 바라보고 있었다.

경시총감의 이야기가 끝나자 이어서 범인의 음성테이프가 공개되었다. 이것도 처음 있는 일이다.

「"스즈키 씨입니까?""어제 전화한 사람이오. 아들을 데리고 있다고 말한—""경찰한테는 말하지 않았지?""50만 엔 준비됐소?"」

20초쯤으로 편집된 테이프는 어둠 속에서 들려오는 듯한 섬뜩함이 느껴졌다. 그리고 생생하게 범죄자와 대치한 기분이 들어 미키코는 등골이 오싹해졌다.

어느새 어머니와 부엌에서 일하는 아주머니들도 들어와 다 같이 텔레비전을 에워쌌다. 각자 비통한 말을 한다. 지금까지 일반 시민과는 무관했던 흉악 범죄가 전파를 통해 거실로 뛰어든 최초의 순간이었다. 모두가 마음 아파하며 요시오 군의 무사 귀환을 빌었다.

30

신주쿠는 생각했던 대로 호화로운 환락가로, 우노는 단번에 이곳이 좋아졌다. 특히 가부키초는 지금껏 맛본 적이 없는 외설스러움으로 가득 차 있어 거리를 걷는 것만으로도 마음이 부풀었다.

간지는 우선 파친코의 '보이 모집'이라는 벽보를 보고 들어갔지만, 신분증명서가 없으면 고용할 수 없다는 말을 듣고 포기했다. 지금은 저축이 있어서 간이 여관에 묵으며 이 거리에서 뭘 할 수 있을지를 생각하고 있는 중이다.

간지와는 대조적으로 사토코는 간단히 일거리를 찾았다. 가명을 사용해 카바레 면접을 봤는데, 신분증명서 같은 건 없다고 말했더니 특별히 사정을 묻지도 않고 채용했던 것이다. 그래서 텔레비전과 냉장고가 있는 종업원 기숙사에 자기 혼자 살기 시작했다. 간지는 환락가에서는 여자가 주역이라는 사실을 통감했다.

기숙사는 가부키초 변두리의 연립주택으로 한 방에 두 명이 살기 때문에 간지와 사토코는 일단 헤어지게 되었다.

"같은 방의 아이가 없을 때는 묵게 해줄게. 이야기를 했더니 그 애한테는 부동산업을 하는 남편이 있는데 일주일에 한 번은 불려 가서 여관에 묵는다고 했으니까 너는 그때 와."

사토코는 간지에게 정이 솟아난 것인지 부드러운 태도를 보였다. 일자리가 정해졌을 때는 감기에 걸리지 않도록 복대를 사주었을 정도다. 하지만 그것은 아사쿠사에서 뛰어나와 다시 혼자가 된 불안함에서 나왔을 것이다. 새로운 남자라도 생기면 자신은 지체 없이 버려질 것이다. 간지는 자신의 처지를 알고 있었다. 어렸을 때부터 사랑받은 적이 없다.

할 일이 없어서 간지는 파친코에 재미를 붙였다. 아사쿠사에 있을 때 아키오로부터 기계 고르는 비결을 배웠기 때문에 돈을 딸 자신이 있었다. 못이 느슨한 기계를 정하고 튕기기 시작하자 고작 10분 만에 구슬이 기계의 받침대에 가득 차서 통에 옮겨 담았다. 담배가 떨어져서 지나가는 점원에게 "이봐, 하이라이트와 바꿔줘" 하며 구슬을 적당히 집어 건넸다. 거만한 태도로 보였는지 점원은 순간적으로 불쾌한 표정을 지었지만 손님의 말에 따랐다.

한 시간이나 튕기자 서 있는 것이 피곤해졌다. 구슬 상자는 발밑에 세 개가 쌓였다. 일단 경품으로 교환하려고 생각하여 점원을 붙잡고 "이봐, 구슬을 카운터로 날라줘" 하고 말했다. 점원은 안색을 바꾸며 간지를 응시했다.

카운터에서 구슬을 헤아리는 걸 기다리고 있는 동안 담배를 피우고 있었는데, 누가 어깨를 툭 쳐서 돌아보니 야쿠자풍의 젊은 남자가 서 있었다.

"손님, 못 보던 사람인 것 같은데 여기는 처음인가?"

남자가 저자세지만 으름장을 놓는 목소리로 말했다.

"어, 그래."

간지는 표준어로 대답했다. 최근에는 사투리를 완전히 없애게 되었다.

"말투에 좀 더 조심해야지. 점원은 심부름꾼이 아니니까."

간지가 잠자코 있자 남자는 "당신, 어딘가의 조직 사람인가?" 하고 물었다.

"아사쿠사의 도잔회다."

간지가 대답했다. 거짓말이지만 그런 마음이었다. 남자의 안색이 변한다.

"도잔회가 신주쿠에는 무슨 일이야?"

"특별한 일은 없어. 놀고 있었을 뿐이지. 불만 있어?"

싸움을 걸 생각은 없었지만 기세로 그냥 그렇게 말해버렸다. 아키오의 영향도 있다. 기세 좋은 아키오에게 완전히 감화되었던 것이다.

남자는 간지를 잠깐 노려보더니 "여기 있어"라는 말을 남기고 어딘가로 사라졌다. 그리고 5분 후 동료를 데리고 나타나 간지를 가게 밖으로 데리고 나갔다. 가게 옆의 골목에서 마주섰다.

"다시 한번 묻겠다. 아사쿠사의 야쿠자가 신주쿠에는 뭐 하러 왔나?"

간지는 대답하지 않고 묵묵히 있었다. 그러자 남자들은 간지가 자신들의 영역을 어지럽히려고 왔다고 믿고 각자 욕설을 해대기 시작했다.

"우습게 보면 안 되지."

"너, 몇 살이야? 딱 보니까 똘마니 같은데."

간지는 무시무시한 태도로 위협하는 남자들을 남의 일처럼 바라보고 있었다. 그러고 보니 이런 경험은 어렸을 때도 있었다. 그런 생각을 하고 있으니 기억의 뚜껑이 펑 열렸다. 그렇다. 어릴 적 삿포로에서 살던 때 어머니의 결혼 상대에게 매일 야단을 맞았다. 젓가락 쥐는 법이 마음에 들지 않는다고 욕을 먹고, 밥을 흘린다고 엄한 꾸지람을 들었다. 어느 날 자신은 감정의 스위치를 내리는 기술을 익혔다. 그 이후로 무서운 것이 없어졌고 긴장하는 일도 없어졌다. 설사 사람을 죽인다고 해도, 죽임을 당한다고 해도.

"무슨 생각이야? 도잔회 같은 작은 조직의 똘마니가 신주쿠에서 싸우고 싶은 거야? 우리는 스미다파라고."

"뭐라고 좀 해봐. 조직의 명령으로 싸움을 걸러 온 거냐?"

한 남자가 잭나이프를 꺼냈다. "야, 뭐라고 좀 해봐." 칼끝을 간지에게 향한다.

간지가 꿈쩍하지 않고 입을 다물고 있으니 남자들은 당황한 표정을 보이며 목소리의 톤을 떨어뜨렸다.

"야, 이 자식 좀 이상하지 않아?"

"나도 그런 것 같은데. 필로폰이라도 맞은 거 아냐?"

남자들의 대화를 건성으로 듣는 가운데 차례로 기억이 되살아났다. 계부는 이따금 간지를 시내로 데려가 전봇대 뒤에 서게 했다. 그리고 차가 달려오면 등을 툭 밀었다.

다음 순간 간지는 현기증이 났다. 그것을 견디려고 이를 꽉 문다. 볼이 실룩실룩 경련을 일으키고 눈에 핏발이 섰다.

"역시 이상해."

"이제 됐으니까 내버려둬."

"그렇게는 안 되지. 우리 영역에서 건방지게 굴었는데 어떻게 참아."

나이프를 손에 든 남자가 간격을 좁힌다. 그때 제복을 입은 경찰이 자전거를 타고 지나갔다. 놀란 얼굴로 급브레이크를 밟고 "너희들, 뭐 하고 있어!" 하고 큰 소리를 질렀다.

"안 되겠다! 도망쳐!"

초조한 남자들이 쏜살같이 뛰어갔다. "기다려!" 경찰이 자전거를 타고 쫓아간다. 간지는 제정신을 차리고 자신도 서둘러 그 자리를 떠났다. 무슨 일이 일어나든 태연하지만 경찰은 질색이다. 간지는 방향도 모르고 반대 방향으로 도망쳤다.

그보다 삿포로에서의 일이다. 생각날 것 같았는데 기억의

실이 툭 끊어지고 말았다. 계부는 자신에게 무엇을 했는가. 모든 것은 안개 너머에 있고 들어가려고 하면 다리가 얼어붙어 움직이지 않는다.

현기증이 심해져 근처 공원의 벤치에 드러누웠다. 가슴속에는 정체를 알 수 없는 압박감이 있었다. 계부의 얼굴이 떠오를 듯하다가 사라졌다. 뇌가 뭔가를 거부하고 있다.

저녁이 되어 간지는 사토코가 일하는 카바레의 통용문 근처에서 사토코가 출근하기를 기다렸다. 몹시 여자를 안고 싶어져 오늘 밤 가게가 끝나면 만나달라고 전하기 위해서다. 레분토에 있었을 때는 혼자 있는 것이 당연하여 친구가 있으면 좋겠다고 생각한 적도 없었다. 하지만 상경하고 나서 아키오 등과 만나 사람을 필요로 하게 되었다. 특히 이성이 없으면 곤란하다. 젊은 탓도 있어 매일 밤 여자를 안고 싶다.

날이 저물 무렵 얼굴에 분칠을 한 사토코가 하이힐 소리를 크게 울리며 다가왔다. 그리고 간지를 보자마자 안색을 바꾸었다. 그것은 어딘가 위협하는 듯한 표정이었다.

"여기서 뭐 하고 있어?" 사토코가 물었다.

"가게 몇 시에 끝나?"

"자정에 끝나는데, 손님에 따라 달라. 전에도 말했잖아."

사토코의 대답은 어색했다.

"그럼 12시에 여기서 기다릴게. 여관에 가자."

사토코는 대답을 하지 않는다.

"뭐야? 싫어?"

"아니, 알았어."

사토코가 도망치듯이 통용문으로 사라졌다. 데면데면한 태도는 어떻게 된 것일까. 지금까지 간지를 바보 취급을 하면서도 붙임성 있게 대했는데.

생각해도 알 수 없기 때문에 간지는 가까이에 있는 곱창집의 포렴을 들추고 들어갔다. 카운터 자리에 앉아 곱창과 공깃밥을 주문한다. 가게 안은 적당히 붐볐고 연기와 고기 굽는 냄새가 가득 차 있었다. 손님 대부분은 회사에서 퇴근하는 길에 들른 샐러리맨들이다. 활기차게 술을 마시고 있다. 간지는 카운터의 풍로에 곱창을 올리고 다 구워졌을 때 흰밥과 함께 볼이 미어지게 넣었다. 매콤달콤한 양념장 맛이 입 안에 퍼져 나간다.

가게의 텔레비전에서는 NHK 7시 뉴스가 흘러나오고 있었다. 아무렇지 않게 얼굴을 향한다. 아나운서가 억양 없는 목소리로 유괴사건을 보도하고 있었다.

"또 이 뉴스야?" 한 손님이 말했다.

"하루 종일 이것뿐이야."

"하지만 경시총감이 나온 것은 훌륭해. 난 그렇게 생각해."

"그렇지. 우리 사장님이라면 전무한테 억지로 떠맡기고 숨을걸."

"아하하하."

웃음소리가 울리는 가운데 주방 안에 있던 요리사도 나와 텔레비전을 쳐다봤다.

화면이 집 전화의 정지 화면으로 변하고 몸값을 요구하는 음성테이프가 흘러나왔다.

"이 목소리, 총무과의 아오키와 닮지 않았어?"

"닮았어, 닮았어. 그 녀석이 범인이야. 아하하."

손님이 포복절도한다.

간지는 온몸에 소름이 돋았다. 그런가, 경찰이 녹음을 했구나.

"그런데 이 음성테이프, 뉴스 때마다 내보내는군. 내 귀에도 들러붙었어."

"그야 경찰도 필사적이겠지. 체면이 말이 아니잖아."

"50만 엔이었나? 두부집에서 그 돈을 낸 거야?"

"그야 그렇겠지. 경찰이 낼 리는 없고."

"두부집은 돈을 많이 버나 보네."

"바보 같은 소리 하지 마. 동네의 조그만 두부집이야. 아마 저축한 돈을 몽땅 털었겠지. 불쌍해. 가게 주인은 죽을 듯한 얼굴이었어."

손님들의 대화를 들으며 간지는 밥을 그러넣었다. 사토코의 태도가 이상한 이유를 알 수 있었다. 텔레비전에서 음성테이프를 들은 것이다.

다음 뉴스로 넘어갔지만 손님들은 유괴사건에 대한 이야기를 나누고 있었다. 주방으로 돌아간 요리사도 "참 지독한 놈이네요" 하며 손님과 말을 주고받았다.

간지는 공깃밥을 하나 더 시키고 곱창도 추가로 주문했다. 그리고 잠깐 생각하더니 맥주도 시켰다.

"손님, 젊어서 그런지 잘 드시네."

종업원 아주머니가 맥주를 가져다 두며 붙임성 있게 말해주었다. 간지는 대답하지 않고 맥주를 컵에 따르고 목구멍으로 흘려 넣었다. 컵과 함께 머리를 기울이자 가게 벽에 전단지가 붙어 있었다. '요시오 군 유괴사건의 범인은 이런 인물입니다'라는 글자가 눈에 들어왔다. 얼굴을 돌리고 싶었지만 그럴 수도 없어서 읽을 수 없는 한자는 상상해서 읽었다. 역시 경찰은 여기까지 알고 있는 것인가. 간지는 두 잔째 맥주를 컵에 따라 천천히 마셨다.

자정이 좀 지나 카바레의 통용문에서 기다리고 있으니 사토코가 동료 호스티스들과 함께 나왔다. 모두 술이 들어간 듯 활기차게 이야기를 하고 있다. 사토코는 간지를 보자 한순간 표정이 굳어지더니 "그럼 여기서 실례할게요" 하며 동료에게 고개를 숙이고 간지에게 뛰어왔다.

"어디로 가는 거야?"

"바로 옆에 여관이 있어."

"알았어. 하지만 그 전에 물어보고 싶은 게 있어. 저번에 아키오하고 나한테 준 돈, 그거 어떤 돈이야?"

사토코는 간지를 전봇대 뒤로 끌고 가며 물었다.

"저번에 이야기했잖아. 빈집 털이로 번 돈이라고. 모르고 들어간 우에노의 회사였는데 금고에 거금과 함께 증서가 많이 있어서 분명히 야쿠자의 고리대금일 거라고 생각하고 거리낌 없이 가져왔어. 아키오는 잘했다고 기뻐하던데."

"그런 거금을 훔쳤는데 왜 뉴스에 안 나오는 거야?"

"그거야 꺼림칙한 돈이니까 그렇겠지."

간지는 변명했지만 사토코는 믿는 것 같지 않았다.

"빨리 여관으로 가자."

"또 한 가지. 요시와라의 전 인쇄공장 2층에 둘이 있었을 때 네가 가끔 아래층 사무실로 가서 전화를 했잖아. 그거 누구한테 전화한 거야?"

사토코의 물음에 간지는 대답이 궁했다.

"그건 그러니까, 아키오였어. 심심해서 놀지 않겠느냐고."

난처한 나머지 아키오의 이름을 꺼냈다.

"그건 거짓말이야. 그때 마치이는 도잔회의 사무실 출입이 금지되어 있었으니까 전화를 걸어도 없었을 텐데."

"여관에 걸었지. 아키오 그 녀석, 집의 일을 도운다고 했으니까."

"난 그런 이야기 못 들었는데."

"난 들었어."

간지가 우겨대자 사토코는 아직 뭔가 말하고 싶은 표정을 지었지만, 팔을 끌고 걷기 시작하자 어쩔 수 없다는 듯한 태도로 따라왔다.

욕실이 딸린 여관으로 들어가 우선 탕에 몸을 담갔다. 같이 들어가자고 했으나 사토코는 거절하고 샤워로 끝냈다.

이불 속으로 들어가 덮치려고 하자 사토코가 가슴을 밀치며 "너, 입 냄새 나" 하고 얼굴을 찌푸리며 말했다.

"이 닦지 않으면 못 하게 할 거야."

"알았어."

간지는 마지못해 세면대에 서서 이를 닦았다.

처음부터 다시 섹스를 시작한다. 평소라면 주위가 신경 쓰일 만큼 큰 소리를 내는 사토코가 이날 밤에는 희미하게 거친 호흡을 할 뿐이었다.

"사토코, 가만히 있으니까 기분이 안 나."

간지가 말했다. 사토코는 귀찮은 듯이 미간을 좁힌 후 "아앙, 앙" 하고 과장되게 신음 소리를 냈다.

간지도 행위에 집중하지 못하여 좀처럼 끝내지 못했다.

31

텔레비전에서 범인의 음성테이프를 내보낸 이후 수사본부는 엄청난 혼란에 빠졌다. 시민들의 정보 제공이 잇따라 아침부터 밤까지 계속해서 전화벨이 울렸다.

음성테이프의 공개에 대해서는 경찰 내부에서도 옥신각신했고 현장에서는 전원이 반대했다. 다마리 수사1과장은 수사본부를 대표하여 "호기심을 끌어들일 뿐"이라고 말했지만 위에서는 "일찌감치 공개하여 정보를 얻어야 한다"라고 주장하여 받아들이지 않았으며, 최종적으로는 경시총감이 공개하기로 결단을 내렸다. 그리고 지금은 다마리가 말한 대로의 일이 벌어지고 있었다.

"××마치에 사는 아무개의 목소리가 녹음테이프의 목소리와 닮았다."

"무직인데도 최근에 컬러텔레비전을 산 사람이 있다."

"울고 있는 남자아이의 팔을 끌고 가는 젊은 남자가 있었다."

이런 정보가 들어오면 모두 확인하지 않을 수 없었고, 그때마다 수사관은 동분서주하는 처지에 빠졌다. 게다가 정보 제공은 다른 도부현의 경찰본부에도 들어와 전국의 경찰이 휩쓸리게 되었다. 가령 규슈나 홋카이도라고 해도 교통이 발달한 현대는 범인이 하루이틀 만에 갈 수 있는 거리이기 때문에 무시할 수 없다.

여기에는 경시총감이 NHK 뉴스에 녹화 출연을 해서 "협조를 부탁합니다"라고 국민을 향해 고개를 숙인 것도 크게 작용했다. 1억 명이 의분에 사로잡혀 사명감을 느끼고 탐정 흉내를 내기 시작한 것이다. 경찰이 보증서를 준 것이나 다름없었다.

음성테이프는 300장의 소노시트(얇고 부드러운 비닐로 만들어진 음반)가 만들어져 경시청 관할 내의 모든 경찰서와 각 도부현 경찰본부에 배포되었다. 그리고 시민이 언제든지 들을 수 있도록 창구에 휴대용 플레이어가 놓였다. 휴대용 플레이어는 경찰의 사유물이 대부분이어서 소유자가 없으면 근처의 전자제품 판매점에 부탁하여 빌려 왔다. 그리고 각 경찰서의 창구에는 근처 주민이 끊임없이 찾아와 들어보기를 원했다. 시민이 원하면 반드시 누군가가 대응하지 않으면 안 된다. 그것을 위한 인원도 확보해야 해서 경찰은 완전히 인력이 부족한 상태였다.

오치아이는 새삼 시대의 변화를 실감했다. 경찰이 시민의 정보에 휘둘리는 사태는 과거에 없었던 일이다.

"노인네들은 텔레비전의 위력을 잘 모르니까."

아사쿠사서의 식당에서 늦은 저녁을 먹으며 니이가 빈정거리는 듯이 말했다.

"시대가 변한 거지. 요즘 유행은 전부 텔레비전에서 나온 거잖아. 저속한 젊은이들, 메밀국수 배달원, 초등학생, 다들 보는 것이 텔레비전이야. 그런 것도 모르고 간단히 음성테이프를 공개하고, 게다가 소노시트까지 만들어 뿌려서 현장은 엄청 괴로워졌잖아. 이지마 형사부장은 확실히 우수한 관료겠지만 대중이 어떤 건지 실감하지 못하고 있다니까. 그런 게 엘리트의 한계지."

"이봐 닐, 적당히 해둬. 이미 공개한 거니까. 불평해봐야 어쩔 수 없잖아."

미야시타 5계장이 니이를 달랬다.

"아니? 고릴장 씨, 이해심이 많네요. 나 같은 사람은 부장님이 물러나고 다마리 1과장님을 톱으로 하는 수사본부로 재편해야 한다고 말해볼까 하고 생각했었는데 말이지요."

"바보 같은 짓 하지 말게. 더 혼란스러울 뿐이야. 이 사건은 이미 전 국민의 관심사가 되었으니까. 현장의 힘으로는 도저히 감당할 수 없어."

"내 생각엔 위에서 음성테이프를 재빨리 공개한 것은 반쯤 정치적 판단이 아니었을까요?"

사와노가 생선구이를 쪼아 먹으며 묘한 말을 했다.

"그건 무슨 뜻이지?"

"우리 현장은 장기전도 각오하고 있지만, 위에서 그렇게 말하면 요시오 군의 생존을 포기했다고 받아들여질지도 모르잖아요. 그래서 긴급사태로서 음성테이프를 공개하는 거고 경시총감이 나가서 머리도 숙이고요……."

"사와노는 역시 인텔리군. 그 설명으로 나는 납득이 되었네."

모리가 젓가락을 멈추고 감탄했다. 오치아이도 과연 그럴 거라고 생각했다. 확실히 경시총감이 텔레비전에 나간 것은 전대미문의 일이지만 경찰이 아이의 생존을 믿고 있다는 어필을 하기는 했다.

"하지만 스즈키 씨 가족이 대중 앞에 조롱의 대상이 된 것은 너무 배려가 없었던 것 아닙니까? 장난 전화는 여전하고, 이번에는 위문 전화까지 쇄도해서 두부집은 개점휴업 상태입니다. 너무 딱합니다."

이와무라가 우울한 얼굴로 말했다. 스즈키 가족의 지명으로 이와무라와 오치아이가 교대로 대기했지만, 보도가 나간 이래로 가게의 전화는 끊임없이 울리고 있다.

"달갑지 않은 친절이라는 건가. 정말이지 일본인은 타인을 그냥 내버려두는 것이 불가능하니까 말이야."

미야시타가 한숨을 내쉬었다.

"그러니까 이것이 텔레비전의 무서움이지요." 니이가 입꼬리를 올리며 말했다. "바보가 만 명 중 한 명의 비율이라고 해도 분모가 1억이면 만 명의 바보가 출현하는 거니까. 전국 방 방곡곡에 퍼진다는 것은 이런 일이겠지."

니이의 지적에 모두가 쓴웃음을 짓고 고개를 끄덕인다. 바보라는 비유는 그렇다 치고 텔레비전의 보급이 사회를 바꾼 것만은 분명했다. 도쿄의 서민 동네에서 일어난 유괴사건이 텔레비전에 의해 나날이 커져가는 느낌이 든다.

"그런데 오치아이, 우노 간지 쪽은 어떻게 되었나? 오늘 수사 회의에서도 열심히 수사 중이라는 한마디뿐이었지?"

미야시타가 오치아이에게 물었다.

"아뇨, 저희는 아무것도 숨기지 않았습니다. 회의에서 말한 대로 홋카이도의 왓카나이미나미서에 소노시트를 속달로 보낸 것이 오늘 이른 아침이었고 도착하는 것은 내일 오후입니다. 구니이 서장의 협력을 얻어 우노 간지와 관련된 사람들에게 범인의 음성을 들려주게 할 계획입니다. 유일하게 자택에 전화가 있는 선주 사카이 도라키치의 집에는 오늘 전화를 해서 뉴스에 내보낸 음성이 우노 간지의 목소리와 닮았느냐고 물었더니 '잘 모르겠다'는 답변이었습니다. 말투에서 볼 때 귀찮아하는 것이 아니라 일이 중대하기 때문에 함부로 말할 수 없다는 느낌이었습니다. 경찰이 우노 간지의 관여를 의심하고 있다는 것을 알고 기겁을 할 정도로 깜짝 놀랐다는 것이 실상 같습니다."

오치아이는 오전 중의 전화를 떠올렸다. 사카이 도라키치는 오치아이의 질문에 말문이 막혀 "레분토 사람이 엄청난 일을 저질렀군" 하고 중얼거렸다. 아마 이삼일 안에 섬 주민 전체가 알게 될 것이다.

"우노 간지의 어머니한테는 물어봤나?"

"술집에도, 연립주택에도 전화가 없다고 해서요."

"어머니와는 섬의 주재소에 협력을 요청해서 직접 연락을 하게. 육친의 증언이 가장 확실하니까."

"알겠습니다."

"도잔회 쪽은 어떤가? 우노 간지는 조직 사무실에 출입했었지. 좀 더 확실한 증언은 얻을 수 없는 건가?"

도잔회에 대해서 오치아이는 맨 먼저 소노시트를 가지고 조직 사무실로 찾아가 조직원들에게 물어봤지만, "모른다" "잘 모르겠다"라며 고개를 갸우뚱할 뿐이어서 유력한 증언은 얻을 수 없었다.

"우노 간지와 관계가 있었던 것은 사무실에 기거하며 잡일을 처리하는 똘마니 조직원들로, 그중에서도 마치이 아키오라는 남자가 보살펴주고 있었다고 합니다. 마치이는 예의 그 인도 금화 건으로 어제까지 미나미센주서에서 임의로 조사를 받았습니다만 완전히 묵비권을 행사했는데, 임의로 이틀 밤이나 조사하는 것은 안 좋을 거라고 해서 이미 석방했습니다."

"그 똘마니가 '귀신 오바'를 상대로 완전히 묵비권을 행사했단 말이지?" 모리 다쿠로가 감탄했다는 듯이 말했다.

"미나미센주서의 서장이 우에노서에 변호사가 뛰어든 일을 듣고 폭력만은 휘두르지 말라는 지시를 내렸다고 하는데, 그래서 평소와 사정이 달랐던 것 같습니다."

"하하하. 계급도 경시가 되면 다들 보신에 급급한 모양이군." 니이가 코웃음을 쳤다.

"그래서 석방했고, 그대로란 말인가?"

"아뇨, 서의 젊은 형사를 붙여 미행하라고 지시했다는 이야기를 들었습니다만, 그 뒤는 모르겠습니다. 오바 씨는 오늘 밤의 수사 회의에도 얼굴을 내밀지 않은 걸 보면 본인도 미행을 하고 있는 게 아닐까 싶습니다만."

"베테랑은 자유로워서 좋군." 니이가 말했다.

"이봐, 닐, 찬물만 끼얹으면 안 되지." 모리가 나무랐다.

"오치아이. 우에노신와회의 다치키는 어떻게 되었나?" 미야시타가 물었다.

다치키는 금화를 손에 넣은 것으로 보이지만 오치아이의 물음에는 "무슨 말입니까?" 하고 시치미를 뗐다. 시가 70만 엔이나 80만 엔쯤 한다는 금화이기 때문에 경찰을 상대로도 딱 잡아뗄 가치는 충분히 있을 것이다.

"오늘 저녁에 다시 가보겠습니다."

"조건이라도 제시하게. 금화는 봐줄 테니까 도잔회의 마치이 아키오가 어떻게 돈을 마련했는지 그거라도 알아보라고 하든가."

"다치키 같은 놈은 바싹 추궁하면 됩니다. 뭣하면 내가 갈까요?"

"시끄러. 닐, 자네는 가만히 있어."

모리가 화를 내며 노려보자 니이는 어깨를 움츠리고 "그럼 나는 신주쿠라도 돌아다니다 올까" 하며 일어섰다.

시민들의 정보 제공으로 수사본부는 혼란스러웠지만 오치아이가 해야 할 일은 정해져 있었다. 우노 간지를 찾아내 유괴 사건에 대해 추궁하는 일이다. 유괴가 일어난 당일 요시오와 접점이 있었다. 목소리가 비슷하다는 증언도 있다. 이 사실만은 움직일 수 없다.

저녁 9시가 되어 우에노의 마작 게임장을 찾아가자 다치키는 안쪽 탁자에서 부하를 상대로 마작을 즐기고 있었다. 오치아이를 보자마자 노골적으로 얼굴을 일그러뜨렸다.

"오치아이 씨, 나를 잡아가도 아무것도 안 나와요. 도잔회의 똘마니 같은 건 모르니까요."

주위에 들리는 것도 개의치 않고 큰 소리로 말했다.

"자, 그러지 말고. 경찰도 초조해하고 있어요. 우리는 마치이 아키오의 돈이 어디서 나온 것인지만 알면 되니까요."

오치아이는 가까이 가서 비어 있는 의자에 앉았다.

"그러니까 모른다고요. 오바 씨한테도 말했어요. 저기요, 가령 마치이 뭐라고 하는 똘마니가 돈을 마련해서 빚을 갚았다고 칩시다. 하지만 그때 '아, 수고했어. 그런데 그 돈은 어디서 난 거지?' 하고 누가 묻습니까? 수상한 돈이라면 더욱 그렇겠지요. 강도 짓을 해서 얻은 돈이었다면 잘못했다가는 나도 범인 은닉죄로 몰리잖아요. 안 그래요?"

다치키가 지당한 말을 했다. 몰랐다는 것으로 끝내기 위해서는 묻지 않는 것이 제일이다.

"금화는 어디에 있습니까? 당신 집에?"

"그게 무슨 이야기입니까? 모릅니다."

"그럼 좋소. 우리가 쫓고 있는 것은 금화가 아니니까요. 당신이 슬쩍한 거라면 눈감아줄 수도 있어요."

"뭔가요, 슬쩍한다는 건? 남이 들으면 오해하겠네."

다치키는 불쾌하다는 듯이 항의했지만 진심으로 화를 내는 것 같지는 않았다.

"경찰이 알고 싶어 하는 것은 마치이가 금화를 되산 돈의 출처입니다. 우리가 의심하는 것은 요시오 군 유괴사건의 몸값과 관련이 있는 게 아닐까 해서요."

"요시오 군 유괴사건요?"

다치키가 눈을 동그랗게 떴다. 같은 탁자를 둘러싸고 있는 부하들도 흠칫하며 오치아이를 쳐다봤다.

"그거 진짜입니까?"

"다치키 씨, 오바 씨한테서 듣지 못했어요?"

"예, 오바 씨는 말해주지 않던데요……." 안색까지 변했다.

"그래요? 그럼 털어놓겠습니다. 우리는 마치이가 유괴사건과 관련되었는지 어떤지 그것이 알고 싶은 겁니다. 뭔가 짐작가는 것이 있으면 말해주었으면 합니다. 만약 협조해준다면 손해나지는 않게 하겠습니다."

오치아이가 진지한 얼굴로 호소하자 다치키는 마작을 하던 손을 멈추고 5초쯤 생각에 잠기고 나서 입을 열었다.

"유괴사건이라니 온당하지 못한 일이지만, 진짜로 나는 모릅니다. 무엇보다 뉴스에서 들은 범인의 목소리와 마치이의 목소리는 전혀 달랐으니까요."

"알겠습니다. 그럼 당신이 마치이를 알고 있다는 것으로 생각해도 되겠네요."

오치아이의 지적에 다치키가 얼굴을 찌푸렸다. "아아, 난 정말 바보라니까." 다치키는 천장을 올려다보며 손바닥으로 자신의 뺨을 때렸다.

"좋습니다. 설령 당신이 마치이한테 금화를 돌려달라고 협박했다고 해도 우리는 불문에 부치겠습니다. 그러니 수사에 협조해주시지요."

"협조라니, 뭘 말입니까?"

"범인은 남자아이를 유괴해서 몸값을 받을 때까지 아사쿠사, 산야, 요시와라 주변에 잠복해 있었을 가능성이 큽니다. 단독범인지 공범이 있는지는 확실하지 않지만 경찰이 엄중히 수사를 하고 있는 가운데 몰래 빠져나갈 수 있었다는 것은 누군가 숨겨준 사람이 있었던 게 아닐까 하는 것이 우리의 판단입니다. 다이토구는 우에노신와회 영역입니다. 당신이 한마디 하면 무슨 정보라도 걸리겠지요."

"하하하." 다치키가 메마른 소리로 웃었다. "역시 젊은 형사 양반은 사고가 유연하네요. 야쿠자를 경찰의 하청업자로 쓰고 싶어 하니 말이지요."

"하청이 아니오. 협조를 바라는 거지."

오치아이가 몸을 내밀며 말하자 다치키는 턱으로 부하들에게 자리에서 비키도록 지시했다.

"오늘도 경찰은 신문에서 엄청 두드려 맞았더군요. 〈주오신문〉이었나, 「조급하게 구는 경찰, 무리한 수사로 지역 주민으로부터도 비난의 목소리」라니."

"예, 봤습니다. 〈주오신문〉은 매번 가혹한 기사를 쓰지요."

오치아이는 마쓰이 기자의 얼굴을 떠올렸다. 매일 아침 아사쿠사서에 나타나 수사관들을 붙잡고 항의하는 어조로 수사 상황을 묻고 있다.

"경찰도 궁지에 몰렸군요."

"그렇습니다. 수사 회의는 매번 간부의 질책입니다."

"오치아이 씨, 만약의 이야기입니다만, 협조하면 금화는 없었던 일로 해주는 겁니까?"

"정보에 달렸겠지요."

"알겠습니다. 마음에 새겨두지요."

다치키는 입꼬리만으로 웃더니 양담배에 불을 붙이고 천장을 향해 담배 연기를 내뿜었다.

"한 가지 구체적인 것을 말하겠습니다. 우리는 아사쿠사센조쿠마치 1가의 교차로에서 반경 200미터 이내의 어딘가에 범인이 숨어 있었다고 보고 있습니다. 현재 롤러 작전(롤러로 땅을 고르듯이 빠짐없이 철저하게 조사해나가는 방식)으로 이 잡듯이 뒤지고 있습니다만, 범인은 그 지역 어딘가에서 공중전화가 아닌 가입 전화로 몸값을 요구하는 전화를 걸었습니다."

오치아이가 이렇게 덧붙였다. 다치키는 미간을 좁히고는 "괜찮은 겁니까, 야쿠자한테 그런 것까지 말하고?" 하며 목소리를 낮춰 말했다.

"내일이라도 신문에 나올 겁니다."

"아아, 그런 겁니까?"

시민의 정보 제공에 의존한다는 경찰 상부의 방침은 이제 현장의 형사들이 어떻게 해볼 수 없게 되었다.

"하지만 아이 유괴사건은 용서할 수가 없네요." 다치키가 일변하여 진지한 표정으로 말했다. "우리는 야쿠자이지만, 아무리 돈이 궁하다고 해도 어린애를 채 가는 짓은 할 수 없습니다."

"알고 있습니다. 범인은 냉혈한이지요."

"요시오 군, 무사했으면 좋겠네요."

"정말 그렇습니다."

마지막에는 야쿠자인 다치키도 숙연해졌기 때문에 오치아이는 사건의 관심이 얼마나 높은지를 실감했다. 수많은 국민이 마음 아파하고 범인을 미워하고 있다. 일본 전역에서 화제가 되고 있다는 것은 쉽게 상상할 수 있었다. 그것이 또 수사의 족쇄가 되고 있다.

그로부터 이틀 후인 10월 18일 정오, 홋카이도 도경의 왓카나이미나미서의 구니이 서장으로부터 수사본부로 전화가 걸려 왔다. 음성테이프가 기록된 소노시트를, 우노 간지를 아는 사람들에게 들려준 결과에 대한 보고였다. 사전 연락이 있었기 때문에 오치아이가 아사쿠사서에서 대기하고 있다가 전화를 받았다. 이야기를 들으니 서장이 직접 레분토로 가서 청취를 했다고 했다. 오치아이는 우선 그 사실에 놀라 자세를 낮췄다.

"바쁘신 와중에 정말 감사합니다."

"아뇨, 아닙니다. 저도 가만히 있을 수가 없어서요. 텔레비전에서는 연일 요시오 군 유괴사건 뉴스가 나오지, 부모님의 초췌한 모습을 보니 저도 경찰관인지라 한시라도 빨리 사건을 해결하지 않으면 안 된다는 생각이 들었습니다. 일본 열도의 북단에 있어도요."

구니이가 강한 어조로 말했다. 오치아이는 먼 북쪽 지방에서 지원군을 얻은 기분이었다.

"그럼 보고하겠습니다. 먼저 우노 간지의 중학교 시절의 동급생을 다섯 명쯤 주재소로 불러 물어봤더니 전원이 비슷하다고 말했습니다. 홋카이도 사투리는 나오지 않았지만 목소리는 같지 않느냐고 하면서요. 그리고 우노 간지는 말하는 리듬이 안 좋아서 대화를 하면 진이 빠지는 사람이라고 합니다만, 어딘가 느슨한 이야기 방식이 똑같다는 겁니다."

"닮았다는 거군요."

오치아이는 소름이 돋았다. 어렸을 때부터 알고 있는 동급생의 증언은 무엇보다 중요하다.

"그리고 다시마 채취 작업을 하는 어부한테도 물었는데 그들도 전원이 닮았다고 했습니다. 사실 NHK 뉴스에서 음성테이프가 방송된 이후로 섬에서는 '저 목소리는 우노 간지 아니야?' 하고 말하는 사람이 차례로 나타나 약간의 소동이 일었다고 합니다. 아울러 현재 그곳 경찰서 유치장에 구류 중인 아카이와 보호사인 마쓰무라 씨에게도 소노시트를 들려주었는데 둘 다 우노 간지와 비슷하다고 했습니다. 저로서는 레분토 사람이 그런 사건을 일으켰다면 가슴이 아파서……."

구니이가 전화에서도 들리는 탄식을 내뱉었다.

"그 마음은 알겠습니다." 오치아이도 그 심정을 이해할 수 있었다.

"특히 보호사 마쓰무라 씨는 뭐가 잘못된 거 아니냐며 본심은 믿고 싶지 않은 것 같았습니다."

"그럴 거라고 생각합니다. 다만 아직 우노 간지가 범인이라고 정해진 것은 아니기 때문에 여러분들도 지레짐작을 하지 않으셨으면 합니다."

"알고 있습니다. 저도 도민들에게 소문에 대해서는 대충 그만하라고 말해두었습니다. 하지만 도쿄의 경찰은 힘들겠네요. 여기는 큰 사건이 일어나지 않으니까, 뭐랄까, 일본 전역을 뒤흔드는 사건과 관련되어 있을지도 모른다는 생각만으로도 무릎이 후들거리거든요."

"그런데 우노 간지의 어머니께는 물어봤습니까?"

오치아이가 중요한 것을 물었다.

"아아, 우노 요시코 말이지요. 그 여자의 협조는 얻을 수 없었습니다. 섬의 주재소 경찰과 함께 연립주택으로 찾아갔습니다만, 자신은 관계없다고 끝까지 우겨 말을 붙일 수가 없었고……. 아마 누군가한테 음성테이프 건을 들었고, 그래서 무서워졌을 거라고 생각합니다. 뭐, 원래부터 경찰을 싫어하는 여자이기도 하고요."

"가능하면 직접 이야기를 듣고 싶기 때문에 섬 주재소의 경찰이 맡아주면 고마울 텐데요."

"물론 그렇다고 물러나지 않습니다. 현재 주재소 경찰이 설득하는 중입니다만, 곧 마음을 굽힐 거라고 생각합니다. 작은 동네니까요."

"정말 감사합니다."

전화를 끊고 오치아이는 새삼 몸서리를 쳤다. 레분토의 주민들은 모두 몸값을 요구하는 전화 목소리가 우노 간지의 목소리와 닮았다고 했다. 도쿄에서 올여름 이후에 알게 된 사람이 아니라 어렸을 때부터 알고 있는 사람들의 증언이다.

설레는 마음으로 다나카에게 가서 전화 건을 보고했다. 그리고 우노 간지의 수색에 인원을 배정해달라고 하자 다나카는 몇 번쯤 고개를 끄덕이면서도 냉정한 말투로 "현 상황에서는 어렵겠는걸" 하고 승낙해주지 않았다.

"비슷하다는 것은 심증에 지나지 않고 물적 증거는 안 돼. 사람은 집단심리가 작용하면 쉽게 동조하는 경향이 있거든."

"아니, 하지만 부정한 사람은 한 사람도 없었습니다."

"자네가 흥분하는 것은 알겠는데, 이럴 때 왕왕 수사가 잘못

된 길로 가기도 한다네. 지금은 수사 범위를 좁힐 단계가 아니야. 따라서 편성은 바꿀 수 없어. 우노 간지는 5계와 특명반만으로 쫓아주게."

다나카가 들어줄 것 같지 않아서 오치아이는 허탕을 친 형태가 되었다. 다만 수사본부의 판단을 이해하지 못하는 것도 아니었다. 범인을 놓쳤다는 큰 실수는 수사 간부를 심리적으로 궁지에 몰아넣고 있었다. 만약 두 번째 실패가 있게 되면 형사부장은 틀림없이 경질되고, 경우에 따라서는 경시총감도 사임하지 않을 수 없게 될 것이다. 매스컴의 시선은 엄격하고, 이사건에 관해서는 철저하게 공격하는 자세였다. 어제는 전화 가입자의 롤러 작전으로 다마리 1과장이 기자 클럽에서 규탄을 당했다. 수사관이 무리하게 민가로 들어가 수화기의 지문을 채취하여 주민의 항의를 받았기 때문이다. 지금 수사본부는 신중해지지 않을 수 없는 것이다.

"우노 간지의 사진은 경시청 관할 내의 모든 경찰서에 뿌렸어. 그것으로 그물에 걸리지 않으면 이미 어딘가로 달아난 걸거야. 그렇게 되면 인원을 배정하는 것 자체가 소용없게 되지."

다나카가 견해를 말하자 오치아이는 납득하지 않을 수 없었다.

저녁에 수사본부에서 보고할 서류를 쓰고 있으니 다나카가 레분토 주재소에서 저녁 8시에 전화가 올 테니 대기하고 있으라고 했다.

"우노 간지의 어머니가 전화로 청취하는 걸 응하기로 한 모양이야. 계속 거부하면 더욱 추궁당하니까 도쿄의 형사와 이야기만이라도 해달라고 부탁했더니 마지못해 승낙했다더군. 자네의 끈기가 낳은 성과지."

다나카는 오치아이의 공로를 칭찬하면서도 "누차 말하지만 목소리가 비슷하다는 증언을 아무리 모아도 그게 물증이 되지 않는다는 걸 명심해" 하고 재차 못을 박았다. 물론 오치아이도 명심하고 있었다.

밤의 수사 회의가 끝난 후 수사본부에서 10분쯤 기다리자 저녁 8시 정각에 전화벨이 울렸다. 수화기를 들자 들려온 것은 경시청 통신부 교환원의 목소리로 "홋카이도 경찰 왓카나이미나미서 레분초 주재소에서 전화입니다"라고 알려주었다. 오치아이가 받겠다고 전했다.

"여보세요. 오치아이 씨입니까?"

자못 장거리 전화인 듯 때때로 지지직 하는 잡음이 섞였다.

"예. 경시청 수사1과의 오치아이입니다. 수고를 끼쳐드려 죄송합니다."

주재소 경찰의 얼굴을 떠올리고 오치아이는 전화를 들고 고개를 숙였다.

"그럼 우노 요시코 씨를 바꾸겠습니다. 뭐든 물어보세요."

전화를 바꾸는 소리가 들린다. "여보세요." 요시코의 목소리는 낮고 어두웠다.

"우노 간지의 어머님이시지요? 전에 댁으로 찾아갔던 경시청의 오치아이입니다. 기억하십니까?"

"아아, 기억하긴 하는데……."

"번거롭다고 생각하시겠지만 중대한 사건 수사라 협조를 부탁드립니다."

"네."

"그 뒤로 간지로부터는 연락이 없었습니까?"

"없었어요."

"간지한테는 절도로 체포영장이 나왔습니다. 그건 알고 계시지요?"

"네, 주재소 경찰한테 들었어요."

오치아이는 가능한 한 부드럽게 말했지만 요시코의 응답은 여전히 무뚝뚝했다.

"소노시트는 들었습니까?"

"네, 들었는데 닮았는지 어떤지는 잘 모르겠어요."

"어째서죠? 간지는 아들이잖아요."

"아들이어도 소노시트는 표준어를 쓰니까."

"하지만 섬사람들은 대부분 간지의 목소리와 비슷하다고 증언했습니다."

"그놈들은 재미있어하는 것뿐이에요. 아무것도 없는 섬이니까 이런 일이 있으면 축제처럼 열을 올리는 거예요. 바보 같은 간지가 도쿄에서 유괴를 했다고. 지난 사흘은 온통 그 얘기뿐이어서 이제 지긋지긋해요. 가후카에서는 간지를 남동생이라고 했지만 거짓말이 들켜서 나이까지 들통나고 말았으니, 이런 개망신이 어디 있겠어요."

요시코가 쌓인 것을 내뱉듯이 말했다.

"어머님, 부모로서 아들의 억울함을 믿고 싶겠지만 어떨까요, 인상만이라도 말해줄 수 없을까요? 전혀 비슷하지 않는지, 조금은 비슷한 것 같은지……."

"형사 양반, 그걸 들어서 어떻게 하게요?"

"육친의 증언은 중요합니다. 적어도 동급생이나 어부들보다 경찰은 중요시합니다."

"그렇다면 더욱 말하고 싶지 않아요."

요시코가 거절하자 전화 저편에서 "어머님, 시민이라면 경찰에 협조를 해야지요" 하고 주재소 경찰이 설득하는 목소리가 들렸다.

"어머님, 간지는 어떤 아이였습니까?"

오치아이는 화제를 바꿨다.

"어떻기는요, 보통의 아이였지."

"그렇습니까? 학교에서는 특수학급이었다고 하던데요."

"그게 어때서요? 그렇다고 경찰한테까지 무시당할 이유는 없어요."

요시코가 정색을 하고 말을 되받았다.

"무시하다니요. 단지 보호사인 마쓰무라 씨한테 들었습니다만, 간지는 삿포로에서 교통사고를 당해 기억장애를 앓았다고요. 그 경위에 대해 어머님이 직접 말씀해주실 수 없을까요?"

"보호사한테 들었다면 그걸로 된 거 아닌가요?"

"아니, 그렇게 말씀하시지 마시고, 어머님의 전남편은 간지한테 심한 짓을 했다고 하던데요."

"알고 있다면 그런 건 물어보지 않아도 되잖아!"

요시코가 감정을 드러냈다.

"전남편은 지금 어디서 뭘 하고 있습니까?"

"몰라요. 그걸 물어서 뭘 하려고?"

"참고로만 하려고요. 경우에 따라서는 사정을 들을 수도 있겠지요."

"그만둬요. 간신히 헤어진 남자니까!"

요시코가 드디어 언성을 높였다. 오치아이는 두 사람의 관계를 이해했다. 아마 요시코도 전남편으로부터 폭력을 당했을 것이다.

"어머님, 이야기를 돌리겠습니다만, 소노시트의 목소리, 어떻습니까? 모르겠다고만 하지 마시고, 뭔가 감상을 말씀해주세요."

"저기요, 형사 양반. 유괴범이 간지라고 해도 누군가한테 속아서 한 걸 거예요. 선주 집의 절도 사건도 실제로는 아카이한테 속아서 했던 거잖아요. 파수막의 방화도 사실은 아카이가 기름을 부었다고, 경찰이 추궁하자 자백했던 모양이고. 형사 양반, 아카이한테 따끔한 맛을 보여줘요. 해난 사고로 꾸며 간지를 죽이려고 했잖아요!"

"어머님, 지금은 그런 이야기가 아니잖아요."

"그럼 비슷해. 이걸로 됐어?" 요시코가 히스테릭하게 말했다.

"비슷하다고요. 그걸로 괜찮겠어요?"

"좋고 뭐고 경찰은 간지를 범인으로 만들고 싶은 거잖아!"

"그런 게 아니라—"

오치아이는 여기까지라고 생각하고 포기했다. 어머니의 '비슷하다'는 증언을 듣고 싶었지만 억지로 말하게 할 수는 없었다. 어쨌든 증언만으로 특정할 수는 없다. 손목시계에 눈을 주자 저녁 8시 반이었다. 어느새 30분이나 이야기를 나누었다. 대화가 끊기고 서로 한숨을 내쉬었다.

"그런데 어머님, 가게는 괜찮나요?" 오치아이가 물었다.

"아이, 쾌이채이타. 어차피 손님이 오는 것도 아니고." 요시코가 지친 듯한 소리로 대답했다.

오치아이는 순간적으로 핏기가 가셨다.

"어머님, 지금 뭐라고 하셨어요?" 목소리가 높아졌다. "분명히 '꽤 이채이타'라고……."

"아아, 걱정할 것 없다는 말이에요. 호쿠리쿠 사투리지. 부모가 도야마 출신이라 그걸 듣고 자라서 가끔 나와요. 레분토의 후나도마리는 도야마에서 들어온 사람들이 많으니까 여기저기서 호쿠리쿠 사투리가 남아 있거든요."

"그렇구나, 호쿠리쿠 사투리였구나."

"그런데, 그게 어떻다는 건데요?"

"아뇨, 아무것도 아닙니다. 협조 감사합니다."

"이젠 사절이에요."

진정한 요시코가 메마른 목소리로 말했다. 오치아이는 그 말에는 대답하지 않고 목을 빼고 강당에 남아 있는 사람에게 말했다.

"다나카 과장대리님은 아직 서에 계십니까?"

한산한 강당에 오치아이의 목소리가 울렸다.

32

19일 아침 8시 반, 아침 수사 회의는 평소라면 과장대리가 탐문수사나 피해자 주변 수사의 배정을 할 뿐이다. 하지만 이 날은 다마리 1과장이 출석하여 간부석 중앙에 앉았다. 수사관들은 무슨 일인가 하고 얼굴을 마주 보고 있었다. 첫 발언은 평소처럼 다나카 과장대리가 했다.

"여러분, 잘 잤나? 어젯밤 5계의 오치아이 형사가 유력한 정보를 얻었기 때문에 여러분한테도 알려주겠다. 10월 8일 범인이 몸값을 요구하는 전화 내용을 녹음한 테이프에 '괘이채이타'라는 사투리 같은 말을 들었던 것은 이미 보고했던 대로다. 오치아이 형사의 조사에 따르면 그 말은 호쿠리쿠 사투리로 '걱정할 것 없다'는 뜻이라고 한다. 다만 이 사안과 호쿠리쿠 사투리의 관계는 실마리가 되는 정보가 전혀 없어 그저 범인의 혀가 꼬였을 뿐인 게 아닐까 하는 설도 버리지 못하고 있었다. 그런데 어젯밤 홋카이도 레분토에 있는 우노 간지의 어머니와 전화로 이야기했을 때 어머니의 입에서 같은 말이 나온 것을 확인했다. 오치아이, 자네가 설명하게."

지명을 받은 오치아이가 일어섰다. 전원의 시선이 모였다.

"그럼 설명하겠습니다. 어젯밤 레분토의 가후카라는 지역에서 술집을 운영하는 우노 요시코와 전화로 이야기를 나눴습니다. 대화가 길어졌기 때문에 가게는 괜찮은 거냐고 제가 물었더니, 요시코의 대답이 '아이, 괘이채이타'였습니다. 깜짝 놀라서 의미를 물었더니 '괘이채이타'는 호쿠리쿠 사투리로 걱정할 것 없다는 뜻에 해당하고, 요시코의 부모가 도야마 출신인데 레분토의 북쪽 끝인 후나도마리에는 도야마에서 온 사람들이 많아 호쿠리쿠 사투리를 쓰는 사람도 있다는 것이었습니다. '아이'는 표준어 '아니'라는 부정의 뜻이겠지요. 따라서 그런 환경에서 자란 우노 간지가 대화 중에 무심코 호쿠리쿠 사투리를 쓰고 말았다는 추리가 성립하고, 이것으로 몸값을 요구하는 전화는 우노 간지일 가능성이 한층 높아진 것이 아닐까, 저는 이렇게 보고 있습니다."

여기저기서 술렁거리는 소리가 일었다. 미야시타는 콧구멍을 벌름거리며 "이건 훌륭한 증거가 되겠어"라고 중얼거렸다. 다나카가 이야기를 이어갔다.

"다들 들은 대로다. 수사본부는 오치아이가 얻은 정보를 중요시하고 우노 간지의 수색으로 중점을 옮긴다. 전 여종업원 가와다 게이코 전담반을 제외하고 오늘부터 대기 상태에 있는 모든 수사관들은 우노 간지를 쫓는다. 그것에 관해서는 우노 간지와 행동을 함께하고 있을 가능성이 높은 기나 사토코의 행적을 쫓는 것이 현재로서는 유효한 것 같다. 게다가 공범일 가능성도 생각해볼 수 있다. 아사쿠사의 스트립 극장의 전 동료의 이야기에 따르면 지난 10월 12일 토요일, 기나 사토코로부터 '지금 아타미에 있다'라는 전화가 와서 '도쿄로 돌아오면 신주쿠에서 새롭게 시작하겠다'고 말했다 한다. 보통 여자 혼자 온천에 가지 않는다. 따라서 아직 우노 간지와 함께 있다는 판단은 저번 수사 회의에서 나온 결론과 마찬가지다. 따라서 아타미와 신주쿠가 긴급한 수사 범위가 된다. 이봐, 닐, 정보가 있으면 보고하게."

"예? 저 말입니까?" 니이가 튕기듯이 몸을 일으켰다.

"네온 거리의 일이라면 자네지. 호기롭게 놀고 있는 거 아니겠지?"

"과장대리님, 저에 대해 뭔가 오해하는 거 아닙니까?"

"됐으니까, 정보나 보고해."

다나카가 무시무시한 태도로 위협하며 나오자 니이는 얼굴을 한 번 찌푸리고 나서 마지못해 입을 열었다.

"신주쿠에 세 개 있는 스트립 극장은 이미 조사했습니다. 토요일 이후 새로운 사람은 들어오지 않았습니다. 그리고 터키탕도 모두 조사했는데 새로운 사람 몇 명이 들어왔습니다만, 모두 신원을 알고 있고 무관했습니다. 그런 가게의 지배인에게는 새로운 사람이 들어오면 알려달라고 말해두었기 때문에 여러분, 헛걸음을 하지 않도록 각자 잘 판단하시기 바랍니다. 아마 기나 사토코는 가명을 쓰겠지요. 신주쿠는 넓어서 카바레, 술집은 별의 수만큼 많기 때문에 신주쿠서에 지원 요청을 하는 것이 득책이 아닐까……."

"물론이다. 신주쿠서에는 내가 바로 가겠다." 다나카가 말했다.

"그리고 여러분, 정보를 얻으려고 탐문조사를 하고 있을 거라고 생각하는데 그곳은 신주쿠, 쓰노하즈, 가부키초, 니시오쿠보, 이렇게 지역별로 세력권이 복잡하게 나뉘어 있다는 것을 주의하십시오. 성가신 것은 최근 타이완 야쿠자가 진출해 여기저기서 분쟁을 일으키고 있습니다. 뭐, 그걸 기회로 폭력단 세력 구도를 파악하는 것도 좋지 않을까……."

니이의 설명은 계속 이어져 여장 남자 바에서부터 길거리 매춘부에 대한 정보에까지 이르렀다. 정보가 너무 상세해서 쓴웃음을 짓는 수사관도 있었다.

"좋아, 다들 들은 대로다. 신주쿠는 일본 제일의 환락가이기 때문에 수색은 조금 고생스럽겠지만, 단서가 거기밖에 없으니까 이 잡듯이 뒤진다. 가게를 여는 것이 저녁 이후라서 일단 여관의 롤러 작전이다."

다나카가 지시하자 니이가 손을 들고 "아아, 과장대리님" 하며 끼어들었다.

"카바레 같은 곳은 연립주택을 빌린 호스티스 기숙사가 있으니까 그쪽도 잊지 말아야겠지요."

"알았네. 닐, 자네가 지역을 할당해."

다나카가 난폭하게 손짓을 하고 니이는 앞쪽의 지휘대로 옮겨 갔다.

"그리고 신주쿠와 병행하여 아타미에도 수사관을 파견하는데, 그것은 오바 주임과 오치아이가 해주도록. 아타미의 여관수를 생각하면 둘이서는 턱도 없지만 기나 사토코가 입에서 나오는 대로 말했을 가능성도 있어 인원을 투입했다가 헛되이 끝날까 두렵기도 하다. 그리고 기나 사토코가 전화한 지 일주일이 지났기 때문에 이미 도쿄로 돌아왔을 가능성이 커서 그 점에서도 망설여지지만, 작은 단서 중에서 행적만이라도 파악해두고 싶다. 다행히 오바 주임은 아타미에 안면이 통하는 것 같고……."

"통할 정도는 아니지만 아타미서라면 아는 사람이 몇 명 있기는 하지. 술이라도 가져가면 친절하게 해주니까." 오바가 아무것도 아니라는 듯이 말했다. "아타미는 범인이 자주 도망치는 곳이지. 이상하게도 말이야. 도쿄에서 돈을 손에 넣은 범인은 다들 판에 박은 듯이 아타미의 온천으로 가고 싶어 하지. 그래서 나도 몇 번인가 발길을 하는 중에 아타미서의 형사들과 친해지게 된 거야."

"역시 오바 씨라니까."

그런 탄식이 베테랑 수사관들 입에서도 나왔다. 오치아이도 감탄했다. 니이와 오바는 마치 타고난 형사 같다.

"그럼 나도 한마디……." 여기서 다마리가 입을 열었다. "이 사안에서 행적을 쫓는 경우 젊은 연인이라는 대상만이 아니라 여섯 살 정도의 남자아이를 데리고 있는 젊은 남녀라는 선에서도 탐문조사를 하도록. 우리는 유괴범을 쫓고 있지만 동시에 요시오 군의 구출에도 전력을 기울이고 있다는 걸 다시 한번 확인해두고 싶다."

다마리의 말에 모든 수사관들이 입을 다물었다. 오늘 아침 각 조간에는 경시총감의 담화로서 경찰은 요시오 군의 생존을 믿고 있다는 성명이 기사화되었다. 기자들이 몰려들어 억지로 말하게 한 느낌이 있는 담화지만, 설사 시늉이라도 아이의 구출이 최우선이라는 방침을 바꿀 수는 없었다.

유괴된 지 30일이 지났다. 시민들로부터 아이에 관한 정보도 많이 들어왔는데 대부분 "공원에서 울고 있는 아이가 있었다"는 유의 것으로 신고는 폐가 될 뿐이었다.

아침 회의는 30분 정도에 끝나고 수사관들은 신주쿠 방면으로 흩어졌다. 오치아이가 오바에게 가서 "잘 부탁합니다"라고 고개를 숙이자, 오바는 "오치아이는 운이 좋으니까 범인은 아직 아타미에 있을지도 모르겠는걸" 하며 뻔뻔스럽게 웃었다. 오치아이도 그런 기분이 들었다.

야에스의 술집에서 일본주 두 병을 사 들고 도쿄 역에서 도카이도선 급행을 탔다. 예정에 없는 출장이어서 짐은 없었다. 어딘가에 묵게 되면 그냥 입고 있는 옷으로 내일도 지내게 되겠지만, 10월 중순이라 갑자기 서늘해졌으므로 그다지 마음에 걸리는 일은 없었다. 수사관이 연일 경찰서에 묵은 탓에 숨이 콱콱 막힐 만큼 땀 냄새 나는 도장도 지금은 공기가 맑다.

오치아이가 아타미에 가는 것은 두 번째다. 2년쯤 전에 신혼여행으로 다녀왔다. 수사1과에 들어가기 전의 일로, 누구에게도 말하지 않았다. 형사가 신혼여행을 갔다는 걸 알면 모두로부터 놀림당하는 것은 불을 보듯 뻔하다.

시나가와를 지나자 선로 구역이 갑자기 넓어졌다. 여러 대의 불도저가 굉음을 내고 헬멧을 쓴 수많은 인부들이 곡괭이를 휘두르고 있었다. 오치아이는 그 큰 규모에 입을 떡 벌리고 바라보며 아, 신칸센 공사인가, 하고 납득했다. 도카이도 신칸센이 개통된 것은 몇 년 전 가을로, 지금으로부터 1년 후는 정확히 도쿄 올림픽의 개최 기간이다.

"올림픽에 맞출 수 있을까?" 창틀에 팔꿈치를 괴고 오바가 말했다.

"맞추겠지요. 국가의 위신이 걸려 있으니까요." 오치아이가 대답했다.

"그런가. 그런데 신칸센은 아타미도 지나가나?"

"예. 고다마호인데 도쿄, 신요코야마, 오다와라, 아타미 순입니다."

"가까워지는군. 이거 범인은 점점 더 도망가기 쉬워지겠는데. 앞으로 수사가 힘들어지겠어."

"그렇지요. 경찰이 세력권 싸움을 하고 있으면 범인을 놓치겠지요."

오치아이는 자신을 경계하는 것처럼 말했다. 광역수사의 시대가 닥친 것이다.

신칸센의 선로는 곧 갈라지고 전용 고가로 옮겨 갔다. 유선형의 탄환 열차에는 역시 콘크리트 고가가 어울린다.

정오가 지나 아타미 역에 도착하자 승강장까지 바다 냄새가 떠돌았다. 스모그투성이인 도쿄와 달리 공기가 맑은 탓인지 바람도 상쾌하다. 개찰구에는 시즈오카 현경 아타미서의 형사 두 명이 기다리고 있었다. 오바가 출발 전에 전화로 찾아간다는 것을 알렸기 때문이다.

"마중 나올 필요 없다고 말했는데."

오바가 죄송하게 여기며 허리를 굽혔다. 옆에서 오치아이도 따라 했다.

"아니, 전화로 요시오 군 유괴사건의 범인을 쫓고 있다는 말을 듣고 우리도 깜짝 놀랐습니다. 과장님께 이야기했더니 바로 서장님께도 보고가 올라가서 전면적으로 협조하라는 명령이 내려왔습니다."

온화해 보이는 중년의 형사가 동정 어린 표정으로 말했다.

"사실을 말하면 범인은 아타미에서 체포하라는 지시도 내려 왔거든요. 있는지 없는지도 모르는데."

또 한 사람의 형사는 쓴웃음을 짓고 있었다.

차를 타고 아타미서로 가서 서장실로 안내되었다. 술을 선물로 들고 형사과에 들러 인사만 할 생각이었기 때문에 오바도 오치아이도 곤혹스러울 뿐이었다. 하지만 서장은 불만스러운 태도로 "일본 전역을 뒤흔드는 사건의 범인이 장기 잠복하고 있었다면 시즈오카 현경의 수치다"라며 씩씩거리고 있었다.

미리 복사해둔 중요 참고인 우노 간지의 사진과 지문, 그리고 소노시트를 몇 장 건네고 오치아이가 이 사안의 개요를 설명했다.

"몸값을 빼앗긴 것이 10월 9일 수요일 밤, 우노 간지의 정부로 보이는 기나 사토코가 동료 무희에게 '지금 아타미에 있어'라고 말하며 전화를 걸어온 것이 12일 토요일입니다. 그러므로 그 사이에 아타미에 도착하여 투숙한 것이 아닐까 하고 저희는 생각하고 있습니다."

남자아이를 데리고 있을 가능성에 대해서도 언급했지만 어디까지나 희망적 관측이라고 덧붙이자, 서장 이하 아타미서의 형사들은 사정을 헤아리고 표정이 어두워졌다.

"여관과 택시 회사에 수배 전단을 뿌리는 것은 우리 특기니까 그건 맡겨주세요. 도쿄와 달리 타관 사람은 금방 알 수 있고 체재하면 뭔가 흔적을 남기는 법이니까요."

아타미서의 신청에 오바와 오치아이는 깊이 머리를 조아렸다. 인접한 현경은 경시청에 적대감을 불태우고 있을 뿐인데도, 하나 건너뛰어 시즈오카 현경의 경우 그 순간 친절해지는 걸 보면 경찰 조직은 참으로 신기하다.

저녁에 다시 한번 찾아오기로 하고 오치아이와 오바는 온천 마을로 나갔다. 일단은 아타미 역으로 돌아가 역 앞 교차로에 있는 관광협회의 안내소로 갔다. 도쿄에서 온 형사라고 말하고 "얼마 전 토요일 전후로 이 남자를 보지 않았습니까?" 하며 우노 간지의 사진을 보여주며 물었다. 창구의 여자 직원은 고개를 갸우뚱하며 "글쎄요, 위에서는 우리한테 손님의 얼굴을 유심히 보지 말라고 하니까요" 하고 조그만 소리로 말했다.

"그래요?" 오치아이가 물었다.

"예약 없이 오는 손님은 정부하고 오는 경우가 많거든요."

오치아이가 안내소 안을 둘러보며 부탁한다. 여자 직원은 의자를 빙 돌려 "소장님" 하고 상사를 불렀다.

안쪽의 책상에 있던 중년 남성이 안경을 코에 걸치고 나온다. 여자 직원의 설명을 듣고는 얼굴을 향하고 말한다.

"아아, 당신, 전에도 왔던 도쿄의 형사 양반 아닙니까?"

"예, 맞아요. 저를 기억하시겠습니까?" 오바가 말했다.

"예, 예. 전에는 분명히 전당포 살인사건의 범인을 쫓고 있었

139

지요. 그런데 오늘은 또 무슨 사건입니까?"

"요시오 군 유괴사건입니다. 텔레비전을 봐서 알고 있지요?"

오바가 주저하지 않고 말해서 오치아이는 당황했다. 툭 털어놓는 것이 협조를 얻기 쉬울 거라고 생각했을 것이다. 직원 일동이 "네?" 하고 소리를 질렀다. 이내 창구에 사람이 모여들어 사진을 들여다보았다.

"이 남자가 범인인가요?" 소장이 물었다.

"아뇨, 중요 참고인으로 쫓고 있습니다. 아직 확실한 건 아닙니다. 지난주 토요일 아타미의 온천에 있었을 가능성이 있어서 찾고 있습니다." 오치아이가 대답했다.

"어머나." "어쩜 그리 심한 짓을." 직원들은 각자 비통한 말을 하며 사진을 응시했다.

"그런데 여러분, 사진 속의 남자를 본 적은 없어요?"

"글쎄요. 정말 물끄러미 보지 말라는 말을 들어서요."

"젊은 여자와 함께이거나 어쩌면 아이를 데리고 있었을 가능성도 있습니다."

"아이를 데리고 예약 없이 온 손님은 거의 없지. 누구 본 사람 없어?"

소장이 직원들에게 묻자 전원이 고개를 가로저었다.

"그럼 연인으로 숙소를 찾으러 온 손님은?"

"그거야 헤아릴 수 없이 많지요. 최근에는 아타미에 오고 나서 안내소에서 팸플릿을 보고 고르는 사람도 있으니까요. 뻔뻔한 사람은 저녁때에 와서 저녁밥은 됐으니까 싸게 해달라고 가격을 깎기도 하고요."

"알겠습니다. 그런데 안내객의 기록은 남아 있습니까?"

"물론 장부가 있습니다. 여기는 억지로 호객 행위를 하는 것의 대책으로 만들어진, 여관조합이 운영하는 안내소라서 그런 것은 제대로 하고 있지요."

소장이 선반에서 장부를 꺼내 카운터에 놓았다. 손님이 기입한 숙박 신청 카드가 끈으로 묶여 있다. 열어보니 하루 평균 다섯 쌍의 손님이 이용하고 주말이 되면 배로 늘어난다고 한다.

오바와 오치아이는 소장의 허가를 얻어 카운터 구석을 빌려 몸값을 빼앗긴 10월 9일 다음 날 치부터 보아갔다. 다만 우노 간지든 기나 사토코든 실명을 쓸 리가 없어 감으로 찾을 수밖에 없었다.

"오치아이, 주소를 봐봐. 가짜를 쓴다고 해도 사람은 존재하지 않는 주소를 쓰지는 않거든. 순간적으로 그런 창작력은 없어. 그러니까 무심코 전에 살았던 동네나 익숙한 동네 이름을 쓰지. 우노와 기나의 경우는 아사쿠사 부근이야. 그리고 가명을 쓰는 경우에도 사람은 흔해빠진 이름을 쓰지. 스즈키, 사토, 다나카, 야마다, 야마모토, 그런 이름을 주의 깊게 보라고."

"알았습니다."

오바의 정곡을 찌른 지시에 오치아이는 감탄할 수밖에 없었다. 역시 형사는 경험이다.

직원들은 일이 손에 잡히지 않는 듯 교대로 들여다보러 와서는 "그러고 보니 건물 안에서도 선글라스를 벗지 않은 손님이 있었어요"라고 말을 걸어 일손을 멈추게 했다. 소장은 곳곳에 전화를 걸어 투숙객 중에 수상한 젊은 남녀가 없었느냐고 물었다. 일본 전역을 뒤흔든 사건에 한 사람 한 사람이 조금이라도 도움이 되고 싶은 것이다.

장부의 10월 11일 치를 순서대로 보고 있었더니 오바가 말한 조건과 딱 들어맞는 카드가 보였다. 신청자는 '사토 미치코', 동행자란에는 '사토 히로시'라는 너무나도 흔해빠진 이름이었다. 주소는 '도쿄도 스미다구 무코지마 1가.' 기나 사토코가 세를 들었던 연립주택은 무코지마다.

"있습니다! 오바 씨, 이 카드 좀 보세요!"

오치아이가 무의식적으로 소리를 지르자 직원들까지 일제히 돌아보고 술렁이며 모여들었다.

"오치아이, 손대지 마. 지문을 채취할 가능성이 있으니까." 오바가 지시했다.

"알겠습니다. 하지만 이건 여자의 필체인데요."

서류에 쓰인 글자는 아무래도 여자가 쓴 듯한 둥그스름한 글자다.

"어디어디. 아아, 요시다 씨의 도장이 있어. 요시다 씨가 안내한 손님이야."

소장이 들여다보며 말했다.

"요시다 씨는?"

"점심시간이에요. '잇사안'에서 메밀국수를 먹고 있어요."

"빨리 불러와."

여자 직원이 달려 나갔고 머지않아 통통한 중년 남성이 나타났다. 오치아이가 사정을 설명하고 어떤 손님이었는지 기억나느냐고 물었다.

"이 손님이라면 제가 역의 출구에서 말을 걸어 안내한 커플입니다. 예산을 물었더니 젊은 남자가 '얼마든지 상관없다'고 해서 어딘가의 부자인가 보다고 생각해 기억하고 있습니다. 금요일 저녁이었을 겁니다."

"남자는 이놈이 아니었습니까?"

오치아이가 우노 간지의 사진을 보여주었다.

"글쎄요, 어떨지. 매일 많은 손님의 얼굴을 보니까 별로 기억하지 못하거든요."

요시다라는 직원이 고개를 갸우뚱했다.

"그럼 이 여자는요? 거무스름하고 눈이 크지 않았습니까?"

"아아, 그러고 보니……."

요시다가 먼 데를 보는 눈으로 뭔가 떠오른 것처럼 음음 하며 고개를 끄덕거렸다.

"이목구비가 뚜렷한 남방계의 얼굴이었지 싶은데. 아아, 저는 전쟁 때 군인으로 팔라우에 있어서 남쪽 섬의 얼굴은 압니다."

"쫓고 있는 여자는 오키나와 출신입니다."

"그렇습니까? 그럼 그럴지도 모르겠네요."

"장부에 있는 다이코쿠 여관이라는 건?"

"오미야노마쓰(오자키 고요의 소설《금색야차》의 주인공 남녀가 헤어지는 장면의 무대가 되어 이름 붙여진 소나무)의 비스듬히 앞쪽에 있는 여관입니다. 최근에 철근콘크리트의 신축건물이 생겨 신혼여행으로 온 사람들한테 인기가 많지요."

"그곳은 비쌉니까?"

"한 사람당 1박에 4000엔이니까 고급에 속하지요."

오치아이는 오바와 얼굴을 마주 보았다. 예약 없이 찾아온 손님으로 고급 여관이라니 더더욱 수상하다.

"아타미 역 앞에서 말을 걸었던 시간은 알 수 있습니까?" 오바가 물었다.

"저녁때였는데 시간은……." 요시다가 생각에 잠긴다.

"행적을 확인하기 위해 타고 온 열차를 특정하고 싶습니다. 죄송하지만 생각해주시겠습니까?"

"글쎄요, 하행 열차 급행이 도착하는 것을 생각하고 나갔으니까 4시 8분에 도착하는 '다카치호'거나 4시 24분에 도착하는 '이코이'거나 4시 52분에 도착하는 '제2이데유'거나…….
4시 43분에 도착하는 '나가라'라는 것도 있지만 11월부터 운행하니까 제외하고……."

요시다가 손을 꼽아 헤아리고 있다. 직업병으로 시각표가 머릿속에 들어 있는 것 같았다.

"아마 준특급인 '제2이데유'였을 거라고 생각합니다. 그래요, 맞아요, 신혼부부가 많았으니까요. '제2이데유'는 슈젠지행이거든요."

"그렇군요. 알겠습니다. 고맙습니다. 그런데 사토 아무개라는 신청 카드를 빌리고 싶은데요."

"예, 상관없습니다."

소장의 허락을 얻어 오치아이는 증거품 제공서를 쓰고 안내소를 뒤로했다. 갑작스러운 성과에 몸이 뜨거워졌다. 오바의 눈빛도 한층 날카로워졌다.

역 앞에서 택시를 타고 다이코쿠 여관으로 향했다. 좋은 기회다 싶어 운전사에게 우노 간지의 사진을 보여주고 "이 남자를 본 적 없습니까?" 하고 물으니 고개를 갸웃하며 "조금 전에도 형사가 묻더군요"라고 대답해서 오치아이는 아타미서의 팽팽하게 긴장된 모습에 깜짝 놀랐다.

5분 정도 만에 다이코쿠 여관에 도착했다. 바로 앞은 아타미

145

의 해안이다. 바닷바람을 맞아 쉼 없이 밀어닥치는 파도 소리를 들었더니 오치아이는 2년 전의 신혼여행 때가 생각났다. 부부가 모래사장을 걸으며 장래 이야기를 나누었다. 아이는 둘이 좋다거나, 교외의 아파트 단지에 살고 싶다거나. 흔해빠진 이야기였지만 오치아이는 남자로서의 책임감을 느끼고 몸이 바짝 죄는 느낌이 들었다. 불현듯 아내와 아이가 보고 싶어졌다. 어젯밤에도 집에 들어가지 않고 근처의 파출소를 통해 출장을 간다는 사실만 전했을 뿐이다. 사건이 발생하면 형사의 집은 모자가정이 된다.

"이봐, 바다가 신기한가?"

바다를 보고 있는 오치아이에게 오바가 말했다.

"아뇨, 죄송합니다."

빠른 걸음으로 여관의 현관 안으로 들어갔다.

프런트에서 지배인을 불러 사정을 설명하고 협조를 요청했다. 지배인은 아주 침착한 태도로 오치아이와 오바를 뒤쪽에 있는 사무실로 안내했다. 들어보니 아타미서의 경찰이 정기적으로 방문하여 숙박부를 열람하고 간다고 한다. 온천 마을의 일상 업무인 듯하다.

곧바로 숙박부를 보여달라고 해서 10월 11일의 기록을 살펴보니 확실히 투숙객 중에 '사토 미치코'와 '사토 히로시'라는 이름이 있었다. 필적도 같고, 이것도 여자가 쓴 것으로 보였다.

제공된 방 번호는 512호실. 체크인 시간은 확실하지 않지만 여관 측의 비고란에 '저녁 식사 요망, 급히'라고 갈겨쓴 것이 있었다.

"이건요?" 오치아이가 지배인에게 물었다.

"저녁때에 예약하지 않고 온 손님이어서 서둘러 저녁을 준비하기 위한 메모입니다."

"담당한 여종업원이 누군지 아십니까?"

"당일 배식 기록을 보면 알 수 있습니다. 방 번호가 512호실이니까……." 지배인이 선반에서 다른 장부를 꺼내 페이지를 넘겼다. "가나모리 도키에라는 사람입니다. 불러올까요?"

5분도 지나지 않아 마흔 안팎의 여종업원이 나타났다. 도쿄에서 온 형사라고 지배인이 알려주자 순식간에 얼굴이 파래졌다.

"어떤 사건의 용의자를 찾고 있습니다. 협조 좀 해주었으면 하는데요."

오바가 설명하려고 하자 그보다 빨리 여종업원이 "요시오 군 유괴사건인가요?"라고 물었다.

"어떻게 알고 있죠?"

"배식실은 지금 그 이야기가 계속 화제예요. 아타미서의 형사 두 분이 와서 '이 남자를 본 적이 있느냐'고 물어서 처음에는 우리도 절도범에 대한 탐문조사나 뭔가일 거라고 생각했어요. 그래서 '어머, 핸섬한 남자네' 하며 웃었더니, '바보, 이놈은 요시오 군 유괴사건의 용의자야'라고 해서 다들 깜짝 놀랐어요, 아이, 무서워, 하고 말이에요."

여종업원이 떠는 포즈를 취하며 말했다. 오바와 오치아이는 얼굴을 마주하며 한숨을 내쉬었다. 어차피 말할 생각은 없지만 이렇게까지 퍼져 나가면 수사하기가 힘들다. 신문기자에게라도 알려지면 이번에는 다른 소동이 일어난다.

"알았습니다. 그런데 이 사진 속의 남자를 본 기억은요?"

"죄송해요. 일일이 기억하지는 못해서요. 담당이라도 배식할 때는 혼자 여러 방을 겸하니까요……."

"숙박부를 써달라고 할 때 이야기를 하지 않았어요?"

"예, 이 여관에서는 프런트에서 체크인을 하거든요."

여기에는 지배인이 대답했다. 이름이 여관이어도 실제로는 호텔이다.

"그럼 여자의 얼굴은 기억하지 못해요? 거무스름한 남방계 얼굴인데."

"아아, 그 말을 듣고 보니……." 여종업원이 남방계라는 말에 반응했다. "분명히 그런 얼굴의 여자는 봤어요. 맞아요, 맞아. 제가 담당한 손님인데 그때의 연인 중 한 사람이었을지도 모르겠어요."

여기서도 마찬가지의 증언을 얻어 오치아이는 기분이 설렜다. 우노 간지보다 기나 사토코를 쫓는 편이 빠를 것 같았다.

"뭔가 유류품은 없었습니까?" 계속해서 오치아이가 물었다.

"유류품?"

"512호실 손님이 남기고 간 것 말입니다. 손수건을 잊어버리고 갔다거나 주간지를 놓고 갔다거나……. 뭣하면 쓰레기라도 좋아요."

쓰레기라고 했더니 여종업원이 얼굴을 붉혔다.

"왜 그래요?"

"아뇨, 그……."

"뭐든지 말해봐요."

"괜찮을까요, 이런 말을 해서……. 아니, 아침에 이부자리를 치우러 방으로 갔더니 쓰레기통이 축축한 화장지로 가득해서, 젊은 사람은 한창때구나 했거든요."

"아, 그래요." 오치아이는 쓴웃음을 지으며 고개를 끄덕였다.

"죄송해요, 이런 이야기를 해서. 저희는 그런 게 익숙하고, 그래서 특별하다고는 생각하지 않지만 그 양이 너무나도 많은 터라……."

"알겠습니다. 고맙습니다."

일단 메모는 해두었다.

"지배인, 512호실 좀 보여주겠습니까?" 오바가 요청했다.

"죄송합니다. 조금 전에 봤더니 오늘은 관서 지방에서 온 단체 손님이 있어서 5층은 몽땅 그 단체가 사용하고 있습니다."

"그걸 어떻게 좀 안 되겠습니까? 급히 방을 바꿔달라고 한다거나, 지문 채취를 하고 싶습니다."

"그게 어떨까 싶네요. 체크아웃을 한 뒤에는 문손잡이부터 수도꼭지까지 정성껏 닦아 청소를 해서 지문 같은 건 남아 있지 않을 거라고 생각합니다."

"하지만 가능성은 제로가 아닙니다. 우연히 도코노마의 장식 기둥에 용의자의 지문이 남아 있거나 하는 일도 있습니다. 어떻게 좀 부탁합니다."

오바가 계속해서 부탁하자 지배인은 "그렇다면 내일 오전 10시에는 체크아웃을 하니까 그 후에도 괜찮다면요" 하고 뜻을 굽혀 지문을 채취할 기회를 얻었다.

어차피 도쿄에서 감식반을 부를 시간이 필요하기 때문에 오치아이와 오바도 이견은 없었다.

시계를 보니 오후 3시를 지난 참이었다. 한나절에 이런 성과는 대성공이라고 해도 좋다. 사무실에서 전화를 빌려 오치아이가 수사본부에 걸었다. 다나카에게 감식반 파견을 요청하고 조금은 칭찬을 받을 거라고 생각했더니, 전화가 연결되자마자 다나카가 수화기 너머에서 고함을 질렀다.

"왜 이렇게 연락이 늦어! 뭘 하고 있었던 거야!"

"아니, 아타미에서 탐문조사를 했습니다. 과장대리님, 그런데 말이지요—"

"즉시 돌아와. 오후 1시 48분, 우노 간지를 긴급체포했어."

오치아이는 머릿속이 새하얘졌다.

"가부키초의 파친코에서 비슷한 남자를 발견해서 불심검문을 한 다음 임의동행을 요구하고 가부키초 파출소에서 신원을 확인한 후 본인이라는 것을 인정했기 때문에 긴급체포했어. 현재 아사쿠사서로 이송 중이네. 여기저기 도로가 공사 중이라 정체되어 늦어지는 것 같지만 곧 도착할 예정이야. 오바 주임 바꿔."

옆에서 심상치 않은 상황을 눈치챈 오바가 "왜 그래?" 하고 물었다.

"우노 간지를 신주쿠에서 체포했답니다." 수화기를 내밀며 오치아이가 말했다.

"뭐라고?" 오바가 수화기를 낚아챘다. "아아, 예. 그래서 아이는? 그래, 아직 모른다? 현시점에서 유괴와 관련된 자백은 아무것도 없는 건가?"

흥분하고 있는 건지 오바는 계급이 위인 다나카에게 존댓말을 쓰지 않았다.

"동시에 마치이 아키오를 임의동행했다고? 아키오와 같이 있었나? 알았네. 금방 도쿄로 돌아가지."

한동안 이야기가 이어진 후 오바는 전화를 끊고 오치아이에게 말했다.

"곧장 도쿄로 돌아간다. 멋쩍은 출장이 되었지만 어차피 행적을 확정할 필요는 있으니까 조사 단계에서는 보람이 있겠지. 아타미서에는 내가 전화로 고마웠다고 해둘 테니 자네는 시각표를 조사해주게."

"알겠습니다. 그런데 누가 체포했습니까?"

"몰라. 그냥 100명이나 되는 수사관을 투입하면 시간문제였다는 거겠지. 자, 그럼…….' 오바가 숨을 한 번 쉬고 나서 말했다. "문제는 우노 간지가 자백할지 어떨지 그것인데……."

"그렇겠네요."

오치아이는 앞으로의 스케줄을 생각하고 침을 꿀꺽 삼켰다. 체포한 혐의는 홋카이도에서의 절도, 즉 별건 체포다. 그러므로 도쿄지검으로 송치할 때까지 48시간이 수사본부가 가진 시간이다. 그사이에 우노 간지에게 유괴사건을 자백하게 해야 한다. 물증은 없고 정황증거와 전화 목소리가 비슷하다는 것밖에 없다.

오바가 곧바로 아타미서에 전화를 해서 우노 간지가 도쿄에서 체포되었다고 보고했다. 별건 체포이기 때문에 아무쪼록 비밀을 지켜달라는 주의도 덧붙였다. 오치아이는 지배인에게 시각표를 빌려달라고 부탁했다. 지배인은 벽시계를 힐끗 보고 "지금 가면 3시 42분발 '나니와'를 탈 수 있습니다. 도쿄에는

5시 24분에 도착합니다" 하고 보지도 않고 대답했다.

아사쿠사서의 수사본부로 돌아온 것은 저녁 6시가 지나서였다. 다마리 1과장도 급히 달려왔을 거라 생각했더니 모습은 보이지 않고 그 이외의 수사 간부의 얼굴도 보이지 않았다. 다나카에게 가서 돌아왔다고 보고하자 "시끄럽게 하지 마" 하고 낮은 소리로 말했다.

"신문기자가 냄새를 맡으며 돌아다니고 있어. 현시점에서 기사가 나가면 별건인 만큼 우리도 몸을 뺄 수가 없게 돼. 지검에서는 물증이 없는 이상 명확한 자백이 필수 조건이라는 지시가 있었거든. 그건 당연하지만 말이야. 그래서 취조는 비밀로 해야 해. 다마리 1과장님이 모습을 보이지 않는 것도 그것을 위한 배려지. 1과장이 오면 신문기자가 술렁거릴 테니까."

"알겠습니다. 그런데 체포한 것은 누구입니까?"

오치아이가 물었다. 본심은 그것이 가장 마음에 걸렸다.

"아사쿠사서의 젊은이다. 파친코에서 비슷한 남자를 발견하고 임의동행을 요구했는데, 실은 거기서 사소한 말썽이 있어서 말이야." 여기서 다나카가 얼굴을 찌푸렸다. "그때 니이가 먼저 발견하고 한창 범인을 몰래 감시하고 있는 중이었거든. 눈앞에서 채 갔으니 크게 격노할 수밖에. 아무래도 파출소 뒤에서 아사쿠사서의 젊은이를 두드려 팬 모양이야."

"그렇습니까……."

오치아이는 무심코 한숨을 토해냈다. 어느 쪽 마음도 알 수 있다. 자신이 그 자리에 있었다면 몰래 감시할 용기가 없어 신병을 확보했을지도 모른다.

"취조관은?" 오바가 물었다.

"아사쿠사서의 이시이 형사과장."

"왜 수사1과가 안 하는 거야? 미야시타 같은 사람이 적임자잖아."

"호리에 서장이 밀었지. 우리가 잡았으니까 우리가 하겠다면서."

"어이없군. 그런 말을 할 상황이 아니잖아. 48시간 안에 입을 열게 할 수 있겠어?"

"나도 그렇게 생각하지만 다마리 1과장님이 받아들였으니까……."

다나카가 살짝 어깨를 움츠리고 말했다. 아마 몸값 전달 때 실수를 한 아사쿠사서로서는 범인을 체포하고 입을 열게 해서 모든 것을 상쇄하고 싶었을 것이다.

"지금 우노 간지는 입을 다물고 아무 말도 하지 않는 모양이야. 그래서 현재 거짓말탐지기를 조정하는 중이고. 기술직 공무원도 확보해서 내일 오전 중에는 검사를 할 수 있을 거야. 그것에 기대를 해보자고."

다나카가 자신을 타이르는 것처럼 말했다.

"니이 씨는요?" 오치아이가 물었다.

"2층 취조실에서 마치이를 추궁하고 있어."

"마치이 아키오는 파친코에 같이 있었습니까?"

"나란히 파친코를 하고 있었나 봐. 다만 유흥 분위기가 아니라 마치이 자신이 저항하지도 않고 순순히 임의동행에 임했어."

"얼굴 좀 보고 와도 될까요?"

"어어, 좋아. 다만 저녁 7시부터 수사 회의가 있으니까 그때까지야."

오치아이는 발길을 돌려 강당을 뛰쳐나갔고 계단을 세 단씩 뛰어 내려가 2층 취조실로 갔다. 복도에 있는 형사에게 물으니 제1취조실에서 우노 간지가, 한 칸 건너 제3취조실에서는 마치이 아키오가 각각 취조를 받고 있다고 했다. 먼저 니이가 있는 제3취조실의 문을 노크했다. 안에서 이와무라가 얼굴을 내밀며 "아아, 선배님"이라고 조그만 소리로 중얼거렸다.

안으로 들어가자 니이가 언짢은 듯이 담배를 물고 책상 맞은편에 앉아 있는 마치이를 노려보고 있었다. 마치이 아키오는 스스로 멋있다고 자부하는 젊은 불량배의 분위기로, 보기만 해도 질이 안 좋아 보였다. 다만 광포한 느낌이 없는 것은 기본적으로 싹싹한 남자이기 때문일 것이다.

"이봐, 오치아이. 이 애송이 같은 놈이 건방지게 변호사를 불

155

러달라는데. 아, 정말 똘마니 주제에 어디서 그런 것은 배워가지고."

니이가 돌아보며 말했다. 그때 오바가 뒤늦게 들어왔다. 마치이가 깜짝 놀라 올려다봤다. 오바는 성큼성큼 다가가 아무 말도 하지 않고 주먹으로 마치이의 볼을 후려 갈겼다. 요란한 소리와 함께 마치이가 의자에서 굴러떨어졌다.

"아, 아파. 무슨 짓이야!"

"바보 같은 놈! 너, 얼마 전에 우노 간지를 보면 나한테 알려준다고 약속했지! 너는 남자와 남자의 약속을 간단히 깨버린 거란 말이야!"

번개 같은 험악한 얼굴에 마치이가 바닥에서 몸을 웅크렸다. 오바는 몸에 올라타 더욱 주먹을 날렸다. 멍하니 있었더니 니이가 "이봐" 하며 오치아이를 향해 턱을 치켜올렸다.

"오바 씨, 그만하세요."

뒤에서 팔을 붙잡고 당겼다. 반쯤은 연기였는지 오바는 간단히 마치이에게서 떨어졌다.

"너도 한심한 놈이 되었구나. 저세상에서 아버지가 울겠다. 네 아버지는 야쿠자였지만 약속은 지켰고 의리 있는 남자였어. 그에 비하면 너는 간단히 사람을 배신하는 똘마니야."

마치이가 일어나 의자에 다시 앉았다. 입술이 찢어져 닦은 손등이 선혈로 물들어 있었다. 그것을 본 마치이는 뭔가 말하려고 하다가 말 대신 코를 킁킁거렸다.

"야, 아키오. 신주쿠에서 우노와 무슨 의논을 한 거야? 도망칠 궁리였어?"

"아니에요."

"그럼 뭐야? 말해봐."

"그냥 이야기를 했을 뿐이에요."

"무슨 이야기?"

"뉴스에서 나온 유괴사건의 전화 목소리가 아무래도 그놈을 닮아서 어떻게 된 거냐, 아이를 유괴한 거냐, 하고요."

"우노는 뭐라고 대답했어?"

"아니라고 했어요."

"그래서 너는 믿었어?"

"몰라요. 그 녀석은 무슨 생각을 하는지 알 수 없는 면이 있어서요."

"너는 우노가 있는 곳을 어떻게 알았어?" 이번에는 니이가 물었다.

"그거야 뱀의 길은 뱀이 잘 안다잖아요. 의협심을 발휘하면 신주쿠든 긴자든—"

"이 바보 같은 놈. 뭐가 의협심이야? 건방진 말 좀 지껄이지 마!"

오바가 다시 마치이를 때렸다. 머리가 앞뒤로 흔들리고 피의 비말이 흩어졌다.

"너무하는 거 아닌가요? 폭력 반대." 마치이가 한심한 목소리를 냈다.

"그게 폭력단이 할 수 있는 말이야? 아키오, 우리를 우습게 보면 내일이라도 당장 도잔회에 가택수색을 들어갈 테니까 알아서 해."

"잠깐만요. 그렇게 하면 또 내가 형님들한테 혼나잖아요."

"그렇다면 말해. 우노가 잠복하는 곳을 어떻게 알았어?"

"……." 마치이가 눈길을 돌린다.

"말해!" 오바가 주먹을 치켜든다.

"알았어요. 말할게요." 마치이가 체념했다. "담배 좀 주세요."

오바와 오치아이가 동시에 담배를 꺼냈다. 마치이는 양쪽을 비교한 후 오바가 내민 신세이가 아니라 오치아이가 내민 하이라이트로 손을 뻗었다. 성냥으로 불을 붙여주었다. 터진 입술이 얼얼한지 마치이는 순간적으로 얼굴을 찡그리고 나서 깊게 빨아들였다.

"사오일 전이었나, 카페 에코를 통해서 무희 사토코가 나한테 연락을 해왔어요. 카바레에서 일하려고 하니까 가짜 신분증이 필요하다고요. 그런 건 쉬운 일이니까 받아들였지요. 우에노에서 위조 학생증을 입수해서 오늘 오후 알려준 신주쿠의 연립주택으로 찾아간 거예요. 그랬더니 방에는 사토코는 없고 카바레의 동료라는 여자 혼자만 있었는데, 가게에도 나오지 않는다고 하더라고요."

"없어졌다? 행방불명되었다는 거야?"

"글쎄요. 원래 흘러온 사람이라 잘 몰라요. 그런데 그 여자 이야기를 들었더니, 사토코는 남자가 있는데 가부키초 어딘가에 묵는 데가 있는 것 같다고 하더라고요. 그래서 그건 간지겠구나, 그쪽으로 간 것이구나, 하고 생각했지요. 그래서 나도 전화 목소리 건으로 물어볼 것이 있어서 찾아본 겁니다. 어차피 그놈은 갈 데가 파친코밖에 없을 거라고 생각하고 몇몇 가게를 돌았더니, 생각했던 대로 가게에서 구슬을 튕기고 있는 것을 발견했지요. 그래서 이봐, 간지, 너한테 좀 물어볼 게 있어, 하고 이야기를 시작했더니 갑자기 뒤에서 형사가 겨드랑이 밑으로 양팔을 넣어 목 뒤로 꽉 죄면서 너희들을 체포하겠다고 하며 수갑까지 채워서 이렇게 여기까지 끌려온 거죠."

마치이가 이렇게 말하며 다 피운 담배를 재떨이에 비벼 껐다. 아무래도 아사쿠사서의 형사들은 마치이를 미행하고 있었던 모양이다. 그래서 우노 간지를 발견한 것이다.

"아무리 그래도 수갑은 지나친 거 아닌가요? 임의로 데려온 건데."

마치이가 한 개비 더 달라며 검지를 세웠다. 오바가 그 손가락을 잡고 반대 방향으로 꺾었다.

"아야, 아야!" 마치이가 고통에 얼굴을 일그러뜨렸다.

"야, 아키오, 앞으로 조금이라도 거짓말을 했다가는 용서하지 않을 테니까 그리 알고 있어!"

백전노장의 형사가 보이는 귀신 같은 형상에 마치이는 얼굴이 새파래졌다.

오치아이는 일단 제3취조실을 나가 제1취조실 문을 노크했다. 문이 30센티미터쯤 열리고 안에서 아사쿠사서의 호소노가 얼굴을 내밀며 "뭔가?"라고 했다. 오치아이는 "잠깐만요" 하고 대답도 되지 않는 대답을 하며 안으로 미끄러져 들어갔다.

취조관인 이시이 형사과장이 오치아이를 힐끗 봤지만 아무말도 하지 않고 앞을 향했다.

"이봐, 우노, 너, 요시오를 모른다고 해도 안 통해. 10월 6일 일요일, 네가 아사쿠사의 구멍가게에서 요시오를 포함한 아이들한테 주스를 사주었다는 것을 알고 있단 말이야."

이시이는 처음부터 유괴사건을 추궁하고 있는 것 같았다. 에두를 여유는 없을 것이다.

이시이 정면에 앉아 있는 우노는 사진으로 보는 것보다 어려서 마치 십대 같았다. 그 표정에 동요의 빛은 없고, 송구해하는 정도가 마치 직원실로 불려 온 성적이 안 좋은 학생 같았다.

"하지만 기억나지 않습니다."

우노가 북쪽 지방 사투리로 대답했다. 아아, 이 목소리다, 싶어 오치아이는 소름이 돋았다.

33

밤, 카페에서 커피를 마시며 참고서를 보려고 에코에 갔더니 안면이 있는 웨이트리스가 "아키오가 또 경찰에 잡혀간 것 같아요"라고 걱정스러운 얼굴로 알려주었다.

"이번에는 아사쿠사서래요."

"아사쿠사서?"

마치이 미키코는 미간을 찡그렸다. 우에노서, 미나미센주서더니 이번에는 아사쿠사서라니. 동생은 경찰과 어지간한 인연이 아닌 것 같다며 놀랄 수밖에 없었다.

"조금 전에 아사쿠사서의 형사가 왔어요. 무희 기나 사토코로부터 가짜 신분증을 준비해달라는 것을 마치이 아키오한테 전해준 게 사실이냐고 물었어요. 나는 어떻게 말해야 좋을지 몰라서 일단 모른다고 시치미를 뗐더니, 아주 험악할 얼굴로 화를 내며 거짓말을 하면 나까지 잡아갈 거라며 가게 안이 울릴 만큼 큰 소리를 쳤어요. 나는 무서워서 어쩔 수 없으니까 그것만 인정하고, 그냥 전해줬을 뿐이고 그다음은 모른다고 했어요."

"음, 그래서?"

"그랬더니 형사가 나한테 우노 간지를 알고 있느냐고 물었어요. 그 사람이 누군데요, 하고 대답했더니 도잔회의 젊은 놈들과 같이 행동했으니까 이 가게에도 출입했을 거라며 사진을 보여주는 거예요. 사실은 알고 있었지만 성가시니까 아, 이 사람이라면 손님으로 온 적이 있을지도 모르겠네요, 하고 애매하게 대답했는데……. 형사가 그러는데 유괴사건의 중요 참고인으로 오늘 신주쿠에서 체포했으니까 어떤 정보라도 좋다는 거예요."

"정말? 우노 간지라면 빈집 털이 그 우노?"

미키코는 순간적으로 소름이 돋았다. 우노 간지가 체포되었다―

"네, 맞아요. 빈집 털이 우노. 아키오를 따라 이 가게에도 자주 왔으니까 나도 깜짝 놀라서……. 사실, 경찰이 공개한 음성 테이프의 목소리가 비슷하다고 다들 이야기했거든요. 사투리는 없었지만 목소리가 같은 거 아니냐고 말이에요."

"그렇구나. 나도 동생이 여관으로 데려와서 한 번 보기는 했는데……."

미키코는 생각해내려고 했지만 목소리까지는 기억나지 않았다.

"아, 지겨워. 솔직히 말하면 나도 좀 얽혀 있어요." 웨이트리스가 주위를 둘러보고 나서 앞쪽의 의자에 앉았다. "아키오의 부탁으로 딱 한 번 샌드위치 배달을 한 적이 있거든요. 요시와라의 전 인쇄공장이었는데, 가보니까 간지와 무희 사토코 씨가 있었는데 경찰에 쫓기고 있어서 피해 있는 거라고 했어요. 그때 나는 간지의 빈집 털이가 들켰다는 말을 들어서 그다지 심각하게 생각하지 않았고, 두 사람도 태평한 느낌이어서 사토코 씨도 이런 바보의 나쁜 짓에 휩쓸려서 참 안됐다고 동정했거든요. 하지만 그 후 뉴스를 봤더니 간지와 사토코 씨가 요시와라에 한창 숨어 있을 때 유괴사건이 일어난 거였어요. 그러니까 혹시 간지가 유괴범이라면 그냥 넘길 수 없는 문제랄까, 사토코 씨까지 체포당하는 게 아닐까 해서……."

"사토코라는 사람, 내가 아는 사람이야?"

"가게에서 본 적이 있을 거예요. 오키나와 사람인데……."

"아아, 거무스름하고 눈이 큰 사람?"

미키코는 생각이 났다. 인상적인 얼굴이라서 한 번 보면 기억에 남는다.

"그래, 맞아요. 그 사람. 나는 배달에 대해서는 말하지 않았어요. 얽히는 게 싫어서. 간지는 어쨌든 간에 사토코 씨는 감싸주고 싶기도 하고. 어떡하죠? 들키면 범인의 도주를 도와줬다든가 하는 죄로 나도 체포당하는 게 아닐까요?"

"설마. 들키면 형사한테 혼나기는 하겠지만 체포까지는 안

당해."

"그럴까요? 나도 십대 무렵에는 고등학교를 중퇴하고 긴시 초에서 불량소녀로 있었으니까 경찰과 잘 안 맞아요."

웨이트리스가 우울하게 말했다.

"당당해져. 너는 나쁜 짓을 하나도 안 했으니까."

"그렇긴 하지만……."

"그런데 전 인쇄공장이라는 데는 어디지?"

"센조쿠마치 3가의 터키탕 거리예요."

"아, 알았다. 내내 덧문이 닫혀 있는 목조 2층집 말이구나."

"네, 거기가 산야노동자연합회의 숨은 아지트래요. 그러니까 니시다 위원장이 돌봐주고 있는 거 아닐까요?"

"흐음, 여러 가지로 얽혀 있네, 정말."

미키코는 커피를 마시며 참고서를 펼쳤지만 활자가 눈에 들어오지 않았다. 건성으로 생각에 잠겨 있었다. 우노 간지가 유괴범이라고 한다면……. 상상하는 것만으로도 몸이 떨렸다. 딱 한 번 만났을 뿐이지만 나쁜 짓을 하는 느낌이 아니라 얌전한 젊은이였다. 다만 제대로 인사도 하지 않아서 이래서는 사회에 제대로 적응할 수 없을 거라며 딱하게 생각했다. 범죄에 발을 들여놓은 자는 사회에 적응할 수 없다는 점에서 서로 통한다. 산야는 그런 인간투성이다.

그리고 요시오를 생각하니 가슴을 찌르는 듯한 아픔이 느껴졌다. 유괴사건이 발생한 지 열흘 이상이나 지났다. 무사했으면 좋겠다. 어딘가에 감금당해 있다거나 외국인에게 팔려갔다거나, 안이한 생각이라도 생존을 믿고 싶었다.

문득 가게의 텔레비전에 시선을 주자 NHK의 저녁 뉴스가 시작되었다. 톱뉴스는 요시오 군 유괴사건으로, 이번 주는 이 뉴스 일색이다. 우노 간지가 체포되었다는 소식이 보도되나 싶어 보고 있었더니 그게 아니라 국회의원이 카메라의 플래시를 받으며 기자회견을 하고 있었다. 당파를 초월한 뜻있는 국회의원들이 모여 '요시오 군을 구하는 모임'을 결성했다고 표명하고 있었다. 한 의원이 마이크를 잡고 열정적으로 성명문을 낭독하고 있었다.

"유괴범에게 알린다. 너에게 인간의 마음이 있다면 지금 당장 요시오 군을 부모에게 돌려보내라. 무사히 돌려주면 우리는 흔쾌히 베테랑 변호사를 붙여 정상참작을 받을 수 있도록 해주겠다—"

미키코는 그것을 들으며 왜 가만히 내버려둘 수 없는 것일까 하고 안타까운 마음이 들었다. 요시오의 가족이 이 일로 용기를 얻을 거라고는 도저히 생각되지 않았다. 매스컴이 몰려들 구실만 줄 뿐이다.

공부가 손에 잡히지 않아 미키코는 참고서를 배낭에 넣고 가게를 나왔다. 자전거를 타고 밤바람을 맞으며 달린다. 도쿄는 점점 가을이 깊어지고 공기가 차가워졌다. 요시오는 감기에 걸리지나 않았을까. 범인이 따뜻한 스웨터라도 입혀주었다면 좋을 텐데.

문득 생각이 나서 진로를 북쪽으로 바꿨다. 간지와 사토코가 숨어 있던 전 인쇄공장을 보려고 생각했다. 좌익의 아지트라면 경찰도 들여보내지 않을 것이다. 뭔가 있을 거라는 것은 아니지만, 자신도 요시오 사건의 실마리를 찾고 싶었다.

예전에는 유곽이고 지금은 터키탕이 쭉 늘어선 센조쿠마치를 달려 앞에서 말한 건물 앞에 섰다. 창이라는 창은 모두 덧문으로 닫혀 있어 빛은 새어 나오지 않았다. 골목에 자전거를 세우고 안의 동정을 살피고 있으니, 검은 그림자가 덮쳐오며 "이봐" 하고 굵은 목소리로 말을 걸어왔다. 돌아보니 거기에 장발의 젊은 남자가 서 있었다.

"여기엔 무슨 볼일이라도?"

"아뇨, 특별히."

미키코는 한 발 물러나며 고개를 가로저었다.

"그럼 왜 들여다보는 거요?"

"저기, 그……."

대답에 궁해 남자를 쳐다봤다. 경찰도 아니고 야쿠자도 아닌 것 같았다. 그러면 연합회의 활동가인가.

"전 산야의 마치이 여관의 딸인데요. 당신은 연합회 사람인가요?"

미키코가 묻자 남자는 갑자기 음색을 바꾸며 "아, 마치이 미키코 씨입니까?" 하고 속삭이듯이 말했다.

"나를 알아요?"

"물론 알지요. 산야에서는 유명인이니까요. 위원장님께 볼일이 있습니까?"

"볼일이라고 할 정도는 아니지만, 형사가 이 부근을 닥치는 대로 들쑤시고 있으니까 위원장님은 무사하나 해서요."

입에서 나오는 대로 아무렇게나 말했지만 남자는 선의로 받아들인 모양인지 더더욱 태도가 부드러워졌다. "안으로 들어가세요" 하며 뒷문으로 안내하려고 했다. 미키코는 되어가는 형편에 맡기며 따라가기로 했다.

철문인 뒷문을 열고 안으로 들어가게 했다. 곰팡내가 나는 복도를 걸어가자 다다미 스무 장 크기의 봉당이 있고, 파르께한 형광등 아래 몇 명의 남녀가 등사판을 찍고 있었다.

"아니, 미키코 씨, 어쩐 일이죠?"

위원장인 니시다가 얼굴을 들고 말했다.

"잠깐 물어볼 게 있는데요." 미키코는 모처럼의 기회라서 단도직입적으로 물어보기로 했다.

"여기가 우노 간지와 사토코 씨를 숨겨준 장소예요?"

니시다가 의아한 듯한 표정을 지었다.

"왜 그런 걸 묻죠?"

"오늘 우노 간지가 체포된 모양이에요. 그래서 여기가 위험할지도 몰라요."

미키코가 알리자 방에 있던 전원의 안색이 변했다.

"그거 정말이에요?"

"네. 에코의 웨이트리스한테 들었어요. 여기에 샌드위치를 배달한 적이 있었는데 그때 간지와 사토코 씨를 봤다고요. 지금까지는 경찰에 말하지 않은 것 같지만 만약 들통이라도 나면 큰일이어서 일단 알려주는 거예요."

"어떻게 된 거지? 아키오가 여기서 카페에 배달을 시킨 거야?"

니시다가 얼굴을 찌푸렸다.

"미안해요. 바보 같은 동생이라. 아, 그리고 아키오도 아사쿠사서에 잡혀갔어요. 임의동행인지도 모르겠지만, 증명서 위조가 드러났으니까 곧바로 체포로 전환될 것 같아요."

미키코는 니시다 일행에게 머리를 숙였다. 숨겨준 사람에게 폐를 끼쳤으므로 아키오 역시 바보다.

"그런데 간지의 혐의는요?"

"몰라요. 유괴 용의라면 톱뉴스가 되었겠지만, NHK 저녁 뉴스에서는 이름도 나오지 않았어요."

"그럼 별건 체포인 거네요. 빈집 털이 용의로 체포영장을 받아 그것으로 이 사건의 자백을 강요하는 경찰의 상투적인 수단이지요. 용서할 수 없지. 구출하러 갈 필요가 있겠어요."

니시다가 험악한 표정으로 말했다.

"아무튼 조심해요. 연합회에 폐를 끼치게 되면 저도 괴로우니까요."

"우리는 아무렇지 않아요. 가택수색에는 익숙하고 변호사 지카다 선생님이 붙어 있어서 하나도 압수하지 못하게 하니까요."

"그런 게 가능해요?"

"경찰은 법률을 방패로 들고 나오면 의외로 엉거주춤한 자세를 취하거든요. 결국은 조직에 몸을 담고 있는 사람들이라 상사의 명령으로 움직이고 있을 뿐이지요."

니시다는 이렇게 큰소리를 쳤지만 미키코는 오바를 알고 있는 만큼 동의할 수 없었다. 형사는 정념으로 움직이고 범죄자를 상대로 맨몸으로 부딪친다. 니시다 일행이 평소 접하고 있는 공안과는 종류가 다르다.

"그런데 위원장님, 유괴범의 음성테이프 들어봤어요?"

"그럼요, 텔레비전 뉴스에서 들었지요."

"에코의 웨이트리스가 간지의 목소리와 비슷하다고 하던데 위원장님의 감상은요?"

미키코가 묻자 니시다는 순간적으로 말문이 막혀 "그런 건

자기테이프로 녹음된 것이라 육성과는 다르지요"하고 대답을 피했다.

"형사 말로는 경찰은 간지를 유괴범으로 생각하는 것 같던 데요."

"그건 어떨까요. 간지와 사토코 씨한테 평소와 달라진 점은 없었고 아이 같은 건 아무도 보지 못했어요."

"여기에는 항상 누가 있어요?"

"아니, 있기도 하고 없기도 하고 그렇지요. 하지만 아이를 감금했다면 아무리 그렇더라도 알 수 있겠지요."

"간지와 사토코 씨가 있었던 것은 언제까지였었죠?"

"언제까지였더라……?" 니시다가 벽에 붙은 달력을 보며 말했다. "아아, 그래 맞아. 다마히메 공원에서 경찰과 충돌한 날. 미키코, 당신도 있었잖아요. 그다음 날 나가지 않았을까요. 그러니까 금요일 아침에 말이에요. 경찰이 롤러 작전을 시작하고 나서 슬슬 장소를 옮기는 게 낫지 않을까 하고 말이지요."

"그 이후로는 만나지 않았어요?"

"예. 어디로 갔는지도 몰랐어요."

"알았어요. 고마워요."

미키코가 사례를 표하고 돌아가려고 하자, 니시다가 "아아, 미키코 씨. 아키오한테 변호사를 붙인다면 지카다 선생님한테 부탁해줄게요"하고 말했다.

"아뇨, 됐어요."

고개를 가로젓고 걷기 시작한다. 아키오는 한동안 유치장에 있는 것이 낫다고 생각했다. 유치장에 있으면 쓸데없는 일을 하지 않아도 된다. 어머니에게도 말하지 않기로 했다.

연합회 멤버의 배웅을 받으며 건물을 나갔다. 철문이 닫히자 안의 소리는 들리지 않게 되고 빛도 없어 깜깜한 요새처럼 보였다.

자전거를 끌고 골목을 나아가고 있으니 좁은 길을 막는 것처럼 외제 차가 세워져 있었다. 커다란 문이 열린다. 뒷좌석에서 양복을 입은 남자가 내려 "아가씨, 잠깐만" 하고 말을 걸어왔다. 이번에는 누군가 하고 얼굴을 들어보니 머리를 올백으로 넘긴, 딱 보기에도 야쿠자풍의 남자였다. 미키코는 무의식적으로 자세를 갖추었다.

"당신, 산야노동자연합회인가?"

어조는 온화했지만 전봇대의 옥외등에 비친 눈은 뱀 같았다.

"아뇨, 아닙니다."

미키코가 고개를 가로저었다.

"시치미를 떼면 안 되지. 연합회 아지트라는 것은 알고 있어. 솔직히 말하라고."

"아니라니까요."

"그럼 전 인쇄공장인 이곳에는 무슨 볼일이지?"

"상관없잖아요. 당신이야말로 누구시죠? 가게 해주세요."

미키코는 남자를 정면으로 응시했다.

"기가 센 여학생이군. 빨갱이 짓이나 하고 있으면 시집도 못 갈 텐데."

"여학생도, 빨갱이도 아니에요. 그냥 심부름이에요. 아는 사람의 부탁을 받고 등사판 원지를 배달했을 뿐이에요."

순간적으로 거짓말을 했다. 남자는 다시 미키코를 날카로운 시선으로 노려보며 "그럼, 하나만 알려줘. 이 건물에는 전화가 있나?" 하고 물었다.

엉뚱한 질문에 미키코는 당황했다. 작업용 탁자에 전화기가 있었는지도 모르지만 주의해서 보지 않았으므로 모른다.

"글쎄요, 잘 모르겠는데요."

그때 젊은 운전사가 내렸다. 미키코를 응시하고 나서 남자에게 귀엣말을 한다. "매춘부야?" 하는 소리가 들렸다.

"아가씨, 마치이 여관의 딸인가?" 남자가 물었다.

미키코는 자신을 어떻게 알고 있는지 놀라며 운전사를 보니 언젠가 여관 앞에서 안의 동정을 살피고 있던 야쿠자였다.

"뭐야, 산야의 마치이 여관인가. 그럼 연합회와 사이가 좋아도 이상하지 않지. 그런데 동생은 어떻게 지내?"

"아키오를 말하는 거예요? 저기요, 영문을 모르겠는데요. 적어도 이름은 말해줘야지요."

"흠, 기가 센 것은 아버지 피를 물려받은 건가? 그럼 알려주지. 나는 우에노신와회의 다치키다. 여기는 우리 영역이고 말이야. 빨갱이가 제멋대로 설치고 다니면 모양이 빠져서 말이지."

미키코는 다치키라는 소리를 듣고 깜짝 놀랐다. 아키오를 협박한 야쿠자다.

"그러니까 빨갱이가 아니라고 했잖아요."

"간단히 믿을 수가 있어야지. 누나와 남동생이 똑같이 우릴 우습게 봤다가는 그냥 두지 않아."

"마음대로 하세요."

미키코는 더 이상 상대하지 않고 골목을 되돌아 나왔다.

"이봐, 잠깐 기다려. 이야기가 끝나지 않았어."

남자가 등 뒤에서 말을 걸었지만 무시하고 자전거에 올라탔다. 이 동네는 이런 일뿐이다.

페달을 밟자 끼익끼익 소리가 나서 불현듯 견딜 수 없는 심정이 되었다. 요시오는 무사할까. 그걸 생각하면 아무것도 손에 잡히지 않는다.

34

도쿄의 경찰서는 역시 규모가 커서 간지는 놀라 눈이 휘둥그레지는 일뿐이었다. 특히 유치장의 방 개수와 거기에 들어 있는 남자들의 면면에 압도되어, 자신 따위는 하찮은 사람이 아닐까 하고 뭔가 안도감까지 들 정도였다. 유치인의 절반은 몸에 문신을 하고 있었다. 도쿄에는 왜 이렇게 야쿠자가 많단 말인가.

어제 신주쿠 가부키초의 파친코에서 형사 두 명이 느닷없이 겨드랑이 밑으로 양팔을 넣어 목 뒤로 꽉 죄면서 수갑을 채웠다. 그리고 가까운 파출소로 연행하더니 신분을 확인했고, 고개를 끄덕이자 그 자리에서 체포했다. 혐의는 건조물 침입과 절도였다. 듣자 하니 레분토에서 선장의 집에 훔치러 들어간 건에 대한 혐의였다. 간지는 홋카이도에서 했던 빈집 털이를 도쿄에서 체포하는 것에 당황하여 "예" 하고 대답할 수밖에 없었다.

형사들은 흥분해 있었고, 수갑을 채울 때 그 자리에서 바닥에 깔고 눌렀다. 아무런 저항을 하지 않았는데도 팔꿈치로 목을 눌렀다. 그러자 어디선가 키가 큰 다른 남자가 나타나 형사를 끌어내며 다짜고짜 고함을 질렀다.

"야, 이 자식들아! 내가 몰래 감시하고 있던 용의자야!"

간지는 사정을 알 수 없어 그저 묵묵히 있었지만 파출소에 도착하고 나서 형사 두 명은 안쪽으로 끌려 들어가 키가 큰 사람에게 한 대씩 얻어맞고 있었다.

그리고 순찰차로 아사쿠사서로 연행되자 갑자기 취조실에 넣어졌다. 이시이라는 형사가 나와서 시뻘건 얼굴로 고함을 내질렀다.

"이봐, 아이는 어디 있어! 요시오 말이야! 얼른 불어! 네가 유괴범이라는 것은 알고 있어!"

셔츠의 옷깃을 움켜잡고 앞뒤로 흔들어 침이 얼굴에 튀었다. 간지는 도쿄의 형사는 난폭하다며 남의 일처럼 생각했다. 홋카이도의 형사는 좀 더 온화하다.

"무슨 말인지 모르겠어요." 이렇게 대답하자 이시이는 휴대용 플레이어를 책상에 탁 놓고 소노시트를 틀었다. 몸값을 요구하는 음성이 흘러나왔다. 이시이와 또 한 명의 형사가 간지의 표정을 응시했다. 간지는 안색을 바꾸지 않고 들을 수 있었다.

"우노, 네 목소리지?" 이시이가 얼굴을 가까이 대고 물었다.

"아닌 것 같은데요."

"같다는 건 뭐야!"

이시이가 책상을 탁탁 쳤다. 간지는 의식이 쓰윽 흐릿해지며 몸에서 영혼이 떠나 있는 듯한 기분을 맛보고 있었다. 또 시작되었구나, 하고 머릿속 한구석에서 생각했다. 이런 기술을 몸에 익힌 것은 어렸을 때 어머니의 새 남편에게 폭력을 당하게 되었을 때다. 형사가 큰 소리로 고함을 질러도 소리가 멀어져 평상심으로 있을 수 있었다.

이시이는 소노시트만이 아니라 테이프레코더까지 가져와 유괴범이 스즈키 상점에 걸었던 전화의 통화 기록 모두를 간지에게 들려주었다.

"어때? 자신의 목소리를 들은 기분은?"

"그건 내가 아니에요."

"너야! 네 목소리잖아!"

이시이는 시뻘건 얼굴로 한 시간 이상이나 고함을 질러댔다. 호소노라는 이름의 또 다른 형사는 벽 옆의 의자에 앉아 한마디도 입을 열지 않고 취조를 지켜보고 있었다. 딱 한 번 이시이가 자리를 벗어났을 때 온화한 어조로 "우노, 요시오를 부모한테 돌려주지 않을래? 나도 초등학생 아이가 있거든. 괴롭고 또 괴로워서 밤에도 잠을 이루지 못해" 하고 말한 적이 있었다. 간지가 무표정하게 맞받아 보자 호소노는 외계인이라도 보는 것 같은 눈이 되어 "너, 정말 바보야?" 하고 물었다. 간지는 그 말에도 대답하지 않았다.

저녁때가 되어 간지는 다시 체포되었다. 이번 혐의는 미나미센주마치에서 전 시계상이 살해당한 사건에서의 주거침입 죄다.

"이것으로 너는 정식으로 경시청의 손님이 된 거야. 홋카이도 도경에 넘기지 않아도 되는 거지."

이시이가 콧구멍을 벌름거리며 말했지만, 이것도 사정을 이해할 수 없었다. 애초에 주거침입죄라고 말하며 묻는 것은 유괴사건뿐이고, 끝까지 "아이는 어디 있어?"라는 질문만 해댔다.

조금 있으니 사토코에 대해서도 물었다.

"여자는 어디 있어? 같이 도망갔던 스트립 극장의 무희 말이야. 여자도 공범이야?"

그렇구나, 경찰은 사토코에 대해서도 알고 있구나. 간지는 역시 도쿄 경찰이라며 감탄했다.

취조는 심야까지 이어졌고 자정이 지나서야 간신히 유치장에 넣어졌다. 사실 간지는 시간의 경과를 전혀 알 수 없어 벽시계를 보고서야 비로소 취조실에 열 시간이나 있었다는 것을 알았다.

어둑한 가운데 간수에게 이끌려 다다미 여덟 장 크기의 잡거 감방으로 들어가자, 유치인들이 이불을 덮고 자고 있고 몇 명인가는 잠이 깼는지 느릿느릿 몸을 뒤척였다. 간지가 이불 속으로 파고들자마자 옆의 남자가 "형씨, 뭘 했어?" 하고 조그만 소리로 물어 "빈집 털이"라고 대답했더니 헤헤 하고 코웃음을 쳤다.

형광등이 하나만 켜진 천장을 올려다보며 가만히 있었더니 금세 수마가 찾아와 눈을 감았다. 정신을 차렸을 때는 환했으므로 잘 잤을 것이다. 홋카이도에서도 유치장을 경험했기 때문에 긴장하는 일도 없었다. 무엇보다 춥지 않은 것이 좋다. 역시 도쿄는 살기 편하다.

다음 날 아침에는 6시 반에 깨워 일어났고 점호를 했다. 그후에는 이불을 개어 방구석에 쌓고 전원이 청소를 했다. 여기도 먼저 들어온 사람이 "넌 뭘 하다 들어왔어?" 하고 물어 "빈집털이"라고 대답했다. 그러자 이번에는 "형씨, 어디 사람이야?" 하고 물어 출신지 이야기가 되었다. 유치인은 온통 야쿠자 같은 사람들뿐이어서 경계하고 있었으나 간지가 젊기도 해서 다들 대체로 친절했다.

아침은 잡거 감방에서 먹었다. 보리밥과 된장국, 정어리와 계란말이라는 관식이었다. 간수에게 "끓인 물 좀 줄 수 있습니까?" 하고 물었더니 한 유치인이 "너는 몇 번째야?" 하며 쓴웃음을 지었다. 유치장에서 차가 나오지 않는다는 것을 알고 있었기 때문이다.

아침을 마치자 곧바로 간수가 번호를 불러 간지는 방을 나갔다. 이때 유치인들은 빈집 털이가 첫 종목인가 하는 얼굴로 간지를 올려다보며 별건 체포라는 것을 알아챈 모양이었다.

전날과는 다른 조금 널찍한 취조실로 들어가자, 이날은 형사 이외에도 흰옷을 입은 남자 둘이 있었고 책상에는 낯선 기계가 놓여 있었다. 흰옷을 입은 남자들은 기술직 공무원이라고 소개했다.

"우노, 이게 뭔지 아나?"

이시이가 물었다. 어제와는 딴판으로 밝은 어조였다.

"아뇨, 몰라요."

"폴리그래프라는 거짓말탐지기야. 경시청이 미국 FBI에서 구입한 물건이지. 얼마인지는 듣지 못했지만 우리 월급의 몇 배쯤 되겠지."

이시이는 이따금 웃음을 보이며 쾌활하게 이야기했다. "이게 검사 승낙서야. 서명해." 이렇게 말하며 볼펜을 건넸다. 간지는 말하는 대로 서명을 했다.

그 후 간지는 목제 팔걸이의자에 앉혀졌다. 그리고 기술직 공무원 두 명이 간지의 가슴에 가죽 벨트를 두르고 양팔과 손가락 끝에 금속제 칩 같은 것을 테이프로 붙였다. 그 모든 것에 전기 코드가 연결되어 있었다.

"아아, 난 전기는 안 되는데."

간지가 안달하며 호소하자 이시이는 입가만 웃으며 "전기의자가 아니니까 안심해" 하며 어깨를 두드렸다.

"잘 들어, 우노. 지금부터 너는 묻는 말에 모두 '아니요'라고 대답해. 그 이외의 말을 해서는 안 돼. 알았어?"

"알겠지만 난 거짓말은 하지 않아요."

"그럼 뭘 물어도 아무렇지 않겠네?"

"그렇긴 하지만."

"1분간 눈을 감아."

이시이가 명령하고 간지는 시키는 대로 눈을 감았다.

"네가 유괴한 아이의 얼굴을 떠올려봐."

간지는 깊이 숨을 들이쉬고 의식을 날려버렸다. 어제 호통 소리를 들을 때와 마찬가지로.

"스즈키 요시오 군. 초등학교 1학년인 귀여운 남자아이다. 알고 있지?"

간지는 머릿속에서 어렸을 때의 자신을 상상했다. 계부의 손에 이끌려 삿포로 시내를 걸었다. 전봇대 뒤에 숨어 뭔가를 기다리고 있었다. 그 뭔가를 떠올릴 수가 없다. 터널에 덮개가 씌워진 것처럼 그 앞으로 나아가지 못한다.

"우노 간지, 눈을 뜨세요."

눈을 뜨자 기계 옆에 흰옷을 입은 기술직 공무원 두 명이 앉아 있고 그중 한 사람이 간지에게 질문을 했다.

"A에서 E까지 다섯 장의 사진을 보여줄게요. 아이 사진입니다. 조금 전에 이시이 형사과장님이 말한 것처럼 모두 '아니요'라고 대답하세요. 알았지요?"

사진 A를 보여준다.

"당신은 이 아이를 알고 있습니까?"

"아니요." 간지는 지시한 대로 대답했다.

사진 B를 보여준다.

"그럼 이 아이를 알고 있습니까?"

"아니요."

사진 C를 보여준다.

"이 아이를 알고 있습니까?"

"아니요."

사진 D를 보여준다.

"이 아이를 알고 있습니까?"

"아니요."

마지막으로 사진 E를 보여준다.

"이 아이를 알고 있습니까?"

"아니요."

간지는 조용히 대답했다. 머릿속을 차지하고 있는 것은 어렸을 때의 광경이다. 어머니는 계부로부터 미움을 받고 싶지 않은 마음에 간지를 도와주려고 하지 않았다. 간지가 맞을 때는 허둥지둥 장을 보러 나갔다.

책상 위의 기계에서는 모눈종이가 나오고 있었다. 곁눈으로 보자 진도계 같은 그래프가 그려져 있었다. 이것이 폴리그래프라는 기계일 것이다. 다만 그 선은 거의 일직선이다.

이시이와 호소노, 그리고 기술직 공무원 두 사람은 못마땅한 얼굴로 마주 보며 할 말을 잃고 있었다.

"이봐, 기계가 제대로 작동하고 있는 거야?" 이시이가 물었다.

"물론이죠. 검사 전에 반드시 점검하고 있습니다." 기술직 공무원이 어처구니없다는 듯이 대답했다.

"그럼 다음으로 넘어가게."

각자 헛기침을 하는 짬이 있은 후 두 번째 질문이 시작되었다.

"그렇다면 우노 간지, 다음 질문에도 모두 '아니요'라고 대답하세요. 당신은 아이를 데리고 있다는 증거로서 아이가 몸에 지니고 있던 물건을 삼륜차 짐칸에 두었습니다. 그것은 야구 모자지요?"

"아니요."

"그것은 책가방이지요?"

"아니요."

"그것은 장난감 칼이지요?"

"아니요."

"그것은 이름이 쓰인 손수건이지요?"

"아니요."

"그것은 〈우주소년 아톰〉 그림이 그려진 운동화지요?"

"아니요."

두 번째 질문이 끝나자 또다시 침묵이 흘렀다. 형사와 기술직 공무원들은 고개를 갸우뚱하며 "어떻게 된 거지?" 하고 조그만 소리로 서로 속삭였다.

그 후에도 질문이 이어졌다. 10월 6일 일요일, 당신은 어디에 있었는가. 10월 9일, 당신은 어디서 몸값을 받았는가. 간지는 모두 '아니요'라고 대답하고 그때마다 형사들의 표정은 험악해졌다.

결국 다섯 번째 질문에서 거짓말탐지기를 동원한 검사는 끝났다. 이시이 일행은 폴리그래프 용지를 손에 들고 터벅터벅 취조실을 나갔고 다른 젊은 형사가 감시하러 왔다. 그리고 30분쯤 기다린 후 다시 다른 형사가 나타나 방에서 나가도록 재촉했다.

"우노, 나는 수사1과의 오치아이다. 기억해둬. 나는 너에 대해 알고 싶어서 레분토까지 갔다 왔어. 어머님도 만났고 보호사인 마쓰무라 씨도 만났지. 다들 자네에 대해 걱정하고 있어."

레분토에 갔다는 말을 듣고 간지는 깜짝 놀랐다. 자신이 레분토를 떠난 것은 8월이지만 이미 먼 과거의 일인 것 같은 기분이 들었다.

"피곤하지?"

"아니요."

조금 전까지의 버릇으로 그렇게 대답했다. 오치아이는 부드러운 어조로 말했다.

"어젯밤에는 잘 잤나?"

"잘 잤어요."

"그래? 원래는 유치장에 들어가기 전에 신체측정을 하는데 취조를 서두른 탓에 소지품만 맡기고 서류 작성을 하지 못했어. 순서가 거꾸로 되었지만 지금부터 할 거야. 너, 가방 같은 소지품은 없는 거지?"

"예. 빈손입니다."

"그렇군. 파친코에서 잡혔으니까. 짐은 숙소에 있나?"

"아니, 예."

어제의 취조 때부터 숙소에는 묵지 않았다고 주장하고 있었다. 곧 찾아내겠지만 순순히 자백할 일은 없다.

유치장으로 돌아가자 감옥이 아니라 인접한 작은 방이었다. 중앙에 긴 책상이 있고 간수 두 명이 앉아 있었다. 간지는 정면 의자에 앉혀졌다. 어젯밤에 맡긴 소지품이 책상 위에 놓여 있었다. 새롭게 옷, 신발, 양말을 벗어 마찬가지로 늘어놓았다. 한 간수가 "손목시계 하나, 지갑 하나, 안에는 현금 7만 5680엔, 담배 하이라이트 한 갑, 라이터 하나……" 등을 구술하고 다른 간수가 서류에 적어 넣었다. 오치아이는 벽에 기대어 잠자코 바라보고 있었다.

이어서 같은 방에서 사진 촬영을 했다. 날짜가 쓰인 종이를 들고 정면, 옆, 좌우로 비스듬히, 이런 순서로 찍었다.

"전에 찍었을 때가 언제였지?" 오치아이가 물었다.

"열일곱 살인가 열여덟 살 때였을걸요."

"자네는 이제 성인이야. 알고 있을 거라고 생각하지만, 이제 전과가 붙을 거야."

"아, 알아요."

사진 촬영이 끝나자 이번에는 신장과 체중을 측정했다. 셔츠와 바지를 벗고 팬티 하나만 입고 있었다. 문신이 없는지 확인하기 위해 360도 빙 돌게 했다.

신장은 169센티미터였다. 전에 쟀을 때보다 1센티 컸으므로 허어, 하고 생각했다. 이왕 클 바에는 170센티미터가 되고 싶다.

체중은 55킬로그램으로, 이건 줄었다. 고향을 떠나 환경에 변화가 있었던 탓일 것이다.

"됐어, 입어도 좋아."

담당자의 지시로 간지가 와이셔츠를 손에 들었을 때였다. 그때까지 벽에 기대어 신체측정을 지켜보고 있던 오치아이가 안색을 바꾸고 "이봐" 하고 큰 소리를 질렀다.

"우노, 팔의 이 상처는 뭐야?"

오치아이가 간지에게 다가가 팔을 잡았다. 아아, 들켰나— 간지는 메마른 기분으로 생각했다.

"이건 누군가가 할퀸 상처야. 어디 좀 보자고."

간지는 시키는 대로 팔을 내밀었다.

"양쪽 팔에 나 있어. 이건 할퀸 상처야. 꽤 깊어. 그것도 새로운 상처야. 아직 딱지도 앉지 않았어."

오치아이가 창백한 얼굴로 간지를 봤다. 침이 꿀꺽 넘어가는 소리가 났다.

"너, 기나 사토코라는 무희와 함께 도주했었지? 우린 알고 있어. 시치미 떼지 마."

"글쎄요, 모르겠는데요."

"모를 리가 없잖아. 너와 기나 사토코는 지난 주말에 아타미에도 갔었잖아? 말해! 기나 사토코는 지금 어디 있어!"

어느새 고함 소리가 되어 있었다.

"몰라요. 아타미에는 가지 않았어요."

"넌 누군가의 목을 조른 거야. 이 팔의 상처는 저항을 받았을 때 입은 상처겠지. 깊이로 볼 때 필사적인 저항이었어. 너, 기나 사토코를 죽인 거야!"

오치아이가 간지의 어깨를 움켜쥐고 격렬하게 흔들었다.

"이봐, 우노! 기나 사토코는 어디 있어! 너, 여자를 죽인 거야!"

간지는 숨을 크게 들이마시고 의식을 날려버렸다. 안개 너머로 가면 적어도 현실에서 도망칠 수 있다. 그곳이 간지의 안전지대다.

35

그날 밤 수사 회의는 답답한 공기에 휩싸여 있었다. 수사 간부들은 앞쪽 자리에서 팔짱을 낀 채 움직이지 않았다. 평소에는 나란히 앉는 아사쿠사서의 호리에 서장과 다나카 과장대리가 이날 밤에는 떨어져 앉았고 눈도 마주치려고 하지 않았다. 용의자를 체포했다고 하는데도 수사본부는 마치 장례식장 같았다. 오치아이도 음울한 기분으로 회의에 임했다.

본부에서 달려온 다마리 1과장이 입을 열자마자 격렬한 어조로 말한다.

"거짓말탐지기가 무반응이라니, 어떻게 된 일이야. 우노는 정말 범인 맞아? 우리가 중대한 착각을 하고 있는 거 아니야?"

여기에는 다나카가 대답했다.

"혐의점은 충분하고도 남을 정도입니다. 현시점에서 우노 이외에 의심할 만한 인물은 나타나지 않았습니다."

"그럼 어째서 거짓말탐지기에 아무것도 나오지 않는 거지? 심박수, 혈압 모두 일정하고 발한 반응도 없고. 이걸 어떻게 설명할 건데?"

"우노는 지능에 약간의 장애가 있다는 증언이 있습니다. 구체적으로 기억장애입니다. 그러니까, 그 때문에 심리적으로 동요하지 않는 게 아닐까 하고……."

"그런 변명이 통할 거라고 생각하는 거야? 거짓말탐지기가 재판에서 증거가 될 수는 없다고 해도 변호인 측에 알려지면 그쪽은 최대한 이용하려고 할 거야. 이걸로 공판이 성립될 리가 없잖아!"

다마리가 책상을 탁 친다. 그 사나운 기세에 수사관들이 몸을 웅크렸다. 침착하고 냉정한 다마리치고는 드물게 보는 감정의 폭발이다.

"조금 전까지 지검에서 형사부 간부와 이야기를 나누고 왔는데, 아이가 나타나지 않은 채 기소하는 것은 어렵다고 한다. 이는 당연한 대답이다. 나도 그렇게 판단한다. 우노밖에 알 수 없다고 한다면 자백 이외에 수색 방법은 없다. 이시이 과장. 우노는 불 것 같나? 취조관으로서의 의견을 말해보게."

지명을 받은 이시이가 일어나 희미하게 한숨을 내쉰 후 입을 열었다.

"취조에서는 어제보다 압력과 회유를 되풀이하며 이러저러한 수로 알아내려 하고 있습니다만, 지금으로서는 잡담에도 응하지 않는 것이 현 상황입니다. 다만 체포한 지 아직 하루 반밖에 지나지 않은 단계라서 우노도 침착성을 잃고 있는 게 아닐까—"

"침착성을 잃은 인간이 거짓말탐지기에 무반응이 나오는 일이 어디 있어?"

다마리가 즉각 지적했다. 이시이는 굳은 표정으로 "검찰로 송치할 때까지는 어떻게든 불게 하겠습니다" 하고 결의를 보여주었다.

"검찰에 송치할 때까지라고 했지만……." 다마리가 손목시계를 본다. "앞으로 20시간밖에 안 남았어. 실제는 그 절반이야. 자게 해야 하고 식사도 줘야 하니까. 구체적인 방안도 없이 개미 쳇바퀴 돌듯 진전이 없는 것은 범인한테 무시당할 뿐이야. 우노는 바보지만 어쩌면 바보이기 때문에 배짱이 두둑한 거야. 게다가 유괴다. 살해했을 경우 자백하면 사형이 구형될 거야. 쉽게 불지 않을 거라고."

살해라는 말이 나와 강당에는 긴장감이 감돌았다. 우노가 체포되어 범행을 부인한 시점에서 전 수사관이 생각한 일이다.

"다마리 1과장님, 건조물 침입은 확실한 거라서 열흘간의 구류 청구는 가능합니다. 그것과 합쳐서 최소한 13일은 있기 때문에 지금은 일단 차분히 일을 하는 게 어떻겠습니까?"

다나카가 말했다. 수사본부에서 1과장을 달랠 수 있는 사람은 다나카뿐이다.

수사관들 사이에는 이제 이시이가 제외될 거라는 분위기가 퍼져 있었다. 호리에 서장이 언짢은 것은 아사쿠사서의 체면을 유지할 수 없을 것 같았기 때문이다.

오치아이에게는 희미한 기대가 있었다. 이십대의 순사부장에 지나지 않은 자신이 취조관으로 지명될 일은 없지만 보조라면 충분히 가능성이 있다. 그것은 오바가 지명되었을 때다.

"그럼 다음 의제로 넘어가지. 오치아이가 발견한 우노의 팔에 난 상처 건이다. 오치아이, 보고하게."

다마리가 재촉하여 오치아이는 자리에서 일어섰다. 한 번 심호흡을 했다.

"그럼 보고하겠습니다. 오늘 아침 9시경 2층 유치장 의무실에서 간수가 어젯밤 하지 못했던 우노 간지의 신체측정을 하고 있을 때, 와이셔츠를 벗은 우노의 양팔에 몇 군데 외상이 있는 것을 발견했습니다. 그건 분명히 타인의 손톱에 할퀴어진 자국으로, 그 모양과 깊이에서 볼 때 목을 조르는 상대에게 필사적인 저항을 받았을 때 생기는 흉터와 비슷했습니다. 다시 말해 우노는 지난 며칠 사이에 누군가를 교살한 것이 아닐까 하는 추리가 떠올랐습니다."

처음 알게 된 수사관들로부터 수런거림이 일었다. 100명 이상이 몰려들어 있었으므로 압박감을 느낄 정도였다.

"맨 먼저 생각할 수 있는 대상자는 경찰의 손이 뻗치고 있다는 것을 알자마자 무코지마의 연립주택에서 함께 도망친 기나 사토코로, 10월 11일부터 며칠간 둘이서 아타미로 여행을 간 사실이 확인되었습니다. 그 후 두 사람은 도쿄로 돌아와 기나 사토코는 신주쿠 가부키초의 카바레에서 일하기 시작했습니다. 그것은 '파리지앵'이라는 가게로, 신주쿠서 형사과의 수사에 의해 판명된 행적입니다. 그것에 따르면 14일 월요일 저녁 한 여자가 '호스티스 모집, 입주 가능'이라는 벽보를 보고 직접 면접을 보러 왔습니다. 신분증명서 제시를 요구받자 지금은 갖고 있지 않지만 가까운 시일 안에 보여줄 수 있다고 해서 언제부터 일할 수 있느냐고 물었더니, 지금 당장 일하고 싶다고 대답했기 때문에 시험과 연수의 의미로 그날 밤부터 의상을 제공하고 접객을 하도록 했습니다. 그 의상이라는 것은 네글리제입니다. 가게는 표면적으로 카바레입니다만, 실제로는 박스석의 등받이가 1미터 50센티미터가 넘는 이른바 아르바이트 살롱(평범한 아르바이트 여성이 호스티스로 시중드는 카바레), 통칭 아르살롱입니다. 아르살롱의 호스티스는 나름대로 사정이 있는 여자가 많았기 때문에 가게 측도 채용할 때 신분증을 제시하게 하여 미성년이 아니라는 것만 알면 그 자리에서 이력서를 쓰게 하고 끝내는 일이 많은 것 같습니다. 실제로 저는 오늘 오후 5시경에 가게를 찾아가 지배인 아이자와 노리오(33세)와 만나고 왔습니다. 유괴사건에 대한 수사라는 것은 밝히지 않고 연속 절도범을 숨겨주고 있을 가능성이 있다는 이유로 사정 청취를 했습니다. 그것에 따르면······."

"오치아이, 앉아서 해도 좋아."

보고가 길어지는 것을 예측하고 다마리가 말했다. 오치아이는 자리에 앉아 보고를 계속했다.

"예의 그 여자는 면접 때 사토 미치코, 23세라고 했습니다.
그 이름은 기나 사토코가 아타미의 여관에 투숙할 때 숙박부
에 기입한 가명과 같습니다. 그리고 인상과 외견을 물었더니
거무스름하고 눈이 크다는 증언을 얻을 수 있었습니다. 제가
'찾고 있는 사람은 오키나와에서 온 여자'라고 말하자 지배인
은 크게 고개를 끄덕이며 '그런 느낌이었습니다'라고 말했습
니다. 그러므로 그 여자는 기나 사토코라고 생각해도 틀림없
을 겁니다. 여자는 입주하여 일하고 싶다고 희망했기 때문에
가게 측은 가부키초 1번지 15호에 임차 연립주택 하나를 종업
원 기숙사로 제공했습니다. 짐은 보스턴백 하나로, 14일 밤에
들어갔습니다. 아울러 종업원 기숙사의 같은 방에는 고모리
다카코라는 스물두 살 아가씨도 함께 살고 있습니다. 그래서
이야기를 듣고 싶다며 그 여자를 기숙사에서 불러와 사정 청
취를 했습니다. 그 여자와 기나 사토코는 서로 자기소개를 겸
해 몇 번 이야기를 나누었다고 합니다. 그것에 따르면 자신은
오키나와에서 태어났다는 것, 이전에는 스트리퍼였다는 것,
야쿠자 남자 친구가 있다는 것을 이야기했습니다."

"야쿠자 남자 친구라는 건 어떻게 된 거야? 우노는 야쿠자가
아니잖아." 다나카가 끼어들었다.

"아마 허세를 부린 거겠지요. 빈집 털이라고 하면 폼이 안 나

니까요."

"그렇군. 알았네. 계속하게."

"계속하겠습니다. 여자는 곧 파리지앵에서 일하기 시작하지만 그것은 이틀뿐이었습니다. 다음 날인 15일 일을 마치고 그 이후로는 모습을 감추었습니다. 다시 말해 기나 사토코는 현재 행방불명 상태입니다."

오치아이는 행방불명이라는 부분을 천천히 힘주어 말했다.

"가게 측은 신체적 접촉을 하는 접객 서비스를 제공해야 하는 일의 내용과 맞지 않아 도망쳤을 거라고 판단하고 내버려 두었다고 합니다. 지배인에 따르면 그만둔다는 말도 않고 나가는 호스티스는 늘 있어, 실제 피해가 없는 한 찾지는 않는다고 합니다. 같은 방의 고모리 다카코도 특별히 이상하게 생각하지 않고, 짐이 없어진 것을 보고 일이 맞지 않아 도망쳤을 거라고 생각했다고 합니다."

"저기, 오치아이, 하지만 기나 사토코의 행방불명과 우노에게 살해당했다는 사실을 너무 단순하게 연결시키는 거 아니야?" 다나카가 말했다.

"물론입니다. 다만 우노에게 팔의 상처에 대해 추궁했더니 이틀 전에 야쿠자와 싸움이 벌어져 긁힌 상처라고 구차한 변명을 했습니다. '남자끼리의 싸움에서 누가 손톱으로 할퀴느냐, 보통은 서로 치고 박는다, 네 얼굴은 멍 자국 하나 없다'라고 지적하자 그대로 입을 다물었습니다. 그리고 '기나 사토코는 어디에 있느냐'고 묻자 무코지마의 연립주택에서 나온 이후 만나지 않았다며 명백한 거짓 진술을 했고, 아타미로 여행을 간 것도 부정했습니다."

"하지만 그것만으로 어떻게 죽였다고 할 수 있지?"

다나카가 볼펜으로 책상을 톡톡 두드리며 말했다.

"살해 동기는 충분합니다. 기나 사토코는 우노 간지와 행동을 함께했습니다. 즉 유괴의 일부를 봤다거나 어렴풋이 눈치챘다거나 말이지요. 게다가 15일에 음성테이프가 텔레비전에서 흘러나왔습니다. 기나 사토코는 그것을 듣고 우노 간지가 틀림없다고 생각하여 15일 밤 가게가 끝난 후 우노 간지를 만나 추궁했다가 살해당했다— 또는 기나 사토코도 원래 유괴 사건의 공범자로, 방해가 되어 제거했다는 가능성도 생각해볼 수 있습니다."

"자네의 추리는 비약이 너무 심해. 짐이 없어진 것으로 보아 두려워져 도망쳤다고도 할 수 있잖아. 오히려 그럴 가능성이 더 크지 않을까?"

"분명히 그렇긴 합니다만, 우노의 팔에 난 상처를 보면 누군가의 목을 졸랐다고밖에 생각할 수 없습니다. 우선 우노 간지의 거짓 진술을 무너뜨리기 위해 아타미의 다이코쿠 여관 512호실에 감식반을 보내주십시오. 조금 전에 전화로 확인했

194

습니다만, 오늘 오전 손님이 체크아웃을 하고 나서 다른 손님
은 투숙시키지 않았다고 합니다. 여관 측은 언제까지고 비워
둘 수는 없기 때문에 지문 채취를 할지 말지 빨리 결정해달라
고 했습니다."

"알았네. 1과의 감식반을 보내기로 하지. 내일 오전 중에 열
차로 보내겠네. 오치아이는 그 여관에 연락해두게."

다마리가 허락했다. 요청이 인정되어 오치아이는 마음이 조
급해졌다. 우노의 거짓말을 하나하나 무너뜨려가면 마지막에
는 불게 될 것이다. 가령 불지 않더라도 기소한 후에 공판에서
유리한 자료가 된다.

"하지만 시체가 나오지 않으면 살인사건으로 수사할 수 없
어. 오치아이가 말한 것처럼 15일 밤에 살해했다고 한다면 사
체를 어떻게 유기했을까? 가부키초 주변은 24시간 잠들지 않
는 동네야. 남의 눈에 띄지 않고 사체를 유기하는 게 가능할
까?"

"다마리 1과장님, 그 주변은 폐가가 꽤 많습니다." 니이가 손
을 들어 발언했다. "특히 산코초의 옛 청선 지대(1946년 일본에
서 공창제도가 폐지된 후 비밀 매매춘을 하는 사창가를 부르는 말)는 지
금 골든 거리라는 이름이 붙어 싸구려 술집이 늘어서 있는데,
빈집도 많고 필로폰 거래장이 되기도 합니다. 그 외에도 인접
한 니시오쿠보의 여관 거리에 가면 공습으로 불타고 남은 건

물이 주인도 모른 채 방치되어 부랑자가 들어가 살고 있습니다. 수색해볼 가치가 있다고 생각합니다만."

"그럼 닐과 오치아이가 해봐." 다나카가 볼펜으로 가리키며 말했다. "시체가 나오면 경시총감상을 신청해주지."

"그보다 우노 간지와 이야기를 해보고 싶습니다만."

오치아이가 조심스럽게 말했다.

"그건 생각해두지."

다나카는 약간 짬을 두고 나서 대답했다.

그 후 수사본부에 가세한 신주쿠서의 형사로부터 우노 간지의 숙박처에 대한 보고가 있었다. 우노가 투숙한 곳은 가부키초 3번지 16호의 간이 여관 '야마토칸'이었다. 롤러 작전을 전개하는 가운데 해당 여관의 프런트 담당자에게 사진을 보여주었더니 비슷한 손님이 있다는 증언을 해서 곧바로 감식반을 불러 숙박부의 지문을 채취했다. 그날 안에 우노 간지의 지문으로 드러났다. 여관 측의 허가를 얻어 방으로 들어가 소지품을 검사했는데 갖고 있는 것은 보스턴백과 옷들뿐이었다. 모두 아주 새것이었고, 그 이전의 것은 다 버린 것으로 보였다.

중요한 것은 우노의 투숙일인데 10월 14일이었다. 그것은 기나 사토코가 가게의 면접을 본 날과 겹친다. 그러니까 두 사람이 14일 아타미에서 돌아온 것으로 추정된다. 우노 간지의 행적이 서서히 해명되고 있었다.

회의가 끝나고 오치아이와 니이는 신주쿠로 향했다. 이와무라가 "저도 가겠습니다"라고 해서 수사 차량의 사용을 신청하고 운전사로서 동행시켰다.

"지검의 형사부가 수사에 상당히 참견하고 나오는 모양이야. 다나카 과장대리가 투덜거리더군."

차 안에서 니이가 털어놓았다.

"그렇습니까?" 오치아이가 물었다.

"일본 전역이 주목하고 있는 사건이야. 텔레비전 뉴스쇼는 매일매일 요시오 군 유괴사건이 계속 화제고. 1억 총 탐정이란 이런 것이지. 검찰도 잠자코 보고 있을 수만은 없을 거야."

확실히 사건 발각 이후 세상의 높은 관심은 예사롭지 않았다. 작가, 평론가, 여성운동가, 결국은 예능인까지 브라운관 안에서 사건을 논했다.

"검찰이 말하기를 결정적인 물증이 없는 가운데 자백도 받아낼 수 없다면 기소할 수가 없다, 최우선 사항으로 아이의 사체를 찾아내라, 이런 거지."

니이가 내뱉듯이 말하고 오치아이는 무심코 얼굴을 일그러뜨렸다.

"우노의 단독범행이라면 아이는 이미 살아 있지 않을 거라는 것이 지검 형사부의 견해야. 설령 공범이 있다고 해도 몸값을 받고 아이를 돌려보내지 않을 이유는 없어. 확실히 말 그대로야. 엘리트 검사는 말을 분명히 한다니까."

"우리 쪽 형사부의 견해는 어떻습니까?"

운전석의 이와무라가 물었다.

"나한테 물어봐야 어떻게 알겠어. 그보다 자네들, 경시총감
과 형사부장의 가장 큰 걱정거리가 뭔지 알고 있나?"

"뭔데요?"

"좋겠어, 순진한 젊은이들은. 상상해봐."

니이가 빈정거리듯이 말했다. 오치아이는 생각했지만 알 수
없었다.

"아이가 살해당했을 경우 살해 시기가 몸값을 받기 전인가
후인가, 높으신 양반들의 걱정은 그 점이지. 전이라면 경찰의
수사 미스를 문제 삼지 않겠지. 후라면 경찰의 수사 미스를 문
제 삼게 될 거야."

니이의 지적에 오치아이와 이와무라는 침묵을 지켰다.

"아사쿠사서의 호리에 서장도 살아 있는 기분이 아닐 거야.
수사본부에서 가장 큰 실수를 한 것은 그 아저씨니까. 어쨌든
강등은 피할 수 없겠지."

"취조관의 변경은 없습니까?" 오치아이가 물었다.

"검찰 송치 전에 그런 일은 없겠지. 아사쿠사서의 체면을 더
욱 상하게 하는 일이니까."

"그런 걸 말하고 있을 상황인가요?"

"그럼 자네가 말해보게." 니이가 내치듯이 말했다.

오치아이는 짧은 시간이지만 우노 간지와 접촉했을 때의 인상에서 그 젊은이는 강하게 추궁해도 실토하지 않을 거라고 생각하고 있었다. 그것은 고집이나 반항심 같은 성격상의 문제가 아니라 병리적인 것이라고 느꼈기 때문이다. 형사가 되어 이런저런 심리학 도서를 읽으며 다양한 지식을 얻었다. 범죄자 중에는 자신이 한 일을 남의 일처럼 생각하는 사람이 있다. 거짓말탐지기의 무반응은 그것이 나타난 것이다. 우노 간지는 다중인격이나 이인증이라는 병리의 소유자인 게 아닐까.

"어쨌든 간에 신참 형사를 취조관으로 지명하는 일은 없어." 니이가 말했다.

"그런 것쯤은 알고 있어요." 오치아이가 대답했다.

차는 도로의 야간 공사가 이어지는 도쿄의 서쪽을 향했다.

가부키초에 도착하자 파출소에서 지도를 빌려 일단 야마토 칸으로 갔다. 전후에 세워진 콘크리트 구조의 3층 건물이다. 다시 지배인에게 우노 간지의 숙박을 확인하고 오치아이는 그간의 상황을 물었다.

"우노를 찾아온 사람은 없었습니까?"

"예, 특별히 누가 찾아온 일은 없었던 것 같습니다."

"여자가 온 일은요?"

"아니요. 우리는 여자를 불러주는 여관이 아닙니다. 투숙객 대부분은 행상이나 출장을 온 샐러리맨입니다. 그래서 애초에 여자의 출입은 없고, 있다면 눈에 띄어 종업원도 기억하고 있을 겁니다."

"투숙객 중에서 우노와 대화를 나눈 사람은 없었습니까?"

"글쎄요, 저희는 전부 개인실이어서요. 예전의 일본 여관처럼 미닫이문을 열면 남이 묵고 있는 일도 없으니까 서로 말을 거는 일은 없습니다."

"달리 알아차리게 된 것은요?"

"글쎄요, 정오쯤에 나가서 밤늦게 돌아오는 손님이었기 때문에……." 지배인이 고개를 갸우뚱한다. "아아, 맞아요. 신문을 열심히 읽었습니다. 프런트에 조간과 석간이 놓여 있는데 아침저녁으로 반드시 읽었습니다."

"신문인가요? 알겠습니다. 고맙습니다."

우노는 유괴사건의 수사 상황을 신경 쓰고 있었던 게 아닐까. 어쩌면 기나 사토코의 사체 발견을 걱정하고 있었을까. 범인이라고 믿고 있기 때문에 오치아이는 그런 상상만 하고 있었다.

이어서 기나 사토코가 딱 이틀만 일한 가게 파리지앵으로 갔다. 네온으로 채색된 외부의 현관으로 들어가, 니이의 지시로 경찰수첩을 보여주지 않고 손님으로서 박스석으로 안내되었다. 가게 안은 넓고 테이블이 서른 개쯤 될 것 같았다. 여자들의 애교와 가게 안에 흐르는 라틴 음악이 어둑한 공간에 소용돌이치고 있었다.

보이에게 호스티스 세 명을 부르게 하고 그때 처음으로 형사라는 것을 밝혔다. 호스티스들은 서로의 얼굴을 마주 보며 곤혹스러워했다.

"염려하지 않아도 됩니다. 이 가게를 단속하려는 게 아니니까요. 우리가 알고 싶은 것은 이번 주 월요일에 들어와 수요일에 없어진 오키나와 출신의 여자에 대해서입니다."

니이가 하얀 이를 드러내며 부드러운 태도로 물었다. 여자를 상대할 때는 이런 표정을 짓는구나, 하며 오치아이는 의외라고 생각했다.

"네, 알고 있어요. 여기서의 이름은 베티였던가. 일본인으로 보이지 않아서 외국인 이름으로 하라고 매니저가 그렇게 정해 줬어요."

"미안해요. 저는 몰라요. 호스티스가 100명은 넘으니까요."

"저는 기억해요. 딱 한 번 같은 테이블에 앉았어요. 색골인 손님이 가슴을 만지고 팁으로 2000엔을 주니까 아주 좋아하던데요."

호스티스들이 각자 말했다.

"그럼 신체를 접촉하는 서비스를 싫어했던 것은 아니었네

201

요?" 니이가 물었다.

"그렇게는 보이지 않았어요."

"네, 맞아요. 성격이 밝고 저는 인상이 좋아 보였어요."

"저기, 형사님, 무슨 사건이에요? 그 오키나와 여자가 무슨 일이라도 저질렀나요?"

"본인이 아닙니다. 연속 절도범을 숨겨주고 있을 가능성이 있습니다."

여기에는 오치아이가 대답했다.

"뭐야, 도둑이야? 살인범이 아니었구나."

"맞아, 그래. 도둑이면 시시한데."

호스티스들은 갑자기 마음을 터놓고 자신들도 술을 시켜도 되느냐고 붙임성 있게 졸랐다.

"그 전에 오키나와 여자와 기숙사에서 같은 방을 썼던 호스티스를 좀 불러주세요. 본명이 고모리 다카코라는 여자인데."

니이가 이렇게 말하자 호스티스들은 '점내 지명은 별도 요금이 붙어요'라고 미리 알려주고 고모리 다카코를 데려왔다. 다카코가 오치아이를 보고 깜짝 놀랐다. 순간적으로 얼굴이 굳어졌다.

"오늘 두 번째라 미안하지만 저녁에는 시간이 없어서 간단한 사정 청취밖에 할 수 없었습니다. 추가로 물어보고 싶은 것이 있어서요. 지배인 앞이라면 말하기 힘든 것도 있을 것이고."

오치아이도 니이를 따라 웃으며 말했다. 다카코를 앉게 하고 다른 세 명을 돌려보냈다.

　　"오키나와 출신의 호스티스가 없어진 날의 일인데, 저녁에 들었던 이야기로는 15일에 일을 마치고 연립주택으로 돌아가지 않고 없어졌다고 했지요?"

　　"네." 다카코가 눈을 맞추지 않고 대답했다.

　　"그렇다면 짐은 어느 시점에 가져간 거죠?"

　　"글쎄요, 제가 집에 없을 때가 아닐까요?"

　　"몇 시부터 몇 시까지 집을 비웠지요?"

　　오치아이가 확인하자 다카코는 앞뒤가 맞지 않는 이야기를 횡설수설하며 "죄송해요. 기억나지 않아요"라고 말했다.

　　"15일은 출근할 때 연립주택에서 함께 나왔나요?"

　　다카코는 뭔가 생각해내려는 기색을 보이고 나서 "따로였다고 생각해요"라고 대답했다.

　　"이곳 일이 맞지 않는다는 말은 하던가요?"

　　"아아, 네. 말했어요. 신체를 접촉하는 서비스는 무리라고요."

　　오치아이와 니이가 얼굴을 마주 보았다. 조금 전 호스티스의 증언과는 엇갈렸다.

　　"야쿠자라는 남자 친구에 대해서는 뭔가 이야기하던가요?"

　　"아뇨, 특별히 듣지 못했어요."

"당신이 같이 있었던 이틀 동안 누군가와 연락을 취하던가요?"

"아뇨, 모르겠어요."

다카코는 내내 시선을 마주치지 않았다.

"그런데 연립주택에는 텔레비전이 있어요?"

"네. 세탁기와 냉장고와 텔레비전은 처음부터 기숙사의 설비로 있었어요."

"물장사는 경기가 좋네요. 그런데 오키나와 여자는 어떤 프로그램을 보던가요?"

"글쎄요, 기억나지 않아요……."

"저기요, 예를 들어 말하자면 뉴스쇼를 보고 안색이 바뀌거나 하는 일은 없었어요?"

"죄송해요. 저는 정오가 지날 때까지 자니까요……."

"그래요, 그럼 이틀 동안 갑자기 안절부절못한다거나 두려워한다거나 하는 태도의 변화는 없었어요?"

"글쎄요……."

다카코가 고개를 갸우뚱했다. 더 이상 실속 있는 이야기를 들을 수 있을 것 같지 않아 오치아이와 니이는 다카코를 보내주었다. 네글리제의 가슴을 감추며 도망치듯이 떠났다.

"저 여자, 뭔가 숨기고 있네요." 이와무라가 말했다.

"자네도 그렇게 생각했나?" 오치아이도 동감이었다. "니이 씨는요?"

의중을 떠보자 니이는 "어, 그렇군" 하고 건성으로 대답하고 맥주를 쭉 들이켰다. 그리고 돌아온 세 호스티스에게 "좋아하는 술을 시켜도 좋아"라고 통 크게 말했다. 여자들은 깔깔 소리를 지르며 기뻐했다. 니이는 보이를 손짓으로 불러 뭐라고 귀엣말을 하고 자리에서 일어났다.

"아니, 정말 돌아가시려고요?"

"형사님들 이야기가 듣고 싶었는데."

여자들이 불만스럽게 부루퉁한 표정을 지었다.

"또 봐요."

니이는 마지막까지 붙임성이 있었다. 여자들의 배웅을 받으며 계산대를 그냥 지나간다.

"니이 씨, 계산은 안 해도 되는 겁니까?"

오치아이가 뒤를 따라가며 물었다.

"어어. 여기는 니시야마파 영역이야. 니시야마파가 대신 치를 거야."

니이는 가게를 나와 돌아서더니 양복의 옷깃을 여미며 오치아이와 이와무라에게 "자네들은 흉내 내지 말게" 하고 눈을 가늘게 뜨고 말했다.

이어서 신주쿠 코마 극장 앞의 광장으로 이동하여 벤치에

지도를 펼쳤다. 시각은 밤 11시를 지나, 취객들이 역을 향해 흘러가고 있었다.

"좋아, 지금부터 기나 사토코의 행적을 쫓는 거야. 오치아이의 추리가 맞는다면 15일 밤, 일을 마친 기나 사토코는 우노와 만나 그날 밤 안에 살해당했을 거야. 우노의 팔에 난 상처에서 추측컨대 우노는 그때 옷을 벗고 있었어. 셔츠 소매를 걷어붙이고 목을 졸랐다고 생각하기는 힘들거든."

니이의 지적에 오치아이는 무심코 고개를 끄덕였다. 자신은 생각이 거기까지 미치지 못했다.

"그렇다면 러브호텔이야. 다만 러브호텔에서 죽였다고 하면 이번에는 사체를 어떻게 유기했는가 하는 문제에 봉착해. 이와무라, 자네라면 어떻게 하겠나?"

질문을 받은 이와무라가 몇 초 동안 끙끙거리고 나서 대답했다.

"이 부근의 폐가로 꾀어내 정사를 한 후 교살하는 거죠. 사체는 그 자리, 또는 폐가 안의 마루 밑 같은 곳에 유기하겠지요."

"그럼 자네는 폐가를 뒤져. 손전등은 파출소에서 빌려 오고."

"니이 씨, 제가 틀린 걸까요?"

"아니, 틀리고 뭐고 그런 게 아니야. 자신감을 가져."

"알겠습니다."

"오치아이와 나는 러브호텔을 뒤질 거야. 둘로 나뉘자고. 러브호텔 거리는 니시오쿠보 1가와 2가의 서쪽이야. 여기만 해도 아마 50군데 이상일 거야. 오치아이, 자네는 1가의 동쪽을 맡아줘. 나는 나머지를 맡을 테니까. 물어야 하는 것은 16일 새벽 0시가 지나서 온 젊은 남녀로 수상한 이용객은 없었는가, 그 한 가지야. 러브호텔에는 숙박부가 없어. 요즘에는 방으로 안내도 하지 않지. 손님에게 간섭하지 않는 것이 러브호텔이야. 그리고 이 수사가 헛걸음이 될 가능성도 크겠지. 무엇보다 자네의 추리대로 우노가 그날 밤 기나 사토코를 살해했다고 하면, 다른 장소로 데려가 죽였다고도 생각할 수 있어. 하지만 형사의 일이란 그런 거야. 99퍼센트는 헛걸음이지. 그걸 각오하고 1퍼센트를 놓치지 않으려고 하는 거야. 알았지?"

니이가 연설을 하는 것처럼 지시했다. 오치아이는 새삼 니이를 존경했다. 이와무라는 뭔가에 홀린 남자의 표정이다.

새벽 3시에 한 번 모이기로 하고 오치아이는 메이지 거리를 향해 달려갔다. 음식점 거리를 지나자 러브호텔 거리가 나왔다. 몇 쌍의 남녀가 몸을 밀착시켜 러브호텔로 들어간다. 길거리 매춘부가 많은 것에도 깜짝 놀랐다. 길거리마다 "오빠" 하며 말을 걸어왔다. 역시 여기서 여자를 사서 러브호텔로 가는 손님도 많다는 것인가. 그렇게 되면 러브호텔 측은 점점 더 손님에게 개입하지 않게 된다.

메이지 거리의 니시오쿠보 1가의 교차로까지 가서 번지별로 러브호텔을 뒤져나갔다. 오치아이는 시작하고 나서 곧 이 것이 어둠 속에서 돌을 던지는 것 같은 작업이라는 사실을 통감했다. 전후에 지은 많은 러브호텔의 프런트는 영화관의 매표소와 마찬가지로 유리창의 구멍을 통해 열쇠나 숙박료를 주고받는 방식을 취하고 있었다. 그 유리창도 레이스 커튼이 쳐져 있어 서로 얼굴이 잘 보이지 않게 되어 있었다. 또 오래된 여관의 경우에도 종업원의 접객이 없는 것이 이곳의 상식이었다. 그러므로 이용객의 인상을 확인할 수가 없다. 오치아이는 새삼 대도시의 익명성을 깨닫게 된 것 같았다.

"15일 밤늦은 시간에 수상한 손님이 없었습니까? 뭐든 좋습니다. 여자를 등에 업고 돌아간 손님이 있었다거나, 여자를 남겨두고 혼자만 돌아간 손님이 있었다거나."

"여자를 남겨두고 밤중에 혼자만 돌아가는 손님은 있어요."

"그래요?"

"그런 사정 아니겠어요? 여자는 혼자 묵고 아침이 되면 돌아가지요."

"그런가……? 그럼 여자의 비명을 들었다거나 다투는 소리가 났다거나, 또는 시트에 혈흔이 남아 있었다거나."

"소리를 내는 손님은 있어요. 소음도, 피의 흔적도. 형사님, 이곳이 어디라고 생각하는 거죠?"

종업원인 중년 여성이 오치아이의 팔을 두드리며 깔깔 웃었다. 탐문은 다 이런 식이어서 오치아이는 무력감에 휩싸였다. 기나 사토코의 안부가 확인되지 않는 한 자신은 앞으로 나아갈 수 없다.

결국 순식간에 시간이 지나 사람도 드물어진 코마 극장 앞 광장으로 돌아가자, 니이와 이와무라가 벤치에서 발을 내뻗고 담배를 피우고 있었다.

"세 명으로는 무리야. 오치아이, 기나 사토코가 15일 밤에 살해당했을지도 모른다는 증거를 찾아. 그것만 있으면 다나카 과장대리님도 움직일 테니까."

니이가 피곤한 기색을 보이며 말했다.

"오늘은 철수할까요?" 오치아이가 말했다.

"선배님, 저는 배가 고픈데요."

이와무라의 시선 끝에는 밤늦게 영업하는 메밀국수 포장마차가 있었다.

오치아이도 이론이 없어 셋이서 라면을 먹었다. 허기진 배에 뜨거운 국물이 스며들었다.

"국제스포츠대회가 무사히 끝났네요."

포장마차 주인이 친밀하게 말을 걸어왔다.

"아, 그렇구나. 리허설 대회가 있었지 참."

오치아이가 한숨과 함께 말을 내뱉었다. 1년 후의 도쿄 올림픽을 앞두고 지난주부터 리허설 대회가 개최되었다. 수사에 쫓기는 나날이라 그런 대회가 있었다는 것도 잊고 있었다.

"새로운 국립경기장 훌륭하지요. 7만 명이나 들어간다니. 그 거라면 외국인 손님을 초대해도 부끄럽지 않겠어요."

주인이 기쁜 듯이 말했다. 심야의 정적 속에서 야스쿠니 거 리의 야간 공사 소리가 코마 극장 앞 광장까지 울려왔다.

36

월요일 아침, 오치아이는 아사쿠사서의 도장에서 눈을 떴다. 정오 가까이까지 자고 난 후 아침부터 영업을 하는 공중목욕탕 에 가서 사흘 만에 머리를 감고 수염을 깎았다. 그리고 어디서 밥을 먹을까 생각하다가 문득 에코가 떠올라 그곳으로 갔다. 우노 간지의 동료 마치이 아키오 등이 모이는 카페다.

가게로 들어가자마자 웨이트리스가 겁먹은 얼굴을 한 것도 무리가 아니다. 형사가 잇따라 들락거리며 강경한 탐문조사를 했기 때문이다. 오치아이 자신도 일전에 우노 간지와 기나 사 토코에 대해 알고 있는 것을 모두 말하라고 강요했던 것이다.

샌드위치와 커피를 주문하고 신문을 펼쳤을 때 눈앞의 자리 에 남자가 앉았다.

"오치아이 형사님, 안녕하십니까?"

〈주오신문〉의 마쓰이 기자였다.

"뭐요? 우연이오, 아니면 기다린 거요?"

오치아이는 불쾌함을 감추지 않고 말했다.

"요시오 군 유괴사건의 중요 참고인을 체포했다고 하던데요. 왜 발표하지 않는 거죠?"

마쓰이의 질문에 오치아이는 얼굴이 뜨거워졌다.

"무슨 이야기인지 나는 통 모르겠는데요."

시치미를 떼는 얼굴로 있었지만 등에는 땀이 났다.

"시치미를 떼지 않아도 되는 것 아닌가요? 우노 간지. 홋카이도 출신, 스무 살. 용의는 건조물 침입이지만 본론은 유괴사건이겠지요. 단독범인 건가요?"

"몰라요, 몰라. 저리 좀 가주시오."

오치아이는 신문을 접어 파리라도 쫓는 듯이 휘둘렀다.

"요시오 군의 안부는 알고 있어요? 만약 죽었다면 경찰 간부는 총사직해야 하는 거 아닌가요?"

마쓰이가 오치아이의 표정을 살피며 말했다. 오치아이는 몸의 방향을 바꾸고 담배를 꺼내 불을 붙였다.

"오치아이 형사님. 매일 아사쿠사서에 들락거리면 무슨 일이 일어나는지 정도는 상상이 가거든요. 그제부터 다마리 1과장이 수사본부에 대기한다거나, 다나카 과장대리가 갑자기 쌀쌀맞아진다거나, 호리에 서장이 이리저리 뛰어다닌다거나―

회람판을 돌리고 있는 것이나 마찬가지 아니겠어요. 그것도 눈치채지 못하면 기자 실격이지요."

"나는 모르오. 다른 데 가서 알아보시오."

"그러지 말고, 수사본부는 말을 해주지 않으니까요."

"그렇다면 더욱 그렇지요. 졸때기인 내가 뭘 말할 수 있겠소?"

"하지만 당신이 우노 간지를 계속 추적해왔잖아요."

오치아이는 머리에 피가 솟구쳤다. "시끄러워요!" 무심코 큰 소리를 질렀다.

"감춰도 소용없어요. 무엇보다 많은 수사관들이 우노 간지의 사진을 들고 탐문조사를 하고 있다지 않습니까? 그리고 당신도 유괴사건을 수사한다며 탐문조사 때 털어놓고 이야기했고……."

오치아이는 대답할 말이 없어 입을 다물고 있었다. 그리고 문득 얼굴을 들자 웨이트리스와 눈이 마주쳤다. 그렇구나. 이 여자에게 물어보면 우노 간지의 체포도 알려지게 되는 거구나. 오치아이는 비밀 수사의 모순에 탄식했다.

"오치아이 형사님, 우노 간지에 대한 일로 홋카이도까지 다녀왔다면서요? 그렇다면 진범이라는 뜻인가요?"

"몰라요. 난 아무 말도 하지 않겠소."

"검거한 시점에 우리는 기사로 쓸 겁니다. 그러니까 하나만 가르쳐주시지요. 우노는 자백하기 시작했습니까?"

기사로 쓴다는 말을 듣고 이번에는 핏기가 가셨다.

"몰라요, 몰라."

오치아이는 자리에서 일어나 웨이트리스에게 "미안하지만 커피와 샌드위치는 아사쿠사서의 형사과로 배달 좀 해줘요"라고 부탁하고 돈을 내고 도망치듯이 가게를 나왔다.

달려서 아사쿠사서로 돌아가 수사본부로 들어갔다. 작업대에서 다나카가 수사 기록을 정리하고 있었다.

"과장대리님, 방금 〈주오신문〉의 마쓰라는 기자한테 들었습니다만—"

"아아, 기사로 쓴다고 하지?" 다나카는 이미 알고 있는 모양으로, 대단히 불쾌한 듯이 얼굴을 찌푸렸다. "정보를 누설한 놈을 찾아내라고 부장이 길길이 날뛰고 있어."

"하지만 그건—"

"알고 있어. 애초에 시민에게 정보 제공을 요구한 것은 경시총감이야. 그런 상태에서 비밀 조사고 뭐고 어디 있겠어?" 다나카가 머리를 쥐어뜯으며 이야기를 계속했다. "우리는 아무것도 할 수 없어. 우리 부장과 그쪽 부장이 의논하고 있을 거야. 다만 〈주오신문〉은 옛날부터 반(反)경찰이니까. 강행 돌파할지도 모르지."

"지금 기사가 나간다면 세상은 큰 소동이 벌어질 겁니다."

"그래도 우리는 기사를 막을 수가 없어. 귀를 막고 수사에 집중할 뿐이지. ……아참, 그렇지. 널한테서 보고를 받았는데 기나 사토코의 행적에 대한 수사 건으로 신주쿠서에 지원을 부탁해보지. 많은 인원을 배정하지는 못하지만 둘이든 셋이든 없는 것보다는 낫겠지."

"예, 감사합니다."

"그리고 어젯밤 우에노신와회의 다치키한테서 너한테 전화가 왔어. 뭔가 정보를 갖고 있는 것 같던데. '나한테는 말할 수 없는 거야?'라고 위협했지만 웃으며 넘기더군. 자네가 전화해봐."

"알겠습니다. ……우노 간지의 취조는 어떻게 되었습니까?"

"그건 틀렸지." 다나카가 메마른 어조로 말했다. "처음에 강하게 추궁한 것이 좋지 않았을 거야. 저녁에는 검찰로 송치해야 해. 아사쿠사서는 거기까지고. 후임은 다마리 1과장과 의논해서 결정할 거야."

"그렇습니까……."

다마리가 오바를 지명하는 것에 기대를 걸고 싶지만 중요 사안인 만큼 경부 이상이 맡을 가능성이 높다. 출세에 흥미가 없는 오바는 만년 경부보다.

오치아이는 수사본부를 나가 형사과로 갔다. 마침 샌드위치가 도착했기 때문에 회의용 탁자에서 먹으며 다치키에게 전화를 걸었다. 다치키는 사무실에서 뒤숭숭한 말을 아주 냉정하게 말했다.

"오치아이 씨, 센조쿠마치 3가에 빨갱이 아지트가 있는데 말이죠, 우리 젊은 놈들을 들여보낼 테니까 나머지는 좀 돌봐줄 수 있습니까?"

"그게 무슨 말입니까?"

"얼마 전에 오치아이 씨가 유괴사건으로 우리 마작 게임장에 와서 말했잖아요. 센조쿠마치 1가 교차로에서 반경 200미터 이내의 어딘가에 범인이 숨어 있고 거기서 몸값을 요구하는 전화를 걸었을 공산이 크다고."

"아아, 그렇게 말했습니다만……."

"수상한 게 있어요, 센조쿠마치 3가에. 원래는 인쇄공장인데 내내 덧문이 닫혀 있어서 얼핏 보면 빈집 같지만, 감시해보니까 산야노동자연합회의 숨은 아지트였습니다. 전봇대에서 전화선도 끌어갔고 아마 전화기도 있을 겁니다. 범죄자를 숨기기에 최적의 장소지요. 오치아이 씨가 오케이해주면 오늘이라도 젊은 애들을 들여보내겠습니다. 싸움의 이유는 우리 영역을 어지럽혔다, 같은 것으로 하지요. 그래서 경찰이 달려와 건물 내부의 현장검증을 하는 겁니다. 어떻습니까?"

"잠깐 기다려주세요. 나 혼자 판단할 수 없으니까 상부의 허가를 받겠습니다."

"저기요, 오치아이 씨, 이런 것은 아랫사람이 눈치껏 하는 겁니다. 우리 세계에서는 그렇거든요. 일이 공공연하게 알려지면 위쪽에 폐를 끼치게 되니까요."

"확실히 그렇겠군요."

오치아이는 야쿠자의 지혜에 감탄했다. 합법과 비합법이 아슬아슬한 수사에 간부가 허가를 내줄 리도 없다. 의논하는 것 자체가 폐가 되는 것이다.

"우리의 조건은 우에노, 아사쿠사 부근에서 열고 있는 도박장을 향후 3년간 보증해주는 겁니다. 뭐, 깝죽거리는 일은 하지 않겠습니다. 지금까지 해온 대로입니다. 손님을 안심시켜주고 싶은 거지요. 그리고 붙잡힌 젊은 애들은 벌금형만으로 용서해주십시오."

"알겠습니다. 부탁합니다. 내가 책임을 지고 교섭을 해보겠습니다."

오치아이는 독단으로 결정했다. 수사1과에서 1년의 경력밖에 없는 자신이 할 수 있을지 없을지는 모르겠지만, 지금은 일각을 다투는 상황이다. 게다가 야쿠자와 빨갱이 학생의 싸움이고 일반 시민은 휩쓸리지 않는다.

"그리고 다치키 사장님, 아무쪼록 총은 안 되고 칼도 죄가 무거워지니까 목검 정도가 좋지 않을까 싶은데요……."

"오치아이 씨는 경찰로 출세할 겁니다. 기대하겠습니다."

다치키가 후후후 웃으며 말했다.

"그럼 오후 1시에 쳐들어가겠습니다. 우리는 열 명 정도입니다. 연합회도 그 정도일 테니까 경찰도 최소한 스무 명은 필요하지 않을까요. 그럼 이만—"

전화가 끊기자 오치아이는 나머지 샌드위치를 입에 밀어 넣고 형사부실을 나왔다. 계단을 뛰어올라 수사본부로 들어가, 다나카에게 지금부터 센조쿠마치 3가에서 우에노신와회와 산야노동자연합회의 싸움이 있으니 수사관 스무 명 정도를 대기시키고 호송차를 준비해주었으면 좋겠다고 말했다.

"무슨 말 하는 건가, 자네?"

다나카가 정신이 어떻게 된 것은 아닌가 하는 눈빛으로 오치아이를 쳐다봤다.

"싸움의 현장은 전 인쇄공장이고 지금은 연합회의 숨은 아지트입니다. 우노 간지와 기나 사토코를 숨겨주었을 가능성이 있습니다. 수색영장 없이 경찰이 들어갈 절호의 기회입니다."

오치아이가 강한 어조로 말하자 다나카는 잠시 입을 다문 후 "그건 자네가 그린 그림인가?" 하고 물었다.

"신와회의 다치키입니다만, 제가 거기에 응한 겁니다. 그러니까 다치키 밑의 젊은 애들한테는 편의 좀 봐주십시오. 그리고 우에노서와 아사쿠사서의 4계에 다치키의 영업장에 대해 향후 3년간 편의 좀 봐달라고 과장대리님께서 한마디 해주시면……."

다나카는 다시 입을 다물더니 가볍게 목을 움츠리고는 "오치아이가 이런 사람이라고는 생각하지 못했는데" 하고 중얼거렸다.

"알았네. 당장 배정하지. 감식도 필요하겠군."

"전화기에서 우노의 지문이 나오면 좋겠습니다만."

"그래, 나오면 유력한 증거지."

다나카가 작업대에 지도를 펼치고 장소를 확인했다.

"하지만 자네가 말이지……."

다시 뭔가 말하고 싶다는 듯이 오치아이를 쳐다봤다. 오치아이는 어떤 표정을 지어야 좋을지 몰라 눈을 돌렸다.

오후 1시 5분, 경시청 통신지령실에 112 신고가 들어왔다. 다이토구 센조쿠마치 3가의 빈집에서 열몇 명의 젊은 남자들이 난투를 벌이고 있다. 덧문이 부서지고 소동은 노상으로도 확대되고 있다— 신고한 사람은 근처 담배 가게의 노파로, 마을에서 싸움이 일어나면 누군가 경찰에 신고하는 것은 필연이라고 할 수 있었다.

달려간 것은 아사쿠사서의 경찰 열몇 명과 감식반, 수사본부가 서둘러 그러모은 형사들이고, 5계에서는 오치아이 이외에 이와무라와 모리 다쿠로도 가세했다. 현장은 옛날부터 내

218

려오는 유곽 거리로 낮에는 인적이 드문 지역이었지만, 때아닌 난투극에 구경꾼이 차례로 몰려들어 주변은 아주 떠들썩해져 있었다.

맨 먼저 들어간 사람은 오치아이다. 오치아이는 형사가 된 이래로 제일 크게 소리를 질렀다.

"경찰이다! 움직이지 마라! 모두 무기를 버려라!"

처음 하는 일이라 목소리가 날카로웠다. 경찰을 보자마자 다치키 밑의 젊은이들은 일제히 목검을 발밑에 버렸다. 한편 연합회 운동가들은 흥분의 극치에 달해 있어 각목이나 쇠파이프를 휘두르며 "경찰은 나가라!" 하고 고함을 질렀다.

모리의 지시로 이와무라가 다짜고짜 들어갔다. 각목이 몸에 닿았을 때 모리가 "공무집행방해! 전원 체포!"라고 굵은 목소리를 울렸다. 형사들이 차례로 연합회 멤버를 검거했다. 그중에는 몇 명의 여학생도 있어 긴 머리를 흐트러뜨리며 쇳소리를 질러댔다.

"우리는 피해자다! 손대지 마라! 이 변태들아!"

"그럼 얌전히 있어. 이야기는 경찰서에서 듣겠다. 일단 공무집행방해 현행범으로 체포한다."

모리가 의연하게 알렸다. 운동가들에게 수갑을 채우고 끌듯이 호송차에 밀어 넣었다. 다치키 밑의 젊은이들은 또 한 대의 호송차에 솔선해서 올라탔다.

"좋아, 그럼 현장검증에 들어간다. 오치아이와 이와무라는 출입 금지선을 쳐. 순찰차를 골목 양쪽 끝에 세워두고 주민 이외에는 통행을 금지한다. 압수물은 우노 간지 및 기나 사토코의 유류품과 유괴사건과 관련된 것으로 보이는 것, 예컨대 어린이용 옷이라든가 장난감 같은 것이다. 쓰레기도 조사해. 인쇄기며 확성기 같은 것은 손대지 않아도 좋다. 서류도 마찬가지고. 압수하면 공안이 끼어들 거고 성가실 뿐이다. 아마 시간을 두지 않고 지카다라는 변호사가 안색을 바꾸고 경찰서로 쳐들어올 것이다. 그러니까 사상에 관련된 것은 손대지 마라. 그리고 감식반은 가능한 한 지문을 채취해. 특히 전화기. 채취를 놓치는 일이 없도록."

모리가 지시를 내리고 현장에 남은 형사들이 가택수색을 시작했다. 숨은 아지트라고 해도 무기 같은 불온한 것은 없고, 보금자리 겸 작업장이라는 느낌이었다. 오치아이는 이와무라와 함께 2층으로 올라갔다. 살풍경한 마루방 구석에 이불이 쌓여 있었다. 벽장을 열자 땀과 곰팡이 냄새가 코를 찔렀다.

"아이가 있었을 것 같지는 않네요."

이와무라가 감상을 말했다. 오치아이도 동감이었다. 운동가들이 유괴에까지 손을 댔을 거라고는 도저히 생각되지 않았다.

"나도 확증은 없어. 다만 소거법으로 말하자면 우노가 도망칠 만한 장소는 이제 여기밖에 없어. 다른 곳은 롤러 작전으로 다 뒤졌거든. 지문이 채취되면 그것이 증명되겠지. 지금 우리가 해야 할 일은 유괴사건이 일어난 10월 6일부터 체포된 19일까지 우노 간지의 행적을 확인하는 일이야. 증거를 축적해서 놈을 바싹 추궁하자고."

오치아이는 이렇게 말했지만 초조한 마음이 심해질 뿐이었다. 요시오의 안부를 모르는 현 상황에서 검찰이 기소를 할 거라고는 도저히 생각되지 않는다. 지금도 취조는 계속하고 있겠지만 어떤 진술을 얻었다는 정보는 전해지지 않았다.

가택수색이 한창인 가운데 밖에서는 다른 소동이 시작되고 있었다. 소동 소식을 들은 연합회의 운동가들이 몰려와 안으로 들여보내달라고 입씨름을 하고 있었다.

1960년의 안보투쟁(1959년~1960년에 일본에서 미국 주도의 냉전에 가담하는 미일상호방위조약 체결에 반대하여 일어난 대규모 시위운동) 이후 좌익은 점점 제 세상인 양 거리낌 없이 굴었다. 경찰은 견딜 수밖에 없다.

그날 밤의 수사 회의는 감식반 주임의 보고로 시작되었다.

"오늘 감식반은 두 군데서 지문을 채취했습니다. 하나는 시즈오카현 아타미시의 다이코쿠 여관 512호실. 또 하나는 다이토구 센조쿠마치 3가의 전 인쇄공장. 채취한 지문은 모두

300개가 넘기 때문에 조회에 이틀, 감정관의 확인에 하루, 도합 사흘의 시간을 주었으면 합니다. 최대한 빠른 게 그 정도입니다. 그리고 전 인쇄공장의 유류품 및 유류물에 대해서는 칫솔, 수건, 베개, 휴지통, 담배꽁초 등을 압수했습니다. 다만 지문 조회를 가장 우선하기 위해 감정은 당분간 보류하기로 했습니다. 압수 품목에 관해서는 인쇄기나 책, 서류가 들어 있지 않기 때문에 쳐들어온 지카다 아무개 변호사도 당황해하고 있습니다."

여기서 가벼운 웃음이 일었다. 확실히 저녁때 지카다 변호사가 경찰서로 호통을 치며 들어왔지만 압수 품목을 보고 맥이 빠진 것 같았다.

"이 사안은 물증이 아주 적고 또 범인은 지문을 남기지 않는 데 뛰어난 것이 아닌가 하는 인상이 들었습니다. 특히 아이의 운동화를 삼륜차 짐칸에 놓았을 때 운동화에서도 지문이 검출되지 않았던 것을 보면 범인은 범죄에 익숙한 고의범이라고 추정하는 것이 타당하고, 그 점에서도 빈집 털이 상습범인 우노 간지의 혐의가 높아진다고 감식반도 인식하고 있습니다. 저의 보고는 여기까지입니다."

감식반에 이어서 다나카가 보고를 했다.

"낮의 소동에서 체포한 연합회 멤버 아홉 명의 취조 상황을 전한다. 전원이 완전히 묵비권을 행사하고 있다. 뭐 이건 상정하고 있던 일이다. 위원장인 25세 니시다 기미히코에게 거래를 제안했다. 우리는 요시오 군 유괴사건의 수사반으로, 알고 싶은 것은 우노 간지와 기나 사토코를 센조쿠마치 3가의 아지트에 숨겨주었는가 하는 것뿐이다. 솔직히 이야기하면 범인 은닉이나 도피, 경찰을 각목으로 구타한 공무집행방해 및 폭행 상해도 모두 불문에 부치는 조건을 내걸었지만 더욱 완강하게 입을 꾹 다물고 있는 상황이다. 현재 예의 그 변호사와 호리에 서장이 절충 중이지만 폭행을 한 몇 명을 제외하고 오늘 밤 안으로 석방될 것으로 보인다. 그러므로 지문 채취는 절대 필요하다."

"과장대리님, 연합회가 유괴사건에 가담했을 가능성은 없습니까?"

미야시타 계장이 질문했다.

"그것에 대해서도 생각했지만 동기가 전혀 보이지 않는다. 손해가 날 뿐이다. 연합회는 우노 간지가 유괴사건의 용의자라는 것을 모르는 것이 아닐까 하는 것이 현재의 판단이다."

"그렇다면 차라리 정에 호소해서 수사에 협조를 요청하는 것은 어떻습니까?"

"그것도 말해봤지만 허사였다. 연합회와 경찰은 일관되게 관계가 안 좋다. 놈들에게 경찰은 부모의 원수다."

다나카가 얼굴을 찡그리며 담배에 불을 붙였다. 그것이 신호인 것처럼 수사관들이 일제히 담배를 피우기 시작했다. 강당은 순식간에 담배 연기로 뿌예졌다.

"그렇다면 이야기를 이어가겠다. 우노 간지는 오늘 오후 5시 도쿄 지검으로 압송되었다. 그쪽에서 형사부장이 직접 마중을 나온 것으로 보아 지검도 중요 사안이라고 인식하고 있는 것 같다. 담당은 나리모토 검사다. 오사카 지검에서 막 옮겨 온 검사인데 삼십대로 젊은 기대주인 모양이다. 다마리 1과장과 내가 불려 가 조금 전까지 네 명이서 만났다. 거기서 이미 수사 자료를 다 읽고 이해하고 있던 나리모토 검사가 한 말은, 정말 우노 간지가 진범인가 하는 근본적인 의문이었다. 첫 번째 이유는 거짓말탐지기에 전혀 반응이 나오지 않았다는 것이다. 아무리 가벼운 기억장애가 있다고 해도 무반응이라는 것은 생각하기 힘들다. 두 번째 이유는 요시오 군이 유괴된 것으로 보이는 10월 6일 오후 2시 이후, 현장인 아사쿠사 부근에서 아이를 데리고 있는 젊은 남자를 목격한 정보가 전혀 없다는 것이다. 일요일 대낮에 도회 한복판에서 유괴가 일어났는데 과연 아무한테도 보이지 않는다는 게 있을 수 있는 일인가— 다시 말해 유괴에는 자동차가 사용되었을 가능성이 높다. 그렇다면 자동차 면허가 없는 우노 간지의 단독범행설은 무리가 있는 게 아닐까— 확실히 나리모토 검사의 견해는 일리가 있어서 우리도 반박할 수가 없었다. 너무나도 아마추어 냄새가 나는 즉흥적인 범행과 50만 엔이라는 어중간한 몸값. 여기서 다시 한번 그 지역 불량 그룹을 조사해보는 것이 어떨까 하는 구체적인 제안까지 했다."

"그건 말도 안 됩니다. 불량 그룹이라면 모조리 조사했습니다."

미야시타가 수사관들을 대표하여 이의를 제기했다.

"알고 있다. 하지만 수사에서 예단은 금물이다. 그래서 새롭게 별도의 반을 꾸려 불량 그룹에 대한 재조사를 병행하도록 한다. 다만 어디까지나 수사본부의 기본 방침은 우노 간지의 단독범, 공범이 있다고 해도 방조, 그런 선은 무너뜨리지 않는다. 지검은 내일 법원에 구류 청구를 할 것이다. 우선은 열흘간, 심문할 시간이 주어진다는 것이다. 우노를 불게 하면 모든 것은 해결된다. 아이가 있는 곳을 불게 해서 발견하게 되면 100퍼센트 유죄로 가져갈 수 있다. 그래서 내일부터 취조관을 변경한다. ……오바 주임, 부탁해도 되겠소?"

오바가 지명을 받았고, 오바보다 먼저 오치아이가 얼굴을 들었다.

"아아, 좋소."

뒷자리에 있던 오바가 마치 연회의 간사라도 떠맡는 것처럼 가벼운 어조로 대답했다.

"보좌관은……" 다나카가 고개를 내밀고 오치아이를 보았다. "오치아이, 자네다."

"알겠습니다."

오치아이는 몸이 뜨거워졌다. 이제 우노 간지와 정면으로 대치할 수 있다.

"그리고 조금 전에 5계의 니이로부터 전화가 왔는데 긴급 사안이 발생하여 수사 회의에 출석할 수 없다는 취지의 연락이었다. 그것에 따르면 오늘 오후 가부키초의 전당포에서 미나미센주마치에서 일어난 전 시계상 살인사건의 장물이 발견되었다. 물건은 오메가 손목시계로, 감정서도 딸려 있어서 도난품으로 특정되었다. 전당포에 맡긴 사람은 고모리 다카코라는 카바레의 호스티스다. 전당포에 맡길 때 신분증을 제시했기 때문에 신원이 밝혀졌다. 그 호스티스는 행방불명 중인 기나 사토코와 이틀간이긴 하지만 같은 연립주택에서 살았던 여자다. 다시 말해 물건의 흐름을 말하자면 오메가 손목시계는 정부 관계에 있던 기나 사토코가 우노 간지로부터 얻은 것이고, 그것을 고모리 다카코가 전당포에 맡겼다는 것이다. 니이가 곧바로 고모리 다카코에게 신주쿠서까지 임의동행을 요청하여 사정 청취를 했는데, 당초에는 기나 사토코에게 받은 것이라고 주장했지만 10만 엔 가까이 하는 수입품을 누가 주겠느냐고 일갈했더니 곧 불었다고 한다. 고모리 다카코가 말하기를, 15일을 마지막으로 기나 사토코가 돌아오지 않았기 때문에 그녀의 짐을 뒤져 안에서 오메가 손목시계를 발견했고, 들키면 다시 찾아오면 된다는 가벼운 마음으로 환금했다는 것이다. 다시 말해 기나 사토코는 짐을 놔둔 채 사라진 것이다. 고가의 손목시계를 놔둔 채 도망쳤다는 것은 분명히 부자연스럽다—"

오치아이는 소름 돋는 것과 동시에 정말이지 니이답다고 생각했다. 단독 행동을 즐기는 선배 형사는 어젯밤 카바레의 탐문조사에서 고모리 다카코가 뭔가 숨기고 있다는 것을 간파했다. 일단 아무렇지 않은 얼굴로 물러났다가 오늘 혼자 수사를 했던 것이다.

"오치아이, 이것에 대해서는 자네의 판단을 채택한다. 기나 사토코는 우노 간지에 의해 살해당했을 가능성이 있다. 지금부터 신주쿠서로 가서 니이와 합류하도록. 신주쿠서에 지원을 부탁하여 기나 사토코를 수색한다. 가령 두 명을 살해했다면 우노 간지는 사형이 확실하다. 이 건은 더욱 중요 사안이 될 것이다. 다들 여기서 다시 한번 정신을 바짝 차리도록."

사건이 한층 커진 것에 수사관들이 발하는 요기 같은 기백이 강당에 충만했다. 우노 간지는 대체 어떤 인간일까. 어쩌면 우리가 지금까지 본 적이 없는 괴물인 것이 아닐까. 각각의 생각이 보이지 않는 파장이 되어 좁은 공간 안에 소용돌이치고 있었다.

37

그날 아침 마치이 미키코는 현관의 신문함에서 조간을 꺼내 아무렇지 않게 1면 표제에 눈길을 주었다가 심장이 멎는 것 같았다.

「요시오 군 유괴사건, 용의자 체포」

「스무 살의 빈집 털이 상습범, 남자아이의 안부는 불명」

서둘러 안으로 뛰어들어 카운터에 신문을 펼쳤다. 기사를 읽자 역시 우노 간지였다.

요시오 군 유괴사건 수사본부는 19일 오후 신주쿠 가부키초의 유흥장에서 주소 불명의 전과 1범 우노 간지(20)를 건조물 침입 혐의로 임의동행하고, 같은 날 체포영장을 집행했다. 수사본부에 따르면 우노는 유괴사건이 발생한 6일 요시오 군과 접촉했고 또 그 목소리가 몸값을 요구하는 전화 음성과 아주 비슷하다는 것, 그리고 출처 불명의 거금을 손에 넣었다는 것 등의 이유로 용의자로 떠올랐다. 수사본부는 유괴사건에 대해서도 추궁할 방침이다.

표제 다음의 요약된 대목을 읽는 한 아직 범인으로 확정된 것은 아닌 듯하다. 빈집 털이 혐의로 체포해두고 취조로 유괴를 자백하게 하려는 복안인 것 같았다.

기사에서는 요시오 군 유괴사건의 경위도 말하고 있는데, 몸값인 지폐의 번호를 기록해두지 않았다는 것, 수수 현장에서 수사관 사이의 연락 방법을 정하지 않았다는 것 등 경찰의 실수를 새삼 비판하고 있었다. 그리고 경시청은 오명을 만회하기 위해 필사적인데, 과연 용의자를 자백하게 하고 아이의 안부를 확인할 수 있을지가 주목된다며 기사를 맺고 있었다.

지면에 우노 간지의 얼굴 사진은 실리지 않았지만 덧문이 닫혀 있는 스즈키 상점의 사진이 실려 있었다. 임시 휴업을 알리는 종이도 보인다. 이미 가게를 열어둘 상태가 아닐 것이다. 덥적거리는 구경꾼들이 매일 찾아오는 일은 상상하기 어렵지 않다.

요시오의 두 누나들은 학교에 다니고 있을까. 미키코는 걱정되어 가만히 있을 수가 없었다. 주산 학원에서 가르쳤기 때문에 지금도 친척 동생처럼 생각하고 있다.

어떻게 할까 망설였지만 미키코는 주먹밥이라도 만들어 스즈키네에 가져다주기로 했다. 조금이라도 부담을 주고 싶지 않기 때문에 뭣하면 편지와 함께 뒷문에 놔두고 오기만 해도 좋다.

곧장 여관의 주방으로 가서 주방 아주머니들에 섞여 주먹밥을 만들었다. 거기에서도 유괴사건 용의자가 체포되었다는 소

식이 화제가 되었는데, 몰랐던 사람도 있는 것으로 보아 아무
래도 〈주오신문〉의 특종이었던 것 같다. 아마 뒤를 따라 다른
신문과 텔레비전이 일제히 보도할 것이다.

연어나 매실이 들어간 열 개의 주먹밥을 댓잎으로 싸고 다시
신문지로 이중으로 싸서 백화점 종이 봉지에 넣었다. 자전거
바구니에 싣고 이제 막 움직이기 시작한 도쿄의 서민 동네를
달린다. 활기차게 통학하는 아이들과 몇 차례나 스쳐 지나갔
다. 미키코는 그때마다 가슴이 죄어왔다. 「남자아이의 안부는
불명」이라는 신문 표제어가 눈에 각인되어 떨어지지 않았다.

10분도 지나지 않아 스즈키 상점에 도착했다. 가게 앞에는
수많은 기자가 모여들어 있었다. 〈주오신문〉이 특종을 내자 신
경이 곤두섰는지 다들 눈에 핏발이 서 있었다. 미키코가 자전
거를 세우고 내리자 친척이라고 생각한 듯한 기자가 달려왔고
그에 이끌려 모두가 밀려왔다.

"친척입니까?" "요시오 군의 부모님은 어떻게 지내고 계십
니까?" "한마디 해주실 수 없습니까?"

연달아 질문을 퍼부었다. 미키코는 "근처 반찬 가게에서 배
달을 온 겁니다"라는 거짓말을 하고 골목에서 부엌문으로 돌
아갔다. 문을 노크하며 "실례합니다. 미키코입니다"라고 조심
스럽게 말했다. 그러자 곧 문이 열리고 안에서 낯선 젊은 남자

가 얼굴을 내밀었다.

"댁은 누구신지?"

"저는 산야 마치이 여관의 딸입니다. 예전에 이 집 따님들한
테 주산 학원에서 가르쳤던 사람입니다. 폐가 될지도 모르지
만 주먹밥을 만들어 왔어요."

이렇게 말하며 종이 봉지를 내밀자 남자는 미간을 좁히며
의심스럽다는 표정으로 "마치이 여관이면 혹시 마치이 아키오
의 누님인가요?" 하고 물었다.

"네. 동생을 알고 있어요?"

"저는 형사입니다. 경시청 수사1과의 이와무라라고 합니다.
아무튼 안으로."

이와무라라는 형사의 권유로 문턱을 넘어서자 뜨뜻미지근
한 간수 냄새가 코를 간질였다. 집 안으로 들어갈 생각은 없었
기에 부엌의 시멘트 바닥에 선 채 마주 보았다.

"아니, 오늘 아침 〈주오신문〉에 기사가 나간다는 것을 알고
있어서 아침 일찍 와서 경호하고 있었습니다. 신문기자와 구
경꾼들로 큰일이 났을 거라고 생각해서……." 이와무라가 묻
지도 않은 내막을 털어놓았다.

"그런데 마치이 아키오도 스즈키 가족과 아는 사이인가요?"

"아뇨, 저만요. 동생은 관계가 없어요."

"하지만 마음에 걸리네요……. 당신 동생은 지금 유치장에

231

있습니다."

"알고 있어요. 좋은 기회니까 기소해서 재판을 받게 하고 형무소에 넣어달라고 오바 씨에게 전해주세요."

미키코가 태연히 대답하자 이와무라는 순간적으로 대답이 막혀 "그렇구나, 오바 씨와 아는 사이구나" 하고 중얼거리며 뭔가 납득한 듯이 고개를 끄덕였다.

"스즈키 씨는 가게에서 주문받은 두부를 만들고 있습니다. 가만히 있을 수가 없겠지요. 부인은 2층에 누워 있습니다. 그래서 주먹밥을 가져온 걸 아주 좋아하실 겁니다."

"그런가요? 다행이네요. 따님들은요?"

"두 딸은 가까운 친척 집에 맡겼다고 합니다. 학교는 거기서 다니고 있습니다."

학교에 다니고 있다는 말을 듣고 조금은 안심했다. 하지만 동생이 걱정되어 기분이 풀리는 일은 한순간도 없을 것이다.

"신문에 나온 우노 간지라는 남자가 유괴범인가요?" 미키코가 물었다.

"그걸 제 입으로는……. 체포한 혐의는 어디까지나 건조물 침입입니다."

"그런가요? 요시오 군이 빨리 돌아오면 좋겠네요."

"전력을 다해 수사하는 중입니다."

이와무라가 진지한 눈빛으로 말했기 때문에, 미키코는 경시청에는 이렇게 올곧은 형사도 있구나 하고 생각을 고쳐먹었다. 산야에 오는 형사는 야쿠자와 헷갈리는 남자들뿐이다.

"그럼 스즈키 씨에게 안부 좀 전해주세요."

미키코는 고개를 숙여 인사하고 부엌문으로 나갔다. 자전거로 돌아가자 다시 기자들에 둘러싸였다.

"부모님은 어떤 상황이었습니까?" "무슨 이야기를 했습니까?" "범인이 밉습니까?"

미키코는 상대하지 않고 자전거 페달을 밟았다.

그날 오후 자신의 방에서 공부를 하고 있었더니 아래층에서 "미키코, 잠깐 나와봐"라는 어머니의 목소리가 들려왔다. 뭔가 하고 내려가니 카운터에 남자 두 명이 있는데 한 명은 연합회의 지원자이자 변호사인 지카다였다. 미키코는 안 좋은 예감이 들었다.

"미키코, 아키오가 체포되어 아사쿠사서 유치장에 있다네. 엄마한테 왜 말하지 않았어?"

어머니가 노기를 띤 목소리로 말했다.

"엄마한테 말하면 또 경찰서로 달려가 소동을 피우잖아. 그래서 말하지 않았어. 어쨌든 아키오의 혐의는 사문서 위조라든가 하는 경미한 거니까 내버려둬도 곧 나와."

"그런 게 아니야. 요시오 군 유괴사건의 범인과 한패로 체포되었대."

"그건 거짓말이에요. 아키오는 유괴사건과 무관하고, 오바 씨도 알고 있어요."

"그게 어떻다는 거야? 오바 씨가 알아도 경찰이 모르면 의미 없는 거잖아. 우리 조선인이 옛날부터 있지도 않은 죄를 뒤집어쓰고 일본인한테 괴롭힘을 받아온 걸 미키코 너도 잘 알고 있잖아."

어머니의 목소리가 한층 히스테릭해졌다.

"몰라. 엄마는 왜 그렇게 이야기를 비약시켜."

"자, 자, 어머니. 미키코 씨도. 제가 옆에 있으면 경찰 마음대로 하게 내버려두지 않을 겁니다. 그러니까 위임장에 사인 좀."

지카다가 끼어들어 말했다. 카운터 위에 서류를 미끄러지듯이 놓는다.

"예, 그거야 뭐, 우리는 선생님만 믿으니까요."

어머니가 등을 구부리고 볼펜으로 사인을 한다. 그리고 카운터 서랍에서 손금고를 꺼내고 안에서 2만 엔을 꺼내 건넸으므로 미키코는 소리를 지를 뻔했다.

"선생님, 아무쪼록 잘 부탁드립니다."

"맡겨주십시오. 그리고 미키코, 여기는 〈주오신문〉 기자 마쓰이, 연합회 활동을 지원해주는 기자님이셔."

지카다의 소개를 받고 마쓰이라는 젊은 남자가 명함을 내밀었다.

"저는 요시오 군 유괴사건을 쭉 쫓고 있는데 범인은 놓치지, 몸값은 빼앗기지, 이번 경찰 대응의 졸렬함에는 마음속 깊이 분노하고 있습니다. 저희로서는 단호히 경찰을 규탄할 방침입니다."

"아, 네. 그런가요……?"

미키코 안에서 경계심이 부풀어 올랐다. 마쓰이는 더부룩한 머리로, 넥타이를 풀고 자못 성깔이 있어 보이는 풍모였다.

"경찰은 자신들의 체면이 깎여서 정색을 하고 억지 수사를 하고 있습니다. 산야의 여관을 영장 없이 가택수색을 한 것도 그 예이고, 그 밖에는 불량 그룹에 가벼운 죄를 씌워 추궁하고 있습니다. 정말이지 전쟁 전의 특고 그 자체입니다. 그리고 이번에 우노 간지라는 지적장애의 의심이 있는 청년을 별건으로 체포하고 유괴사건을 자백시키려 하고 있습니다. 하지만 아이는 나오지 않고 물증도 없고 모든 것이 예상에 의한 즉흥적인 수사에 지나지 않습니다. 저는 어쩌면 억울한 누명일 가능성도 있지 않을까 하는 생각을 하기 시작했습니다. 그래서 미키코 씨에게 물어보고 싶은데, 당신은 우노 간지와 만난 적이 있지요? 그때의 인상을 말해줄 수 있습니까?"

"인상이라고 해도……."

미키코는 대답을 흐렸다. 만났다고 해도 동생이 집에 데려왔을 때 한 번뿐이고 특별히 강한 인상도 없었다. 그것을 전하자 마쓰이는 "바보로 보였나요?"라고 물어서 미키코는 잠시 망설인 끝에 고개를 끄덕였다.

"경찰은 잘도 하는군요. 지적장애가 있는 사람을 잡아다가 자신들에게 유리한 진술을 하게 해서 범인으로 날조하려는 겁니다. 정합성 같은 건 개의치 않고요. 자백이 모든 것이라고 생각하니까 고문이나 다름없는 취조도 아무렇지 않게 하고 말이지요."

마쓰이가 경찰에 대한 험담을 늘어놓았다. 이 기자는 지카다나 니시다 위원장의 동료로 생각될 만큼 국가권력을 적대시하고 있는 것처럼 보였다.

지카다는 마쓰이의 도움을 얻어 우노 간지의 어머니를 찾아내 위임장도 받아낼 생각이라고 말했다. 아무래도 우노 간지의 변호도 하고 나설 모양이다. 두 사람이 돌아가자 어머니는 우군을 얻어 안도한 것인지 "이것으로 일단 안심이네"라며 표정을 누그러뜨렸다.

"그런데 엄마, 2만 엔은 뭐예요?" 미키코가 비난하는 눈으로 말했다.

"변호비잖아."

"너무 많아. 내 월급보다 많잖아."

"인색하게 굴면 안 돼, 이런 일은. 아키오를 구하는 일이니까."

어머니가 "영차" 하며 일어나 안쪽으로 가려고 했다.

"잠깐만 기다려봐. 그런 바보 같은 아들한테 변호사 같은 건 필요 없어. 한번 교도소에 들어가봐야 해."

"넌 무슨 말을 하는 거야. 친동생이잖아."

"엄마가 그렇게 오냐오냐하니까 아키오는 야쿠자가 된 거야. 장남을 그렇게 응석받이로 키우는 것은 조선인의 나쁜 버릇이라고."

"미키코, 그게 부모한테 할 소리야!"

어머니가 얼굴을 붉히며 고함을 질렀다. 미키코는 이골이 나서 전혀 두렵지 않았다.

"부모든 뭐든 잘못된 것은 잘못된 거야."

"나가! 너 같은 건 자식도 아냐! 지금 당장 나가!"

"아, 그래. 그럼 안녕히 계세요. 나는 유시마나 혼고 근처에 방을 얻어 혼자 살 테니까. 동경했던 일이야. 내가 없어지면 이 여관의 경리는 누가 보려고?"

미키코가 자기 방으로 돌아가려고 할 때 어머니가 "잠깐 기다려" 하고 손을 뻗었다.

"미키코, 너 부모를 버릴 셈이야?"

"나가라고 한 건 엄마잖아."

"그렇게 말은 했지만 부모는 부모인 거야."

"몰라."

머리카락을 한 번 휙 휘두르고 부리나케 복도를 걷는다.

"미키코, 미키코, 기다리라니까."

대답을 하지 않았다. 마치이가의 부모 자식 싸움은 스스로도 한심해질 정도로 낮은 수준이다.

그날 밤 NHK 7시 뉴스에서 젊은 여자의 사체가 발견되었다는 소식이 톱뉴스로 보도되었다. 장소는 신주쿠 가부키초. 오늘 오후 여관 부지 내의 사용되지 않는 오래된 우물 밑바닥에서 발견되었다. 현재 신원을 확인하는 중인데 여자의 목에는 졸린 흔적이 있고 사후 며칠 지난 듯하다. 경찰은 곧바로 살인 사건으로서 수사본부를 설치했다는 것이다.

"뒤숭숭하구나, 정말."

식당의 주방에서 어머니가 얼굴을 내밀고 말했다. 손님인 노동자들도 젓가락을 멈추고 텔레비전을 올려다보았다. 탁자를 닦고 있던 미키코는 힐끗 보기만 하고 일을 계속했다. 여기서 어머니의 상대가 되어주면 낮의 언쟁이 없었던 일이 되고 말기 때문이다.

38

10월 23일 수요일. 체포된 지 5일째.

간지는 상경한 이래 날짜도 요일도 잊은 생활을 해왔지만, 유치장에 들어오고 나서는 매일 아침 간수가 점호할 때 큰 소리로 날짜를 외치기 때문에 자연히 의식하게 되었다. 10월 하순이라면 레분토는 진작 서리가 내리고 낮에도 스토브를 때야 하는 시기다. 그런데 도쿄는 담요 한 장으로 밤을 보낼 수 있으니 정말 불공평하다.

어제는 도쿄 지검이라는 곳에서 하루 종일 검사의 취조를 받았다. 유괴사건을 추궁당하나 싶었는데 그게 아니라 빈집털이 한 건이었다. 미나미센주마치의 단독주택에서 현금과 금화와 손목시계를 훔친 일은 일찌감치 인정했다. 아키오가 우노 간지로부터 금화를 받았다고 털어놓았다고 하니 부인하면 아키오가 불쌍하다. 게다가 절도는 죄가 가볍다.

우유병 바닥처럼 두꺼운 안경을 낀 나리모토는 담담하게 심문하여 마치 교통위반 조사 같았다. 경찰과 마찬가지로 크게 호통을 칠 줄 알고 대비하고 있던 간지는 맥이 풀렸다. 애초에 지검에 있던 시간의 절반은 대기실의 딱딱한 의자에 앉아 있을 뿐이었다. 그보다 아사쿠사서를 나올 때 매스컴 관계자들이 차로 몰려와 카메라 플래시를 엄청나게 터뜨리는 데는 깜짝 놀랐다. 어쩌면 큰 뉴스가 되어 있는 건가 해서 이상한 느낌이 들었다.

오후 5시가 지나 경찰서 유치장으로 돌아왔다. 그날 밤 딱한 번 취조실로 끌려가, 구류 청구가 인정되었기 때문에 앞으로 열흘간 취조가 이어진다는 것과 취조관이 바뀌었다는 사실을 통보받았다. 새로운 취조관은 오바라는 늙은이와 오치아이라는 젊은 형사였다. 그때 오바는 "신주쿠에서 기나 사토코의 사체가 발견되었어"라고 잃어버린 물건이라도 찾은 듯이 평탄한 어조로 말했다. 간지는 "그래요?"라고만 대답하고 달리 아무 말도 하지 않았다. 오치아이는 피곤한지 눈 밑에 다크서클이 있는 얼굴로 가만히 간지를 응시하고 있었다. 검찰도 경찰도 어딘지 모르게 폭풍 전야처럼 고요해서 간지는 어쩐지 기분이 나빴다. 그것이 어제의 일이다.

이날은 아침을 먹은 후 곧바로 번호가 불려 유치장에서 나갔다. 수갑을 차고 뒷문을 통해 밖으로 나가자 경찰 차량이 세워져 있어 거기에 탔다.

오치아이가 조수석에 탔고 행선지는 미나미센주마치로 전시계상 야마다 긴지로의 집이라고 알려주었다.

"우노. 현장검증이라고 하는데, 요컨대 실제 상황을 조사하는 거야. 네가 야마다 씨 집에 훔치러 들어갔을 때의 일을 자세히 듣고 조서에 써야 하니까. 알고 있지? 넌 홋카이도에서도 몇 번 체포되었으니까."

오치아이가 온화하게 말했다. 간지는 대답하지 않고 무릎 위의 수갑을 봤다. 이거라면 뺄 수 있을까. 이런 공상을 했다. 자신의 손은 작고 게다가 엄지는 양쪽 다 습관적으로 탈구된다.

차가 정문으로 나가려고 했을 때 카메라를 든 남자들이 "있다!"라고 큰 소리를 지르며 어제와 마찬가지로 차를 향해 돌진해왔다. 간지는 두 발로 버티고 시트에 등을 딱 붙였다. 차는 곧 둘러싸이고 창 너머로 눈부신 조명과 플래시를 받았다. 기자들이 비집고 들어온 제복을 입은 경찰들과 밀치락달치락하고 있었다.

"요시오 군은 어디 있냐!" "네가 유괴한 거냐!" "지금 기분이 어떠냐!"

기자들이 고함을 질렀다.

"이봐, 머리 숙여."

뒷좌석에서 옆에 앉은 오바가 팔을 뻗어 간지의 머리를 눌렀다. 경적을 울리고 매스컴 관계자들을 쫓아 해산시키며 차가 문을 통과한다. 큰길로 나가자 단숨에 속도를 높였다. 간지가 뒤를 돌아본다.

"텔레비전과 신문이 오늘 치의 그림을 얻고 싶었을 뿐이야. 따라오지는 않아." 오바가 시시하다는 듯이 말했다.

"너, 검사한테 듣지 못했어? 어제 〈주오신문〉에 네 체포 기사가 실렸어. 그것도 요시오 군 유괴사건의 중요 참고인이라고 썼으니까 그 일로 보도 전쟁이 시작된 거지." 조수석의 오치아이가 사정을 설명했다.

"기사가 실렸다니, 도쿄의 신문이에요?" 간지가 물었다.

"도쿄의 신문은 곧 전국지야. 홋카이도에서도 기사가 실린 거지."

"그래요?"

특별한 감상은 없었다. 섬사람들은 다들 깜짝 놀랐을 거라고 생각하지만, 어차피 두 번 다시 만날 일이 없다고 생각하고 떠나온 것이다.

"저기, 우노. 홋카이도 도경에 조회했더니 네가 처음으로 체포된 것은 열여섯 때였더라. 중학교를 졸업하고 삿포로 공장에 취직해 그곳 종업원 기숙사에서 동료의 손목시계 몇 개를 훔쳤다가 해고당했다며? 절도는 그게 처음이었어?"

한동안 나아갔을 때 오치아이가 말을 걸어왔다. 간지는 대답하지 않고 창밖을 바라보았다.

"중학교 시절에는 어땠어? 훔쳤어?"

잠자코 있었다.

"대답 정도는 해야지. 우리는 앞으로 매일 얼굴을 마주하게 될 거야."

주뼛주뼛 침묵을 지키기로 작정했다.

"뭐, 좋아. 느긋하게 하자고."

혼나지 않았다. 아사쿠사서의 형사와는 종류가 다른 것 같다.

오치아이는 앞으로 향하고는 조수석에 깊숙이 기대고 한 발을 대시보드에 올렸다. 오바는 잠을 자고 있는지 생각에 잠겨 있는지 내내 눈을 감고 있다.

미나미센주마치의 현장에 도착하자 이미 도착한 조가 대기하고 있어 도합 열 명 정도의 형사에게 둘러싸였다. 처음 보는 남자들이 간지에게 이놈이 범인인가 하며 적의와 호기심이 섞인 시선을 부딪쳐 온다. 간지는 어떻게 해야 좋을지 모르고 일단 가볍게 고개를 숙여 인사만 했다.

여기서는 오치아이의 선도로 빈집 털이를 하러 들어갔을 때의 상황을 재현했다.

"저택의 뒷문으로 들어간 거지? 그런데 오른쪽으로 간 거야, 왼쪽으로 간 거야?"

"부엌문은 자물쇠가 걸려 있지 않았다고 했어. 너, 들어간 것은 부엌문이 틀림없지?"

오치아이는 상세한 것을 알고 싶어 했지만 간지는 그런 것까지 기억하고 있을 리가 없어 "잊어버렸어요"를 연발했다. 그때마다 "그럼 오른쪽으로 돌아 부엌문으로 들어갔다, 그래도

되겠지?"라고 물어 성가신 나머지 간지는 모두 "예, 그래요" 하
며 고개를 끄덕였다.

집으로 들어가자 어떤 방을 어떤 순서로 물색했는지 물어서
이때도 "잊어버렸어요"라고 계속 대답했다. 실제로 빈집 털이
를 여러 건이나 했기 때문에 일일이 기억하고 있지 않았다. 다
만 1층 금고를 보여주었을 때 아아, 현금과 금화와 손목시계를
훔쳤구나 하고 그때의 일이 떠올랐고, 이어지듯이 2층에서 숨
을 죽이고 있었을 때 아래층에서 무슨 소리와 남자들의 언쟁
이 들려와 긴장했던 기억도 되살아났다.

"금고는 쇠지레로 비틀어 열었지? 한번 해볼래?"

오치아이가 쇠지레를 건네 비틀어 여는 포즈를 취하자 다른
형사가 카메라 셔터를 눌렀다.

"그럼, 다음. 너는 2층에 있었어. 거기에 남자가 나타났지. 우
락부락한 야쿠자풍의 남자야. 깜짝 놀랐지?"

"아, 예. 깜짝 놀랐어요."

"무서웠어?"

"예, 무서웠어요."

"남자는 너한테 1층으로 오라고 했어. 따라가니 거기에는 그
밖에 남자 둘이 있었지. 어떤 분위기였지?"

"싸우는 분위기였어요."

"그래서 너는 어떻게 했지?"

"훔친 돈과 물건을 돌려주고 용서를 빌려고 내밀었더니, 그건 그냥 줄 테니까 빠루를 건네라고 했어요."

"그래서 어떻게 했어?"

"건넸어요."

이야기하기 시작했더니 그때의 광경이 차례로 뇌리에 재생되었기 때문에 간지는 물어보는 대로 대답했다. 다른 형사들도 그것으로 기분이 좋아져 "너는 참 솔직해서 좋구나"라고 칭찬도 해주었다.

현장검증은 정오까지 이어졌고 간지는 묵비권을 행사하지 않고 진술을 했다. 도중부터 기분이 고양되어 지금까지 했던 빈집 털이 이야기까지 했다.

"홋카이도는 아무도 집에 자물쇠를 잠그지 않으니까 빈집털이는 간단했어요. 그런데 도쿄에 오니까 자물쇠가 걸린 집이 있어서 깜짝 놀랐어요. 이야, 역시 도회는 다르구나 하고 감탄했어요."

간지가 말하자 형사들은 순간적으로 웃으려고 했다가 곧 진지한 얼굴로 돌아와 경멸하는 듯한 시선을 보냈다. 간지는 형사들의 관심은 어디까지나 유괴사건에 있다는 것을 새삼 인식했다.

정오에 유치장으로 돌아와 관식을 먹었다. 점심은 매번 길다란 모닝빵 두 개로, 버터고 뭐고 아무것도 없어 우유로 넘겼다. 다 먹으면 곧 번호를 불러 취조실에서 오바와 오치아이의 취조를 받았다. 현장검증에서는 대부분 오치아이가 말을 했지만, 취조실에서는 오바가 말하고 오치아이는 카본지를 끼운 용지를 책상에 펼치고 볼펜으로 기록했다.

"우노, 너는 레분토에서 배를 타고 본도로 건너올 때 아주 힘든 일을 겪었다고 하던데. 폭풍 속에서 연료가 떨어져 난파할 뻔했다고? 용케 살았네?"

오바가 갑자기 예전에 조난당할 뻔했을 때의 일을 이야기해서 간지는 깜짝 놀랐다.

"그걸 어떻게 알아요?" 무심코 되물었다.

"어부인 아카이 다쓰오가 체포되어 자백했어. 너는 아카이가 체포된 거 모르지?"

"예, 몰랐어요."

간지는 소름이 돋았다. 아카이가 체포되었다니. 선주의 집에서 훔친 돈과 보석을 간지로부터 가로채고 득의의 미소를 짓고 있을 게 틀림없다고 생각했다.

오바에 따르면 아카이는 가로챈 진주 목걸이를 전당포에 맡겼다가 그것으로 발목이 잡혔고, 왓카나이미나미서가 추궁했더니 체념하고 모두 자백했다는 것이었다.

"정말 가혹한 일이잖아. 연료라고 거짓말을 하고 너한테 바닷물이 든 18리터들이 기름통을 건넸다며? 게다가 잡낭을 바꿔치기해서 돈도 빼앗았지. 상당히 나쁜 놈이야, 아카이는."

"그래요, 아카이는 어처구니없는 놈이에요. 나는 아카이한테 앙갚음을 하지 않으면 마음이 풀리지 않아요."

"괜찮아. 그건 홋카이도 도경에 맡겨둬. 살인 미수로 기소될지 어떨지 검찰과 협의 중이라고 하니까. 파수막의 방화도 네가 불을 붙인 것은 사실이지만 거기에 기름을 뿌린 것은 아카이잖아."

"역시 그렇구나. 나는 그렇게 불타오르는 게 이상하다고 생각했어요."

"그래. 그래서 선주 집의 빈집 털이 건은 정상참작할 여지가 있어 조금은 감형되지 않을까?"

"꼭 그렇게 해주었으면 좋겠어요."

"그런데 난파한 일 말이야, 연료가 떨어졌고 바다가 거칠어졌는데 어떻게 해안에 닿은 거야?"

"그거야 감이 작용했지요. 그대로 있으면 북동쪽으로 흘러가 소야곶도 넘어가고 말 테니까, 과감히 남하해서 연료가 떨어지면 엔진을 끄고 조수에 맡기는 게 낫다고 생각했어요. 그랬더니 생각한 대로 해안이 보여서 그 뒤에는 바다로 뛰어들어 죽기 살기로 헤엄쳐서……."

"대단하군. 수영은 잘해?"

"아니요. 그 정도는 아니에요. 나도 깜짝 놀랐어요. 죽을힘을 다하니까 생각지 못한 힘이 나오더라고요."

"그런가? 아무튼 살아 돌아와 무엇보다 다행이야. 그런데 그 뒤에는 어떻게 했지?"

"그 뒤라뇨……?"

간지는 말문이 막혔다. 홋카이도에서의 사건이 도쿄의 경찰과 어떤 관계가 있다는 것일까.

"사로베쓰겐야를 걷고 있었더니 산림청 대기소가 있었지?"

"어떻게 그런 것까지 알고 있어요?"

"홋카이도 도경과 연락을 취하고 있어. 다들 네가 살아 있다는 것을 알고 안심한 모양이더라. 알고 있어? 너는 한때 사망으로 인정되어 호적이 없어질 뻔했어."

"흐음……."

간지는 레분토의 아는 사람 얼굴을 떠올렸다. 아니, 자신이 죽어도 슬퍼할 사람은 없다. 어머니도.

"자, 그다음이야. 너는 산림청 대기소로 들어가 작업복과 완장을 손에 넣었어. 하지만 너는 그 시점에 무일푼이었어. 도쿄까지는 어떻게 해서 온 거야?"

오바가 다음 이야기를 재촉했지만 간지는 말할 마음이 갑자기 시들해졌다. 책상에 팔꿈치를 괴고 고개를 숙였다.

"왜 그래, 우노? 가르쳐주지 않을래? 설마 비행기를 타고 온 것은 아닐 테고, 기차를 갈아타고 도쿄까지 온 거지? 네가 레분토를 떠나고 나서 도쿄에서 빈집 털이를 하게 될 때까지는 사흘쯤의 시간이 있어. 어떤 여행이었지? 여행담 정도는 해줄 수 있잖아."

오바도 팔꿈치를 괴고 얼굴을 가까이 댔다. 간지는 눈을 감고 의식을 몸 밖으로 내보냈다.

"뭐야, 자는 거야? 유치장은 독방으로 해주고 있어. 잠을 못 자는 건 아니지?"

오바의 목소리가 점차 멀어져간다.

39

10월 23일 저녁 9시, 다마리 1과장도 참석한 수사 회의에서 먼저 감식반 주임으로부터 지문 채취 결과가 보고되었다. 당초의 예정보다 하루 빨라진 것은 이지마 형사부장이 재촉했기 때문이다. 기나 사토코의 사체가 발견됨으로써 새로운 살인사건이 더해져 우노 간지의 행적 조사는 한층 중요해졌다. 오치아이는 자신이 관계한 가택수색인 만큼 기대하는 마음으로 임했다.

"그러면 감식반에서 보고하겠습니다. 우선 아타미의 다이코쿠 여관 512호실부터 하겠습니다. 여기서는 우노 간지의 지문은 검출되지 않았습니다. 기나 사토코의 지문도 마찬가지입니다. 여관 지배인의 이야기로는 체크아웃 후에 정성껏 청소를 했고 청소 반장의 검사도 있었기 때문에 지문이 지워진 게 아닐까 하는 견해였습니다. 다만 체크인할 때 숙박 카드에 기나 사토코의 지문이 남아 있어 그녀가 512호실에 3박을 한 것만은 분명합니다. 다음으로 센조쿠마치 3가의 연합회 아지트입니다만, 여기서는 우노 간지의 지문이 검출되었습니다."

여기서는 수사관들 사이에 "오오" 하는 소리가 물결처럼 일어났고 오치아이는 자기도 모르게 뜨거워졌다.

"검출된 부분은 문의 손잡이, 변소의 전기 스위치 등인데 그 중에 전화 수화기가 있었었습니다. 다시 말해 우노 간지가 센조쿠마치 3가의 연합회 아지트에서 어딘가로 전화를 건 것은 증명되었습니다."

"오치아이, 해냈어."

다나카가 오치아이를 보며 말했다.

"다치키에게 과자 상자라도 가져갈까?"

모리 다쿠로가 이렇게 놀리자 강당은 웃음소리에 휩싸였다.

감식반의 보고에 따르면 연합회 아지트에서는 기나 사토코의 지문도 검출되었다. 이것으로 두 사람이 무코지마의 연립 주택에서 도주한 이후 센조쿠마치 3가에 숨어 있었다는 것이

입증되었다. 그렇게 되면 범인이 몸값을 요구하는 전화를 하고 나서 도쿄 스타디움으로 향할 때 센조쿠마치 1가의 교차로에서 택시를 탔다는 판단이 큰 무리 없이 성립한다.

이어서 신주쿠서의 형사과장이 기나 사토코 살해 건에 대해 보고하라는 지명을 받았다. 가부키초에서 일어난 호스티스 살인사건은 신주쿠서 내에 수사본부가 설치되었고 그곳에서 출장을 온 형태다. 신주쿠서는 그곳에서 하고 싶지만 이지마 형사부장이 합동 조사를 명했기 때문에 거스를 수가 없었다. 아마 가까운 시일 안에 합동수사본부가 다른 장소에 설치되는 것도 생각해볼 수 있다.

"신주쿠서의 쓰지이입니다. 아무쪼록 잘 부탁드립니다. 여러분이 이미 아시는 것이라 중복된다고 생각하지만 다시 한번 보고하겠습니다. 어제 오후 2시, 신주쿠구 가부키초 6번지 2호에 위치한 여관 '블루 샤토' 부지 내의 오래된 우물 안에서 시트에 싸인 전라의 젊은 여자 사체가 발견되어 신원을 확인했더니 기나 사토코(28세)로 판명되었습니다. 확인 방법은 전 직장이었던 아사쿠사의 스트립 극장의 지배인과 동료 두 명을 불러 사체를 보여주고 전원의 확인을 얻어 해당 여성이라고 판단했습니다. 검시 결과 사인은 질식사였습니다. 목 앞쪽에 손으로 조른 것으로 보이는 흔적이 있어 일단 교살이 틀림없는 것으로 보입니다. 아마 말을 탄 것같이 양다리로 깔고 앉아서 졸랐겠지요. 그리고 오래된 우물에는 70센티미터 정도의 깊이로 물이 고여 있어 피부가 불었기 때문에 지문 채취는 힘들다고 판단했습니다. 체액에 대해서도 마찬가지입니다. 또한 여자 것으로 보이는 신발, 의류, 백도 우물에 던져져 있었습니다. 젖어 있었기 때문에 여기서도 지문과 체액 채취가 어렵다고 판단했습니다. 이어서 기나 사토코가 발견된 우물과 그녀가 묵었던 방의 위치 관계는 이렇게 됩니다."

정면 칠판에는 겨냥도가 그려져 있고 쓰지이가 대나무 지시봉으로 가리켰다. 수사관들이 일제히 시선을 향한다.

"보시는 것처럼 기나 사토코가 투숙한 방은 1층 동쪽 107호실로, 창을 열면 눈앞이 블록 담입니다. 건물과의 간격은 70센티미터 정도입니다. 우물은 그 사이를 5미터쯤 북쪽으로 간 곳에 있고 평소에는 나무 덮개로 덮여 있습니다. 범인은 107호실에서 기나 사토코를 살해하고 창밖으로 꺼내 우물까지 질질 끌고 가서 뚜껑을 열고 던져 넣은 것입니다. 그런데 그것에 관한 목격 정보, 소리를 들었다는 등의 정보는 얻지 못했습니다. 평일이었기 때문에 투숙객이 적고, 또 투숙한 것이 자정이 넘은 시간이었습니다. 그 점에서 범행 시간도 새벽일 거라고 생각되기 때문에 깨어 있는 사람이 적었던 것이 아닐까 생각됩니다. 107호실 손님은 새벽 6시경 여관을 나갔습니다. 이것은 숙박부에 기록이 남아 있는데, 창구에서 방 열쇠를 받은 종업원이 시간을 기재했습니다. 그런데 그때의 종업원 곤도 야에 코(54세)에게 물었더니, 남자 혼자 카운터의 작은 유리창에 열 쇠를 놓고 말없이 돌아갔다고 합니다. 아울러 그 여관은 저녁 11시 이후의 투숙은 숙박 요금이 되기 때문에 계산은 선불이 어서 나갈 때는 돈을 주고받지 않았습니다. 또 교대 근무에 따 라 곤도 야에코가 창구에 들어간 것이 새벽 3시부터여서 투숙 할 때 누구와 들어간 것인지 모르기 때문에, 남자 혼자 돌아간 것에 대해서는 동반자가 먼저 돌아간 거라고 여겨 혼자라도 수상히 여기지는 않았다고 합니다. 가부키초 부근의 여관은 매춘부를 사서 들어와 여자는 일이 끝나면 먼저 돌아가는 것 이 드물지 않습니다. 그리고 여기가 중요합니다만……."

쓰지이가 차로 목을 축이며 한 박자 쉬었다.

"열쇠를 돌려줄 때 남자는 손수건으로 싸서 주고 도망치듯 이 창구를 빠져나갔다고 합니다. 곤도 야에코는 이상한 짓을 하는구나 싶어 그것이 기억에 남았다고 증언했습니다."

"남자의 인상착의는 보지 못했나?"

안달이 난 듯한 어조로 다마리가 물었다.

"유리창 전체가 레이스 커튼으로 덮여 있었고 복도 쪽 조명 이 어두워서 얼굴은 보지 못했다고 합니다. 그런데 손수건으 로 싸서 건넸다는 것은 지문이 묻는 것을 염려한 행동이 아닐 까 추측됩니다."

"방에 남은 지문은 어떤가? 감식 결과는 언제 나오나?"

"내일 나옵니다."

"족적은?"

"복도와 방에 양탄자가 깔려 있어 채취하지 못했습니다. 오래된 우물까지의 경로에 대해서는 20일 새벽에 비가 본격적으로 내렸기 때문에 거기서도 채취할 수 없었습니다."

쓰지이가 죄송스러운 듯이 보고했다.

"이건 계획적인 범행인가, 아니면 돌발적인 범행인가? 그쪽 수사본부의 견해를 말해주게."

이어서 다나카가 물었다.

"돌발적인 범행이겠지요. 오래된 우물을 발견한 것은 우연한 일이고 여관을 미리 알아본 것 같지는 않습니다. 만약 숨길 장소가 없었다면 범인은 사체를 두고 도망가지 않았을까요?"

"어떻게 그렇게 말할 수 있지?"

"범인은 방을 희망하여 잡은 것이 아닙니다. 우연히 비어 있어서 1층 방으로 안내되었을 뿐입니다. 혼잡했다면 2층으로 안내되었을 것이고, 그렇게 되면 우물에 버리는 것은 어렵습니다."

"목격 정보는 어떤가?"

"지금으로서는 유력한 목격 정보가 없습니다. 가부키초에서 새벽 6시는 사람의 왕래가 가장 적은 시간대입니다. 신문

배달, 우유 배달을 조사해봤습니다만, 특별한 정보는……. 그리고 우노 간지가 묵었던 여관 야마토칸에도 물어봤습니다만, 15일 밤 우노가 방에 있었는지 어떤지는 모른다고 합니다. 가령 외출할 때 프런트에 열쇠를 맡기고 나갔다고 하더라도 일일이 기억하지 못하고, 또 그중에는 열쇠를 갖고 나가는 손님도 있기 때문에 확인할 수 없다는 겁니다."

쓰지이가 이렇게 대답했고, 강당은 쥐 죽은 듯이 조용했다. 만약 여관방에서 우노 간지의 지문이 검출되지 않으면 수사는 처음부터 다시 하게 된다. 혐의점이라면 차고 넘칠 정도인 우노가 단순한 참고인으로 떨어지고 마는 것이다.

"다마리 1과장님. 저희 수사본부의 의향으로는 사흘만이라도 좋으니 우노 간지를 독자적으로 취조하고 싶습니다. 저희 사카모토 서장님도 꼭 부탁하고 오라고……."

쓰지이가 조심스럽지만 강한 어조로 말했다.

"그건 어떨까 싶네만. 지금은 유괴사건이 우선이라."

다마리가 아니라 다나카가 대답했다. 신주쿠서의 사카모토 서장은 전 수사1과장이었다. 아사쿠사서의 호리에도 그렇고 신주쿠서의 사카모토도 그렇고, 대규모 경찰서의 서장은 수사1과장 경험자가 많기 때문에 현장은 아무래도 그들을 꺼리게 된다.

"사카모토 서장께는 내가 직접 이야기하지. 합동수사가 이지마 부장의 의향이니까."

다마리가 타이르듯이 말하자 쓰지이는 순간적으로 납득이
안 간다는 듯한 표정을 지었지만, 잠자코 고개를 끄덕이며 자
리에 앉았다.

"그럼 다음으로 오바 주임이 우노 간지의 취조 상황을 보고
해주겠소?"

다나카의 재촉을 받은 오바가 자리에 앉은 채 입을 연다.

"지금으로서는 잡담뿐이지. 레분토에서 겨우 목숨을 잃지
않고 배로 본도에 도착하여 빈집 털이를 하며 세이칸 연락선
을 타고 혼슈로 건너왔어. 오늘은 거기까지. 녀석은 긴 여행이
처음이었던 것 같더라고. 스무 살이면 당연하지만. 보는 것이
모두 신기해서 그쪽 이야기라면 응하지 않을까. 아키타 역에
서 파는 원통형 목제 도시락이 맛있어서 깜짝 놀랐다며 아주
기쁜 듯이 말하더라고."

오바가 재촉하지 말라는 듯한 어조로 말했다. 형사 중에는
취조 중인 내용에 대해 일일이 보고하고 싶어 하지 않는 사람
이 있다. 오바도 그중 한 사람인 듯했다.

"성장과정은 어떤가? 홋카이도 출장 보고서를 보니까 우노
간지는 혹독한 어린 시절을 보냈다고 하는데."

"그것은 간단히 파고들 문제가 아니고, 지금은 입구를 찾고
있는 참이지. 아무튼 어머니와 결혼한 남자가 다섯 살짜리 우

노 간지를 이용해 자해 공갈을 했거든. 그 녀석의 입장에서 보면 떠올리고 싶지 않은 과거일 거야."

무뚝뚝한 대답에 다소 거북한 침묵이 흘렀다.

"알겠네. 그럼 취조 보조관의 의견도 들어볼까? 오치아이."

다나카가 오치아이로 하여금 보충하려는 의도인지 의견을 구했다. 오치아이는 일어나 의견을 말한다.

"예, 그럼 말씀드리겠습니다. 우노 간지는 지금까지 해온 빈집 털이에 관해 오히려 득의양양하게 이야기하고 있는 점이 보입니다. 우노는 아마 과거에 자신의 이야기를 들어줄 상대가 없었던 것이 아닐까, 지금은 그런 상대가 있어서 기분이 고양되어 있는 것이 아닐까 하는 인상을 받았습니다. 그리고 마음에 걸리는 점이 있습니다만, 우노는 이따금 의식을 잃는 시간이 있습니다."

"의식을 잃는다고?"

"그렇습니다. 자고 있지는 않은데 눈을 감고 말을 걸어도 응하지 않고 어딘가 영혼이 빠져나간 것 같은 느낌입니다."

"그게 무슨 말인가?"

"잘 모르겠지만 우노는 이인증이나 다중인격장애라도 있지 않을까……."

"이거 성가시게 생겼군."

다나카가 어두운 표정을 지었다. 용의자에게 정신질환이

있다고 하면, 검사가 신중해지고 기소해도 공판의 행방이 바뀐다.

"저는 내일이라도 왓카나이에 사는 보호사인 마쓰무라 기하치 씨에게 전화를 해서 이야기를 들어보려고 합니다. 우노의 소년 시절을 잘 알고 있는 인물이니까요."

"그 사람 전화는 갖고 있나?"

"예. 전기공업사의 주인입니다."

"그것보다 왓카나이미나미서의 구니이 서장에게 부탁해서 시간을 정해 그쪽 경찰서로 불러 경찰 전화를 사용하게. 먼 곳의 전신전화공사는 연결하는 데 고생 좀 해야 하니까. 혼선도 많고."

"알겠습니다. 그렇게 하겠습니다."

오치아이의 다음은 이와무라가 보고하게 되었다. 이와무라는 스즈키 상점의 경호를 맡고 있었다. 아직 아이가 돌아오지 않은 이상 누군가가 피해자 집에 대기하고 있어야 한다.

"그럼 보고하겠습니다. 어제 〈주오신문〉에 기사가 실린 이후 또다시 스즈키 상점의 전화는 하루 종일 울리고 있습니다. 대부분은 낯선 시민의 격려 전화이지만 실제로는 쓸데없는 참견 이외에 아무것도 아닙니다. 대응은 주로 아사쿠사서 방범과 직원의 협력에 의존하고 있습니다. 부모에게 전화를 받게 하는 것은 두 사람의 신경을 마모시킬 뿐이라서……. 물론 장난 전화는 여전하고, 우노라는 사람은 범인이 아니다, 진범은 나다, 아이는 도쿄만에 빠뜨렸다, 하는……."

"유력한 정보는 없는 건가?"

"없습니다."

"뉴스를 알고 부모의 상태는 어떤가? 나는 그게 걱정되네."

"그것에 대해서는 제가 개략적인 것만 설명했습니다. 체포한 우노 간지는 전화의 음성과 아주 비슷한 목소리를 가졌고, 유괴 당일 요시오 군을 포함한 아이들과 함께 놀고 주스를 사준 사실이 있다, 그리고 출처 불명의 거금을 갖고 있었다, 다만 자백은 얻지 못했고 요시오 군도 발견되지 않아서 범인으로 특정하지 못하고 있다, 지금은 좀 기다려주었으면 한다고 말이지요."

"그래서 부모는 뭐라고 하던가?"

"잘 부탁한다며 깊이 고개를 숙였습니다."

이와무라의 보고에 강당은 다시 쥐 죽은 듯 조용해졌다. 부모의 심정은 귀신이 아닌 한 상상할 수 있었다.

"좋아, 무슨 일이 있어도 우노 간지를 불게 하자. 그렇게 하기 위해서는 물증을 들이대 도망갈 길을 없애야 한다. 다들 지금부터가 중요한 시기라고 생각해주게."

"예!"

전장으로 나가는 병사와 같은 목소리가, 예기치 않게 전원으로부터 터져 나왔다.

오치아이는 다음 날 아침 일찍 왓카나이미나미서의 구니이 서장에게 전화를 했다. 그쪽은 연락을 애타게 기다리고 있었던 듯 입을 열자마자 "우노 간지는 자백을 했습니까?" 하고 침이 튈 것 같은 기세로 물어 왔다. 오치아이는 아직 취조 중이라는 사실을 알리고, 우노의 체포 사실을 안 레분토의 상황을 묻자 구니이는 갑자기 슬픈 목소리가 되어 "레분토는 물론이고 왓카나이도 낙담하고 있습니다" 하고 한탄했다. 일본 전역을 뒤흔든 유괴범이 자기 지역 사람이라면 누구든 명예롭지 못한 일로 생각할 것이다.

"어제쯤부터 이미 매스컴 관계자들이 와서 우노 간지에 대해 묻고 다닙니다. 그래서 어머니인 우노 요시코 씨는 모습을 감췄다고 합니다."

"그렇습니까?"

오치아이는 이제 와서 새삼 시대의 변화를 통감했다. 교통과 통신망의 발달은 한 범죄자를 순식간에 유명하게 만든다.

보호사인 마쓰무라 기하치와 이야기를 나누고 싶으니 협조해달라고 부탁하자, 구니이는 지금까지와 마찬가지로 훌륭한 인품으로 흔쾌히 허락해주었다. 그리고 오늘 정오에 다시 한 번 전화를 하라고 했다. 지시한 대로 정오에 다시 전화를 걸자 마쓰무라가 서장실에 대기하고 있다가 전화를 받았다.

"마쓰무라입니다. 정말 간지가 했습니까?"

인사도 대충 하고 핵심으로 다가왔다.

"아직 모릅니다. 다만 중요 참고인이라는 것은 틀림없고, 현재 취조 중입니다."

"간지가, 간지가."

마쓰무라는 이름을 거듭 말하며 몇 번이고 한숨을 내쉬었다.

"그런데 한 가지 물어볼 게 있어서 전화했습니다. 실은 한창 취조하는 중에 우노는 의식을 잃는 것처럼 반응이 없어지는 시간이 있습니다. 그래서 지난달 왓카나이로 찾아가 뵈었을 때 우노에게 뇌 기능 장애가 있다고 들은 것이 생각나……."

오치아이가 용건을 꺼냈다.

"아, 그랬습니까? 저도 경험했습니다. 면담할 때 간지에게 어린 시절의 일을 물었더니 돌연 의식을 잃고……. 저는 틀림없이 뇌전증이라 생각하고 병원에 데려갔더니 뇌전증은 아니지만 뭔가의 뇌 기능 장애일 거라고 하더군요. 그 의사는 전문의가 아니어서 그 이상은 모른다고 했습니다."

"정신과의사의 진찰은 받지 않았습니까?"

"죄송합니다. 왓카나이에는 큰 병원이 없어서……. 아, 맞아요. 간지는 한번 어린애처럼 흐느껴 운 적이 있었습니다. 제가 자가용을 사서 정기 면담을 위해 페리로 레분토로 간 적이 있습니다. 그때 간지는 새 차인 크라운(도요타의 세단)을 보고 시퍼래져서 그 자리에 웅크렸습니다. 제가 간지, 왜 그래, 하며 얼굴을 들여다보았더니 '아방이 용서해주세요, 아방이 잘못했어요' 하더니 정신을 잃었습니다. '아방이'라는 건 이쪽 방언으로 아버지를 말합니다. 그건 자해 공갈을 했던 기억이 순간적으로 되살아났던 게 아닐까, 지금에 와서는 그런 생각이 듭니다."

"그렇습니까?"

오치아이는 우노가 정신질환을 앓고 있다는 것을 확신했다.

"형사님, 간지는 어떤 상태입니까?"

"잡담에는 응하고 있습니다."

"솔직히 말하라고 보호사 마쓰무라가 말하더라고 전해주세요."

"알겠습니다. 전하겠습니다."

마쓰무라와의 이야기가 끝나자 다시 구니이가 전화를 받았다.

"오치아이 씨, 뭐든지 말해주세요. 우리는 전면적으로 협조하겠습니다."

이렇게 호소하는 경찰서장의 어조에는 마치 자신들에게 책임이 있는 것 같은 절박감이 있어 오치아이는 몸이 죄어드는 것 같은 생각이 들었다. 바꿔 말하면 그것은 경시청에도 책임이 있다는 것이다.

40

"우에노 역에 도착했을 때 너는 어떻게 생각했어?"

오바가 묻자 우노는 어린애처럼 눈을 빛내며 "여기가 도쿄
인가 싶었어요"라고 대답했다.

"레분토나 왓카나이와는 다르던?"

"다르고 뭐고 완전히 딴 세상이지요."

"삿포로와도 달라?"

"달라요, 달라. 사람 수도, 자동차 수도, 소리도, 냄새도 모든
게 달라요. 무엇보다 여자가 머리에 파마를 하고 핸드백을 어
깨에 메고 거리를 당당하게 걷잖아요. 뭐랄까, 영화 속으로 들
어간 것 같았어요."

"그때 너는 산림청의 작업복에 장화를 신은 모습이었어?"

"예. 그러니까 뭐랄까, 나만 꼴이 말이 아니구나 했어요. 그
래서 아메요코에 가서 양복점을 밖에서 들여다봤는데 들어갈
용기가 없었어요."

"알지, 잘 알지. 나는 지바현 농가의 삼남이라 중학교를 졸업
하고 취직하러 처음 도쿄에 왔을 때는 무서워서 식당에도 들
어가지 못했지."

"오바 씨도 그랬어요?"

우노의 목소리가 들떴다. 이날의 취조 때는 시작부터 말을

잘했다. 오치아이는 다른 책상에서 볼펜으로 진술을 받아 적고 있었다.

"난 처음에 기바의 목재 도매상에서 일했어. 경찰관 시험을 본 것은 스무 살이 넘어서였지."

"흐음. 왜 경찰관이 되려고 한 거예요?"

"젊었을 때는 성격이 좀 거칠어서 말이야. 거리에서 자꾸 똘마니들하고 싸움을 했거든. 그래서 몇 번인가 경찰 신세를 졌지. 어느 날 형사가 경찰이 되면 똘마니들을 패도 체포되지 않아, 하고 말해서 그럼 경찰이나 되어볼까 했지. 전쟁 전이니까 다들 난폭했거든."

"하하하."

우노가 소리 내어 웃었다. 취조에서 처음 있는 일이었다.

"도쿄에서 첫날 밤에는 어디에 묵었지?"

"우에노 공원의 벤치요. 여름이었으니까."

"이틀째에는 뭘 했어?"

"빈집 털이요."

"그렇게 빨리 한 거야?"

"달리 할 것도 없고, 돈은 아무리 많아도 좋으니까요."

"흐음. 그래서 어디로 갔어?"

"우에노 역 근처는 민가가 별로 없는 것 같아서 역 앞에서 노면전차를 타고 창으로 바깥 경치를 보며 북쪽으로 갔어요. 역에서 도쿄 지도를 샀으니까 그것과 대조하면서……."

"어디서 내렸는데?"

"정류장 이름은 잊었지만 큰 다리 앞이었어요. 강가에 배가 많이 묶여 있어서 잠잘 곳으로 좋겠다 싶어서요."

"센주신바시였겠구나."

"그런가?"

"그래서 센주신바시에 내려 빈집 털이를 한 거네."

"예, 맞아요."

"이쪽 기록에는 8월 8일 아라카와구 북측에서 먼저 빈집 털이가 세 건 발생했는데 그것도 너야?"

"자세히 기억하지는 못해요. 두 달 넘게 지난 일이고."

"그럼 그건 다시 묻지. 그래서 너는 아라카와 방수로에 계류되어 있던 짐배에 머물게 된 거구나?"

"예, 맞아요."

"너, 배 같은 데서 잘 수 있어?"

"잘 수 있죠. 문제없어요."

"똥은 어떻게 하는데?"

"그거야 뱃머리에서 뒤를 향하고 쭈그려 앉아서 뿌지직."

"씩씩하군."

"어부를 했었으니까요. 짧은 기간이었지만요."

"그런데 너 사투리를 별로 안 쓰네. 완전히 도쿄 사람이 된 거야?"

"그렇지는 않지만, 상경한 지 슬슬 석 달이 되고, 매일 도쿄 말을 듣고 있었더니 자연스럽게 익숙해졌어요."

"그런가? 하하하."

"오바 씨, 날 놀리는 거죠?"

"놀리는 거 아냐."

둘이서 얼굴을 마주하고 웃었다. 오치아이는 두 사람의 대화에 전혀 개의치 않고 잠자코 볼펜을 놀렸다.

"그래서 너는 짐배에 눌러살게 되었어. 매일 뭘 하고 지냈지? 빈집 털이만 한 것은 아닐 거 아냐."

"빈둥빈둥했어요. 할 일도 없고."

"하천부지는 아이들 놀이터잖아. 시끄럽지 않았어?"

"아뇨, 신경 쓰이지 않았어요."

"서민 동네 애들은 염치를 모르니까, 너한테 집적거리지 않았어?"

"예, 자주 배를 들여다보러 왔었어요."

"그래서 같이 놀았어?"

"예, 그랬어요."

우노의 목소리가 갑자기 작아졌다.

"뭘 하고 놀았어?"

"글쎄요, 기억나지 않아요."

우노가 책상을 팔꿈치를 괴고 밑을 향했다.

"왜 그래, 뭔가 생각났어?"

"아니요."

"너, 애들을 좋아해?"

"특별히 그런 건 아니에요."

"왜 그래? 속이 안 좋아?"

"아니요."

"그럼, 애들 이야기는 됐고. 제방 주변을 어슬렁거렸다면, 바로 옆에 도쿄 스타디움이 있는 거 알지? 큰 조명탑 몇 개가 서 있는 야구장 말이야."

"예, 알고 있어요."

"가봤어?"

우노는 대답하지 않았다. 고개를 숙인 채 꼼짝하지 않았다.

"야, 우노. 뭐라고 해봐."

대답이 없다. 오치아이가 얼굴을 들여다보자 눈을 가늘게 뜨고 있지만 정기가 없고 혼이 나간 빈껍데기가 되어 있었다.

오바와 오치아이가 취조를 담당한 지 나흘째다. 이인증으로 보이는 증상은 이것이 두 번째였다.

"우노. 들려? 너, 10월 9일 밤 도쿄 스타디움에 가서 오토바이 시트 밑에 들어 있던 종이 꾸러미를 가져왔지? 대담하더라. 보통은 그렇게 사람이 많은 곳에서 몸값을 주고받지는 않거든."

오바가 갑자가 사건 내용으로 파고들었다. 오바는 우노의 병을 완전히 알고 있는 것 같았다.

"아니면 사람이 많으면 인파에 섞일 수 있을 거라고 생각한 거야? 그렇다면 너 참 머리가 좋구나. 하지만 말이야, 부랑자가 목격했어. 돌아갈 때 네가 100엔짜리 지폐를 주었잖아. 기억하고 있지?"

오바의 물음에 우노는 이따금 "예"라든가 "아뇨"라고 대답했지만 그것은 마음이 딴 데 있으면서 나온 반응으로, 대답으로 판단할 수 없는 것이었다.

"너, 이륜차 운전면허를 갖고 있다며? 왜 오토바이를 타고 가지 않은 거지? 걷는 것보다 그걸 타고 가는 게 더 편하잖아."

오바의 일방적인 이야기는 정오까지 이어졌다.

정오에 우노를 일단 유치장으로 돌려보내고 오전의 진술 기록을 정리하기 위해 오치아이만 수사본부에 가자, 다마리 등의 수사 간부가 지휘대를 둘러싸고 협의를 하고 있었다. 이지마 형사부장의 얼굴도 보여서 오치아이는 자기도 모르게 등을 꼿꼿이 폈다.

"이봐, 오치아이. 어떤 상황인가?" 다나카가 물었다.

"여전합니다. 아이 이야기만 나오면 의식이 날아가버립니다."

"그래? 그보다 우노한테 변호사가 붙게 되었어. 지카다야.

오후에라도 접견하러 온다는데."

"지카다? 연합회의 고문 변호사 지카다입니까?"

"그렇다네. 어떤 수를 썼는지, 우노의 어머니인 요시코의 위임장을 가져왔어."

"레분토까지 간 겁니까?"

"설마, 전화나 편지를 주고받았겠지. 아무래도 〈주오신문〉의 마쓰이 기자의 협력이 있었던 모양이야. 전국지라면 지국도 있고, 수색은 자신의 전문 영역일 테니까."

오치아이는 마쓰이의 흐뭇해하는 미소가 떠오르자 속이 뒤집혔다. 지카다도 마쓰이도 진실을 추구하고 싶은 것이 아니라 반(反)권력을 과시하고 싶을 뿐이다.

"〈주오신문〉은 지적장애가 있는 젊은이의 신병을 구속하여 자백을 강요하고 있는 게 아니냐는 관점에서 기사를 쓰고 싶은 모양이야."

다마리가 근심스러운 표정으로 말했다.

"〈주오신문〉은 뭔가 정보를 갖고 있는 게 아닐까. 그렇지 않다면 이렇게까지 강하게 나오지는 않을 텐데. 이미 석방한 연합회의 멤버한테서 우노 간지에 관한 정보를 얻고 그것으로 무죄라는 심증을 얻은 게 아닐까?"

이지마가 초조해하는 모습으로 말했다. 숨어 있던 아지트 이외에서 물증이 나오지 않은 탓에 수사 간부는 다들 의심 암

귀가 되어 있었다.

"설마요. 우노는 확실합니다. 달리 범인이 있을 리가 없습니다."

"하지만 그건 소거법이겠지. 중대 사건의 수사가 소거법이어서야 되겠나?"

"그래서 한창 증거를 확보하고 있는 중입니다."

"그 증거가 나오지 않아서 하는 소리 아닌가?"

"어쨌든 우노가 자백하고 아이가 나타나면 그거야말로 비밀의 폭로이고 100퍼센트 유죄로 가져갈 수 있습니다. 현 상태로는 우노를 불게 하는 수밖에 없습니다."

다나카와 다마리가 이지마에게 설명했다. 아무래도 수사 상황을 걱정한 이지마가 수사본부로 달려온 모양이었다.

"그런데 오바 주임은 어떻게 됐나?" 다나카가 물었다.

"밖으로 점심을 먹으러 갔습니다." 오치아이가 대답했다.

"여유로운 자세던가?" 다마리가 말했다.

"모르겠습니다."

"뭐, 됐어. 오바 주임은 백전노장이고, 수사본부에서는 누구보다 경험이 많으니까. 내가 맡긴 이상 간섭으로부터 지켜주는 것도 내 책임이야."

다마리가 더부룩한 턱수염을 어루만지며 말했다. 어떤 수사 간부의 얼굴에도 초조한 빛이 엿보였다.

어제 오후 가부키초 러브호텔의 감식 결과가 나왔다. 우노 간지의 지문은 남아 있지 않았다. 방의 스위치 같은 것이나 유리창 등 분명히 지문을 닦아낸 것으로 보이는 흔적이 있어, 범인이 흔적을 남기지 않으려고 주의를 기울였다고 추측할 만한 결과였다. 그렇게 되자 정말 우노가 범인일까 하고 의심하는 수사관도 나와 또다시 수사는 멈춰 서지 않을 수 없었다.

"변호사의 접견은 20분까지만 하도록 하게. 연장은 허락하지 마. 지카다 변호사는 다양한 훈수를 할 테니까 우노가 묵비권을 행사하는 것으로 전환했을 경우의 대책도 마련해놓고. 나는 지금 지검에 가서 부장을 만나고 오겠네. 경찰로서는 반드시 우노를 불게 하겠다고 분명히 말하고 올 생각이야. 다마리 1과장, 그래도 되겠지?"

이지마가 일어나며 말했다. "물론입니다." 다마리가 즉시 대답했다.

이지마의 등을 바라보며 다나카가 입을 열었다.

"이봐, 오치아이, 기탄없이 말해보게. 우노가 불 거라고 생각하나?"

"잘 모르겠습니다. 제가 판단하기에는 경험이 너무 적습니다."

오치아이는 솔직하게 대답했다. 확실히 오바의 취조는 신상 이야기뿐이어서 지금으로서는 요시오 군 유괴사건 때의 알리바이나 돈의 출처 등 수사의 핵심을 언급하지 않고 있다.

"실은 경시총감이 홋카이도에서 모친을 불러와 설득시키라고 말하는 모양이야. 오치아이, 자네는 어떻게 생각하나?"

"반대입니다. 우노 요시코와 간지 사이에 부모 자식 사이의 정은 없습니다. 역효과가 날 겁니다. 무엇보다 요시코는 술집에서 간지를 남동생이라고 속여왔습니다."

"그럼 우노를 키워준 할머니는 어떨까?"

"할머니도 비슷합니다. 우노가 중학교를 졸업하자마자 할머니는 섬을 나가 아사히카와에서 물장사를 했습니다. 지금의 우노는 천애 고아의 신세라고 해도 좋을 겁니다."

"1과장님, 이렇다는데요……." 다나카가 떠보았다.

"알았네, 그만두는 게 낫겠다고 내가 직접 보고해두지."

다마리가 어쩔 수 없다는 표정으로 고개를 끄덕였다. 현장의 장으로서 경시총감의 간섭에 고심하고 있는 모습이었다.

경시총감이 요시오 군 유괴사건의 수사 상황을 걱정하고 있다는 것은 현장에도 전해져왔다. 자신이 텔레비전에 출연하여 범인에게 호소한 영향이 커서 지금도 수사본부에는 정보를 제공하겠다는 다수의 전화가 걸려 와 인력을 빼앗기고 있다. 불을 붙인 장본인으로서의 메시지도 있음이 틀림없다.

"지검은 아이가 나타나지 않는 한 기소하지 않겠지?" 다나카가 혼잣말을 했다.

"그건 그렇겠지. 내가 검사라도 기소하지 않을 거야." 다마리가 이어서 말했다.

수사본부는 기나 사토코의 사체가 오래된 우물에서 발견되었을 때, 혹시나 하여 아사쿠사를 중심으로 반경 1킬로미터 이내의 우물 및 방공호 터를 모두 수색했다. 그러나 발견된 것은 작은 동물의 사체와 대형 쓰레기뿐으로, 뒤처리에 쫓긴 도쿄도의 청소국에서 싫은 소리만 들을 뿐이었다.

"오치아이, 오바 주임은 도중에 경과를 보고하는 걸 싫어하니까 자네가 우리한테 알려주게." 다나카가 말했다.

"알겠습니다."

오치아이는 달력에 눈을 주었다. 10월 25일. 열흘간의 구류 기간 중 이미 나흘째였다. 시간은 순식간에 지나간다.

오후의 취조도 상경 후의 일상적인 행동이 주였다. 지카다 변호사와의 접견이 끝난 직후여서 묵비로 전환하지 않을까 하고 오치아이는 걱정했지만, 그런 것도 아니고 태도도 지금까지와 마찬가지였다. 다만 빈집 털이에 대해서는 솔직하게 이야기했지만 적어도 유괴사건과 관련된 화제를 꺼내면 즉시 입을 다물었다. 지카다 변호사의 지시가 빈집 털이만 인정하고 빨리 기소되어 경찰 및 검찰에 구류 연장의 구실을 주지 않는 전략이라는 것이 엿보였다.

"변호사와 무슨 이야기를 했어?"

"비밀이에요."

"짓궂기는. 가르쳐줘."

"헤헤. 지카다 선생님은 좋은 사람이에요. 자기는 저를 돕기 위해 왔다고 했어요. 홋카이도에서 체포되었을 때는 의욕이 없는 변호사여서 싫었지만, 역시 도쿄는 변호사도 우수해요. 자기는 나를 돕고 싶대요. 나는 그런 말을 처음 들었어요."

우노가 기쁜 듯이 말하고 오바는 온화하게 맞장구를 치고 있었다. 오치아이는 잠자코 기록할 뿐이었다.

저녁 10시가 지나 오치아이는 아파트로 귀가했다. 우노의 취조 보조관이 되고 나서는 경찰서에서 자지 않아도 되었지만, 자러 들어갈 뿐이고 바쁜 것이 바뀌지는 않았다. 다만 한 살짜리 아들의 잠든 얼굴을 보는 것만으로 마음이 편안해지고 내일에 대한 활력소가 되었다.

"일기예보에서 내일부터 쌀쌀해진대. 모직 옷을 내놓을게."

아내 하루미가 오차즈케와 단무지를 밥상에 늘어놓으며 말했다.

"아직은 괜찮아. 어차피 하루 종일 취조실에 있을 거니까."

"그래?"

"어, 신문과 텔레비전에서 연일 떠들썩하는 그 사건이야."

"으음."

하루미가 걱정스러운 얼굴을 했다.

"중요 사건으로는 첫 취조라서 긴장돼."

평소에는 집에서 일 이야기를 하지 않지만 조금은 아내도 알고 있었으면 하는 마음이었다.

"수사1과 내에서는 그런 애송이한테 하게 해도 되느냐는 목소리도 있거든. 나도 실패는 허락되지 않고."

실제는 보조관이라는 것을 밝히지 않고 말했다. 사소한 허세다.

"힘들겠네. 일본 전역이 구경꾼이 된 사건을 담당하다니. 오늘은 종교 단체가 스키야바시 교차로에서 요시오 군이 무사하기를 비는 무용 공연을 했었어."

"그게 뭔데?"

"그런 종교가 있어. 하지만 눈에 띄고 싶을 뿐이겠지. 신문사가 눈앞에 있고."

"신흥종교라." 오치아이는 그 광경이 눈에 선했다.

전후 10여 년, 일본은 신흥종교의 전성기였다. 역 앞에서, 번화가에서 늘 괴이한 승려가 독경을 하고 있다. 전쟁에서 300만 명이나 죽으면 누구든 신에게 매달리고 싶어질 것이다.

"사회당 의원이 밉살스럽더라. 매일 텔레비전 뉴스쇼에 나와 경찰 욕을 해대거든. 경시총감은 그 자리에서 사직해야 한다거나 현장의 형사를 다 교체해야 한다면서. 자기가 뭘 안다고 그러는지."

"어쩔 수 없지. 그런 세상이니까."

오치아이는 한숨을 내쉬었다. 일전에도 일본교직원조합이 아사쿠사서로 우르르 몰려와 서장은 사직하라, 하고 문 앞에서 구호를 외쳤다. 학교 교사가 그런 짓을 하는 것이다. 모두 전전(戰前) 전체주의의 반동이다.

오치아이는 오차즈케를 그러넣고 나서 옆방에서 자는 아들에게 갔다.

"깨우지 마."

"알았어."

손가락으로 볼을 찌르며 잠시 행복감에 젖었다. 그리고 요시오 군을 생각하자 순식간에 우울한 기분이 되었다. 최근에는 늘 이런 일의 되풀이다.

41

불기소처분이 정해져 아키오가 집으로 돌아왔다. 구류가 일주일로 그친 것은 역시 변호사의 힘일 것이다. 도잔회에서는 금족 처분을 받은 모양이다. 경찰의 감시를 받고 있는 조직원은 폐가 될 수밖에 없는 것이다.

아키오는 평소 우스꽝스러운 말을 지껄이며 강한 체를 하지만 이번에는 아주 침울했다. 기나 사토코가 목 졸린 시체로 발견되었다는 사실을 경찰에게 들어 알았고, 나아가 우노 간지가 중요 참고인이라는 말을 듣고 충격을 받은 것이다.

마치이 미키코는 그보다 요시오 군의 안부가 걱정되어 아키오가 돌아오자마자 "사실을 말해줘"라고 추궁했다.

"나도 몰라. 정말이야. 거짓말 안 해. 간지가 정말 유괴범인지 어떤지도 모르겠고." 아키오는 진지한 얼굴로 부정했다. "신주쿠 파친코에서 체포되었을 때도 한창 그걸 물어보고 있었거든. 유괴범 목소리와 비슷하고 경찰이 찾아다니는 것 같은데 진짜 하지 않은 거냐고 말이야."

"간지라는 애는 뭐라고 했어?"

"자기는 안 했대."

"아키오, 넌 그걸 믿어?"

"아니. 모르겠어. 짐작 가는 것도 있고."

"뭔데, 말해봐."

"간지 그 녀석, 요시와라의 전 인쇄공장에 숨어 있었을 때 도쿄의 전화는 교환수한테 번호를 말하고 연결하는 거냐고 나한테 물어본 적이 있거든. 그래서 그런 건 어느 시대의 이야기냐, 레분토에서는 교환수가 나오느냐고 물었더니 자신은 전화를 걸어본 적이 별로 없으니까 어떻게 된 건지 그냥 알고 싶었을 뿐이었대."

"흐음."

"그리고 역시 돈의 출처야. 누나한테 시치미를 뗐지만 내가 신와회의 다치키한테 협박을 받고 금화를 되사기 위해 마련한 이십 몇만인가 하는 돈은 사실 간지한테 받은 돈이야. 고리대금업자 사무실에 숨어들어 금고를 열고 가져온 거다, 실제는 폭력단이니까 경찰에 피해 신고를 하지 못할 거다, 그 녀석이 이렇게 말해서 나는 곧이들었지. 하지만 생각해보면 몸값을 받은 다음 날 내가 그 돈을 받았더라고……."

"너, 그걸 경찰에 얘기했어?"

"어어, 얘기했어. 취조하는 형사가, 신와회의 다치키와는 금화 건을 불문에 부치기로 경찰과 이야기가 됐으니까 내가 불어도 다치키는 아무 짓도 안 한다, 괜찮으니까 안심하라고 설득하니까……."

"그래서 경찰은 뭐래?"

"더더욱 간지가 범인이라고 생각한 거 아닐까? 아무튼 경찰은 필사적으로 증거를 수집하는 중이니까 나는 또 불려 갈지도 몰라. 지카다 선생님은 임의니까 전혀 응할 필요가 없다고 하지만……."

"그래, 스스로 정해."

"하지만 말이야, 만약 간지가 유괴범이라면 난 뒷맛이 개운 치 않을 거야……." 아키오가 한숨을 내쉬며 말했다. "따지고 보면, 다치키한테 내몰렸던 내가 곧 돈을 마련하지 않으면 조직 사이의 싸움이 벌어질 거라고 간지에게 말했으니까 간지는 돈을 마련하려고 한 거고……."

"아키오, 네 탓이 아니야."

"그럴까?"

"네 탓일 리가 없잖아."

미키코는 이렇게 대답했지만, 동생이 조금이라도 관여되었 다는 것은 자신에게도 괴로웠다.

"아키오, 집에 있을 거면 여관 일 좀 도와줘."

"어어, 알았어."

아키오가 얌전하게 대답했다. 도쿄 올림픽 개최까지 1년밖 에 남지 않았고 산야는 더더욱 노동자로 활기찼다. 바쁜 가운 데 어머니만은 아들이 돌아와 기분이 좋았다.

42

10월 28일 월요일, 이날은 오전 9시에 유치장에서 나와 도 쿄 지검으로 끌려갔다. 체포되고 나서 두 번째 검찰 취조다. 우노 간지는 나리모토라는 검사가 거북했다. 표정을 바꾸지 않아 화를 내는 것인지 어떤지 알 수가 없다. 두꺼운 안경도 싫었다. 오바와는 달리 딴 세상 주민 같다.

　첫 한 시간쯤은 미나미센주마치의 전 시계상 집으로 빈집털이를 하러 들어갔을 때의 일에 대해 경찰이 기록한 조서를 읽어주고 질문에 답했는데, 그 일이 끝나자 나리모토는 느닷없이 펜을 놓고 "그런데 자네는 기억장애가 있다고 하던데" 하고 물어 왔다.

　"병원에서 진찰을 받은 적은 있나?"

　"아뇨, 없습니다."

　"그럼 어떻게 진단을 받은 거지?"

　"홋카이도에서 소년교도소에 들어갈 때 무슨 담당자가 와서 듣기 테스트 같은 것을 하게 해서 여러 가지로 대답했더니, 너는 어렸을 때의 기억이 누락되어 있는 것 같으니까 기억장애일 거라고 했어요."

　"아아, 법무 공무원의 면담인가?"

　"글쎄요, 자세한 것은 몰라요."

　"그럼 성장하고 나서의 일은 기억하고 있겠군."

　"그건 나도 몰라요."

　"무슨 뜻이지?"

　"이따금 머릿속에 안개가 낀 것 같아서 꿈속인지 진짜인지 모르게 되는 일이 있어요."

"어떤 것이 꿈속이지?"

"불쾌한 일이라든가……."

"상당히 유리한 안개군."

"글쎄요, 나한테 그렇게 말해도……."

"우노, 자네가 체포된 혐의는 건조물 침입이지만, 요시오 군 유괴사건과 신주쿠 호스티스 살인사건 양쪽에서 혐의를 받고 있다는 것은 알고 있지?"

"예, 알고 있어요."

"말할 생각 없나?"

"말할 생각이고 뭐고 나는 모르는 일이니까요."

"변호사가 끝까지 모르는 체하라고 하던가?"

"예, 맞아요. 별건으로 체포당한 거니까 빈집 털이 말고는 말하지 않는 게 좋겠다고요."

"하지만 말하지 않으면 불리해질 텐데. 증거는 잔뜩 있으니까."

"아니, 그래서 나는 묵비가 더 질색이라고 말했어요. 5분이나 10분이면 모르겠지만 한두 시간이나 입을 다물고 있으면 지루해서 못 견딘다고요. 그랬더니 지카다 선생님은 난처한 얼굴로, 그럼 바보라고 주장하라던데요."

"그건 실례되는 말인데." 나리모토가 눈살을 찌푸렸다.

"하지만 나는 바보니까 어쩔 수 없어요."

"자기가 그런 말을 하면 안 되지. 자네는 영리해. 매번 지문을 말끔히 닦고 말이지."

나리모토가 이렇게 말하며 간지를 응시했다. 간지는 말없이 머리를 긁었다.

"우노, 경찰서에서는 잡담만 했다던데, 미안하지만 검찰에서는 그렇게 안 될 거야. 매일 수많은 용의자를 취조해서 기소할지 말지를 결정해야 하거든. 자네의 전속 취조관이 아니야. 알겠어?"

"예, 알아요."

실제로 지검의 대기실은 수갑을 찬 피의자로 항상 만원이었다. 검사가 혼자 감당할 수 없다는 것은 쉽게 상상할 수 있었다.

"그래서 단도직입적으로 묻겠는데, 우노, 요시오 군을 유괴했나?"

"아니요, 하지 않았어요."

"기나 사토코를 살해했나?"

"아니요, 하지 않았어요."

"좋아. 자네가 어떤 속셈인지 지금 확실해졌어. 긴 교제가 될 것 같군. 열흘간의 구류 연장은 결정적이고 그다음도 있어."

나리모토는 재체포와 구류의 시스템을 종이에 써서 설명했다. 간지는 묵묵히 고개를 끄덕였지만 이해한 것은 아니었다.

나리모토의 취조는 그 후 정오까지 이어졌다. 대부분은 기나 사토코의 살인사건에 관한 것으로, 무코지마의 연립주택을 떠나고 나서의 행동을 간지에게 말하게 하고 나리모토는 듣는 역할이 되었다. 도중에 아타미 여행을 물었지만 간지는 가지 않았다고 부정했다. 나리모토는 특별히 반응하지 않고 눈을 한 번 치켜떠봤을 뿐이었다.

취조에는 완전히 익숙해졌다. 무슨 일이든지 향상되는 것은 즐거운 일이다. 간지에게 공포심은 전혀 없었다.

오후에는 아사쿠사서로 돌아와 오바의 취조를 받았다. 오바가 취조관이 된 지 일주일이 되어 긴장이 완전히 풀렸다. 보조관인 오치아이도 아주 우호적이었다. 매일 이야기 상대가 있다는 것은 대체 언제 이후의 일인가. 어부를 했을 때는 늘 파수막에서 혼자였고, 삿포로의 공장에서 일할 때는 일터에서도, 기숙사에서도 무시당하며 혼자 있는 일이 많았다. 말을 한다는 것은 얼마나 기분 좋은 일인가. 간지는 도쿄에 오고 나서 확실히 말수가 늘었다.

"우노, 오늘은 위에서의 명령으로 사건과 관련된 것을 물어야 해. 빈집 털이 이야기는 그만하고. 협조해줘."

오바가 담배를 피우며 말했다. 간지는 평소처럼 손을 뻗어 오치아이로부터 하이라이트 한 개를 받아 스스로 불을 붙이고 피웠다.

"너는 10월 초순에 무코지마에 있는 기나 사토코의 연립주택을 나왔잖아. 그 후에는 어디로 간 거야?"

"아사쿠사나 우에노의 숙소에서 묵으며 돌아다녔는데요."

"이상하네. 그 무렵 경찰은 다이토구와 아라카와구의 숙소를 이 잡듯이 뒤졌는데 너를 찾아내지 못했거든."

"그랬어요? 하지만 거기서 묵었어요."

"그럼 여관 이름을 기억나는 것만 알려줄래?"

"그건 잊어버렸어요. 비슷한 이름이 많기도 하고."

"그럼 장소 정도는 기억하고 있겠지. 지도를 보여줄 테니까 연필로 동그라미를 그려줘."

오바가 이렇게 말하며 지도를 책상에 펼쳤다.

"아니, 나는 도쿄 사람이 아니라서 지도를 봐도 몰라요."

간지는 이렇게 변명하며 거절했다.

"그렇게 말하지 마. 네가 죄가 없다면 알리바이를 증명하기 위해 중요한 일이야."

"하지만 기억나지 않아요."

"그럼 기나 사토코는 어디로 갔지? 연립주택을 나오고 나서는 함께 있지 않았다고 전에 말했었지?"

"예, 헤어졌어요."

"기나 사토코는 요시와라에 있는 전 인쇄공장에 숨어 있었어. 몰랐어?"

"몰라요." 간지는 고개를 가로저었다.

"그 후 기나 사토코는 아타미에 갔어. 10월 11일 금요일부터 14일 월요일에 걸쳐서. 너는 그 사이 어디에 있었지?"

"기억 안 나요."

"너, 사실을 말하는 거야?"

"예, 그런데요."

"거짓말하지 마! 너는 왜 나한테까지 거짓말을 해!"

오바가 느닷없이 큰 소리를 지르며 책상을 탁 쳤다. 간지는 자기도 모르게 고개를 움츠렸다.

"적어도 전 인쇄공장은 완전히 거짓말이잖아! 연합회의 아지트야. 거기서 네 지문이 채취되었어! 문손잡이, 변소의 전기 스위치, 전화 수화기, 그것들에 네 지문이 남아 있었다고! 그리고 말이야——"오바가 일어나 몸을 내밀었다. "네 친구인 마치이 아키오도 우노 간지를 요시와라의 전 공장에 숨겨주었다고 털어놓았어. 넌 거짓말쟁이야!"

오바의 침이 튀어 간지는 얼굴을 돌렸다. 1분쯤 침묵이 이어졌다. 아니, 30초인가. 좀 더 짧았는지도 모른다. 옆을 보자 오치아이는 안색 하나 바꾸지 않고 볼펜을 들고 용지를 향하고 있었다.

"거짓말이라는 걸 인정하는 거야?" 오바가 일변하여 나지막

한 소리로 말했다.

"예, 인정해요."

간지는 겸연쩍어서 어쩔 수 없이 수긍했다.

"그럼 너는 기나 사토코의 연립주택을 나오고 나서 함께 연합회의 아지트에 숨어 있었어. 그 후에는 어떻게 했지?"

"잠시 신세를 지긴 했어요."

"잠시라니, 언제까지야? 생각해봐."

오바가 10월의 달력을 책상에 놓고 대답을 재촉했다.

"예컨대 10월 8일은 어때? 도쿄 올림픽 입장권 신청 방법이 발표된 날이야. 큰 뉴스였어. 알고 있지?"

"몰라요. 올림픽 같은 건 흥미 없어요."

"그럼 10월 9일은 어때? 도쿄 스타디움에서 다이마이와 긴테쓰의 더블헤더 경기가 있던 날이야. 너, 어디서 뭘 했어?"

오바가 얼굴을 들여다보았다. 간지는 "글쎄요" 하고 고개를 갸웃했다.

"알리바이가 없으면 너는 더 의심받아. 생각해내."

"그렇게 말해도 매일 혼자 어슬렁거리던 사람한테 생각나는 건 없어요."

"혼자가 아니었지? 기나 사토코하고 같이 있었어."

"그 여자는 나 때문에 휩쓸렸다고 화를 내서 항상 같이 있었던 건 아니에요."

"그래도 정을 통하는 사이가 됐잖아? 스트립 극장의 무희들이 말했어. 간지는 미남이라 사토코 쪽에서 접근했다고."

"미남은 아닌데요……."

"아니, 넌 미남이야. 어땠어? 사토코를 안은 느낌은?"

오바가 형사인 주제에 음담패설을 늘어놓았다.

"그거야 좋았지요."

"매일 밤 했어?"

"그런 것은……. 무엇보다 연합회 사람들도 드나들었고."

"그래도 밤중에는 둘뿐이었지?"

"예, 뭐."

"몇 번이고 안으면 정도 생기는 거 아냐?"

"그런 건 아니에요."

"그런데 기나 사토코는 11일에 아타미로 갔어. 그건 역 앞에 있는 관광안내소의 본인 서류에 지문이 남아 있었으니까 확실해. 기나 사토코는 누구랑 간 거지?"

"몰라요."

"네가 같이 간 거 아냐?"

"안 갔어요."

간지는 시치미를 뗀 얼굴로 대답했다.

"차가운 남자로군. 혼자 가게 한 거야?"

"예, 혼자 있고 싶다고 해서."

"그거 이상하군. 관광안내소에는 젊은 남자와 둘이서 나타났거든. 여관에도 둘이서 투숙했고. 그럼 사토코는 누구하고 간 거지?"

"몰라요. 다른 남자가 있었던 거 아닐까요?"

"아니, 스트립 극장의 누구한테 물어봐도 남자는 우노 간지뿐이었다고 했거든."

"아무튼 나는 몰라요."

"네가 아닌 거지?"

"예."

"거짓말하는 거 아니지?"

"아니에요."

"믿어도 되는 거지?"

"예, 믿어도 돼요."

"그래……?"

오바가 집요하게 확인했다. 오치아이는 볼펜을 멈추고 간지를 응시했다.

그 후 고함을 지를 것이라고 준비하고 있었지만 그런 일은 없었다.

"좋아, 알았어. 그럼 그동안 너는 어디서 뭘 하고 있었는지 증명해봐. 10월 11일부터 13일까지야."

간지는 생각하는 척하며 "아마 신주쿠에 있었을 거예요"라고 대답했다. 그러자 오바가 신주쿠 역 주변의 지도를 꺼냈기 때문에 입에서 나오는 대로 "이 주변의 간이 숙소에 있었어요"라고 적당히 가리켰다. 뭘 했는지에 대해서는 파친코를 하고 있었다고 대답했다. 오바는 특별히 반응하지 않고 오로지 듣기만 했다. 간지는 가부키초 광장에 있는 길거리 텔레비전에서 국제스포츠대회의 개회식을 봤다고 그럴 듯한 거짓말까지 했다.

"그런데 우노, 기나 사토코의 사체 말인데, 내일 화장한다고 하더라. 사체로 발견된 지 벌써 일주일이 지났고, 언제까지 놔둘 수도 없으니까."

오바가 불쑥 한마디 했다. 간지는 대답하지 않았다.

"류큐 경찰에 문의해서 오키나와에서의 신원을 알아내서 알려주었지만, 가족은 혼슈까지 올 여유가 없다며 죄송하지만 여기서 화장을 해달라는 답장이 왔어. 어쩔 수 없이 신주쿠서가 화장해서 재만 항공편으로 보내줄 모양이야. 아직 스물여덟 살인데 정말 가엾지. 살아 있었으면 앞으로 좋은 일도 많이 있을 텐데. 아이가 있다고 해. 본가에 맡겨둔 모양이야."

간지는 눈을 감고 코로 천천히 숨을 쉬었다. 코 호흡으로 리듬을 잡으면 자연스럽게 의식이 조금씩 흐릿해진다.

"뭣하면 입회하게 해줄까? 합장 정도는 해줘야지. 짧은 시간이었지만 사토코와는 남녀 사이 아니었어? 배웅해줘."

오바의 목소리가 스러져갔다.

43

10월 30일 밤, 수사 회의가 끝나자 다나카 과장대리가 오치아이를 불렀다.

"앞으로 지검 형사부와 회의다. 오치아이, 자네도 오게."

"저는 운전사입니까?"

오치아이가 그렇게 되물은 것은 일반 수사관들이 지검과의 회의에 출석하는 것은 통상적으로 없는 일이기 때문이다.

"아니, 자네도 나오라는 거네. 오바 주임은 취조 중의 지휘를 싫어하니까 자네가 사이에 들어가는 게 좋겠다는 다마리 1과장의 지시야."

"알겠습니다."

오치아이는 살짝 몸서리를 쳤다. 취조의 진척에 대해 지검에 시달리지 않을까 하는 생각이 뇌리를 스쳤다. 현시점에서 얻은 진술 조서는 빈집 털이에 대한 것뿐이고, 우노와의 대화는 본론과는 관계없는 잡담뿐이다.

자동차를 달려 가스미가세키에 이르자, 히비야 공원에 면한 새로 지은 합동청사는 저녁 9시인데도 어느 창에나 불이 켜져 있어 어둠 속에 우뚝 솟은 불야성의 위용을 자랑하고 있었다. 오치아이가 보고 들은 것만으로도 검사는 엄청나게 바쁘다. 검사는 국가에 몸을 바친 자다.

　사무관이 회의실로 안내했다. 이미 회의가 시작되었고 수사 간부가 모두 와 있었다. 경찰에서는 이지마 형사부장, 다마리 1과장, 사카모토 신주쿠서 서장, 지검에서는 하야카와 형사부장, 나리모토 담당 검사다. 아무리 생각해도 자신은 이 자리에 어울리지 않아 오치아이는 긴장한 탓인지 자기도 모르게 침을 삼켰다. 다마리와 나리모토 이외에는 이야기를 나눠본 적도 없다.

　"수사1과의 오치아이입니다. 우노 간지를 처음으로 알아낸 것이 이 사람이고, 취조 보조관을 담당하고 있습니다."

　다나카의 소개를 받은 오치아이는 허리를 펴고 가볍게 인사를 했다.

　"아아, 자네가 오치아이 형사인가. 갑작스럽겠지만 취조 상황 좀 알려주게."

　하야카와가 1분 1초가 아깝다는 듯한 느낌으로 오치아이가 자리에 앉는 것도 기다리지 않고 물었다.

　"예. 우노는 말을 많이 하는 남자로, 태도에서도 반항적인 데는 보이지 않습니다. 다만 이야기가 사건의 핵심에 이르면 갑자기 반응이 둔해지고, 때로는 의식이 몽롱해지는 점이 보입니다."

"의식이 몽롱해지다니?"

"뭘 물어도 건성으로 대답할 뿐입니다. 마음이 여기에 있지 않은 느낌이라고 할까요. 그러면 대화가 이루어지지 않게 됩니다."

"그게 길게 이어지나?"

"대체로 30분 정도입니다."

"정신질환이라고 생각하나?"

"모르겠습니다. 왓카나이의 보호사에 따르면 무슨 뇌 기능 장애라고 하기는 했습니다."

"실은 오늘 지카다 변호사가 지검으로 찾아와서 우노 간지를 기소하기 전에 정신감정을 했으면 좋겠다고 요구했네. 지카다 변호사는 지방 법원에도 손을 써보겠다며 서슬이 대단했지. 그것에 대한 자네의 의견을 들려주겠나?"

"확실히 우노에게는 이중인격이나 이인증을 의심할 만한 부분도 보입니다. 다만 기소에 지장이 있을 만한 것은 아니라고 생각합니다. 3개월 전까지 어부 일도 했고, 우노한테는 일반적인 판단 능력이 있습니다."

"역시 그렇군. 차라리 기소 전에 감정을 받게 하는 방법도 있겠지. 이상이 보이지 않는다는 결과가 나오면 변호사 측이 가진 패를 한 장 뺏는 일이 될 테고……."

하야카와가 혼잣말처럼 이렇게 말했다.

"거기에는 반대입니다." 이지마가 즉각 반론을 했다. "그쪽의 노림수는 시간 벌기입니다. 감정에 몇 주 걸린다는 걸 내다보고 괴롭히는 것에 지나지 않는 거지요."

"그럴지도 모르겠지만, 그쪽이 공판 때 가지고 나오는 것보다는 낫지 않을까요?"

"아니요, 거절해주세요. 우노는 정상이고 시간만 아까우니까요."

"알겠습니다. 그렇다면 그 건은 거부하지요. 지방 법원도 쉽게는 받아들이지 않을 겁니다. 그럼 기소에 관해서입니다만, 지검으로서는 호스티스 살해의 증거를 확실히 확보하고 그걸로 먼저 기소하는 방침을 제안하고 싶습니다만……."

"그건 어떨까 싶습니다. 호스티스 살해를 쫓아가면 동기야 어떻든 텔레비전에서 공개된 몸값을 요구하는 전화 음성을 들은 기나 사토코가 우노의 범죄를 의심하여 추궁한 결과 살해당했다는 줄거리가 되겠지요. 단독으로 다루기에는 무리가 있습니다."

"물론 알고 있습니다. 그래서 호스티스 살해로 몰아가 동기를 추궁하여 요시오 군 유괴사건에 대해서도 자백하게 하는 겁니다."

"일이 그렇게만 진행된다면 좋겠지만……. 우노가 자백을 거부했을 경우 호스티스 살해도 앞뒤가 맞지 않게 됩니다."

"남녀 이야기입니다. 치정 갈등으로도 갈 수 있겠지요."

"아무리 그래도 그건……."

이지마가 노골적으로 얼굴을 찌푸렸다.

"그럼 그쪽 방침을 말씀해주시겠습니까?"

"경찰로서는 어디까지나 유괴사건에 주안점을 두고, 한시바삐 요시오 군의 구출에 힘쓰고 싶습니다."

"그거야 우리도 그렇습니다만……."

하야카와가 말을 머뭇거렸다. 그 얼굴에는 그거야 표면상의 방침이겠지, 라고 쓰여 있었다.

"이제 유괴사건은 국민의 관심사가 되어버렸습니다. 느긋한 말을 할 수가 없습니다. 오늘도 경시총감님의 호출을 받고 어떻게 되었느냐는 문책을 받았습니다. 경시총감님도 마음 아파하고 계시다는 겁니다."

"하지만 우노의 자백을 얻어내지 못한 현시점에서는 순서가 반대일지도 모르지만 호스티스 살해에 대한 체포와 기소가 더 현실적이겠지요. 경찰에 대한 신문기자의 압력이 심하다는 것은 알고 있지만, 그것에 사로잡히면 판단을 그르치게 됩니다."

"신문기자 같은 건 아무래도 좋습니다. 국민의 신용 문제겠지요."

경시청과 지검, 양쪽 형사부장끼리의 응수가 이어졌다. 둘다 간부로서의 입장이 있는 만큼 쉽게 타협할 것 같지 않고, 주위는 그저 듣고 있을 뿐이었다.

"나리모토 검사, 자네의 의견을 말해보게." 하야카와가 담당 검사의 의중을 물었다.

"예. 사체가 발견된 이상 우노가 자백하지 않아도 호스티스 살해에 대한 체포와 기소는 그다지 어렵지 않습니다. 어려운 점을 말하자면 물증이 다소 부족하다는 것인데……."

"이 바보 같은 놈! 이 정도의 사건을 자백하게 하지 못하면서 무슨 검사야! 이번 열흘의 구류 기간에는 반드시 자백하게 해!"

하야카와가 느닷없이 언성을 높였다. 그 기세에 오치아이까지 목을 움츠렸다.

"시간이 부족하다든가 하는 변명은 하지 마. 시간이 없다면 자네가 수사본부로 가서 우노 간지를 취조해. 용의자를 이송하는 것보다 절차와 경호가 생략되어 시간이 절약될 테니까. 알았어!"

"예, 알겠습니다."

나리모토는 굳은 표정으로 신병처럼 명령을 받들었다.

"……아, 이거, 실례했습니다. 나리모토와는 동향이라, 꼭 심한 말을 하게 됩니다. 나리모토는 우수한 검사입니다. 그 점은 이해해주시기 바랍니다."

하야카와가 주위에 가볍게 고개를 숙이고는 눈을 치켜뜨며 사죄의 말을 했다. 앞의 말은 우노의 자백을 끌어내지 못한 경찰에게 한 것이나 다름없었다. 경찰 측 전원의 얼굴이 굳어졌다. 검사는 배우다.

"그런 일이라면 우리가 하게 해주지 않겠습니까? 호스티스 살해에 관해서는 수사도 잘 진행되고 있습니다."

여기서 끼어든 것은 사카모토 신주쿠서 서장이었다.

"아니, 사카모토 서장님, 취조는 당분간 일원화하고 싶습니다."

다마리가 서둘러 막고 나섰다.

"하지만 나리모토 검사가 말한 것처럼 자백시키기 쉬운 것은 호스티스 살해입니다. 우리가 먼저 자백하게 하고 그 후에 요시오 군 유괴사건도 불게 하지요. 그게 지름길입니다."

사카모토가 도전하는 듯한 눈으로 말했다. 경찰에서는 통상 사건이 발생한 지역을 따지기 때문에, 호스티스 살인사건은 신주쿠서의 사건인 것이다.

"사카모토 서장님, 지금은 좀 참아주십시오. 다마리 1과장님 말씀대로 지금 취조관을 바꾸는 것은 득책이 아닐 겁니다. 우노도 혼란스러울 겁니다."

이지마가 다마리에게 동조하며 달랬다.

"양쪽에서 공격하면 되는 거 아닙니까? 어차피 스무 살의 애송이입니다. 교도소와 사회를 왔다 갔다 하는 능글맞은 놈이 아닙니다."

"아니요, 그건 어떨까요?" 지금까지 잠자코 있던 다나카가 발언했다. "실은 아사쿠사서의 형사가 첫 48시간 동안 상당히 강하게 추궁했지만 우노는 겁을 먹지도 않고 그저 곤충처럼 몸을 둥그렇게 말고 견뎠다고 합니다. 바보인 만큼 위협이 효과가 없는 것 같습니다."

"어떻게 하느냐의 차이겠지요. 우리는 잘할 수 있습니다."

"그럴지도 모르겠습니다만……."

잠시 침묵이 흘렀다. 하야카와와 나리모토는 그런 일로 옥신각신하지 말아달라는 냉담한 눈으로 바라보고 있었다.

"사카모토 서장, 호스티스 살해로 체포하여 기소하게 되면 곧바로 신주쿠서를 포함한 합동수사본부가 꾸려질 것이니, 지금은 참아주세요."

이지마가 다시 설득하자 사카모토는 수긍하지도 않고 팔짱을 낀 채 입을 꾹 다물고 있었다.

"죄송합니다. 이야기를 되돌리겠습니다만……." 나리모토가 가볍게 손을 들며 말했다. "호스티스 살해 혐의를 굳히기 위해서도 지금은 물증을 하나 더 찾아냈으면 합니다. 예컨대 우노는 기나 사토코와의 아타미 여행을 부인하고 있지만, 3박이나 했는데 지문 하나 나오지 않는다는 것은 너무 부자연스럽습니다. 방에 틀어박혀 있었던 것도 아닐 거고 반드시 흔적을 남겼을 겁니다. 목격 증언이든 뭐든 좋으니까 꼭 있었으면 합니다."

"그렇다면 그건 우리 일이겠군요. 내일이라도 아타미로 수사관을 보내 철저하게 수사하도록 하겠습니다. 두 사람은 관광 목적으로 갔습니다. 행적을 따라가면 뭔가 나올 겁니다."

사카모토가 말했다.

"그렇겠군요. 그건 신주쿠서에 부탁하지요." 다마리가 말했다.

"1과장님, 뭔가 나오면 그때는 닷새, 아니 사흘이라도 좋으니까 우노를 우리가 취조할 수 있게 해주세요."

"사카모토 씨, 정말 집요하네요."

"집요하다는 건 뭡니까? 그렇게 하지 않으면 수사관의 사기가 올라가지 않습니다. 1과장님이라면 그 정도는 알지 않습니까."

사카모토가 노기를 띠며 강변했다. 사카모토는 경찰서의 수사관들 앞에 빈손으로 돌아갈 수 없다. 신주쿠서 같은 대규모 경찰서의 장이라면 수사1과장에게도 지지 않는 일국의 주인이다.

"알았습니다. 내가 인정하지요. 다만 취조는 어디까지나 합동수사본부에서 합니다."

결국 이지마가 끈기에 지는 형태가 되었다.

"여러분, 그럼 이야기를 여기서 정리하겠습니다."

하야카와가 회의를 재촉하는 듯이 손목시계를 보며 말했다.

"빈집 털이 혐의로의 구류는 앞으로 열흘을 연장할 수 있기 때문에 그사이에 호스티스 살해를 자백시키고 체포하여 기소하겠습니다. 동기를 해명하는 과정에서 유괴사건으로 이어지는 것이 나오지 않을 경우 다시 용의자를 조사합니다. 중대 사건인 만큼 예단은 금물이라는 겁니다."

오치아이는 지금에 와서 우노의 범행을 의심하는가 하는 말이 목까지 올라왔지만, 물론 말할 수 있는 게 아니라서 삼키고 말았다. 이것이 검찰의 습성일 것이다. 수사 기록만 자세히 조사하면 단독범행이라는 설은 지지하기 힘들다.

"다시 말씀드리겠지만 요시오 군 유괴사건은 범인의 자백 없이 체포하고 기소하는 일은 있을 수 없습니다. 범인이 아이의 소재를 밝혔을 때야말로 비밀의 폭로이고, 그것으로 모든 것이 해결됩니다. 우노 간지를 불게 하느냐 마느냐가 열쇠입니다."

하야카와가 의사를 확인하듯이 참석자를 둘러본다. 각자 고개를 끄덕였다.

"좋습니다. 어떻게든 불게 합시다. 수사 기록에 따르면 요시오 군은 다음 달 14일이 일곱 살 생일입니다. 그날 부모가 어떤 기분으로 맞이할지 그것을 생각하면 저는 가슴이 찢어질 것 같습니다. 하물며 해를 넘기는 일이 있어서는 안 됩니다. 요시오 군을 부모에게 돌려줍시다. 그것이 우리의 일입니다."

이지마가 두 손을 책상에 놓으며 말하자 다시 한번 모두가 고개를 끄덕인다. 오치아이는 책임의 중대함에 소름이 돋았다. 차고 남을 정도의 혐의를 가진 우노를 자백으로 이끌지 못한다면 경찰은 국민의 신뢰를 잃는다.

회의를 끝내고 복도로 나가자 나리모토가 불러 세웠다.

"오치아이 형사님, 물어볼 게 좀 있는데요."

둘이서 나란히 걸으며 이야기를 했다.

"우노를 취조하는 중에 뇌 기능 장애의 원인이 된 것으로 보이는, 계부에 의한 자해 공갈 사건에 대해 우노 본인에게 물어봤습니까?"

"아뇨, 지금까지는 언급하지 않았습니다."

"왜죠? 유괴사건과 관계가 없어서요?"

"그게 아니라 우노는 떠올리고 싶지 않은 것을 물으면 의식이 몽롱해집니다. 자해 공갈 사건은 우노의 어린 시절 중에서 최악의 사건이기 때문에 그 이야기를 하면 정신이 불안정해지는 게 아닐까 걱정되어서……."

"오바 취조관이 그렇게 말했습니까?"

"아뇨, 말하지는 않았지만 계속 보고 있는 보조관으로서의 인상입니다."

"알겠습니다. 내일 오후 우노를 지검으로 보내주십시오. 제가 물어보겠습니다."

"예⋯⋯."

오치아이는 거스를 수가 없어서 승낙했다. 우노의 기억이 되살아날지 아니면 이인증 증상이 심해질지 오치아이는 짐작도 되지 않았다.

1층으로 내려가자 로비에서 기자들이 기다리고 있다가 이지마와 다마리를 에워쌌다. "드디어 본건으로 체포하는 겁니까?" 하며 몰려들었다. 그 모습을 힐끗 보며 오치아이와 다나카는 차에 올라타 청사를 뒤로했다.

"이지마 부장은 내부에서 상당한 압력을 받고 있는 모양이야."

조수석에서 다나카가 툭 한마디 했다.

"그렇습니까?"

"어, 경시총감님은 임기 연장이 정해졌고 내년 올림픽 경비도 맡고 있지. 그런 총감님의 경력에 흠을 내는 일이 있어서는 안 되거든. 만일의 경우에는 이지마 형사부장님이 모든 책임을 지게 된 모양이야."

"상급직의 세계는 알 수가 없네요."

"상관을 보호한다, 이것이 국가공무원 상급직의 철칙이야. 오치아이, 자네도 보고 배우게."

마지막은 농담 섞은 말로, 다나카는 가볍게 코웃음을 쳤다.

"지검은 장기전도 마다하지 않는 자세 같은데, 우리는 그렇게 느긋한 말을 할 수 없지. 지검 앞이니까 잠자코 있었지만 경시청의 체면이 걸려 있거든. 조기 해결이 지상명령이야."

"그렇겠지요. 열심히 하겠습니다."

"오치아이, 오늘은 돌아가게. 내일부터 심기일전해야지."

"과장대리님은 어떻게 하실 겁니까?"

"나는 서에서 수사 자료를 정리할 게 있네."

"그럼 돕겠습니다."

"바보 같기는. 아이의 잠든 얼굴이라도 보고 오게."

다나카는 난폭하게 말하고 대시보드에 발을 올리고 팔짱을 낀 채 눈을 감았다. 도쿄의 도로는 어디나 공사 중이라 전기드릴 소리가 울리고 있었다. 여기저기에서 점멸하는 적색등이 도시의 고동 같았다.

아사쿠사서로 다나카를 태워 온 오치아이는 막차 직전의 노면전차를 타고 귀갓길에 올랐다. 좌석에 앉자 차장이 다가왔으므로 오치아이는 경찰수첩을 눈에 띄지 않게 제시했다.

"수고하십니다."

차장이 작은 소리로 말하고 다시 멀어져간다. 승객은 드물고 바로 앞좌석에는 술에 취한 샐러리맨이 기분 좋은 듯 꾸벅

꾸벅 줄고 있었다. 마지막으로 술을 마신 게 언제였을까. 오치아이는 머릿속으로 날짜를 헤아렸다. 그러고 보니 레분토로 출장을 갔을 때 돌아오는 밤 기차에서 마신 것이 마지막이었다는 것을 알고 형사라는 직업이 원망스러워졌다. 사건이 해결되었을 때는 뒤집어쓸 만큼 마시고 싶다. 두 수사본부를 왔다 갔다 하며 얼굴과 이름을 상당히 팔았다. 선배 형사들과 술을 마시며 무용담을 듣고 싶다. 하기야 형사들의 비밀주의와 센 고집을 통감한 것도 이번 경험에서지만.

그런 것을 곰곰이 생각하고 있었더니 다음 정류장에서 샐러리맨 취객이 눈을 뜨더니 황급히 일어났다.

"내립니다, 내려요. 잠깐만요."

앞쪽의 승강구로 달려간다. 그때 종잇조각이 팔랑 공중에서 춤을 췄다. 남자가 표를 떨어뜨린 것이다. 오치아이는 반사적으로 엉거주춤 일어나 그것을 주웠다.

"여보세요, 떨어뜨렸습니다."

말을 걸어 표를 건네자 남자는 불쾌한 얼굴로 "고맙습니다"라고 말하며 받았다. 그때 남자의 호주머니 안에서 축축해져 있던 표가 오치아이의 엄지에 들러붙어 흐물흐물 벗겨지는 감촉이 손가락 끝에 남았다. 남자가 회수함에 표를 넣고 내렸다. 오치아이는 자신의 엄지 안쪽을 바라보며 하늘의 계시처럼 생각해냈다. 표—

"죄송합니다. 좀 물어볼 게 있습니다." 차장을 손짓으로 불러 작은 소리로 이야기를 했다.

"회수한 표는 어디로 갑니까?"

"예? 승차권 말입니까?" 차장은 의아한 듯한 얼굴로 되물었다.

"그래요. 승차권은 어디에 모이는가 싶어서……. 저는 형사입니다. 수사에 참고가 될까 싶어서 물어보는 겁니다."

"차장구(車掌區, 차장이 소속한 조직)의 회수함에 일단 모이고 나서 관리국의 심사과라는 부서로 보내지고, 거기서 매상금과 맞는지 계산하는 순서입니다만……."

"곧바로 버리지는 않는 거네요."

"그렇습니다. 달마다 집계하니까 적어도 월말까지는 보관합니다."

"국철도 같습니까?"

"아마 같을 겁니다. 무엇보다 노면전차는 국철을 따라 하니까요."

"아, 그렇군요. 감사합니다."

오늘은 며칠이었지. 손목시계의 날짜를 본다. 10월 30일. 이번 달은 바로 내일까지다. 오치아이는 다음 정류장에서 내려 서둘러 택시를 잡았다. 귀가는 그만두었다. "아사쿠사 경찰서"라고 행선지를 알렸다. 운전사는 밤중의 근거리라 혀를 차려고 했지만 오치아이가 형사라고 예상했는지 잠자코 출발했다.

승차권이 있었다. 교통기관을 이용한 사람이라면 누구든지 지문을 남기는 승차권이. 우노도 설마 장갑을 끼고 개찰구를 통과한 것은 아닐 것이다. 아타미에 갔다면 역에서 자신의 지문이 묻은 승차권을 건넸을 것이다. 게다가 승차권에는 날짜가 찍혀 있다. 특급권이라면 승차한 열차까지 특정할 수 있다. 지금까지 왜 그런 생각을 못 했을까.

좌석에서 거친 숨을 내쉬었더니 무슨 일인가 하고 운전사가 돌아보았다.

"아무것도 아닙니다. 서둘러 가주세요."

"예."

운전사는 무뚝뚝하게 대답하고 액셀을 밟았다. 이것으로 우노의 진술을 일단 뒤집을 수 있다고 생각하니 오치아이는 몸이 뜨거워졌다.

다음 날 아침 수사 회의는 오치아이의 보고로 시작되었다. 전원이 기립하여 인사를 한 후 다나카가 말을 꺼냈다.

"여러분, 잘들 잤나? 오늘 아침에는 오치아이가 유력한 단서가 될 만한 정보를 가져와서 그것을 보고하겠다. 오치아이, 시작하게."

지명을 받은 오치아이가 일어났다.

"안녕하십니까? 갑작스러울지 모르겠지만 바로 보고하겠습니다. 어젯밤 노면전차를 타고 있을 때 저는 어떤 사실 하나를 깨달았습니다. 그것은 범인이 교통기관을 이용하면 반드시 남기는 증거가 있다는 것입니다. 그것은 승차권에 묻은 지문입니다. 겨울철이라 장갑이라도 끼지 않는 한 누구든 지문을 남깁니다. 그래서 본론입니다만…….."

오치아이가 수첩을 펼치고 메모로 시선을 떨어뜨린다.

"우노 간지는 10월 11일부터 14일까지 기나 사토코와 아타미로 여행을 갔던 사실을 부인했습니다. 하지만 만약 갔다면 개찰구에서 회수한 승차권 중에 우노의 지문이 묻은 승차권이 있을 것입니다. 그것만 발견된다면 아타미 여행에 관한 우노의 진술은 무너지게 됩니다."

몇 명의 수사관들은 고개를 끄덕였지만, 대부분은 얼른 이해가 안 되는지 의심스러운 표정이었다.

"물론 승차권 수는 방대하고 한 장 한 장 감식하는 것은 아찔할 수밖에 없는 작업입니다. 하지만 다행히 기나 사토코가 탔던 열차는 10월 11일 '제2이데유'라고 거의 특정되었습니다. 해당 열차는 13량 편성으로 그중 일등칸은 4량입니다. 두 사람은 돈을 받아 들떠 있었고 고급 여관에 투숙한 정도였기 때문에 이등이 아니라 일등을 이용했겠지요. 그렇게 되면 만석이라 해도 약 220매의 승차권이 회수되게 됩니다. 11일은 금요일이라 승차율은 60퍼센트 정도이겠지요. 그렇다면 130매 정도입니다. 우선 하루치 중에서 그 승차권을 분류하여 감식이 총출동하면 이틀도 걸리지 않습니다."

"오치아이, 그건 알겠는데 승차권은 어디에 있는 건가? 벌써 20일이나 지난 표야."

미야시타가 미간을 좁히며 물었다.

"국철 시즈오카 철도관리국에 있습니다. 어젯밤 국철 본사에 찾아가 야근하던 관리자를 붙들고 물어서 알아냈습니다. 그에 따르면 발권한 승차권은 회수한 역 차장구의 회수함에 모이고 그 후 관리국의 심사과라는 부서에서 수작업으로 집계에 들어간다고 합니다. 각 구에서 관리국으로 모이는 것은 월말인데 바로 오늘입니다. 따라서 오늘 이른 아침 다마리 1과장이 시즈오카 관리국에 전화를 해서 10월 11일에 회수한 승차권을 집계한 후 다른 날 승차권과 섞이게 하지 않았으면 좋겠다고 요청했습니다. 당초에는 이야기가 통하지 않아 그쪽 책임자가 거절했습니다. 하지만 이지마 형사부장님이 시즈오카현경 본부장과 교섭을 하고 관할서의 부서장을 파견하여 머리를 숙이고서야 간신히 막을 수 있게 되었습니다. 그래서 지금 시즈오카 철도관리국에 보관되어 있습니다."

"다들 들었지? 이미 시즈오카에 사람을 파견하여 회수하게 했다. 돌아오는 대로 1과와 신주쿠서의 감식반이 지문 채취 작업을 할 것이다. 잘만 하면 오늘 밤에는 판명날 것이다. 지문은 반드시 나올 거다. 나는 그렇게 믿는다."

다나카가 힘주어 말하자 그제야 간신히 다른 수사관들의 표정이 풀어졌다.

"아하, 승차권이란 말이지. 생각 좀 했군그래." 미야시타가 하얀 이를 드러냈다. 뒷자리에 앉은 니이는 발을 뻗어 오치아이를 두 번 찼다. 그 나름의 '잘했어'라는 표현일 것이다.

오바는 특별히 기뻐하지도 않고 묵묵히 고개를 끄덕이고 있었다. 지문이 채취되었다고 해서 우노가 불지 어떨지는 모르는 일이다. 오치아이도 그것은 알고 있었다.

"우노의 지문이 나오면 오치아이한테 초밥을 시켜주지."

다나카가 기분 좋은 것은 발안자가 오치아이여서, 수사본부 사이의 줄다리기에 유리하게 작용하기 때문이다. 이것으로 사카모토 신주쿠서 서장도 강하게 나오지 못할 것이다.

오치아이는 결과가 몹시 기다려졌다.

44

그날 아침도 마치이 미키코는 자전거를 타고 두부를 사러 아사쿠사의 스즈키 상점으로 갔다. 조금이라도 도움이 되고 싶어 지난 며칠간 매일 아침 두부 다섯 모를 주문하고 가지러 갔던 것이다. 여관 식당에서 두부는 빼놓을 수 없는 식재료다.

요시오 군 유괴사건 보도는 한층 시끄러워져 이제 보도 전쟁이라고 해야 할 상황이었다. 텔레비전은 소재가 없어지면 예능인이나 작가를 출연시켜 이렇지도 않고 저렇지도 않다고 논하고 있다. 신문은 경찰 비판을 되풀이하고, 수사 방침에 의문을 제기하고 있었다. 미키코가 아는 한 하나의 사건이 이렇게까지 사회의 관심을 끄는 것은 처음 있는 일이다. 어제 같은 경우는 나고야의 카바레왕이라고 일컬어지는 실업가가 기자 회견을 열어, 요시오 군을 발견한 사람에게 상금 100만 엔을 주겠다며 대대적으로 공표했다. 명백히 이름을 팔기 위한 행위로, 미키코는 그것을 보며 불쾌해졌다. 일본인은 언제부터 이렇게 상스러워진 것일까.

스즈키 상점 앞에는 이른 아침부터 기자들이 많이 모여 있었다. 담배꽁초가 길가에 흩어져 있었다.

덧문은 내내 닫힌 채여서 미키코는 부엌문으로 돌아가 외짝 여닫이문을 두드렸다.

"안녕하세요. 미키코입니다."

불투명 유리창에 커다란 사람 그림자가 비치고 문이 열렸다. 서 있던 사람은 여느 때처럼 이와무라라는 젊은 형사였다.

"지금 만들고 있습니다. 들어와서 기다리세요."

마치 친척이나 종업원처럼 이 자리에 익숙해져 있다. 마루 방인 부엌으로 들어가자 밥상에는 먹다 만 밥과 된장국이 있었다.

"식사하시는 중이었어요? 죄송해요. 어서 드세요."

미키코가 미안해하자 이와무라는 "그럼 사양하지 않고 먹겠습니다"라고 말하며 입을 크게 벌리고 밥을 급히 먹었다.

"어젯밤에도 여기서 주무신 거예요?" 미키코가 물었다.

"예. 폐가 될지 모르겠지만 어떤 전화가 걸려 올지 모르고 또 경호도 필요하니까요." 이와무라가 입을 움직이며 말했다.

"사모님은 여전하신가요?"

"아뇨, 이전보다는 일어나 있을 수 있게 되었습니다. 이 아침밥도 만들어주셨고……. 다만 사람들과는 만나고 싶지 않은 모양인지 2층에만 계십니다."

"그런가요?"

미키코는 진심으로 동정했다. 누가 말을 거는 것도 괴로운 것이다.

"장난 전화는 여전해요?"

"아뇨, 한 사람 체포한 뒤로는 상당히 줄었습니다. 지금은 격려 전화가 대부분입니다."

"그것도 폐가 되겠네요."

"정말 그렇습니다. 그래도 그중에는 정보 제공도 있어서 무시할 수가 없습니다."

이와무라는 밥을 다 먹고 차를 단숨에 마시고는 이야기를 이어갔다.

"저번에는 군마에 사는 기품 있는 여성이 정중한 말씨로 전화를 해 왔습니다. '갑작스럽게 죄송합니다만, 경찰에 전화해서 틀린 거라면 야단맞을 것 같아서 번호를 알아보고 댁에 직접 전화를 드렸습니다. 실은 어제 여섯 살쯤 되는 남자아이를 데리고 있는 젊은 남자를 구사쓰 온천에서 봤습니다. 평일이고 너무 부자연스럽게 보여서 혹시나 해서 연락을 드리는 겁니다.' 그것뿐이었지만 아버님의 입장에서 보면 아들일지도 모른다, 아들이 살아 있다, 하는 희망이 생겨나지요. 그래서 지금은 그런 정보에 매달려 하루하루를 그럭저럭 살고 있는 느낌이어서 일률적으로 폐라고 단정할 수가 없습니다. 수사본부도 이런 유의 정보가 들어오면 형사들이 술렁거리며 좋아, 누군가를 파견해, 라고 하고요. 지금까지는 모두 허사였지만 아무런 정보도 없는 것보다는 나은 거고……."

"요시오 군, 어딘가에서 건강하게 있으면 좋겠네요."

"정말 그렇습니다. 저희는 무사함을 믿고 수색하고 있습니다."

이와무라가 자신에게 타이르듯이 말했다. 미키코는 피가 통하는 형사를 만난 느낌이 들었다. 다들 불안한 것이다.

"그런데 아키오는 어떻게 될 것 같나요? 연일 신주쿠서에 불려 가는데요."

미키코가 물었다.

"일단 우노 간지와 함께 있다가 체포당한 거니까 경찰이 보기에 여전히 중요 참고인이지요. 하지만 기소되지는 않을 겁니다. 사문서 위조뿐이니까 서류송청되어 검사한테 설교를 듣는 것으로 끝나겠지요."

"지카다 변호사는, 경찰과 검찰은 아키오를 유괴사건의 공범으로 만들어낼 생각이라고 하던데요."

"그건 모르겠네요. 다만 아이가 발견되지 않은 이상 어떤 그림을 그리고 있다고 해도 체포해서 기소하는 것은 어렵고 단순한 협박일 거라고 생각합니다. ⋯⋯아차, 지금 이 이야기는 비밀로 해주십시오."

이와무라가 당황하여 자신의 입을 손으로 막았다.

"신주쿠서는 무서운 형사들뿐이어서 살해당할 것 같다고 불평하던데요."

"그런가요? 신주쿠서는 신경이 곤두서 있으니까⋯⋯. 우노의 신병은 아사쿠사서에 있어서 신주쿠서는 호스티스 살해에 대한 취조를 할 수가 없습니다. 그래서 당분간 주변에서부터 처리해가는 형태로 수사를 진행할 수밖에 없고, 마치이 아키오에 대한 취조는 그 일환입니다. 협력해주세요."

"괜찮아요, 강하게 추궁해도. 이번 일에 질려서 야쿠자에서 손을 씻어준다면 그보다 나은 일은 없을 테니까요."

이런 대화를 나누고 있을 때 쿵쾅쿵쾅 소리를 내며 복도를 걸어온 주인이 나타났다.

"마치이 씨, 오래 기다리셨습니다. 두부 다섯 모지요? 냄비 주세요."

밝은 목소리로 손을 내민다. 미키코가 냄비를 건네자 주인은 발길을 돌려 가게로 돌아갔고, 물을 채운 냄비에 두부를 넣어 돌아왔다.

"예, 두부 다섯 모에 150만 엔입니다."

미키코는 어떻게 대답해야 좋을지 몰라서 어색하게 웃을 수밖에 없었다.

무리해서 밝게 행동하는 주인의 모습이 정말 애처로워서 무력한 자신이 죄송한 기분이 들었다.

45

10월 31일 오후, 간지는 지검에서 나리모토 검사의 세 번째 취조를 받았다. 평소에는 어딘가의 동네 의사 같은 풍정의 나리모토가 이날은 넥타이를 느슨하게 매고 볼에는 수염이 더부

룩했다. 자세히 보니 눈도 충혈되어 있었다. 온몸에서 뭔가 불온한 기운을 발하고 있어 직감적으로 오늘은 맞겠구나 하고 간지는 생각했다.

"이봐, 우노. 홋카이도에서 소년 심판 기록을 받아 읽었는데 자네는 상당히 심한 어린 시절을 보낸 모양이더군. 그 점에 대해서는 나도 얼마간 동정하고 있네. 그중에 마음에 걸리는 것이 있어서 어젯밤 보조관인 오치아이 형사를 불러 이야기를 들었지. 그래서 오전 중에는 왓카나이의 보호사인 마쓰무라 씨한테 전화를 해서 직접 이야기를 나눴네. 마쓰무라 기하치 씨야. 기억하고 있지?"

"예. 기억하고 있어요."

간지는 경계하며 대답했다. 마쓰무라 보호사는 좋은 사람이라 좋아하지만, 지금은 홋카이도 시절의 일은 몽땅 잊고 싶은 심정이다.

"마쓰무라 씨는 자네의 성장과정을 무척 동정해서 내내 마음에 걸렸다고 하더군. 그 아이는 결코 악인이 아니다, 다만 선악의 판단이 되지 않을 때가 있다, 뭔가 큰일을 저지르는 것이 아닐까 두려웠다고도 했지. 이건 마쓰무라 씨가 자네한테 전한 말이네. 간지, 했다면 솔직하게 이야기했으면 좋겠다, 그리고 요시오 군을 부모한테 돌려보냈으면 좋겠다……. 어떤가?"

"나는 하지 않았어요."

"마쓰무라 씨한테 은혜는 느끼고 있나?"

"그건 느끼고 있어요. 일자리를 알아봐준 사람도 마쓰무라 씨였고요."

"그렇다면 마쓰무라 씨한테는 거짓말을 하지 않겠군. 저쪽이 홋카이도네."

나리모토가 북쪽 방향을 턱으로 가리켰다.

"마쓰무라 씨가 눈앞에 있다 생각하고 저는 솔직하게 말하겠습니다, 라고 말하게."

간지가 말을 안 하자 나리모토가 책상을 치며 "말할 수 없어?"라고 날카로운 목소리로 다그쳤다.

"저는…… 솔직하게 말하겠습니다……."

"그럼 묻겠네. 요시오 군은 어디에 있나?"

"모릅니다."

"기나 사토코를 죽였나?"

"아뇨, 죽이지 않았습니다."

"그런가……. 자네는 끝까지 그렇게 주장하는군."

나리모토가 의자 등받이에 몸을 기대고 눈을 가늘게 떴다.

"그럼 본론으로 들어가지. 자네는 고미야 쇼조라는 이름을 기억하나?"

고미야라는 이름이 나와 간지는 자기도 모르게 숨을 삼켰다.

"설마 잊은 것은 아니겠지? 자네가 어렸을 때의 계부야."

간지의 안에서 뭔가가 맥없이 뒤틀리고 상반신이 균형을 잃었다.

"삿포로에서 어머니와 셋이서 함께 살았지. 당시 자네는 고미야라는 성을 썼어. 여러 가지 생각나는 일도 있을 거야."

이어서 목 안쪽에서 타는 듯한 뜨거움을 느꼈다.

"알아봤더니 고미야는 올 2월 홋카이도의 교도소를 만기출소한 모양이야. 가석방이 안 되었던 것은 신원 보증인이 없었기 때문이겠지."

간지는 몸을 동그랗게 웅크리고 치밀어 오르는 위액의 시큼함을 견디고 있었다. 그러자 의식이 희미해지기 시작하고 시야가 흐릿해졌다.

"그 사람 재판 기록도 보내달라고 해서 읽어봤는데 아주 지독해. 공갈, 사기, 유아 학대와 관련된 폭행죄. 게다가 강도상해 등의 전과가 여럿 있으니 징역 13년은 당연하지. 자네, 고미야 쇼조의 얼굴을 떠올릴 수 있나?"

고개가 툭 꺾인다.

"이봐, 우노. 일어나. 자면 안 돼."

옆 책상에 있던 사무관이 일어나 간지의 목덜미를 움켜쥐고 머리를 일으켰다. 나리모토가 몸을 내밀고 "자게 두지는 못하지"라고 위협적인 태도를 보였다. 귓가에서 그 목소리가 목욕탕 안에서처럼 울렸다.

"고미야 쇼조, 1921년생, 현재 42세. 떠올려봐."

"아아……." 간지는 신음 소리를 냈다.

"홋카이도 오비히로에서 소작농의 삼남으로 태어나 구제(舊制) 고등소학교를 졸업한 후 삿포로의 방적공장에 더부살이를 하며 일하기 시작하지. 그러나 손버릇이 나빠 종업원 기숙사 내에서 몇 번이나 도둑질을 했고, 결국 그것이 발각되어 경찰에 체포, 공장에서 해고돼. 누군가와 닮았지? 꼭 자네 같지 않나?"

나리모토가 자리에서 일어나 간지 옆으로 다가갔다. 멱살을 잡고 앞뒤로 흔들고, 손바닥으로 뺨을 쳤다.

"고미야는 강도나 상해 사건을 몇 건 일으키고 1939년 열여덟 살에 소년교도소에 들어가지. 1941년 출소하여 스무 살이 되자 군대에 소집되었어. 육군에서는 남양의 전선으로 보내지지만 말라리아에 감염되어 현지 의료소에 장기 입원한 채 종전을 맞이하지. 일본으로 돌아오고 나서는 삿포로의 암시장에 폭력단 조직원으로서 물자 밀매에 손을 대. 그런데 조직의 필로폰을 뒤로 빼돌리다가 발각되어 불과 반년 만에 파문되지. 왼손 새끼손가락이 없는 것은 그 일 때문이야. 우노, 기억하고 있어?"

간지는 몽롱한 의식 속에서 계부의 새끼손가락이 없었던 걸 떠올렸다. 손가락을 들이대며 사람을 위협했던 일도.

"요컨대 고미야는 군인으로서도, 폭력단 조직원으로서도 도움이 안 되었을 거야. 그런 남자인 거지. 그 후 고미야는 삿포로 시내에서 물장사, 택시 운전사 등의 직업을 전전하다가 1948년 우노 요시코를 알게 돼. 자네 어머니야. 우노 요시코는 당시 스스키노의 카바레에서 일하고 있었고 바텐더였던 고미야와 곧장 남녀 사이가 되어 함께 살기 시작하지. 당시 자네는 다섯 살이었어. 자네는 그때까지 레분토에서 할머니와 살고 있었는데 어머니가 떠맡아 삿포로로 가게 된 거야. 처음으로 본 삿포로의 거리는 어땠어? 다섯 살이라면 기억하고 있겠지?"

간지의 머릿속에 하나의 광경이 떠올랐다. 수목이 무성한 오도리 공원. 어린아이의 눈에는 끝이 없을 정도로 먼 데까지 이어져 있었다. 아직 재정비되기 전으로, 전후의 식량 부족으로 밭으로도 이용되어 수많은 사람들이 농업에 힘쓰고 있었다. 광장에는 포장마차가 늘어서고 맛있는 오징어구이 냄새가 떠돌았다. 아이들이 뛰어다니고 어른들은 벤치에서 이야기를 나누며 진주군인 미군이 화려한 화장을 한 매춘부를 데리고 걷고 있었다. 자신도 어머니와 계부에게 손이 잡힌 채 거리를 산책했다—

"주거는 삿포로시 미나미욘조. 나는 홋카이도에 간 적이 없어서 모르지만 스스키노에서 가까운 번화가라고 하더군. 거기에 살며 우노 요시코는 카바레에 다니고 고미야 쇼조는 제대로 된 일자리를 잡지 않고 빈둥거리고 있었지. 자네는 고미야를 뭐라고 불렀지? 아빠인가?"

"아방이." 드디어 입을 열었다.

"아방이? 그래? 홋카이도 말로는 아버지를 아방이라고 하는군. 아방이는 어땠나? 처음에 봤을 때 어떻게 생각했어?"

계부는 딱 보기에도 야쿠자풍으로, 비위에 거슬리는 선글라스를 끼고 있었다. 포마드 냄새가 심해서 간지는 계부가 안아 올려도 얼굴을 돌렸다.

"어떻게 생각했어? 대답해."

나리모토는 험악한 표정으로 다그쳤다.

"처음에는 재미있는 아저씨였어요."

"그래? 그런데 그 후에는 어떻게 되었는데?"

"담배 좀 주세요." 간지가 졸랐다.

"담배 좀 달라고?"

"주면 말할게요."

"자, 피워."

나리모토가 하이라이트를 책상에 던졌다. 간지는 한 개비를 뽑아 입에 물었다. 성냥을 건네받았으므로 스스로 불을 붙이고 깊숙이 빨았다. 니코틴이 온몸을 돌아 모세혈관 하나하나까지 맥박을 치는 감각이 지나간다. 기절할 뻔한 탓인지 신경이 날뛰고 있었다.

"우노, 자지 않은 것은 평가해주지. 자네는 자신에게 불리해지면 정신을 잃은 척한다고 하니까."

"척하는 거 아니에요. 난 이상해요."

"스스로 그렇게 말하는 놈은 이상하지 않아. 자넨 정상이야. 그러니까 떠올려봐. 자네는 고미야한테 뭘 당한 거야?"

"맞았어요."

간지는 말이 스르르 나온 것에 놀랐다. 이전이라면 계부라는 말만 들어도 정신을 잃었다.

"고미야는 다섯 살 아이를 때린 거야?"

"예. 오마이도 때렸어요."

"오마이란 어머니를 말하는 건가?"

"맞아요."

계부는 처음엔 친절했지만 한 달이 지나자 본성을 드러냈다. 사소한 일에 격분하여 어머니와 간지에게 폭력을 휘둘렀다.

"하지만 고미야가 한 짓은 그것만이 아니었어. 결국 다섯 살짜리 아이를 이용해 자해 공갈을 하게 되지. 피해자는 자네야."

자해 공갈이라는 말을 듣고 간지는 다시 의식이 날아갈 것 같았다. 상반신이 앞뒤로 흔들렸다. 담배가 바닥에 떨어졌다.

"자지 마, 우노. 기억에서 도망치지 마."

나리모토가 따귀를 때렸다. 간지의 의식이 뇌의 안팎을 오락가락했다.

"최초의 범행은 1948년 10월 8일. 고미야는 삿포로시 오도리히가시 1가 노상의 전봇대 뒤에 숨어, 음식점 경영자(54세)가 운전하는 패커드(미국 패커드 자동차의 고급차) 앞쪽으로 다섯 살짜리 아이를 냅다 밀쳤지. 다섯 살짜리 아이란 우노 자네야. 아이는 부딪혀 쓰러져 오른팔 골절을 당했지. 아팠나?"

간지는 얼굴을 일그러뜨리고 고개를 끄덕였다.

"아팠었나? 대답해. 그렇다든가 아니라든가, 뭐든지 좋으니까."

"예."

"아팠었군. 그럼 기억에 없을 리 없다는 거지?"

"잘 모르겠어요."

"잘 모르겠다? 그렇게 큰 사건을 잊을 수 있어?"

"모르는 건 모르는 거예요."

"계부가 자해 공갈을 시킨 일을 떠올려봐. 자네가 어떻게 살인을 할 수 있는 사람이 되었는지, 나는 그걸 알고 싶어."

"난 죽이지 않았어요."

"아니, 자네야."

간지의 부정을 들어주지 않고 나리모토가 이야기를 계속한다.

"두 번째 범행은 그로부터 3개월 후인 1949년 1월 3일이었

어. 설에 대문에 세우는 장식용 소나무도 아직 치우지 않고 눈
이 내리는 가운데, 고미야는 자네를 데리고 주오구 미나미욘
조히가시 1가의 노상에서 회사 임원(52세)이 운전하는 도요펫
크라운(도요타 자동차의 고급차) 앞쪽으로, 다시 전봇대 뒤에서
자네를 밀쳤지. 눈길에서 자네는 차 밑에 깔려 늑골이 골절되
었어."

그렇다. 눈이 내리고 있었다. 온통 은세계였고 나는 공중을
날았다가 바닥에 내동댕이쳐졌다. 간지는 완전히 균형을 잃고
사무관이 떠받치지 않으면 의자에도 앉아 있을 수 없었다.

"어떻게 생각했나? 대답해." 나리모토가 또 뺨을 때렸다.

"몰라요." 현기증을 견디며 대답했다.

"그럼 세 번째야. 세 번째 범행은 시간이 좀 지나 1950년 봄
이었어. 여섯 살인 자네는 4월부터 초등학교에 입학할 예정이
었지. 그 직전에 또다시 자해 공갈의 도구로 이용되었어. 범행
현장은 삿포로 시내가 아니라 인접한 이시카리초 오아자반나
구로무라의 방적공장 문 앞이었지. 이는 미리 조사를 하고 방
적공장의 사장(47세)이 운전하는 차를 노린 것으로 보여. 그리
고 장소를 이시카리초로 바꾼 것은 같은 관할 안에서 세 번이
나 교통사고의 피해자가 되면 역시 경찰도 의심하지 않을까
하고 고미야 나름대로 머리를 쓴 거지. 이때 쉐보레에 튕겨 날
아간 자네는 아스팔트에 머리를 강타하고 의식불명인 상태로

구급차에 실려 병원으로 실려 갔지—"

"아방이, 용서해주세요." 자기도 모르게 간지의 입에서 이 말이 튀어나왔다.

"이봐, 지금 뭐라고 했지?"

"아방이, 용서해주세요." 간지의 머리가 빙빙 돈다.

"생각해냈구나."

"용서해주세요."

"자네는 자해 공갈의 피해자였어. 계부의 공갈 도구로 이용되어 죽을 뻔했지. 정말 귀축의 소행이라니까. 그래서 자네는 죄를 미워해야 할 사람이야. 그런 자네가 어떻게 유괴 같은 걸 했지? 요시오 군은 여섯 살이야. 자네가 계부한테 당한 일을 자네는 어떻게 그 아이한테 할 수 있는 거지? 자네는 계부와 같은 냉혈한인 거야?"

나리모토가 가까이 다가오려고 했다. 간지는 의자에 매달리며 저항했다.

"전 싫어요."

"뭐가 싫은 건데?"

"집에 갈래요."

"그게 아니지. 자넨 스무 살의 어른이야. 어린애가 아니라니까."

나리모토가 다시 뺨을 때렸다. 간지의 머릿속에서 지금까지 안개에 휩싸여 있던 건너편 강가의 경치가 또렷이 모습을 드러냈다. 그렇다. 나는 계부의 자해 공갈에 이용당했다—

"이봐, 눈을 떠. 도망치지 마. 대답해봐. 자네는 냉혈한이야? 자네는 사람을 죽이고 태연히 있을 수 있는 사람인 거야?"

나리모토의 성난 목소리가 멀어져간다. 간지는 끝내 정신을 잃었다.

눈을 떴을 때 시야에 들어온 것은 하얀 천장이었다. 좌우에 하얀 커튼의 칸막이가 있어 자신이 의무실 침대에 누워 있다는 것을 알았다.

"805호, 깨어났습니다."

머리 위에서 공중보건 간호사 같은 여자의 목소리가 들렸고 그 후 사무관의 얼굴이 검은 그림자가 되어 덮쳐왔다.

"805호, 일어날 수 있겠어? 일어날 수 있으면 나리모토 검사실로 돌아가야지."

"예, 알았어요……."

기절하여 해방되었나 싶었으므로 간지는 맥이 풀렸다. 다만 몸이 묘하게 가볍고 뭔가 껍데기를 벗은 듯한 상쾌함이 들었다. 이런 감각은 처음이었다. 공포심도 없었다. 앞으로 자신이 어떻게 되든 남의 일 같은 기분이 든다.

허리가 포승으로 묶인 채 복도를 걸어 다시 검사실로 들어갔다. 점심을 먹지 못한 건지 나리모토는 책상에서 판 메밀을 먹고 있었다. "벌써 일어났나?" 벽시계에 눈을 주며 말했다. 간지가 의무실에서 누워 있었던 것은 고작 30분 정도였다.

"검사님, 한 가지 물어봐도 됩니까?" 간지는 의자에 앉아 말했다.

"어어, 뭔데?" 나리모토가 메밀국수를 입에 넣은 채 대답했다.

"아방이는…… 아니, 고미야라는 사람은 지금 어디에 있어요?"

"……그런 걸 왜 묻지?" 나리모토가 젓가락을 멈췄다.

"교도소에서 나와 어떻게 지내나 해서요."

"보고 싶나?"

"보고 싶지는 않지만 마음에 걸려서요."

"가출소라면 모르겠지만 고미야는 만기출소했으니까 주소를 신고할 필요도 없고, 지방법원도 파악하고 있지 않을 거야. 하지만 담당한 형사라면 출소 후에도 감시하지 않을 수 없을 테니까 조사하면 알 수 있겠지."

"다시 삿포로에 살고 있어요?"

"그것도 나는 모르지. 다만 형기를 마친 사람은 대체로 자기 연고지로 돌아가는 법이니까. 지역 사정이 밝지 못하면 두렵잖아. 범죄를 저지르면 도망가는 주제에 끝나면 돌아오는 거지. 범죄자는 마음이 옹졸하거든."

"그런가요……?"

"우노, 자네가 고미야에 대해 묻는다는 것은 자해 공갈 사건을 떠올렸다고 판단해도 되겠지?"

"예, 맞아요."

간지는 가볍게 대답했다. 특별히 기억이 없었던 것은 아니다. 안개가 걷혀 과거가 보이게 되었을 뿐이다.

"그렇다면 다시 묻겠는데 자네는 계부가 밉나?" 나리모토가 메밀국수를 다 먹고 그릇을 옆으로 치우며 물었다. "밉다면 같은 일을 할 수 있을 리가 없지. 자네는 요시오 군을 유괴했어. 그것은 고미야와 한패라는 뜻이야."

"대답하고 싶지 않아요."

"왜지?"

"대답하고 싶지 않은 것은 대답하고 싶지 않은 거예요. 그보다 검사님, 변호사 선생님을 만나게 해주세요."

"정말 제멋대로만 말하는군. 이야기하면 접견하게 해주지."

"싫어요, 접견이 먼저예요."

간지가 팔짱을 끼고 말하자 나리모토가 안색을 바꾸었다.

"이봐, 우노, 기어오르지 마."

"변호사와의 접견은 권리잖아요."

"그래? 그런 말을 할 정도면 더더욱 바보는 아니군. 자네는 보통의 범죄자야. 게다가 살인범이지."

"그런 말은 됐으니까 변호사를 불러줘요."

간지의 가슴속에 갑자기 위협적인 태도로 바꾸고 싶은 마음
이 싹텄다. 자신은 태어나지 않는 것이 나았다. 그런 생각을 하
면 두려울 것이 하나도 없다.

46

수사본부에 좋은 소식이 들어온 것은 10월 31일 밤이었다.
경찰서 식당이 이미 닫혔기 때문에 오치아이는 라면 배달을
시켜 수사본부에서 먹고 있었다. 밖으로 먹으러 나가지 않은
것은 오늘 밤 안에 감식 결과가 나오지 않을까 하는 기대가 있
었기 때문이다. 오늘은 그것만 생각하고 있었다.

지휘대의 전화가 울리고 다나카가 받았다. "좋아! 나왔다
고!" 하고 소리를 질렀다. 그 순간 오치아이는 면이 목에 걸려
숨이 콱콱 막혔다.

"우노 간지와 기나 사토코, 양쪽 다 나온 거지!"

다나카의 얼굴이 순식간에 붉어졌다. 강당에 남아 있던 5계
의 수사관들이 일어나 지휘대로 모여들었다. 오치아이도 식사
를 중단하고 달려갔다.

"오치아이, 자네가 말한 대로야. 본부의 감식반에서 연락이

왔는데, 10월 11일 도카이도선 '제2이데유'의 일등 지정 승차권 125매 중에서 우노 간지와 기나 사토코의 지문이 검출되었어. 해낸 거야."

다나카가 오치아이의 팔을 난폭하게 두드렸다. 이어서 미야시타와 모리도 환히 웃으며 오치아이를 세게 쳤다.

"이것으로 아타미 여행을 부인했던 우노의 진술은 무너졌어. 호스티스 살해로 체포영장을 받을 수 있을지, 앞으로 다마리 1과장님과 의논하고 오겠다. 우노는 어떻게 하고 있지?"

"유치장에 있습니다. 지검에서 돌아온 것이 오후 5시로, 피곤한 것 같아서 여기서의 취조는 내일로 미뤘습니다."

"오바 주임은?"

"가까운 카페에서 지카다 변호사와 면담하고 있습니다. 우노가 변호사와 만나게 해달라, 그때까지 묵비권을 행사하겠다고 주장한 모양이라서요."

"그런 요구를 들어줘서 어떡하려고. 오바 주임, 어떻게 된 거냐?"

다나카가 의아한 듯이 말했다.

"아뇨, 실은 나리모토 검사가 오늘 오후 지검에서 취조를 할 때 어린 시절 삿포로에서 계부의 자해 공갈에 이용되었던 일을 추궁했다고 합니다. 그때 정신을 잃을 뻔한 우노를 몇 번이고 뺨을 때려 깨어나게 해서 가까스로 잠들어 있던 기억을 되살린 모양입니다."

"그게 이쪽 사건과 무슨 관계가 있는데?"

"나리모토 검사가 말하기를 우노가 어린 시절에 혹독한 일을 당한 것을 떠올리게 해서, 같은 어린아이인 요시오 군에게 준 고통에 대해 죄책감을 상기시키려고 추궁한 것이라고⋯⋯."

"흐음. 검사가 하는 일은 정말 모르겠단 말이지⋯⋯."

"다만 자해 공갈에 이용된 사건을 떠올리자 우노는 갑자기 태도가 완강해져 묵비로 돌아선 모양입니다. 실제로 경찰서로 돌아오고 나서도 변호사와 만나기 전에는 말하지 않겠다고⋯⋯."

"우노 그 자식, 취조에 익숙해져 갑자기 태도를 바꿔 위협조로 나온 건가?"

미야시타 계장이 화가 치민다는 듯이 말했다.

"아니, 제 인상으로는 체포와 기소를 피하기 위한 작전이라기보다는 변호사에게 뭔가 용무가 있는 느낌으로 보였습니다만."

"무슨 용무지?"

"그건 모르겠습니다. 그래서 오바 씨가 혐의와 관계없는 일이라면 나중에 면회 내용을 알려달라고 변호사에게 부탁하러 간 것입니다."

"힘들지, 힘들어. 응할 리가 없어. 간수를 입구에 세워두고 엿듣게 해야지."

니이가 난폭한 말을 했다.

"아무튼 우리는 아타미 여행의 물증을 얻었어. 이것으로 우노를 추궁하여 호스티스 살해 동기를 역산해서 요시오 군 유괴사건을 털어놓게 해야지. 경시청의 체면을 걸고 이번 연장 구류 기간 동안 결말을 내는 거야. 알았지?"

다나카가 지휘대를 탁 두드렸고 각자가 고개를 끄덕였다. 오랜만의 좋은 소식에 마음이 들뜨기도 했다.

"오치아이, 라면으로는 부족하지 않을까?" 니이가 갑작스럽게 말했다.

"예?" 무슨 일인지 몰라 오치아이가 되물었다.

"오늘 아침 수사 회의에서 다나카 과장대리님이 지문이 나오면 초밥 사준다고 말했던 것 같은데……."

"이놈의 자식은 아무래도 좋은 것만 기억한다니까."

다나카가 얼굴을 찡그려 모두가 웃었다. 웃음소리가 나는 것도 오랜만의 일이다.

다음 날부터 요시오 군 유괴사건과 신주쿠 호스티스 살인사건은 합동수사본부 체제가 되어 두 수사본부가 황궁 부근의 한조몬 회관으로 옮겨졌다. 한조몬 회관은 경찰의 공제조합시설로 몇 개의 회의실이 준비되어 있다.

합동수사본부가 되었기 때문에 우노의 취조는 경시청 본부에서 하게 되었다. 호스티스 살해로 우노의 체포가 가까워진 지금 신주쿠서로 이송하는 것보다 본청의 유치장에 넣어두는 것이 두 수사본부에는 유리하다. 애초에 두 수사본부에서 하나의 범인을 자백하게 하려는 불합리함은 누구의 눈에도 분명해서 오치아이도 타당한 판단이라고 생각했다. 다만 신주쿠서의 형사들은 그래도 불만인 듯, 첫 수사 회의에서 오치아이 일행에게 쏘는 듯한 시선을 보내왔다. 그중 한 사람은 "자네 같은 대졸 출신의 애송이가 보조관인가?" 하고 야쿠자처럼 위협했다. 오치아이는 갑작스러운 말에 "예?" 하고만 되묻고 나중이 되어서야 분개했다.

우노와 지카다 변호사의 접견은 경시청 본부의 접견실에서 아침 일찍 이루어졌다. 지카다는 당연한 것처럼 간수의 입회를 거부하고 문밖에 서 있는 것조차 허락하지 않았다. 애초에 작은 소리로 얘기하면 방 밖에서는 들을 수가 없다. 접견은 30분 정도에 끝나고, 오바가 내용에 대해 묻자 지카다는 "미쳤다고 가르쳐주겠소?" 하며 적의에 찬 눈으로 말했다. 다만 지카다의 표정에서는 맥 빠진 기미도 보여 적어도 혐의에 관한 중요 증언을 들은 것 같은 느낌은 아니었다.

"지카다 선생님. 우노는 진범입니다. 선생님도 좀 자백하라고 말해줄 수 없습니까? 순순히 죄를 인정하고 나머지는 정상 참작을 기대하는 게 현실적인 거 아닙니까?"

오바의 추궁에 지카다는 돌아보지도 않고 경시청을 뒤로 했다.

우노에 대한 취조에서 오바는 먼저 변호사와의 접견에 대해 물었다.

"지카다 변호사와 무슨 이야기를 나눴지?"

"아무것도 아니에요."

"아무것도 아니라면 접견 같은 걸 요구하지 않겠지. 너는 변호사한테 용건이 있었어. 말해봐."

"별거 아니에요."

"묵비권이야? 그건 약속 위반이잖아. 너는 검사한테 변호사와 접견하게 해주지 않으면 묵비권을 행사하겠다고 했어. 어쩔 수 없으니까 나는 지카다 변호사를 불러주었고. 묵비를 계속하는 것은 약속을 깨는 일이야."

"묵비가 아니에요. 그냥 말하고 싶지 않을 뿐이에요."

"같은 말이야."

오바가 신세이 담배 한 개비를 꺼내 입에 물었다. 우노에게도 내밀자 평소처럼 "이쪽 형사님 것이 좋아요" 하며 오치아이에게 졸랐다.

"삿포로에서 보낸 어린 시절에 대해 검사가 여러 가지로 물었다면서?" 오바가 물었다.

"예, 맞아요."

"내가 물었을 때는 정신을 잃었으면서 어떻게 된 거야?"

"검사님이 때려서요. 그건 인권침해잖아요. 지카다 선생님한테 말했더니 눈초리를 치켜올리며 화를 냈어요."

"거짓말하지 마. 그냥 정신 차리라고 뺨을 때린 거지. 나는 나리모토 검사한테 그렇게 들었어." 오치아이가 옆에서 냉정하게 말했다.

"뺨을 때리는 것도 폭력이잖아요." 우노가 입을 뾰로통하게 내밀며 항변했다.

"뭐, 좋아. 그런데 자해 공갈의 도구로 이용된 기억이 되살아나서 어떤 기분이지?"

"말할 수 없어요."

"그것도 말할 수 없는 거야? 그런 거라면 네 부탁은 아무것도 들어줄 수 없어."

"제대로 말할 수 없는 것일 뿐이에요."

"그럼 생각해봐. 시간은 충분히 있으니까."

오바가 재촉했다. 우노는 잠시 피어오르는 담배 연기를 보고 나서 "편해졌어요"라고 말했다.

"편해졌다? 무슨 뜻이지?"

"내가 바보가 된 것에는 그런 이유가 있었구나, 하고 그 이유를 알게 되어 마음이 편해진 거예요."

"그런 건가?"

"예, 그래요. 적어도 태어날 때부터 바보는 아니었다는 것을 아는 것만으로도 뭔가 구원받았다고 할까……. 그리고 나는 어렸을 때 충분히 지독한 일을 당했고, 그렇다면 무슨 짓을 해도 다소는 용서받지 않을까 하는……."

"그럴 리 없잖아. 도둑을 만난 사람은 남의 물건을 훔쳐도 용서받는 거야?"

"그런 건 아니지만 적어도 이유는 있어요."

"그런 게 이유가 돼?"

"오바 씨는 몰라요. 나쁜 짓이라는 건 연결되어 있어요. 내가 훔치는 것은 내 탓만이 아니에요. 나를 만든 것은 아방이와 오마이니까요."

"부모의 업보가 자식에게 앙갚음을 한다고 말하고 싶은 거야?"

"어려운 말은 몰라요."

우노가 담배 한 개비를 다 피우고 꽁초를 재떨이에 비벼 껐다.

"나는 지금까지 자신이 왜 살아 있는지를 몰랐어요. 아무도 상대해주지 않고, 하고 싶은 일도 없고, 왜 이 세상에 있는지 몰랐어요."

우노는 말을 많이 했다. 오치아이는 필기에 아주 바빴다.

"그럼 지금은 알고 있어?"

"예, 조금은요."

"어떻게 알았는지 말해줄래?"

"제대로 설명이 안 돼요."

"그러니까 생각해야지. 시간은 얼마든지 있으니까. 너는 지금까지 깊이 생각한 적이 없을 거야."

"예, 바보니까요."

"너는 바보가 아니야. 몇 번을 말해야 알겠어."

"……그런데 하고 싶은 것이 하나 생겨, 뭐랄까 안심했어요."

"뭐야, 하고 싶은 것이?"

"말할 수 없어요."

"그 말뿐이구나. 오늘은 뭐든지 말해주는 거 아니었어?"

"그런 약속은 하지 않았어요. 변호사와 만나게 해주었으니까 묵비는 하지 않겠다는 것뿐이에요."

"그럼 이야기해."

"싫어요. 오바 씨의 취조와는 관계없는 거예요."

"관계가 있는지 없는지는 우리가 정해."

"아니요, 오바 씨하고는 관계없어요."

우노가 의자의 등받이에 몸을 맡기고 시선을 허공으로 돌린다.

"저기, 우노. 그럼 오늘의 본론으로 들어가겠는데, 너는 기나사토코와 아타미로 여행을 가지 않았다고 부인했지? 그런데 말이야, 발견되었어. 10월 11일 도카이도선 하행 '제2이데유'에서 회수한 승차권 중에서 너와 기나 사토코의 지문이 묻은 지정권이."

드디어 오바가 카드를 내밀었다. 오치아이는 자기도 모르게 굳은 몸으로 우노의 상태를 관찰했다. 우노는 희미하게 겸연쩍은 듯한 표정을 지었을 뿐 특별히 동요하지는 않았다.

"너는 또 거짓말을 한 거야. 이렇게 되면 네가 하는 말은 모두 신용할 수 없다는 이야기가 되는 거지. 우노, 너는 기나 사토코와 아타미로 여행을 간 적이 있지? 대답해."

"…… 예, 갔어요."

우노가 마지못해 인정했다.

"왜 거짓말을 한 거야? 너는 요시와라의 전 인쇄공장에 사토코와 함께 숨어 있었던 것에 대해서도 처음에는 시치미를 떼고 있었지. 사토코와 행동을 같이한 것이 드러나면 꺼림칙한 일이라도 있는 거야?"

"그런 일은 없어요."

"그럼 처음부터 솔직하게 말해. 네가 거짓말을 할수록 재판에서 불리해질 테니까. 스스로 자신의 목을 조르는 일이라고. 알겠어?"

오바가 추궁한다. 자세히 보니 우노의 목덜미에는 소름이 돋아 있었다.

"아타미에서는 뭘 한 거지?"

"…… 아무것도. 온천에 들어가고, 회를 먹고, 해안을 걷고, 그런 정도였어요."

"사토코와는 무슨 이야기를 했지?"

"도쿄로 돌아가면 신주쿠에서 새로 시작하고 싶다거나 하는 그런 이야기였어요."

"다시 묻겠는데 너희들은 연인 사이였던 거야?"

"그런 건 아니지만……. 무엇보다 여자가 나 같은 바보를 좋아할 리가 없고요."

"무슨 말을 하는 거야? 너는 스트립 극장에서 무희들로부터 인기가 있었다고 하던데. 날씬하고, 미남이고, 도에이 영화사의 뉴페이스에 응모하면 붙을지도 모르겠다고 말한 무희도 있었어."

"그래요?"

"어어, 그래. 무엇보다 바보라는 건 네가 그냥 멋대로 그렇게 생각하는 거야. 어엿하게 거짓말을 하고 지문을 닦아내고, 완전히 지능범이잖아."

"지능범이라니요……."

"지능범이야. 덕분에 도쿄 전역의 형사가 우왕좌왕했지. 자, 이야기를 이어가지. 사토코는 신주쿠에서 새롭게 다시 출발하고 싶다고 했어. 너는 뭘 할 생각이었지?"

"난 빈집 털이요. 돈을 벌 수 있는 건 그것밖에 없으니까요."

"정말 단순한 놈이군. 뭐, 좋아. 너와 사토코는 10월 14일 도쿄로 돌아와 그길로 신주쿠로 갔어. 사토코는 그날 안에 가부키초의 아르바이트 살롱 파리지앵에 더부살이 일자리를 구하고, 너는 마찬가지로 가부키초의 여관 야마토칸에 투숙했지. 이건 틀림없나?"

"예, 맞아요."

"그 후에는 어떻게 했지?"

"몰라요."

"왜지? 그대로 헤어졌다고 말할 생각이야?"

"예, 그래요."

"바보 같은 소리 하지 마. 그렇다면 왜 가부키초에 숙소를 잡았어? 사토코 가까이에 있고 싶었기 때문이잖아."

우노의 대답이 막힌다. 오치아이 쪽을 보고 손가락 두 개를 내밀며 담배를 달라는 제스처를 했다.

"너는 사토코가 사체로 발견되었다는 말을 들었을 때 놀라지도 않고 슬픈 얼굴 하나 하지 않았어. 왜지?"

"거기 형사님, 담배 좀."

"자, 마음껏 피워."

오치아이는 하이라이트를 갑째 던졌다. 우노는 한 개비를 뽑아 필터 쪽을 책상에 톡톡 쳐서 담뱃잎을 단단히 다졌다.

"이봐, 우노. 제대로 대답해."

"나는 그런 건 잘 몰라요."

"뭘 모르는데?"

"제대로 설명할 수가 없어요."

"생각해. 담배를 피우며 생각하라고."

"……나한테는 희로애락이라는 게 별로 없어요. 언제부터인지 웃거나 울거나 그런 것이 없고, 자신의 기분을 제대로 표현할 수가 없어요. 그래서 사토코 씨가 죽었다는 이야기를 들어도 아아, 그런가, 하고 생각할 뿐이고……."

"마치 남의 일 같군. 다들 네가 죽였다고 생각해."

"아, 그래요?"

"참 한가한 놈이군. 목격 정보가 있어. 10월 15일 밤, 16일로 날짜가 바뀐 무렵이야. 파리지앵의 문이 닫히는 시간에 맞춰 한 젊은 남자가 통용문 앞에서 사토코가 나오기를 기다리고 있었지. 그 남자가 너지?"

"그게 나라는 증거가 있어요?"

우노는 안색 하나 변하지 않고 되물었다.

"건방지게 지껄이지 마. 그럼 그 시간에 너는 어디에 있었어?"

"그건 생각 안 나요."

"생각이 안 날 리가 없지. 그날 밤 너는 가부키초의 '블루 샤토'라는 러브호텔에 사토코를 꾀어 함께 투숙했어. 그때의 일을 이야기해봐. 사토코는 어떤 모습이었지?"

"모습이고 뭐고 나는 만나지 않았어요."

"만나지 않았다고? 요시와라에 숨어 있었던 것도, 아타미 온천에 간 것도, 네가 부정하는 것은 모두 나중에 지문이 나와서 거짓말이라는 게 들통나지. 그때마다 너는 나쁜 심증을 갖게 하여 재판에서 불리해질 조건을 쌓아가는 거야. 이번에 거짓말이라는 게 들통나면 어떻게 할 생각이야?"

"아니, 특별히 아무것도 아닌데요, 뭐……."

"대답해. 사토코는 어떤 상태였지? 두려워하지 않았어? 13일 밤 요시오 군 유괴사건의 보도 규제가 해제되어 매스컴이 일제히 뉴스를 보도했지. 텔레비전과 라디오는 범인의 음성테이프를 계속 내보냈어. 사토코도 그것을 들었을 거야. 그리고 생각했겠지. 이 목소리는 우노 간지의 목소리다. 그러고 보니 우노는 갑자기 거금을 손에 넣었어. 아키오한테 이십 몇만 엔인가를 건넸고 나도 받았어. 그 돈은 유괴로 손에 넣은 몸값인가—"

오바가 연극 대사를 낭독하듯이 다그쳤다. 우노는 담배를 피우며 시선을 아래쪽으로 향했다.

"그날 밤 사토코는 러브호텔에서 정사 후 주뼛주뼛 너한테 물었을 거야. 뉴스에서 계속해서 흘려보내는 요시오 군 유괴사건, 그건 네가 한 짓 아냐? 너는 부정했지. 아니, 내가 아니야. 하지만 사토코는 끈덕지게 물고 늘어졌지. 하지만 목소리가 닮았다고, 돈도 그렇고— 너는 여기서 처음으로 자신에게 수사의 손길이 뻗어오고 있다는 것을 알았지. 그래서 난감했지. 아무튼 이 여자를 어떻게 하지 않으면—"

우노는 반응하지 않았다. 새파래졌다기보다는 지르퉁한 것처럼도 보였다.

"너는 올라타서 사토코의 목을 졸랐어. 사토코는 놀라서 정신없이 저항했지. 너의 두 팔에 남아 있는 것은 그때의 상처야. 우노, 셔츠를 걷어 올리고 스스로 봐봐."

오바가 말해도 우노는 반응하지 않았다. 오치아이는 자신의 판단으로 자리에서 일어나 우노 뒤로 돌아가 팔을 잡았다. 셔츠를 걷어 올리고 아직 남아 있는 긁힌 상처의 딱지를 우노 본인에게 들이댔다.

"생각났어? 사토코가 죽기 직전의 저항이야. 너는 어땠어? 눈은 뜨고 있었어? 사토코의 얼굴을 봤어? 우노, 대답해. 너는 기나 사토코를 죽였어. 네가 인정하지 않으니까 사토코는 삼도천을 건너지 않고 거기 어디를 이리저리 어정거리고 있어."

오바가 허공을 가리키며 덧그렸다. 우노가 이끌려 눈으로 좇는다.

"이래도 부인할 거야? 뭐, 좋아. 너 자신이 정해. 호스티스 살해에 대해서는 자백이 없어도 너를 체포하고 기소할 거야. 시치미를 떼고 심증을 더욱 나쁘게 하든가 순순히 자백하고 재판관의 정상참작을 받든가. 네가 정해. 어쨌든 너는 이제 사회로는 나올 수 없을 거야."

"……그래요?"

우노가 물었다. 그럴 리가, 하는 표정을 짓고 있다.

"뭐야. 나올 수 있을 거라고 생각한 거야?"

"아뇨, 하지만……."

"하지만이고 뭐고 없어. 이만큼 정황증거가 갖춰져 있고, 너한테는 알리바이도 없을 뿐 아니라 돈의 출처도 뒷받침할 증거가 없어. 너는 끝까지 도망칠 수 있을 거라고 생각한 거야?"

우노가 할 말을 잃었다. 사회에는 나올 수 없다는 오바의 한마디가 상당히 의외였는지 입을 반쯤 벌리고 있었다.

"어떻게 된 거야? 입 다물고 있지 말고 뭐라고 말 좀 해봐. 호스티스 살해에 대한 취조가 시작되면 먼저 취급되는 것이 동기야. 어떤 거짓말을 할 생각인지 모르지만 요시오 군 유괴사건에 이르는 것은 피할 수 없다 그 말이야."

"저기, 오바 씨." 우노가 말했다.

"뭐야?"

"난 나갈 수 없는 건가요?"

"당연하지. 어디서 그런 안이한 생각이 나오는 거지?"

"그런가……."

우노가 뭔가 생각에 잠긴다.

"왜 그래? 충격받았어?"

"잠깐만 기다려줘요."

"뭘 말이야?"

"잠깐 생각 좀 할게요."

우노가 처음으로 오바의 취조에 공명했다. 낚시찌가 꿈틀 움직이는 그런 느낌이다. 오치아이는 무심코 필기하던 손을 멈췄다.

"잠깐이라면 얼마쯤이지?"

"다음에 변호사 선생님이 올 때까지요."

"언제 오는데?"

"몰라요."

우노의 표정은 슬픈 것 같기도, 화가 난 것 같기도 했다.

47

경시청 본부의 유치장으로 옮겨져 간지는 다시 자신이 수인의 몸이라는 것을 실감했다. 관할 경찰서의 유치장에서는 아직 아사쿠사의 번화가와 연결되어 있는 것 같은 감각이었지만, 황궁 부근에 면한 장엄한 청사는 너무나도 권력의 상징인 척하고 있어 드디어 세상에서 단절된 느낌이 들었다. 그리고 경찰 조직의 크기를 실감하고 일개 범죄자 따위는 좁쌀만 한 정도의 존재일 수밖에 없다고도 느꼈다. 그것은 곧 사람의 목숨 또한 조그만 것이라는 말이다.

간지는 자신 안에서 오랫동안 멈춰 있던 톱니바퀴가 돌기 시작하고 전체가 움직이기 시작한 느낌이 들었다. 그렇다고 해서 뭐가 어떻게 되는 것도 아니지만, 말로 표현하기 힘든 의지가 몸 안쪽에서 솟아나 적어도 공포심은 손톱만큼도 없었다. 살아 있다는 실감을, 자유를 빼앗긴 지금에 와서 느낀다고 생각하니 우스꽝스러웠다.

"기나 사토코를 죽이고 나서 너는 왜 신주쿠에서 도망치지 않았지? 사체가 발견될 거라고 생각하지 않은 거야?"

오바는 오로지 호스티스 살해에 대해서만 심문했다. 간지가 몇 번을 부정해도 개의치 않았다.

"그런 걸 물어봐도 기억에 없는 일이라서요."

"러브호텔의 오래된 우물에 버렸다는 것은 우연히 거기에 있었을 뿐인 거야? 너, 숨길 장소가 없었다면 어떻게 할 생각이었지? 이불 위에 방치하고 내버려둘 생각이었어?"

"모른다니까요. 오바 씨, 참 끈질기네요."

"바보 같은 놈. 끈질긴 인간이 형사가 되는 법이야. 저기, 우노. 우리가 어떻게 기나 사토코의 시체를 찾아냈는지 알고 싶지 않아?"

"알고 싶지 않아요."

"그렇게 말하지 마. 여기에 있는 오치아이 형사의 수훈이야."

오바가 옆 책상에서 볼펜을 놀리는 오치아이를 턱으로 가리켰다. 오치아이는 무표정하게 간지를 5초쯤 바라보고 다시 서류로 시선을 떨어뜨렸다.

"네 팔의 상처를 발견하고 이건 누군가를 목 졸라 죽였을 때 생긴 상처임이 틀림없어, 그건 누구일까, 행방불명된 기나 사토코가 아닐까─그런 추리를 해서 가부키초 부근의 러브호텔을 수색했지. 이게 형사의 감이라는 거야. 조금은 다시 봤어?"

"예, 그러네요. 대단해요."

간지가 남의 일처럼 말했다. 실제로 지금에 와서는 아무래도 좋은 일이다.

"뭐야, 너? 맞장구를 쳤다는 것은 호스티스 살해를 인정할 마음이 든 거야?"

"그런 거 아니에요. 단지 감탄했을 뿐이에요."

"창밖의 틈으로 오래된 우물을 발견했을 때는 어떤 기분이었지? 됐다, 됐어, 여기에 숨기면 되겠다고 생각했어? 아니면 당황한 끝에 숨길 장소를 발견하고 아이고, 살았다, 하고 생각한 거야? 어느 쪽이지?"

"어느 쪽도 아니라니까요."

"대답해줘. 사토코를 죽인 것은 계획적인 범행이었던 건 아니겠지? 요시오 군 유괴사건을 의심해서 살려두면 안 되겠다는 생각이 들어 충동적으로 살해한 거겠지?"

"오바 씨, 끈질기다니까요."

"끈질기다고? 이 자식. 사람을 죽여놓고 그 말투는 뭐야?"

오바가 안색을 바꾸고 간지를 매섭게 노려보았다. 간지는 이상한 기시감을 느꼈다. 이런 어른의 화난 얼굴을 예전에 본 것 같은 느낌이 든다.

금세 떠올랐다. 레분토의 중학교 교사, 삿포로 경찰서의 소년계 형사, 그들이 화났을 때의 얼굴이다. 그들은 늘 진지했다.

"너는 죽은 사토코한테 미안한 생각 안 들어? 기나 사토코는 말이야, 후쿠오카에서 체포영장이 발부되었을지도 모르지만 본성은 그렇게 나쁜 여자가 아니야. 적어도 몸을 써서 일을 했지. 너처럼 빈집 털이로 먹고산 게 아니야. 그런데 네 사정으로 죽여버리다니, 꼭 귀축이라니까. 적어도 마지막은 참인간이 되어 속죄할 생각 없어?"

"저기, 오바 씨. 한 가지 물어보고 싶은 것이 있는데요, 혹시 사람을 죽이면 사형인가요?"

간지가 물었다. 오바는 한순간 말문이 막혔다. 오치아이는 필기하던 손을 멈췄다.

"경우에 따라서는." 오바가 말했다.

"그럼 이번 경우는 어떤데요?"

"왜 그런 걸 묻지?"

"참고삼아 알고 싶을 뿐이에요."

오바는 몇 초 생각에 잠긴 후 "한 사람이라면 무기징역, 두 사람이면 사형이야" 하고 간지를 응시하며 말했다.

"……그런가요? 알았어요."

사형이라는 말을 들어도 간지는 동요하지 않았다. 동요는커녕 얼버무리지도 않고 정확히 대답한 오바에게 감사의 마음을 품었다.

"너는 사형이 두려운 거야?"

"글쎄요, 생각해본 적 없어요."

"사형이 두려워 계속 부인해도 언젠가는 드러나. 만약 그렇게 되면 정상참작의 여지도 없이 사형을 당할 가능성이 더욱 높아지지."

"그러니까 생각한 적 없다니까요. 그보다 오바 씨, 신문 좀 보게 해주세요."

"뭐 때문이지?"

"나에 대해 어떻게 쓰였는지 좀 알고 싶어서요. 지카다 선생님이 말했거든요. 내가 지금 전국적으로 유명한 사람이 되었다고요."

"그래? 하지만 신문을 넣어줄 수는 없어. 규칙이 그래."

"신문에서 나는 극악무도한 악인이 되어 있나요?"

"아니, 아직 용의자니까 상황을 살피고 있는 참이지. 지금 신문이 공격하는 건 경찰이야. 아직도 요시오 군을 발견하지 못했다고 말이지. 기나 사토코는 공범자로 입막음을 당한 것이 아닐까. 그런데도 경찰은 단독범행이라고 믿고 수사 범위를 확대하려고 하지 않는다— 그런 참이지. 주간지 같은 데서는 이건 잘못 체포한 거고 진범은 따로 있다, 하는 것을 아주 흥미롭게 써대고 있어."

"맞아요. 잘못 체포한 거예요, 오바 씨."

"우쭐대지 마. 네가 아니면 누구야? 우리는 100명 이상의 수사관들이 돌아다니며 가능성을 모조리 조사했어. 깔보는 말을 하면 다른 형사가 와서 너를 추궁할 거야."

"그건 무섭지 않아요."

간지는 웃으며 말했다. 마음속에는 신기한 해방감이 있다. 미래가 없다고 해도 끝은 보였다. 안개 속에서 어디에도 갈 곳이 없었던 지금까지보다는 훨씬 낫다.

"뭐가 그렇게 우스워? 사람이 죽었는데도 너는 웃고 있을 수 있어? 너는 그런 인간인 거야? 그렇다면 나도 용서하지 않을 거야. 자, 우노. 마음을 다잡고 대답해! 너한테 사람의 마음은 있는 거야!"

오바가 얼굴이 시뻘게져서 화를 냈다. 연기가 아니라 진심으로 화가 났다는 것이 전해졌다.

"오바 씨. 나는 변명으로 발뺌하려는 게 아니에요. 어차피 사회에는 나갈 수 없는 것 같기도 하고요."

"무슨 뜻이야?"

"그때가 오면 사실을 말해도 좋아요."

간지가 말했다. 그 순간 몸이 휙 떠오르는 감각이 들었다.

"그때라는 건 언제야?"

오바가 표정을 바꾸지 않고 물었다.

"몰라요."

"그러면 이야기가 안 되잖아."

"멀지는 않아요."

"정말이지? 약속해."

"예."

간지가 고개를 끄덕이자 오바와 오치아이가 얼굴을 마주 보았다.

오치아이가 일어선다. "아니, 내가 가지." 오바가 제지하고 간지를 향해 "잠깐 휴식이야"라고 말하며 취조실에서 나갔다.

간지는 오바가 수사본부로 의논하러 갔을 거라고 추측했다. 그사이에 오치아이가 말을 걸어왔다.

"너, 신주쿠에 있었다면 요요기에 건설 중인 체육관 지붕이 보였지?"

"아뇨, 모르는데요."

"공룡의 머리 같은 지붕이야. 날씨가 좋으면 아사쿠사서의
옥상에서도 보이거든."

"나는 그런 건 잘 모르니까요."

"도쿄 올림픽까지 앞으로 1년밖에 안 남았어. 흥미 없어?"

"나하고는 관계없어요."

"그런 말 하지 마. 일본인이잖아."

오치아이는 간지의 비위를 맞추는 것처럼 자꾸만 세상 돌아
가는 이야기를 했다. 간지는 적당히 맞장구를 치며 상대가 되
었다. 이렇게 사람과 이야기하는 하루하루는 태어나서 처음
있는 일로, 어딘가에 그것을 즐기고 있는 자신이 있었다. 적어
도 독방에 혼자 있는 것보다는 나았다.

그날 저녁, 지카다 변호사가 접견하러 나타났다. 유치장 안
의 접견실로 가서 플라스틱 칸막이 창을 사이에 두고 마주 앉
자, 지카다는 "잠깐만" 하며 일어나 문을 열고 복도로 얼굴을
내밀고는 "이봐, 몰래 엿듣는 거 아냐!" 하고 간수를 향해 거칠
게 말했다. 경찰을 아무렇지도 않게 여기는 변호사는 얼마나
고마운 존재인가. 간지는 법률의 힘에 감탄할 뿐이었다.

"우노, 검사나 형사한테 맞았어?"

지카다가 얼굴을 들여다보며 물었다.

"아니요. 맞지 않았어요. 선생님 덕분이에요."

간지가 순순히 고개를 숙였다.

"취조는 어때? 장시간에 걸쳐 심문을 받은 건 아냐?"

"예. 매일 밤 10시 정도까지는 받고 있어요."

"그거 참 괘씸하군. 저녁 10시라고 하면 소등 시간 이후의 조사겠지. 용의자에 대한 학대 행위야. 형사부장에게 항의해주지."

"아니, 나는 독방에 들어가도 할 일이 없고 별로 나쁘지 않아요."

"안 돼, 안 되지. 경찰 좋을 대로는 하지 못하지. 그보다 묵비는 어려운가?"

"입을 다물고 있는 것은 지루해서 견디지를 못해요."

간지가 코에 주름을 만들며 대답했다.

"그래? 자네가 끝까지 완전 묵비를 해주면 공판에서 얼마든지 뒤집을 자신이 있는데 말이야."

지카다가 안타깝다는 듯이 말했다. 이 변호사는 처음부터 일관되게 간지에게 묵비를 권했다. 물증이 없으면 비밀 폭로가 없는 한 유죄를 입증할 수 없다는 것이 지카다의 주장이다. 간지는 잘 모르지만 지카다에게 진상은 중요하지 않은 것 같았다.

"그보다 선생님, 부탁한 것은 어떻게 되었어요?"

간지가 물었다. 지카다의 접견을 애타게 기다린 것은 그것을 알고 싶었기 때문이다.

"아아, 밝혀졌네. 〈주오신문〉의 마쓰이 기자한테 부탁했더니 힘을 내서 찾아주었지. 그에게는 정보니까. 만약 자네가 살인 혐의로 체포되고 기소되면 마쓰이 기자는 자네의 성장 내력을 기사로 쓰고 싶다고 하더군. 그때는 협조해주게."

"저기, 그건 됐고……."

"알았네, 알았어. 〈주오신문〉의 삿포로 지국을 통해 홋카이도 도경의 친한 형사에게 문의했더니……."

지카다가 가방에서 수첩을 꺼내 조사 결과를 읽어주었다. 간지는 신경을 집중하여 그 내용을 머리에 집어넣었다. 곧 잊어버릴 뇌가 열심히 가동하고 있는 것을 자신도 알 수 있었다.

48

11월 4일 밤, 한조몬 회관의 회의실에서 이지마 형사부장, 다마리 수사1과장, 사카모토 신주쿠서 서장, 다나카 과장대리, 오바 주임, 오치아이, 이렇게 여섯 명이 모였다. 오바로부터 '자백의 징조가 있다'는 보고를 받고 수사 간부의 마무리 회의가 이루어졌다. 오치아이는 다마리의 지명을 받아 기록 담당으로 참가했다.

"우노가 불 것 같다는 건 진짜인가?"

흥분한 이지마는 경찰 간부에 어울리지 않게 치신없이 발을 까불고 있었다.

"촉감이지. 낚시로 말하면 찌가 꿈틀 움직인 느낌. 제대로 끌어 올릴지 앞으로가 승부겠지."

오바가 담배에 불을 붙이고 차분하게 말했다. 형사부장을 상대로도 경어를 사용하지 않았지만 타박하는 사람은 없었다.

"일관되게 범행을 부인하고 있던 우노한테 어떤 변화가 있었다고 봐도 되겠나?"

"어어, 그렇지. 하루 만에 변했어."

"하루 만에 변했다? 뭔가 계기라도 있었나?" 다마리가 물었다.

"이건 추측이지만 나리모토 검사가 우노가 어린 시절에 겪었던 자해 공갈 사건을 떠올리게 한 것이 계기가 된 게 아닐까? 실제로 나리모토 검사가 취조한 후 우노는 정신을 잃지 않게 되었거든. 전에는 사정이 불리해지면 의식이 몽롱해져서 대화가 되지 않았지만 지금은 그런 일도 없어. 바보가 아니게 되었다고까지는 말하지 못해도 지능지수가 10은 오른 느낌이 들더군."

"그것으로 체념했다는 걸까?"

"모르지. 무엇보다 아직 불지는 않았으니까."

오바가 담배 연기를 내뿜으며 말했다.

"오치아이도 생각한 것을 말해보게."

다마리가 의견을 구하자 오치아이가 소견을 말했다.

"예. 나리모토 검사에게 들은 바로는, 지검에서 취조할 때 뺨을 때려 의식이 멀어지는 것을 막은 것이 몇 번 있었던 모양입니다. 그것이 일종의 충격요법이 되어 각성시킨 것이 아닐까 생각합니다."

"젊은 사람이 어려운 말을 하는군."

사카모토가 매섭게 노려보자 오치아이의 볼이 굳어졌다. 신주쿠서는 모든 것이 마음에 안 드는 모양이었다.

"아무튼 당황하지 말아야지. 지금부터가 승부처니까."

"오바 주임, 말씨에 주의해주게."

다나카가 조그만 소리로 주의를 주었지만 오바는 눈길 한 번 주지 않고 말을 계속했다.

"기나 사토코 건만을 불지, 요시오 군 건도 한꺼번에 불지, 솔직히 우리도 잘 모르겠어."

"양쪽 다 불지 않으면 곤란한데. 무슨 일이 있어도 그 방향으로 진행해주게."

"아니요, 이지마 부장님. 두 마리를 한꺼번에 낚으려고 하면 의외로 양쪽 다 놓치게 됩니다. 지금은 우선 호스티스 살인 건으로 좁혀서 불게 하고, 그것으로 체포해서 기소하는 것으로 끌고 가야지요. 요시오 군 유괴사건은 그다음입니다."

사카모토가 현장 경험이 없는 상급직을 깨우치듯이 말했다.

"아니, 하지만 요시오 군을 발견하지 못하면 이 수사는 끝나지 않고, 세상 사람들도 납득하지 않겠지. 경시총감님도 그건 받아들이지 않을 거야."

"아, 그러고 보니……." 오치아이가 뭔가를 생각해내고 말했다. "오늘 취조에서 우노가 이런 것을 물었습니다. 사람을 죽이면 사형이 되느냐고요. 오바 주임이 한 사람이면 무기징역, 두 사람이면 사형이라고 대답했더니 뭔가 생각에 잠기는 것 같았습니다."

"그건 중요하네. 두 사람을 죽였다고 인정하면 사형이 되겠지. 우노의 마음이 바뀔 가능성이 크겠어. 두 건 동시는 위험해."

사카모토가 자기 뜻대로 되어 만족한다는 듯이 고개를 끄덕였다.

"아니요, 하지만 우노가 자백을 암시한 것은 그 대화 다음이니까 체념한 것으로 파악할 수도 있습니다. 제 인상으로는 우노 자신이 어딘가에서 결말을 짓고 싶어 하는 게 아닐까 싶고……."

"자네의 인상 같은 건 묻지 않았네." 사카모토가 말했다.

"이봐. 오치아이는 취조 보조관이네. 게다가 전 시계상 살인 사건 때부터 우노의 존재를 알아내고 레분토까지 행적을 쫓아왔지. 우노에 대해서라면 가장 자세히 알고 있네."

다마리가 불쾌하다는 듯이 응수했다.

"그럼 왜 우노를 불게 할 수 없었던 거지? 변명 같은 걸 들어주니까 범인이 기어오르는 거야. 취조라는 건 박보 장기나 마찬가지. 한 수 한 수 놓는 수가 모두 의미가 없으면 안 되네. 지금까지의 수사 기록을 대충 훑어봤는데 잡담뿐이지 않은가. 그래도 되는 건가?"

사카모토의 트집이라고도 할 수 있는 발언에 이번에는 오바가 반응했다.

"잡담은 아니지. 우리는 줄거리를 세워놓고 하고 있다고. 처음에 충분히 말하게 한 후 하나하나 모순을 지적해나가는 게 취조의 기본이야. 오늘 자백의 입구가 보였던 것도 지금까지 축적해온 것의 결과란 말이네. 자네, 계급이 올라가 현장을 모르게 된 거 아닌가?"

"오바 주임, 지금 그 말은 나한테 맡겨주게."

다나카가 끼어들었지만 사카모토는 분노를 드러내며 벌게진 얼굴로 오바를 매섭게 노려보았다. 오치아이는 그저 어안이 벙벙한 채 오바의 옆얼굴만 보고 있었다.

"다들 그만두게. 지금은 말다툼을 하고 있을 때가 아니야. 구류 연장은 앞으로 6일이네. 그때까지는 무슨 일이 있어도 우노를 불게 해야지. 실패는 용서받지 못해. 그걸 명심하라고."

이지마가 출석자를 둘러보며 강한 어조로 말했다. 다만 경시감이라는 계급도 흥분한 형사들 앞에서는 그다지 효력도 없고, 오치아이의 눈에는 이 자리에 있는 것이 딱해 보였다.

"이지마 부장님, 합동수사본부가 된 이상 우리한테도 취조할 기회를 주십시오."

사카모토가 다시 진언했다.

"그 이야기는 결론이 났네. 적어도 나머지 구류 기간은 오바 주임과 오치아이가 그대로 해나가기로. 되풀이하지 말게."

다마리가 회의 탁자를 치며 말했다.

"되풀이한다는 게 뭔가! 호스티스 살해는 우리 사건이야!"

사카모토가 고함을 질렀다. 이렇게 되면 모두가 흥분 상태로, 오치아이는 주먹다짐이 시작되지 않을까 하고 긴장했다.

"알았네. 만약 6일 후에도 불지 않으면 취조 담당을 신주쿠서로 돌리지. 그러면 됐지?" 이지마가 말했다.

"이봐요, 부장, 멋대로 정하면 안 되지." 오바가 말했다.

"오바 주임, 말투에 주의하라고 하지 않았나!"

다나카가 눈초리를 치켜올리고 말했다. 과연 화가 난 모습이었다.

"그런데 지카다 변호사와의 접견에서는 무슨 이야기가 나왔지? 우노가 요구한 접견이야. 뭔가 볼일이 있었겠지?"

다마리가 물었다.

"모르겠습니다. 지카다 변호사한테는 저도 물고 늘어지고 있습니다만, 발붙일 데가 없어서……"

오치아이가 대답했다.

"지카다 변호사는 신문기자와 행동을 같이하고 경찰을 싫어하니까." 다나카가 말했다.

"취조 내용이 매스컴으로 새는 일이 있으면 큰일이야. 누군가 지카다 변호사를 제지할 수는 없나?"

이지마가 우울한 듯이 말했다.

"어렵겠지요. 그 변호사는 경찰을 방해하는 것이 살아가는 보람 같은 사람입니다. 매스컴에 못을 박는 쪽이 빠를 겁니다." 다마리가 말했다.

"그럼 그건 다마리 1과장한테 부탁하지. 아무튼 합동수사본부는 우노가 불 것 같은 촉감을 얻었어. 그건 경시총감님께 보고해도 되겠지?"

이지마의 물음에 아무도 대답하지 않았다.

"어어, 좋지."

10초쯤 지나 오바가 말했다. 그 말은 그 자신의 각오가 드러난 것으로 들렸다.

다음 날 취조에서는 잡담을 시작하자마자 우노가 기소 후의 일을 물어 왔다.

"오바 씨, 만약의 일인데요, 내가 사토코 씨를 죽였다고 말하면 어떻게 되는 건가요?"

"체포되고 기소되는 거지."

오바가 아무렇지도 않은 얼굴로 대답했다. 오치아이는 자백할 생각인가 하고 준비하며 기다렸다.

"그다음은요?"

"도쿄 지검으로 송치되어 다시 경찰과 지검에서 취조하겠지."

"얼마나 걸리나요?"

"현재의 체포 혐의인 건조물 침입과 같아. 48시간 이내에 송치하고 24시간 이내에 구류가 청구되어 도합 23일간 구속당하게 되는 거지. 그사이에 취조와 현장검증을 하고 정식으로 기소하는 거야. 그렇게 되면 너는 피고인이 되어 구치소로 옮겨지지."

"거짓말 아니죠?"

"거짓말을 해서 뭐 하게?"

"아뇨, 그게 아니라 어제 지카다 선생님한테도 물어봤어요. 그것과 같은 대답이었으니까 오바 씨는 믿어요."

"이 자식, 사람을 시험이나 하고 말이야."

오바가 콧등에 주름을 만든다. 다만 오바도 무슨 낌새를 챘
는지 눈빛이 달라졌다.

"현장검증이라는 건 얼마 전에 미나미센주마치의 빈집 털이
현장에 데려간 것과 같은 것이죠?"

"어어, 그래. 현장에서 범행을 재연하는 거야. 너도 이제 잘
아네."

"오랜만에 바깥 공기를 쐬는 것도 좋지 않을까 싶어서요."

"어, 그래? 자백만 하면 이틀은 바깥에 나갈 수 있어. 살인이
니까 하나하나 자세히 하거든. 우선은 사체 유기겠지."

"오바 씨가 가는 건가요?"

"아니, 사토코 건은 신주쿠서의 사건이라 신주쿠서의 형사
가 담당하지."

"무서운 형사인가요?"

"그래. 신주쿠의 형사는 성격이 거칠어. 각오해두는 게 좋을
거야."

오바가 위협하듯이 말하고 곧바로 "농담이야"라며 취소했다.

"솔직히 불면 난폭한 일은 없어. 형사는 다 그렇지. 자백한
후에는 친절해져."

"그래요?"

"불 거야?"

"잠깐만 기다려주세요."

"언제까지야? 내일이라고는 말하지 마. 사람은 하룻밤 자고 나면 생각이 바뀌니까. 오늘은 결말을 지어야지."

오바가 이렇게 말하자 우노는 입을 다물었다. 이제 불겠다고 생각하자 오치아이는 다리가 떨렸다.

"오바 씨, 저번에 두 사람을 죽이면 사형이라고 했지요?" 우노가 물었다.

"그래. 하지만 다 그러는 건 아니야. 정상참작의 여지가 있으면 무기징역이 되기도 하니까."

"아니, 사형이 무서운 것은 아니에요. 어젯밤에 생각했는데 나는 앞으로 살아가는 것이 더 마음이 무거워요."

"그런 말 하지 마. 모처럼 태어난 거잖아."

"태어나지 않은 것이 좋았던 사람도 있어요. 내가 그래요."

"자신이 정하지 마. 즐거운 일도 있었을 거 아냐. 생각해봐. 여자와 함께 아타미도 갔잖아."

우노가 고개를 숙이고 생각에 잠겼다.

"저기, 우노. 한 가지 부탁이 있는데." 오바가 말했다.

"뭔데요?"

"자백을 하려면 두 사람을 한꺼번에 해줘. 요시오 군과 기나 사토코, 이 두 사람 말이야. 너, 요시오 군도 죽였지? 어디에 숨겼는지 모르지만 이제 곧 겨울이야. 초등학교 1학년생 남자아이를 추운 곳에 내버려두면 너무 가혹하잖아."

오바가 조용히 우노를 응시한다. 우노는 부정하지 않고 되받아 본다. 오치아이는 확신했다. 요시오 군은 죽었다. 지금 한 가닥 희망이 사라졌다—

"요시오 군은 조금 기다려주지 않겠어요?" 우노가 말했다.

"안 돼. 같이 불어."

오바가 즉각 말을 던지며 고개를 가로저었다.

"한 사람이면 안 돼요?"

"안 돼."

우노가 다시 입을 다문다. 오치아이는 우노의 입가를 응시했다. 움직이려다가 멈추고 다시 움직이려다가 멈춘다. 뭔가와 비슷하다고 생각했더니 검도의 대련 간격 그 자체였다.

우노가 얼굴을 든다. 웃고 있는 것 같기도 하고 울고 있는 것 같기도 한, 뭐라 표현하기 힘든 표정이었다. 분다— 오치아이는 그렇게 직감하자 온몸에 소름이 돋았다.

"내가 죽였어요." 우노가 말했다.

"둘 다?"

"예."

"너 혼자?"

"예."

"그래? 고맙다. 잘 말해주었어."

오바가 고개를 끄덕인다. 오치아이는 떨리는 손으로 필기를

362

계속했다. 목이 바싹바싹 말랐다.

"요시오 군은 어디 있어?"

"그건 기다려주세요."

"왜지?"

"한꺼번에 말할 수 없어요."

"두 살인은 연결되어 있잖아? 한꺼번에 말하지 않고 어떻게 할 건데?"

"내 머리로는 혼란스러우니까 기다려달라고 하는 거예요."

우노가 호소한다. 그 눈에 거짓은 없어 보였다.

"그럼 사토코 건이야. 너는 사토코를 살해하여 가부키초 러브호텔의 오래된 우물에 버렸어. 종이와 연필을 줄 테니까 그 장소를 그려봐."

오바가 말하자 오치아이는 서둘러 책상 서랍에서 갱지와 연필을 꺼내 우노 앞에 놓았다. 우노가 연필 끝에 침을 묻히고 익숙지 않은 손놀림으로 그리기 시작한다. 목을 길게 빼고 들여다보니 묵은 방과 오래된 우물의 위치 관계가 바르게 그려져 있었다. 이것으로 증언은 사실과 일치한다는 증거 능력을 갖는다. 오치아이는 마음이 급했다.

"오래된 우물의 높이는?"

"허리 정도의 높이였나?"

"우물에 지붕은 있었어?"

"없었어요. 나무 덮개만 덮여 있었어요."

우노의 대답을 들으며 오바가 메모를 오치아이에게 던져서 건넸다. 들여다보니 '호스티스 살인 사체 유기 용의로 체포영장 청구'라고 쓰여 있었다. 오치아이는 말없이 자리에서 일어나 취조실을 나갔다.

복도를 달려 계단을 폭포수처럼 뛰어 내려가 수사1과의 형사부실로 들어갔다. 책상 앞에 앉아 있는 다나카 과장대리와 눈이 마주쳤다.

"과장대리님, 우노가 불었습니다! 호스티스 살인에 대해 자백을 시작했습니다! 오바 주임이 우선 사체 유기로 체포영장을 청구하라는 지시입니다!"

오치아이가 숨을 헐떡이며 큰 소리로 말했다. "오오" 하는 술렁거림이 형사부실 여기저기에서 일었다.

"스스로 말하고 있는 거야?" 다나카가 물었다.

"예. 현장 그림을 스스로 그렸습니다. 오래된 우물의 모양에 대해서도 진술하고 있습니다. 다 사실과 일치해서 증거가 될 수 있습니다."

"요시오 군에 대해서는?"

다나카가 강한 어조로 묻자 오치아이는 제정신을 차렸다.

"…… 예. 요시오 군에 대해서도 살해를 인정했습니다."

갑자기 방 안의 분위기가 무거워지고 모두 입을 다물었다. 방에 있던 미야시타와 모리가 귀신 탈처럼 얼굴을 일그러뜨렸다.

"다만 살해 상황과 유기한 장소에 대해서는 좀 더 기다려달라고 했습니다."

"그게 무슨 말이지?"

"한꺼번에는 말할 수 없다고 합니다."

"시간 벌기인가? 혹시 변호사의 지시 아닐까?"

"모르겠습니다. 일부 자백이라는 느낌입니다. 어떻게 할까요? 요시오 군 부모한테 알릴까요?"

"아니, 시체가 발견될 때까지는 덮어둬. 비밀 유지야. 신문기자한테도 알리지 마. 나는 다마리 1과장님께 보고하고 오겠다. 자네는 취조실로 돌아가."

다나카가 윗옷을 걸치고 방에서 나간다.

"각오는 하고 있었지만 실제로 들으니까 괴롭군."

모리가 의자에 깊숙이 앉아 천장을 올려다보았다. 최악의 결과에 형사부실 전원이 침울해졌다. 몇 년을 형사 생활을 해도 사람의 죽음에 익숙해지는 일은 없다. 하물며 어린아이다.

"오치아이, 요시오 군 유괴사건도 얼른 불게 해. 사람은 시간이 지나면 생각이 바뀌거든. 뭐, 오바 씨라면 잘 알고 있겠지만." 미야시타가 옆으로 와서 나직하게 말했다. "이렇게 되면 유해라도 좋으니까 한시라도 빨리 부모의 손에 돌려줘야지. 그게 우리의 일이니까."

"알겠습니다."

오치아이는 다시 자신의 중책을 생각했다. 요시오 군을 찾지 못하면 사건의 해결은 없다. 우노가 입을 다물면 모든 것이 물거품으로 돌아간다.

형사부실을 나서자 〈주오신문〉의 마쓰이가 기다리고 있었다.

"오치아이 씨, 무슨 일 있나요?"

먹이에 달려드는 잉어처럼 입을 벌리고 다가온다.

"아무 일도 없소."

오치아이는 난폭하게 대답했다.

"거짓말만 하시네. 다나카 과장대리가 험상궂은 얼굴로 1과 장실로 들어가던데요."

"그럼 대리님한테 들으면 되겠네."

"자, 그렇게 말하지 말고, 우노의 취조에서 뭔가 진전이라도 있었던 것 아닌가요?"

"없어요, 없어."

오치아이가 손을 흔들며 계단을 올라간다.

"우노의 어린 시절을 떠올리게 한 거죠? 그것으로 심경의 변화가 있었던 거 아닌가요?"

오치아이는 자기도 모르게 발을 멈췄다. "그걸 어떻게 알지?"

"아니, 뭐, 그러니까……." 마쓰이의 시선이 이리저리 흔들렸다.

"나리모토 검사가 이야기할 리는 없을 거고."

"뱀의 길은 뱀이 안다고……."

"그럼 지카다 변호사인가? 당신, 그 변호사와 짜고 무슨 짓을 꾸미는 거야?"

"아무것도 꾸미지 않아요. 그보다 어떤가요, 우노의 상태는? 기소 전 감정을 거부한 것은 우노의 장애를 감추고 싶기 때문인 거 아닌가요?"

"그럴 리가 없지. 우노는 정상이야!"

오치아이는 이렇게 내뱉고 다시 계단을 뛰어 올라갔다.

"그럴까요? 그런 어린 시절을 보냈다면 제대로 성장하지 못해요. 우노는 해리성 장애잖아요. 우리도 여러 가지로 조사를 했거든요."

"시끄러!"

돌아보지 않고 서둘러 갔다.

49

간지는 아무래도 다시 체포당한 것 같았다. 기나 사토코 살인에 대한 자백을 시작한 다다음 날 유치장에서 평소보다 이른 아침을 먹은 후 취조실로 끌려가자, 기다리고 있던 오바가 영장을 내밀며 "신주쿠 호스티스 살인사건으로 체포영장이 나왔어"라고 알려주었다. 간지는 사정을 알 수 없어 "예" 하고만 대답했다.

"이번 구류가 끝나기까지는 아직 사흘이 남아 있지만 우리도 느긋한 말은 할 수 없어서 말이야. 오늘부터 범죄 사실을 바꿀 거야. 곧 현장검증이 있을 거니까 그리 알고 있어."

현장검증이라는 말을 듣고 간지는 몸서리를 쳤다. 그것은 곧 밖으로 나갈 수 있다는 뜻이다.

"오바 씨도 가는 건가요?"

"아니, 전에도 말했지만 사토코 건은 신주쿠서의 사건이거든."

"그래요?"

오바가 안 가는 것을 확인하고 안심했다. 간지는 이 늙은 형사를 완전히 좋아하게 되었다.

"네 자백에 따라 현장에서 사실 관계를 확인해갈 거야. 순순히 따라줘."

"예, 알았어요."

"그 후 지검에 갈 거야. 늘 보던 나리모토 검사야. 네가 두 건의 살인을 인정하기 시작했다는 말을 듣고 흥분하고 있는 모양이더라. 뭐, 네 기억을 상기시킨 것은 나리모토 검사니까 그 영광을 돌려줘야지. 내친 김에 요시오 군이 있는 곳도 얘기해주면 그 녀석은 검찰에서 출세할 계획이겠지만 말이야."

오바가 우스꽝스러운 말을 지껄이듯이 말했다.

"그건 오바 씨한테 말할게요."

간지가 대답했다. 사실 그럴 생각이었다.

"울게 하지 마. 그게 언제인데?"

"돌아오고 나서요."

"그래? 약속해. 여기서 기다릴 테니까."

오바가 웃으며 말했다. 오치아이는 옆에서 얼굴을 붉히고 있었다. 드디어 사건이 해결될 거라고 두 형사는 생각하고 있을 것이다.

그대로 밖으로 끌려 나갈 거라고 생각했더니 그게 아니라 유치장이 있는 층으로 돌아가 독방에서 신체검사와 지문 채취를 했다.

"전에 체포되었을 때 아사쿠사서에서 했었잖아요."

간지가 불평을 하자 옆에 있던 오치아이가 "규칙이니까"라고 쓴웃음 지으며 대답했다.

"경찰도 공무원이야. 다시 체포되어도 같은 걸 하지. 나도 다시 사용해도 괜찮을 거라고 생각하지만 말이야."

"오치아이 씨는 현장검증에 올 거예요?"

"아니, 나도 안 가. 경시청은 조직이 아주 크거든. 앞으로 여러 형사가 나올 거라고 생각하지만, 이야기하는 것은 오바 씨한 사람이어도 돼."

"예, 그렇게 할게요."

"우노, 나도 언제까지 너하고 함께 있을 수 있을지 몰라. 그러니까 지금 말해둘게. 이야기해줘서 고마워."

오치아이가 간지를 응시하며 말했다. 간지는 대답할 수가 없어서 말없이 있었다. 사람을 죽이고 고맙다는 인사를 받을 이유가 없다는 것 정도는 알기 때문에 이것도 형사의 화술일 것이다.

"전에도 말했다고 생각하지만 나는 너를 알고 싶어서 레분토까지 다녀왔어. 그래서 이제 남 같지가 않아. 형사가 되어 이런 기분을 맛본 것은 처음이야."

"그런가요?"

신체검사와 지문 채취가 끝나자 이것도 저번과 마찬가지로 소지품 검사가 있고 일단 아사쿠사서에서 보내온 개인 물건을 간수가 다시 한번 용지에 기입하며 하나하나 읽어나갔다. 그리고 모든 것이 끝나자 지급받은 관복을 벗고 자신의 옷으로 갈아입었다. 슬슬 추워지고 있었기 때문에 와이셔츠 위에 체포되기 전에 산 감색 스웨터를 입었다. 발은 조리 그대로여서 "내 신발로 갈아 신고 싶어요"라고 호소했지만 거절당했다.

수갑을 차고 포승줄로 허리가 묶인 채 1층 통용문으로 끌려갔다. 그러자 거기에는 오랫동안 형사를 하면 이런 인상이 되는 건가 싶은 본보기 같은 남자들 여럿이 기다리고 있다가, 간지를 슬쩍 보자마자 가장 관록이 있는 듯한 나이가 지긋한 남자가 "꽤나 어리군" 하고 말했다.

"예, 스무 살이니까요." 오치아이가 대답했다.

"이런 애송이한테 휘둘리다니 수사1과도 무뎌졌군그래."

비아냥을 들으면서도 오치아이는 얼굴을 일그러뜨릴 뿐이었다.

"이게 열쇠입니다."

오치아이가 수갑 열쇠를 내밀자 간지는 신주쿠서의 형사에게 인계되었다.

"나는 신주쿠서의 서장 사카모토다. 호스티스 살해는 우리가 담당할 거다."

나이가 지긋한 남자가 간지를 매섭게 쏘아보며 턱으로 부하들에게 지시했다. 등이 떠밀려 밖으로 나가자 차 두 대가 세워져 있고 그중 한 대의 뒷좌석에 밀어 넣어졌다. 옆자리에 앉은 형사가 자기소개를 했다.

"나는 신주쿠서의 형사과장 쓰지이다. 오늘 현장검증을 담당할 거야. 잘 부탁한다."

간지는 고개를 끄덕이고 무릎 위의 수갑을 봤다. 이동할 때는 늘 차고 있기 때문에 수갑의 무게에는 완전히 익숙해졌다. 섣불리 움직였다가는 오히려 조이게 되는 구조도 알게 되었다. 지금은 움직이지 않게 하는 것이 제일이다.

차는 가을이 깊어진 도쿄 거리를 달렸다. 가로수는 완전히 빨간색과 노란색으로 물들었고 낙엽이 보도를 물들이고 있었다. 도중에 신사 앞을 지날 때 보니 노점이 쭉 늘어서 있고 사람으로 흘러넘치고 있었다.

"아아, 하나조노 신사는 도리노이치(11월의 유일(酉日)에 신사에서 하는 축제. 행운을 부른다는 복 갈퀴 등을 파는 노점들로 번잡하다)인가. 벌써 그런 계절이야?"

옆에서 쓰지이가 혼잣말을 했다.

"무슨 축제인가 보죠?"

"너, 도리노이치도 몰라? 갈퀴를 사서 장사가 잘되게 해달라고 기원하는 거야."

"흐음."

맞장구를 치고 창밖을 보자, 가게에는 화려하게 장식한 대나무가 많이 세워져 있어 꽃밭처럼 산뜻했다. 역시 도쿄는 활기차다고 생각했다. 레분토는 앞으로 흰색 일색의 세계가 된다.

가부키초의 아르바이트 살롱 파리지앵 앞에 도착한 것은 오후 1시가 지나서였다. 먼저 출발한 형사들이 이미 있어 줄을 치고 교통을 통제하고 있었다. 다만 밤의 환락가여서 낮에는 통행인도 적고 구경꾼의 모습도 없었다.

"10월 16일 새벽 0시가 지나 너는 가게 통용문에서 기나 사토코가 일을 마치고 나오는 것을 기다리고 있었어. 그건 어디쯤이지?"

쓰지이가 물어 간지는 "저기 전봇대 옆이요"라고 대답했다.

"그럼 거기에 서봐."

쓰지이의 지시에 따라 전봇대 옆에 서자 촬영 담당자가 카메라를 향하고 셔터를 눌렀다.

"폐점 시간이 자정. 사토코가 나온 것은 자정이 조금 지나서고. 틀림없지?"

"예, 틀림없어요."

"너는 사토코한테 말을 걸었어. 그리고 다가가 지금부터 여관으로 가자고 말하지."

쓰지이가 서류를 읽으며 당일의 행동을 확인한다. 그때마다 간지는 사진을 찍히고 다음 목적지로 향했다.

"여관 블루 샤토까지는 걸어서 5분 정도야. 너는 그 여관에 가는 것을 미리 정해놓은 거야?"

"아니요, 우연히 간 거예요. 다만 간판에 '방에 욕실이 있습니다'라고 쓰여 있어서 그곳으로 한 거죠."

간지가 블루 샤토 앞에 서서 건물을 올려다보았다. 그날 밤의 일을 떠올렸다. 사토코는 무슨 예감이 있었는지 다소 겁을 먹고 있었다.

"형사님, 오후 5시까지입니다. 그 이후에는 영업 방해가 되니까요."

금니를 빛내는 중년의 남자가 현관에서 나와 손목시계를 가리키며 말했다. 이 여관의 경영자인 모양이었다.

"그렇게 오래 걸리지 않을 겁니다. 사무실에서 기다려주세요." 쓰지이가 말했다.

"네가 여자를 죽인 범인이냐? 우물에서 사체가 나온 것이 왠지 무섭다며 종업원 둘이 그만두었어. 유령이 나올 것 같다고 과장까지 하면서 말이야. 게다가 현장을 보존하기 위해 당분간 그 방은 사용하지 말라고 하지. 어떻게 할 거야!"

남자가 간지에게 고함을 질렀다.

"이봐요, 입 다물고 있어요."

다른 형사가 손으로 제지했다. 경영자의 주장은 지당하여 간지는 가볍게 고개를 숙였다.

형사들과 여관의 현관으로 들어갔다. "투숙한 방은 기억하고 있어?" 하고 물어서 "대충은요" 하고 대답했더니 먼저 가게 했다.

기억에 의지하여 1층 동쪽의 가장 안쪽 방 앞에 섰다. 돌아보자 아무래도 맞는 듯 형사들이 표정을 누그러뜨렸다.

"좋아, 너는 투숙한 방을 맞혔어. 107호실. 이건 충분한 증거야."

"아, 그런가요?"

간지는 형사들의 노고를 위로하고 치하해주고 싶은 기분이었다.

방으로 들어가자 몸집이 작은 젊은 형사가 기나 사토코를 연기했다.

"입실한 후 먼저 뭘 했지?" 쓰지이가 물었다.

"목욕을 했어요."

"누가 먼저 했지? 아니면 같이 했나?"

"내가 먼저요. 여자는 샤워만 하고요."

"그래서?"

"목욕하고 나온 후 냉장고에 있는 맥주를 마셨어요. 사토코 씨는 필요 없다며 아무것도 안 마셨고요."

"그 뒤에는 침대였어?"

"맞아요."

"그럼 새벽 1시경부터 관계를 시작했다고 해도 되겠지?"

"예, 그러네요."

"몇 번이나 했어?"

"그런 것까지 묻나요?"

"오바 주임이 이미 물어봤잖아. 나는 진술 조서에 따라 확인할 뿐이야."

쓰지이가 위압적으로 말했다.

375

"두 번이요. 세 번째 도중에 목을 졸랐어요."

간지는 거스를 마음 없이 순순히 대답했다.

"그럼 여기서 재현해봐."

사토코 역의 젊은 형사가 천장을 보고 이불 위에 누웠다. 간지는 내키지 않았지만 지시에 따라 형사 위에 올라탔다. 이때 허리를 묶은 포승줄을 풀어주었다.

"실제로 목을 조르는 제스처를 해봐."

"예."

두 손을 형사의 목에 두고 가볍게 체중을 실었다. 등 뒤에서서터 소리가 들렸다.

"죄송합니다." 간지가 말했다.

"뭐야?"

"갑자기 똥이 마려운데요."

"뭐라고?"

"변소에 좀 가게 해주세요."

"이 바보 같은 자식. 참아. 경찰을 뭘로 보는 거야?" 쓰지이가 눈초리를 치켜올렸다.

"그럼 그냥 싸도 돼요?" 간지는 괴로운 듯이 몸부림을 쳤다.

"어쩔 수 없지 뭐……."

쓰지이가 혀를 찼다. 다른 형사들은 웃고 있었다.

"그럼 얼른 싸고 와."

"과장님, 이 방은 안 될 것 같은데요. 보존되어 있는 현장이니까요." 젊은 형사가 말했다.

"그럼 사무실 변소를 써야지. 누가 좀 데려가."

쓰지이의 명령으로 두 형사가 양 옆구리를 끼는 형태로 방을 나섰다. 복도를 걸어 사무실로 들어갔다.

"미안하지만 변소 좀 쓰게 해주세요."

형사가 부탁하자 경영자인 남자가 성가신 듯한 얼굴로 방 안쪽을 가리켰다. 어둑한 헛간의 막다른 곳에 변소가 있었다. 소변용의 변기와 칸막이 공간으로 나뉘어 있었다.

"수갑 좀 풀어주세요." 간지가 부탁했다. "안 돼." 형사가 일축했다.

"수갑을 차도 뒤 정도는 닦을 수 있어."

예측했던 답변이었기 때문에 특별히 초조함은 없었다. 그보다 조그만 창이 있는 것에 안심했다. 도쿄는 수세식 변소가 많아서 냄새가 차지 않기 때문에 창이 없는 칸도 있다는 것을 간지는 상경하여 알게 되었다.

"빨리 끝내."

형사가 문을 난폭하게 닫았다. 간지는 안쪽에서 자물쇠를 걸었다. 이 상황을 순간적으로 의심했지만 형사들도 설마 간지가 도망칠 거라고는 생각하지 않을 것이다.

간지는 심호흡을 한 번 하고 수갑이 채워진 두 손을 눈앞으로 들어 올렸다. 그리고 오른손 엄지로 왼손 엄지 밑동의 관절을 힘껏 눌렀다. 뚝 하는 날카로운 소리가 나며 관절이 빠졌다. 이어서 왼손의 네 손가락으로 오른손 엄지의 밑동 관절을 누르자 이것 역시 빠졌다. 턱에서 비지땀이 흘러내려 바닥에 물방울이 떨어졌다.

격통이 느껴졌다. 간지는 이를 악물고 소리가 새어 나오지 않도록 참았다. 수갑에서 천천히 손을 뺐다. 피부가 벗겨져 피가 배었다. 소리가 나지 않도록 살짝 바닥에 두고 이번에는 관절을 끼웠다. 소년교도소 시절에 같은 방에 있던 동료에게 들은, 수갑 빼는 방법이었다. 중학생으로 어부 아르바이트를 하고 있을 때 두 손의 엄지가 습관적으로 탈골되어 간단히 관절을 뺄 수 있게 되었다.

"이봐, 아직이야?" 문밖에서 형사가 재촉했다.

"조금만 더요."

간지는 분명치 않은 목소리로 대답하며 작은 창을 열었다. 마른 사람이라면 누구나 빠져나갈 수 있는 크기였다. 아직 엄지가 욱신욱신 아팠지만 참고 창틀에 손을 댔다. 두 발로 바닥을 차며 상반신을 창틀에 넣었다.

"이봐, 우노! 무슨 짓을 하는 거야!"

소리에 이상함을 눈치챈 형사가 문을 억지로 열려고 했다. 얄팍한 미닫이문이어서 걷어차면 부서진다.

간지는 창틀로 올라가 앞으로 회전하며 바깥으로 떨어졌다. 바닥은 축축한 땅이어서 충격은 없다. 그것과 동시에 문이 부서지며 "우노! 기다려!" 하는 고함 소리가 울렸다. 간지는 돌아보지 않고 건물과 담 사이를 변소의 조리를 신은 발로 달렸다.

"우노가 도주했습니다! 긴급 지원 바랍니다!"

이런 형사의 목소리를 들으며 간지는 막다른 곳의 담을 타고 넘어 길로 나갔다. 좌우를 둘러보았다. 태양을 올려다보고 아스팔트의 자기 그림자를 봤다. 동서남북만은 알 수 있었다. 신주쿠 역은 남쪽 방향이다. 지금 역으로 가는 것은 위험하다고 생각하여 동쪽 방향으로 달렸다. 아무튼 인파에 섞이고 싶다. 현금도 필요하다. 문득 생각난다. 가까운 신사가 잿날이다. 이름은 아마 하나조노 신사일 것이다.

간지는 골목을 전력으로 달려 하나조노 신사로 향했다. 이 지역에 대한 지식은 없었지만 올 때 차로 통과했으므로 대체적인 위치는 알 수 있다. 한동안 나아가니 갈퀴를 짊어진 요리사 차림의 남자와 스쳐 지나갔다. 방향은 잘못되지 않았다. 더욱 달려가니 고지대 위에서 북적거리는 목소리가 들려왔다. 여기다. 하나조노 신사의 간판이 보인다.

간지는 눈앞에 나타난 돌계단을 뛰어 올라갔다. 도리노이치인가 뭐라고 하는 잿날이어서 신사 경내는 어린아이부터 노인에 이르기까지 사람들로 넘쳐나고 있었다. 노점의 좋은 냄새도 떠돌고 있다. 도리이 밑에는 제복을 입은 경관 두 명이 서 있었다. 사람이 이만큼 모이면 당연한 경비일 것이다.

간지는 요동치는 심장을 억누르며 태연한 얼굴로 배전 근처까지 걸어가 손 씻는 곳에서 물을 마셨다. 문득 시선을 옮기자 옆의 헛간 선반에 장화가 있어서 조리를 벗고 갈아 신었다. 달리기 쉽지는 않지만 조리보다는 눈에 띄지 않는다. 그리고 노점 텐트 뒤쪽으로 돌아가 틈으로 가게의 동정을 들여다보았다. 되도록 큰 노점을 노리려고 물색하고 있었더니 바로 옆에서 기세 좋은 목소리와 박수 소리가 들려왔다. 종종걸음으로 나아가 뒤쪽에서 들여다본다. 부자로 보이는 손님이 커다란 갈퀴를 사서 축하 의식을 하고 있는 듯했다. 옷깃에 상호가 들어간 윗도리를 입은 점원이 손님을 둘러싸고 세 번씩 거듭 박수를 쳤다. 모두의 얼굴에서 웃음이 넘쳐난다.

간지는 손이 닿는 데에 바구니가 매달려 있는 것을 알았다. 안에는 지폐가 아무렇게나 넣어져 있었다. 신이 이끌어주는 것이 아닌가 생각했다. 망설이고 있을 여유가 없다. 간지는 잽싸게 손을 뻗어 움켜쥘 수 있을 만큼 쥐었다. 대부분이 1000엔짜리로 힐끗 보기만 해도 1만 엔 이상은 될 것 같았다.

"잠깐!" 목소리가 났다. 손님 한 사람에게 들켰다. "돈! 소매치기다!"

사람들이 일제히 돌아보는 것과 간지가 발길을 돌리는 것이

동시였다.

"이놈, 꼼짝 마!"

우렁찬 목소리가 뒤를 덮친다. 간지는 울타리로 뛰어들어 억지로 빠져나갔다. 빠져나간 곳은 좁은 골목으로, 밝은 곳으로 달려 나가자 그곳은 큰길이었다. 비트적비트적 차도로 나가 손을 들자 택시가 멈췄다. 뒷좌석으로 허리를 굽히고 굴러 들어가 "우에노 역"이라고 알렸더니 운전사는 놀란 듯이 "예?" 하고 되물었다.

"우에노 역. 먼가요?"

"아뇨, 괜찮습니다." 운전사는 갑자기 기분이 좋아져 "벌써 도리노이치입니까? 한 해가 참 빠르네요"라며 말을 걸어왔다.

확실히 시간이 지나는 게 빠르다. 몇 달 전에 자신은 레분토에서 다시마를 채취하고 있었다. 간지는 차창으로 만추의 하늘을 올려다보았다. 스크린 같은 엷은 구름의 하늘은 홋카이도까지 이어져 있다.

간지는 배에 힘을 주고 흥분으로 몸이 떨리는 것을 억눌렀다. 사형은 각오했다. 그렇다면 그 전에 해야 할 일이 있다. 그것은 계부 고미야 쇼조를 죽이는 일이다. 그것을 하지 않으면 후회가 남을 것이다.

가까이에서 순찰차의 사이렌 소리가 울리고 있었다. 간지의 귀에는 그것이 고기잡이의 시작을 알리는 종소리처럼 들렸다.

50

우노 간지가 도주했다는 첫 번째 소식이 들어온 것은 경시청의 형사부실에서 한창 진술 조서를 작성하고 있을 때였다. 오바가 휘갈겨 쓴 것을 미야시타와 모리가 퇴고하고 오치아이가 정서하고 있었다. 5계의 전원이 방에 있었다. 이와무라도 스즈키 상점에 대기하는 임무가 끝나 차를 끓이고 전화를 받는 임무로 돌아와 있었다.

맨 처음에 전화를 받은 이와무라가 "예?" 하고 얼빠진 소리를 질렀다.

"우노가 도주했다고요? 정말입니까?"

그 소리를 들은 5계의 전원이 순간적으로 혈색을 잃었다. 오치아이의 머릿속이 새하얘졌다.

"어디서야! 바꿔!" 미야시타가 큰 소리로 말하며 손을 뻗었다.

"한조몬의 합동수사본부, 다나카 과장대리님입니다."

미야시타는 건네받은 수화기를 귀에 대고 복창하며 한 손으로 메모를 했다.

"오후 2시 15분경, 가부키초 블루 샤토의 종업원용 변소에서 스스로 수갑을 풀고 작은 창문으로 도주. 쫓아갔지만 곧바로 놓치고 말았다. 이런 거 맞죠?"

"놓친 것은 어디의 어떤 놈이야?" 모리가 언성을 높였다.

"경시청, 두 번째의 큰 실수야. 간부 목이 날아가겠군."

니이가 피우고 있던 담배를 재떨이에 비벼 끄고 윗도리를 걸쳤다. 오치아이도 서류 작성을 그만두고 출동 준비를 했다.

머지않아 형사부실의 연락 스피커에서 긴급 수배 지령이 흘러나왔다.

"경시청에서 각국에. 신주쿠 관내에서 호스티스 살인사건 용의자 우노 간지가 도주. 현장은 가부키초 6번지……."

"오치아이, 오바 주임은?" 모리가 물었다.

"숙직실에서 자고 있습니다."

"깨워 와!"

"제가 가겠습니다." 이와무라가 방을 뛰쳐나갔다.

오치아이 안에서 맹렬한 분노가 치밀어 올랐다. 돌아오면 자백하겠다고 말한 것은 거짓말이었단 말인가. 자신들은 감쪽같이 속아 넘어간 것인가.

"다들 들은 대로 우노가 현장검증 도중에 도주했다. 수갑을 어떻게 풀었는지는 밝혀지지 않았다. 아직 첫 번째 소식이 들어온 단계라 상황도 파악하지 못하고 있다. 현재 전체 파출소 및 차량에 하명 중이다. 5계는 출동 지령을 기다린다."

미야시타가 부하들 앞에서 설명했다.

"그런데 우노는 왜 도망친 거지? 이유를 모르겠어." 니이가 말했다.

"그거야 사형이 두려워서겠지." 모리가 말했다.

"그랬다면 계속 묵비를 했겠지요. 놈은 자백을 시작했어요. 현장검증을 끝내고 돌아오면 요시오 군 살해에 대해서도 자백하겠다고 말하고 나갔거든요. 도주의 동기는 되지 않을 겁니다."

"뭔가 목적이 있을지도 모르겠네요." 오치아이가 말했다.

"무슨 목적?" 모리가 물었다.

"모르겠습니다. 다만 우노는 두 사람을 죽이면 사형이냐고 오바 씨한테 확인한 다음 기나 사토코 살해를 자백하기 시작했어요. 그러니까 니이 씨가 말한 것처럼 사형을 두려워하지는 않을 겁니다."

"그럼 사형당하기 전에 여한이 있다는 건가?"

"그럴지도 모릅니다. 그러고 보니 현장검증을 갈 때 바깥에 나가게 되는 걸 기뻐하는 인상이었습니다."

"그럼 노리고 있었다는 건가?" 모리가 큰 소리로 물었다.

"그럴 가능성이 높습니다. 즉흥적으로 도주하지는 않았겠지요."

그때 이와무라와 오바가 뛰어 들어왔다.

"우노가 도주했다고? 대체 무슨 일이야! 신주쿠서의 서장한테 사표나 쓰라고 해! 그 바보 같은 놈, 가만두지 않겠어!"

오바가 벌게진 얼굴로 고함을 쳤다.

"오바 씨, 짐작 가는 건 없나? 우노의 도주는 목적이 있는 게 아닐까 하는 것이 오치아이의 추리야."

미야시타가 묻자 오바는 이를 갈며 5초쯤 생각에 잠겼다.

"……그러고 보니 그렇긴 해. 나도 우노가 지카다 변호사와 접견을 하고 나서 자백을 시작한 것이 마음에 걸렸거든. 혹시 거기에 뭔가 있을지도 모르겠어."

"좋아. 오바 씨는 지카다 변호사를 붙잡아주게."

"그럼 저는 〈주오신문〉의 마쓰이 기자를 붙잡아 추궁해보겠습니다. 그 기자와 지카다 변호사는 뒤에서 결탁하고 있거든요. 뭔가 부추긴 것이 아닐까요?"

오치아이가 말했다. 코웃음 치는 마쓰이의 얼굴이 떠올라 속이 거북했다.

"잠깐 기다려. 도주했다는 사실이 밖으로 새도 되는 건가? 과장대리님께 확인을 해보는 게 낫지 않을까?"

니이의 말에 전원이 고개를 끄덕였다. 미야시타가 한조몬 회관에 문의하자 수사본부에서도 현재 협의 중이라는 답변이었다.

"사카모토 서장의 요청으로 기자 발표를 보류하고 있네. 몇 시까지 비밀을 지킬 수 있을지 지금 그것을 막고 있어." 미야시타가 말했다.

"바보야? 이 마당에 자신들 체면이 그렇게 중요해? 난 그렇게 못 해."

오바가 이렇게 내뱉고 방에서 나가려고 했다.

"오바 씨, 잠깐 기다리게. 우노는 무방비에다 소지금도 전혀 없는 상태네. 그렇게 멀리는 못 갔을 거야. 신주쿠 주변에 잠복해 있을 가능성이 높아. 게다가 우노가 일반 시민한테 위해를 가할 거라고는 생각하기 힘들고."

미야시타가 말렸다. 그때 통신지령실의 방송 스피커에서 지지직거리는 잡음과 함께 지시가 내려왔다.

"경시청에서 각국에. 신주쿠 관내에서 절도 사건 발생. 현장은 하나조노 신사 경내. 도리노이치가 한창인 가운데 노점의 돈을 넣어두는 곳에서 누군가 현금을 훔쳐 도주했다는 112 신고가 들어옴. 남자는 이십대, 또는 미성년자로 신장은 160에서 170센티미터. 인상착의는 거무스름한 바지에 흰색 셔츠, 감색 스웨터 차림. 몇 사람이 쫓아갔지만 모습을 감춘 듯함. 현재 오쿠보 방면으로 차량 여섯 대가 출동하는 중. 부근에 대한 철저한 피의자 수색을 실시하기 바람……."

전원이 우노의 짓이라고 확신했다.

"그것 보라고. 놈은 돈을 가졌어. 비밀 유지고 뭐고 없다고. 비상선을 치고 야마노테선 안쪽의 전 역에 경관을 배치하도록 수사본부에 보고해!"

오바가 미야시타에게 따지고 들었다. 미야시타는 관자놀이의 혈관을 부풀리며 "알았네" 하고 강한 어조로 말했다.

"다들 내가 책임을 진다. 기자한테 알려져도 어차피 석간에는 맞추지 못해. 비밀 유지는 지키지 않아도 된다."

오바는 그 말을 듣자마자 방을 뛰쳐나갔다. 오치아이도 방을 나가 계단을 뛰어 올라가 2층 기자 클럽으로 뛰어들었다. 마쓰이를 찾았다. 마쓰이는 칸막이 뒤에서 동료 기자와 장기를 두고 있었다.

"아이고, 오치아이 형사님. 무슨 일입니까? 낯빛까지 붉히고."

마쓰이는 오치아이의 심상치 않은 기색을 느끼고 일부러 느긋한 어조로 물었다.

"나 좀 봅시다. 중요한 이야기가 있으니까."

"잠깐만요. 지금 중요한 국면이거든요."

마쓰이는 안달하게 하려는 듯이 말했다. 오치아이는 무릎으로 탁자를 차서 장기판을 엉망으로 만들었다.

"무슨 짓이야, 이 사람이 정말!" 마쓰이가 일어나 항의했다.

"됐으니까 좀 봅시다."

오치아이는 마쓰이의 팔을 끌고 복도로 데려갔다.

"뭐요, 형사가 왜 이렇게 난폭해. 기자를 무시하면 용서 안 합니다!"

"우노가 신주쿠에서 현장검증 중에 도주했어요."

"뭐라고요?" 마쓰이가 눈을 부릅떴다. 할 말을 잃고 우두커

387

니 서 있다.

"어차피 금방 알려질 테니까 은폐는 안 합니다. 그래서 물어볼 게 있어요. 당신은 우노의 도주에 짐작 가는 게 있죠?"

"왜 나한테 짐작 가는 게 있다고 생각하는 거죠?"

"시치미 떼지 마세요. 지카다 변호사와 결탁해서 우노한테 뭔가 부추겼잖아요."

"이야기가 심하군요. 내가 도주를 방조했다고요? 이건 명예 훼손입니다."

마쓰이는 얼굴을 붉히며 항의했지만 표정 뒤에는 어딘가 우노의 도주에 흥분하고 있는 기색이 있었다.

"알았으니까 가르쳐주세요. 비상사태니까. 우리는 체면 같은 건 벗어던졌어요."

오치아이가 마쓰이의 멱살을 잡고 흔들었다. 마쓰이는 망연자실하여 오치아이의 손을 흔들어 풀고 양복의 옷깃을 여미며 "공짜로요?"라고 말했다.

"짐작 가는 게 있기는 한 거네요."

"몰라요. 하지만 지카다 변호사의 부탁을 받고 협조한 것은 사실이에요."

"가르쳐주시오."

"그러니까 공짜로 말입니까?"

마쓰이가 불만스러운 태도로 같은 말을 되풀이했다.

"요구는 뭐요?"

오치아이는 분노를 참으며 물었다.

"나는 오치아이 형사를 뒤쫓을 거요. 못 본 척 해주세요."

"그게 무슨 말이오?"

"말한 대로지요."

"알았소……. 뭐든지 좋으니까 가르쳐주시오."

오치아이는 잠시 망설이다가 대답했다. 미행이야 따돌리면 그만이다.

"우노의 계부가 지금 어디에 있는지를 조사해서 지카다 변호사한테 가르쳐주었어요. 삿포로 지국에 부탁했더니 간단히 알아내주었지요."

마쓰이가 근처에 사람이 없다는 것을 확인하고 작은 소리로 말했다. 오치아이는 그게 무슨 뜻인지 곧바로 이해할 수는 없었다.

"나는 재판을 대비하여 증인을 찾는 건가 생각하며 조사했지만, 지금 당신 이야기를 듣고 직감적으로 이해했어요. 우노는 계부한테 복수할 생각입니다. 그래서 도주한 거고요."

오치아이는 전율했다. 우노가 자백한 것은 현장검증 때 밖으로 나갈 기회를 노리고 한 것인가. 우노는 계부를 죽일 생각이다.

마쓰이가 호주머니에서 수첩을 꺼내 주소가 적힌 페이지를 내밀었다.

"이게 고미야 쇼조의 주소입니다. 택시 회사의 기숙사요. 당신, 은혜는 갚아야 해요."

오치아이는 열심히 동요를 억누르며 주소를 옮겨 적었다.

"안심하세요. 나는 아무한테도 말하지 않을 테니까요." 마쓰이가 묻지도 않은 말을 했다. "우노의 도주극은 우리만의 특종으로 할 테니까요. 이런 좋은 소재를 누가 타사에 알려주겠어요?"

"마음대로 하시오."

오치아이가 발길을 돌리자 마쓰이가 쫓아왔다.

"그런데 어때요? 우노의 자백은 어디까지 진행된 건가요? 호스티스 살해는 확실하다고 해도 요시오 군 유괴는 수상한 거 아닌가요? 관련되었다고 해도 단독범은 아닐 수 있잖아요."

"시끄러워요!"

손을 흔들어 뿌리치며 복도를 달렸다. 그대로 형사부실로 뛰어 들어가 미야시타에게 마쓰이에게서 얻은 정보를 보고했다.

"뭐라고⋯⋯."

미야시타가 얼굴을 일그러뜨리며 목소리를 짜냈다. 곧 수화기를 들어 합동수사본부에 연락을 했다.

"이봐, 이와무라. 시각표 가져와." 니이가 지시를 내렸다.

이와무라가 자료 선반에서 교통공사의 시각표를 꺼내 도호쿠 본선의 하행선 시각을 읽었다.

"우노가 도주한 것이 오후 2시 15분경. 하나조노 신사의 갈퀴 노점에서 현금을 훔친 것이 그 직후. 곧바로 택시를 타고 우에노 역으로 갔다고 하면 도착하는 것은 일러야 오후 3시. 정체되었다면 3시 반쯤이겠지. 그쯤의 열차는…… 3시 정각에 출발하는 센다이행 급행 '제2미야기노', 3시 10분발 아오모리행 급행 '핫코다', 4시 30분발 센다이행 특급 '히바리'……."

오치아이는 손목시계를 봤다. 현재 시각은 오후 3시 5분. 3시 10분 급행 '핫코다'에 우노가 승차한다고 하면 시간에 맞춰 갈 수 없다.

"다들 들어봐."

본부와의 전화를 끝낸 미야시타가 험악한 얼굴로 말했다.

"오치아이가 얻은 정보가 맞다면, 아니, 아마 맞겠지. 우노는 삿포로로 가고 있을 거야. 다나카 과장대리님이 즉시 우에노서에 연락해서 수사관을 우에노 역으로 보냈다. 동시에 철도 공안관에도 우노를 발견한 즉시 신병을 확보하라는 지시를 내렸어. 그 후 형사부장 이름으로 전 경찰서에 일제히 전보를 쳤을 거야. 그렇게 되면 전 경찰서가 움직이는 거야."

"미야시타 계장님, 우노가 3시 10분발의 핫코다에 탔을 경우 우에노 역에 맞춰 갈 수 없습니다. 시각표로는 21분에 아카바네 역에 정차합니다. 그러니까 아카바네서에도 연락을 부탁합니다. 아카바네 역을 지나가면 그 뒤는 경시청 관내를 벗어나 수사본부에서는 직접 지시를 내릴 수 없게 됩니다."

오치아이가 말했다. 미야시타는 "알았네"라며 고개를 끄덕이고 다시 수사본부에 연락을 취했다.

"여기에 있어도 어쩔 수가 없어. 전원이 수색하러 나가자. 우노를 딱 보고 알 수 있는 것은 우리 5계야. 닐과 오치아이와 이와무라는 우에노 역으로 가. 나와 사와노와 구라하시는 아사쿠사와 산야를 수색한다. 놈이 아는 사람은 도잔회의 마치이 아키오뿐이야. 부탁해서 잠시 잠복할 가능성도 있으니까, 사진을 갖고 탐문조사에 들어간다. 미야시타 계장은 대기. 각 반은 한 시간마다 전화로 연락하도록."

모리 다쿠로가 지시를 내렸다.

"탄쿠로 씨, 경우에 따라서는 다음 열차를 타고 쫓아가도 좋지 않을까요?" 니이가 물었다. "우노가 급행 핫코다에 탔을 경우 아오모리에 도착하는 것은 새벽 5시 3분. 세이칸 연락선의 출발이 몇 시인지 모르겠지만, 잘하면 따라잡을 수 있을지도 몰라요."

"스스로 판단해. 승인을 신청할 여유가 없으니까 경찰수첩을 보여주고 타."

"알았습니다."

니이가 턱을 살짝 치켜들고 오치아이, 이와무라와 셋이서 방을 나갔다. 도쿄 스타디움에서 우노를 놓쳤을 때와 같은 멤버다. 이번에야말로 붙잡겠다고 오치아이는 주먹을 꼭 쥐었다.

사쿠라다몬에서 택시를 잡아 유라쿠초 역으로 향했다. 차보다 야마노테선 전철이 빠르다는 판단이었다. 어느새 하늘은 엷은 먹색이고 당장이라도 비가 쏟아질 것 같았다. 오치아이는 북쪽 방향을 바라보며 갑자기 불안에 사로잡혔다. 우노는 아직 요시오 군이 있는 곳을 자백하지 않았다. 수사본부가 가장 두려워하는 것은 우노가 입을 다문 채 죽는 것이다.

좌석에 가만히 앉아 있는 것이 힘들었다. 하루미 거리는 정체여서 좀처럼 앞으로 나아가지 못했다.

우에노 역에 도착한 것은 오후 3시 50분이었다. 재래선의 개찰구를 빠져나가 구내로 들어가자 제복을 입은 경관이 곳곳에 배치되어 있고, 도호쿠 본선의 개찰구에는 여러 명의 형사가 서서 지나가는 한 사람 한 사람에게 눈을 번뜩이고 있었다.

오치아이 일행은 경찰수첩을 보여주고 역무원실로 들어가 부역장을 붙잡고 3시 10분발 하행선 급행 핫코다 표를 산 손님 중에 이런 남자가 없었느냐며 사진을 보여주었다.

"창구 담당자한테 물어보겠습니다만, 어지간히 눈에 띄는 손님이 아니면 기억하지 못할 텐데……."

부역장은 곤혹스러워하면서도 창구의 카운터 안쪽으로 오

치아이 일행을 들어오게 해 창구 담당자에게 물었다. 다들 고개를 갸웃하는 가운데 한 직원이 "발차 시각이 다 되어 핫코다 승차권을 구매한 젊은 남자 손님이 한 명 있었습니다"라고 증언했다.

"이런 얼굴이 아니었습니까?" 니이가 사진을 들이밀었다.

"글쎄요, 찬찬히 보지를 않아서……."

"어떤 복장이었지요? 짐은 있던가요?"

"글쎄, 그것도……."

"북쪽 지방 사투리를 쓰지 않던가요?"

"그거야 도호쿠 본선 승객은 대부분 도호쿠 사투리니까요……."

직원이 난감한 얼굴로 말했다.

젊은 남자라는 것만으로는 너무 범위가 넓어서 배치를 한다고 해도, 추적을 한다고 해도 결단이 서지 않는다.

"달리 생각나는 것은요? 당황했다거나 거동이 수상했다거나 하는 것은요?"

오치아이가 물었지만 직원은 생각만 할 뿐 단서는 나올 것 같지 않았다. 그때 오치아이는 문득 생각났다.

"저기요, 그 남자 손에 찰과상이 있지 않았습니까?"

"아아, 그러고 보니—" 직원이 반응했다. "엄지 밑동에 긁혀서 지렁이처럼 길게 부어 오른 상처가 있었습니다. 피도 밴 것 같기도 하고. 지금 듣고 보니 생각났습니다."

"그 남자가 발차 시각 직전에 핫코다 표를 샀다는 거죠?"

"그렇습니다."

"그 녀석이 우노야! 수갑을 벗길 때의 상처라고!"

니이가 침을 튀기며 말했다. 가까이에 있는 전화기를 들었다. 대기하고 있는 미야시타에게 연락했다.

"계장님, 니이입니다. 지금 우에노 역입니다. 역무원에게 탐문을 했더니 우노 간지인 듯한 젊은 남자가 3시 10분발 하행급행 핫코다 표를 발차 시각 직전에 구입했다는 증언을 얻었습니다. 예, 확실합니다. 그런데 아카바네서는 어떻게 되었습니까? 아아, 그렇습니까? 시간에 맞추지 못했다고요……."

니이가 보고를 계속하고 있고, 오치아이는 그 옆에서 부역장에게 핫코다의 주요 정차역과 도착 시각을 물었다. 그러자 부역장은 시각표를 통째로 암기하고 있는 듯 막히지 않고 술술 대답했다.

"우쓰노미야, 오후 4시 50분 도착, 53분 출발. 구로이소 5시 44분 도착, 49분 출발. 고리야마 6시 56분 도착, 7시 6분 출발. 후쿠시마 7시 48분 도착, 56분 출발. 센다이 9시 13분 도착, 29분 출발……."

오치아이가 서둘러 메모를 했다. 긴 정차 시간은 고리야마의 10분간과 센다이의 16분간이다. 경찰이 차내를 수색한다면 그 두 역이다. 고리야마는 후쿠시마 현경, 센다이는 미야기 현경이다. 광역 긴급 배치를 하기 때문에 경시감이라는 계급을 가진 이지마 형사부장, 또는 경찰청 형사국의 과장 이상이 아니면 수사 지령은 내릴 수 없다.

오치아이는 전화를 넘겨받아 미야시타에게 핫코다가 정차하는 역과 발착 시간을 알려주었다. 그대로 역무실에 대기하고 있으라는 말을 듣고 일단 전화를 끊었다.

"핫코다를 따라잡으려면 몇 시 열차를 타면 됩니까?"

오치아이가 부역장에게 물었다.

"가장 빠른 것은 6시 30분에 출발하는 특급 '시라토리'입니다."

"저녁 6시 반이라⋯⋯."

오치아이는 손목시계를 보았다. 앞으로 두 시간 이상 후에 출발하는 열차를 타고 과연 우노를 따라잡을 수 있을까? 비행기라면 앞질러 갈 수 있지만, 설마하니 수사본부가 인정해줄 것 같지 않았다.

"부역장님, 시라토리는 아오모리에 몇 시에 도착합니까?"니이가 물었다.

"6시 10분입니다." 부역장이 즉시 대답했다.

"안 되겠군. 핫코다의 아오모리 도착은 5시 3분이야. 약 한 시간이나 늦어."

니이가 가까운 의자에 앉아 한숨을 내쉬었다.

"사정은 잘 알겠습니다만, 형사님들이 쫓고 있는 인물이 세이칸 연락선에 타려고 한다면 시간에 맞출 수 있습니다."

부역장이 모자를 고쳐 쓰며 말했다.

"정말입니까?" 니이와 오치아이와 이와무라가 동시에 말했다.

"세이칸 연락선의 출발은 6시 30분입니다. 특급 시라토리가 도착하는 시각에 맞춰 운행표를 짜고 있습니다. 따라서 핫코다로 아오모리에 도착해도 한 시간 27분을 기다릴 필요가 있습니다."

"좋아, 우리끼리 가자." 니이가 기세 좋게 일어났다. "오치아이, 계장한테 전화해. 니이, 오치아이, 이와무라, 이 세 명이 지금 아오모리로 간다. 다른 부나 현 경찰의 지원은 불필요하다. 우노의 신병은 반드시 경시청 수사1과가 확보한다."

"알겠습니다."

오치아이는 흥분으로 몸이 떨렸다. 이번에야말로 실패는 용서되지 않는다. 만약 우노 간지를 놓치거나 죽게 한다면 모든 것이 물거품이 된다.

드디어 제정신이 돌아오자 역의 떠들썩한 소리가 귀에 들어왔다. 승강장의 발차 벨이 사람을 서두르게 하는 듯이 울리고 있다.

51

급행 핫코다의 이등칸은 거의 만석이었다. 하나조노 신사에서 훔친 돈이 생각보다 많았기 때문에 일등칸이나 침대칸으로 할까도 생각했지만, 젊은 사람이 분수에 맞지 않은 짓을 하면 오히려 눈에 띌 거라고 생각하여 이등으로 만족하기로 했다. 차내는 북쪽 지방의 사투리가 어지럽게 날고 있었다. 간지는 이대로 홋카이도로 돌아가면 도쿄에서 일어난 일이 모두 없었던 것이 될 수 있지 않을까 하는 착각에 사로잡혀 한순간 마음이 풀어지려고 했다. 아무튼 지금은 자유라는 것의 감개에 젖어 있었다.

같은 차량에는 학생복을 입은 중학생인 듯한 몇몇 무리가 있어 이따금 웃음소리가 일었다. 인솔 교사인 듯한 어른이 그때마다 "조용히 해"라고 주의를 주었다. 새어 나오는 대화 내용에서 중학생 무리는 내년 봄 후쿠시마에서 도쿄로의 집단 취직을 앞두고 그 예비 조사인 공장 견학을 하러 왔다가 돌아가는 길이라는 것을 알 수 있었다. 그러고 보니 자신도 레분토에서 삿포로로 집단 취직을 하러 갔다. 그런데 그때는 어떤 심정이었을까. 4년이나 지나자 까맣게 잊어버리고 말았다. 다만 교사가 말하는 대로 진로가 정해지자 담담하게 따랐던 기억밖에 없다.

"형씨, 먹을래요?"

맞은편에 앉은, 헌팅캡을 쓴 초로의 남자가 수하물에서 말린 떡을 꺼내 물었다.

"예, 먹을게요."

간지는 배가 고파 받았다. 씹으니 쌀의 달콤함이 입 안에 퍼졌다.

"어디까지 가나?" 남자가 물었다.

"삿포로요."

"그거참 힘들겠군그래. 나는 아키타요. 후쿠시마에서 갈아타지. 형씨, 삿포로로 귀향하는 거요?"

"예."

"장화를 신고 있구먼. 홋카이도는 벌써 눈인가?"

"그런 건 아니에요. 달리 가진 게 없을 뿐입니다."

이야기 상대가 되는 게 귀찮았으므로 다 먹자마자 팔짱을 끼고 몸을 비틀고 눈을 감았다. 남자는 다소 기분이 상한 것 같았지만 곧 마음을 고쳐먹고 옆 승객과 이야기를 시작했다.

"도쿄는 많이 변했어. 콘크리트 건물이 쑥쑥 세워지고 마치 외국 같다니까. 올림픽 경기라는 건가. 도호쿠도 그렇게 변했으면 좋겠는데 말이야."

눈을 감고 있었더니 수마가 덮쳐왔다. 유치장 이외에서 자는 것은 대체 얼마 만의 일인가. 비좁은 좌석인데도 왠지 해방감이 들었다.

고리야마 역에서 10분간 정차한다는 차내 방송이 있었기 때문에 간지는 일단 열차에서 내려 개찰구 근처의 공중전화로 112를 돌렸다.

"예, 112입니다." 통신관의 사무적인 목소리가 귀에 들어왔다.

"저기, 오바 형사를 바꿔줄 수 있을까요?" 간지가 말했다.

"예? 무슨 형사요?" 통신관이 되물었다.

"오바 형사. 아사쿠사서, 아니 미나미센주서였나?"

"댁은 어디에 건 건가요?" 급히 목소리의 톤이 내려갔다.

"경찰에 건 건데요."

"아사쿠사라면 도쿄의 아사쿠사요?"

"그런데요."

"그럼 경시청에 걸어야지요. 우리는 후쿠시마 현경이니까요."

그렇구나, 여기는 후쿠시마현이구나. 간지는 무심코 얼굴을 찌푸렸다. 112는 전국 공통이라고 생각했었다.

"미안합니다. 잘못 걸었습니다."

"예."

망연한 어조로 전화를 끊는다. 그런데 어떻게 하면 경시청에 연락할 수 있을까? 생각해도 알 수가 없어서 간지는 근처에 있는 역무원을 붙잡고 물었다. 그러자 역무원은 의심스러워하면서도 "시외 국번 안내는 105번입니다. 그 번호에 걸면 경시청의 대표 번호를 알 수 있지 않을까요?" 하고 친절하게 가르쳐주었다.

"하지만 이 공중전화 다이얼로는 시외에 걸 수 없습니다."

"도쿄에 걸려면 어떻게 해야 합니까?"

"구내매점에 핑크색 전화가 있으니까 그걸 쓰면 됩니다. 재작년부터 교환수 없이 연결할 수 있게 되었습니다. 전화도 진보한 거지요. 승차권을 보여주고 개찰구를 지나면 됩니다."

"10엔짜리로 도쿄에도 걸 수 있나요?"

"걸 수는 있지만 금방 끊어질 겁니다. 10엔짜리 동전을 많이 준비해야겠지요."

"고맙습니다. 죄송합니다." 간지가 고개를 숙였다.

"형씨, 도쿄 경찰에는 무슨 용건인데요?"

간지가 젊어서인지 역무원이 편하게 물어 왔다.

"지금 도망쳐 온 참이라 인사만이라도 해둘까 해서요."

간지가 이렇게 대답하자 농담이라고 생각한 듯 "아하하하" 하고 소리를 내서 웃었다.

곧장 개찰구를 나가 매점 앞에 놓인 핑크색 전화로 우선 105번을 돌렸다. 안내 담당자에게 묻자 쉽사리 경시청의 대표 번호를 알 수 있었다. 옆에 연락용의 칠판이 있어서 서둘러 번호를 메모했다.

간지는 매점에서 100엔짜리를 내고 20엔짜리 모리나가 캐러멜을 사서 동전을 마련했다. 그리고 대표번호를 돌렸다. 두려움은 전혀 없었다. 나를 누구라고 생각하는 거야, 하는 대담한 마음까지 있었다.

"예, 경시청입니다."

여자 목소리였다. 경찰관이 아니라 전화 교환수일까.

"미나미센주서의 오바 형사를 바꿔줄 수 있습니까?" 간지가 말했다.

"그렇다면 미나미센주서의 번호를 알려드릴 테니 그쪽으로 다시 걸어주세요."

"아, 아니. 오바 씨는 경찰서에 없고……. 아마 경시청이나 요시오 군 유괴사건의 수사본부에 있을 겁니다."

"실례지만 누구십니까?"

"나는 우노 간지라는 사람이오. 거, 뉴스에도 나왔던."

수화기 너머에서 교환수가 놀라서 숨을 멈추는 것을 알 수 있었다.

"잠깐 기다려주세요."

전화기 너머에서 누군가를 부르고 있는 목소리가 들렸다. 이어서 남자 목소리가 어지러이 날았다. 자신이 도주한 것은 이미 알고 있는 것 같았다.

30초쯤 기다린 후 "합동수사본부의 오바 형사와 연결해드리겠습니다"하고 교환수가 말했다. 찰칵 하고 회선이 교체되는 소리가 들리고 익숙한 목소리가 귀에 날아들었다.

"이봐, 우노야?"오바의 목소리는 차분했다.

"예, 나예요. 오바 씨한테 나쁜 짓을 한 것 같아서요."

간지가 사과했다. 사실 죄송한 마음은 있다.

"지금 어디야?"

"말할 수 없어요."

"그래? 그런데 너 도망칠 생각이야?"

"아뇨. 볼일이 끝나면 돌아갈 거예요. 그러니까 조금만 기다려주세요."

"기다릴 수 없지. 너는 오늘 신주쿠에서 현장검증이 끝나면 요시오 군이 있는 장소를 알려주겠다고 약속했잖아. 한번 약속을 깬 사람은 신용할 수 없어."

"이번에는 지킬게요. 그러니까 기다려주세요."

역의 혼잡함 속에서 간지의 목소리가 커졌다.

"자세한 것은 나중에라도 좋아. 요시오 군이 있는 곳만 말해."

그때 구내방송이 흘러나왔다. "도호쿠 본선, 급행 아오모리행, 곧 출발합니다. 승차하실 분은 서둘러주시기 바랍니다."

"예, 오바 씨, 또 나중에 걸게요."

"안 돼. 지금 말해."

삐, 삐, 삐 하고 수화기의 신호음이 울렸다.

"절의 묘지예요. 절 이름은 몰라요. 아사쿠사와 산야 중간쯤에 있는 커다란 절인데."

간지가 빠르게 대답했다.

"엔다이지야?"

"그러니까 이름은 모른다니까요. 거기 묘지의 묘석 밑에 숨겼어요."

"묘의 이름은? 거기 묘는 100기나 200기 정도가 아니라고."

"생각 안 나요. 가면 안다니까요—"

찰칵 하는 소리가 나고 전화가 끊어졌다. 동시에 발차 벨이 울렸다. 서둘러 뛰어가 개찰구를 빠져나간 간지는 열차에 뛰어올랐다. 승강구의 발판에서 호흡을 가다듬었다. 온몸에 땀이 나고 땀방울이 등을 타고 흘러내렸다. 간지는 스웨터를 벗어 옆구리에 안았다. 차량으로 들어가자 고리야마에서 많은 승객이 내린 듯 빈자리가 눈에 띄었다.

간지는 문득 생각나 열차 뒤쪽으로 향했다. 좌우로 흔들리며 통로를 걸어 침대칸으로 들어가자, 침대는 대부분 승객들로 차 있고 각자가 제각각의 자세로 편히 쉬고 있었다. 그중에는 이미 커튼을 닫고 자고 있는 승객도 있다. 그 침대의 통로쪽에는 신발이 늘어서 있었다. 간지는 태연한 얼굴로 운동화한 켤레를 들고 발길을 돌렸다. 연결부에서 장화와 갈아 신었다. 치수는 딱 맞았다. 자신은 운이 좋다고 생각했다.

원래의 이등칸으로 돌아가 네 자리가 다 비어 있는 좌석을 확보하여 드러누웠다. 천으로 싸인 좌석은 전기 히터가 들어와 여기가 천국인가 하는 생각이 들었다. 지금의 시간이 영원히 계속되면 좋겠다.

간지는 눈을 감았다. 그러자 레분토에서 자란 어린 시절 자신의 모습이 떠오르고 달콤한 생각이 차오른다. 집은 가난하고 어머니도, 할머니도 그다지 예뻐해주지 않았지만 레분토의 자연이 나를 위로해주었다. 특히 봄에서 여름에 걸쳐 흐드러지게 피어나는 꽃은 모든 것을 상쇄하고도 남을 만큼 아름다웠다. 그대로 섬에 있었다면 나는 평범한 생활을 하고 있을 것이다. 왜 이렇게 되었을까─ 생각하지 않아도 알고 있다. 하나도 둘도 모두 계부 고미야 쇼조라는 존재 때문이다. 어머니가 그 남자와 결혼한 탓에 나는 자해 공갈의 도구가 되었다. 그 남자를 죽이지 않고 사형당할 수는 없다. 죽인 후라면 쓰가루 해협에 몸을 던져도 좋다─

간지의 머리가 빙글빙글 돌았다. 자신의 모습이 안개 속으로 사라지자 대신 요시오 군의 모습이 떠올랐다. 그 아이는 예전의 내가 아닐까. 아무런 의심도 없이 남을 따라가 살해당했다─아니, 죽인 것은 나다. 남의 일이 아니다.

그날 아이들과 헤어진 후 불전함 털이를 한 번 더 하려고 부근을 물색하고 있었다. 한참을 걸었더니 큰 절이 있어 경내로 들어갔다. 문득 정신을 차리고 보니 남자아이가 혼자 뒤를 따라왔다. "뭐야?" 하고 물었더니 수줍어하며 고개를 숙였다. 간지는 그때 유괴를 생각했다. 올해 들어 영화의 영향으로 일본 전역에서 유괴사건이 빈발했다. 다들 한다면 나도 한다.

아이의 이름은 요시오. 집은 두부집. 집에 전화가 있느냐고 물었더니 있다고 대답해서 하기로 결정했다. 경내의 안쪽에 본당과는 별도로 다다미 여섯 장 크기의 작은 사당이 있어, 거기에 숨어 있을 수 있느냐고 아이에게 물었더니 응, 하고 대답했다. 그리고 집의 전화번호를 묻고는 사당의 문을 닫았다. 남자아이는 깜깜해진 것이 무서웠는지 울음을 터뜨렸다. 간지는 어떻게 해야 한다고 생각하여 순간적으로 남자아이의 목으로 손을 뻗었다. 거기서부터는 기억나지 않는다. 여느 때처럼 안개 너머로 끌려간 느낌이다. 정신을 차리고 보니 남자아이는 축 늘어져 있었다. 아아, 내가 죽인 건가, 하고 높은 곳에서 방관하는 듯한 마음으로 생각했다. 초조감도, 후회도, 흥분도, 공포도, 아무런 감정도 없었다. 기나 사토코를 죽였을 때도 마찬가지였다. 나는 이따금 혼이 빠져나간다.

오바는 믿어줄까? 나는 죽일 생각 같은 건 없었다—

간지는 좌석에 드러누워 한때의 안식에 잠겼다. 정말 시간이 멈추면 좋겠다.

센다이 역에서 16분간 정차하기 때문에 간지는 다시 역의 핑크색 전화로 경시청에 전화를 걸었다. 이번에는 바로 오바와 연결되었다.

"우노, 엔다이지의 묘는 400기 이상이나 되는 모양이야. 찾기가 힘들어. 아무리 경찰이라도 남의 묘를 마구 열 수도 없고 말이야. 너, 돌아와서 도와줄 거지?"

오바는 몇 시간 전과 마찬가지로 차분한 어조였다.

"사흘만 기다려주면 돌아갈게요."

간지가 대답했다. 앞으로의 일은 자신도 알 수 없지만 도주를 계속할 생각은 없다.

"사흘이나 어떻게 기다려. 뭔가 생각나는 것만이라도 알려줘."

"큰 묘였어요."

"그럼 토장했을 무렵의 묘였다는 거야?"

"어려운 말은 몰라요."

"아이를 숨길 수 있을 정도면 뼈만 묻는 화장용 묘로는 어렵겠지."

"그러니까 어려운 말은 모른다니까요."

"그럼 묘석의 이름은? 무슨 가족묘라고 새겨져 있잖아."

"생각 안 나요. 생각나는 것은 대체적인 위치뿐이에요. 묘지 안쪽의 담장 바로 앞일 거예요. 아아, 맞아요. 묘석 주위에 대나

407

무 울타리가 있었어요."

"그래? 그런데 너 그 묘에 간 것은 한 번뿐이야?"

오바가 묘한 것을 물었다.

"아뇨, 어땠는지 기억 안 나요."

"기억나지 않는 건 아니겠지. 들어봐, 이제부터 중요한 것을 물을 테니까. 너는 요시오 군의 집인 스즈키 상점과 전화로 이야기하면서 아이를 데리고 있는 증거로 운동화 한 짝을 산야의 운송회사 주차장의 삼륜차 짐칸에 놓았잖아."

"예, 맞아요."

"그 운동화는 요시오 군이 신고 있던 신발이야. 그건 전화를 끊고 나서 묘까지 가지러 간 거야?"

"예, 그랬어요."

"확실하지?"

"예."

"좋아, 알았어. 고마워."

오바의 목소리가 순간적으로 떨렸다. 전화 너머에서 형사들이 술렁거리는 모습이 희미하게 전해졌다.

"오바 씨, 나는 아이의 목을 졸라 죽인 것 같아요. 하지만 믿지 않을지도 모르지만 그때의 기억은 없어요."

"그래? 자세한 이야기는 나중에 하자."

"그래요. 그럼 사흘만 기다려주세요."

"알았어. 그럼 한 가지만 약속해줘."

"뭐예요?"

"죽지 마. 너하고 좀 더 이야기를 하고 싶으니까."

간지는 대답할 말이 궁했다. 돌아간다고는 했지만 자살도 머릿속에 조금은 있었다. 어떻게 대답할지 망설이고 있을 때 타이밍 좋게 신호음이 울리고 요금 부족으로 전화가 끊겼다.

아무튼 어깨의 짐 하나를 내려놓았다. 아이의 시체는 경찰이 찾아줄 것이다.

승강장의 시계를 보니 저녁 9시가 지나 있었다. 어디선가 가다랑어 국물 냄새가 풍겨왔다. 둘러보니 승강장 중간쯤에, 서서 먹는 메밀국수 노점이 있고 많은 사람이 모여 있었다. 간지도 먹기로 했다. 이런 밤에 따뜻한 메밀국수가 있다니, 이 얼마나 고마운 일인가. 사회와 멀어지는 것이 더욱 아쉬워진다.

52

오치아이가 합동수사본부에 연락한 것은 센다이 역의 역무원실에서다. 슬슬 날짜가 바뀌려는 시각이었다. 특급은 정차하는 역이 적기 때문에 정차 시간도 짧다. 그래서 센다이 역에 도착할 때까지 기다릴 수밖에 없었다. 이곳에 정차하는 시간도 불과 5분이다. 전화를 받은 것은 다나카로 "왜 이렇게 늦었어. 기다릴 수가 없잖아" 하고 밑도 끝도 없이 호통을 쳤다.

"니이, 이와무라, 저, 이렇게 셋이서 지금 센다이 역에 있습니다. 열차는 정해진 시간대로 운행하고 있어서 별일 없다면 아침 6시 10분에 아오모리 역에 도착할 겁니다."

오치아이가 보고했다.

"알았네. 그보다 사건이 크게 변해서 알려주겠네. 지금으로부터 한 시간쯤 전에 다이토구의 엔다이지의 묘지에서 요시오 군으로 보이는 아이의 시체가 발견되었어."

다나카의 말에 오치아이는 말문이 막혔다. 스르르 핏기가 가시고 수화기를 놓칠 뻔했다.

"최악의 사태가 되어 수사본부는 모두 충격을 받았네. 다만 이건 우노의 자백에 근거한 것인데, 그 점만은 우리한테 유일한 위안이야."

"무슨 말입니까?"

"우노가 도주 중에 수사본부의 오바 주임한테 두 번 전화를 해 왔네. 그 대화 중에 오바 주임이 물어서 알아낸 거야."

"그렇습니까……?"

"이것으로 우노 간지는 요시오 군 유괴사건으로도 체포하고 기소할 수 있게 되었네. 또 우노가 요시오 군을 살해한 시기가 유괴 직후라는 것도 판명되었지. 운동화 한 짝을 삼륜차 짐칸에 두었을 때 요시오 군은 죽어서 묘 안에 있었어. 따라서 도쿄 스타디움에서 범인을 놓친 것으로 요시오 군이 희생된 것은 아니게 되었지. 뭐, 이것도 경찰로서는 변명이 되지 않겠지만, 혹시 자네가 책임감을 느끼고 있다면 그것도 쓸데없다는 거야."

"예……."

"그리고 우노는 틀림없이 도호쿠 본선의 핫코다에 타고 있어. 전화 중에 흘러나온 역의 발차 방송을 우리가 들었거든. 자네들의 판단이 옳았어. 마지막으로 남은 자네들의 사명은 반드시 우노의 신병을 확보하여 도쿄로 데려오는 일이야. 만일 우노가 계부를 살해하려는 목적을 달성하고 자살이라도 한다면 경시청은 세 번이나 체면을 깎이게 돼. 절대 쓰가루 해협을 건너게 하지 마. 아오모리항에서 붙잡아."

"알겠습니다."

전화를 끊음과 동시에 발차 벨이 울렸다. 오치아이는 서둘러 열차로 돌아가 니이와 이와무라에게 다나카와의 대화를 보고했다.

"그런가……."

니이는 지금까지 들어본 적이 없는 연약한 소리를 내고 입을 다물었다. 이와무라는 이를 악물고 눈에는 눈물을 글썽이고 있었다. 스즈키 상점에서 며칠이나 대기하고 있었던 만큼

411

부모의 마음이 생각나 감정이 흘러넘쳤을 것이다.

"하지만 아사쿠사서의 서장과 이지마 부장님만은 안도의 한 숨을 내쉬고 있겠군."

니이가 툭 한마디 던졌다. 무슨 말을 하려는지 알고 있었으 므로 오치아이와 이와무라는 잠자코 듣고 있었다. 요시오 군 은 유괴 직후에 살해당했다. 견딜 수가 없는 이 사실이 경찰 간 부에게는 위안인 것이다.

아오모리 역에 도착하기까지는 아직 여섯 시간이나 남아 있 었다. 침대 특급 시라토리의 이등칸은 의외로 혼잡해서 승객 은 답답한 좌석에서 잠들어 있었다. 천장의 형광등이 썰렁하 고, 커튼이 닫혀 있어서 더욱 갇혀 있는 공간이라는 인상을 주 었다. 오치아이 일행이 지금 할 수 있는 일은 하나도 없다. 다음 날 아침에 대비해 잠을 자려고 했지만, 방금 요시오 군의 시체 를 발견했다는 말을 들은 탓에 잠이 올 리가 없어 세 사람 모두 눈을 감고 있을 뿐이었다. 덜커덩, 덜커덩 하는 바퀴 소리만이 울리고 있다. 이토록 괴로운 밤 기차 여행이 있었던가.

열차가 아오모리 역에 도착하기 5분 전, 차내 방송이 흘러나 왔다. 6시를 막 지난 이른 아침이었지만 승객들은 대부분 일어 나서 하차 준비를 하고 있었다.

"여러분, 긴 여행 정말 수고 많았습니다. 5분 후에는 종점 아오모리 역에 도착합니다. 열차는 3번 선에 도착하고 내리실 문은 왼쪽입니다. 아오모리에서 갈아탈 열차를 안내해드리겠습니다. 오우선 히로사키행을 이용하실 분은 6번 선을……."

오치아이 일행은 곧 내릴 수 있도록 승강구의 발판으로 이동했다. 출항 전에 우노의 신병을 확보하기 위해서는 1초라도 빨리 승선하고 싶었다.

"홋카이도로 가시는 분은 세이칸 연락선의 출발이 6시 30분입니다. 배는 요테이마루, 하코다테에는 10시 20분에 도착합니다. 연락선 승선장은 도착한 승강장을 쭉 따라가다가 계단을 올라가서 오른쪽으로 가시면 잔교 대합실, 승선장 입구로 이어져 있습니다……."

차장이 가까이에 있어서 핫코다로 도착한 승객은 이미 승선해 있느냐고 물었더니 "통상은 20분 전부터 승선 안내를 합니다"라는 대답이 돌아왔다. 우노가 슬슬 배에 오를 시간이다.

"요테이마루의 정원은요?" 오치아이가 이어서 물었다.

"대략 900명입니다." 차장이 대답했다.

"만원이 될 것 같습니까?"

"아니요, 행락 철이 지났기 때문에 비어 있을 겁니다. 정원의 절반 정도가 아닐까요?"

절반이라도 족히 400명이 넘는다. 오치아이는 초조하여 한숨을 내쉬었다.

"승선해서 우노를 수색하며 배 안을 돌아다니는 것은 위험할지도 모르겠습니다. 우노가 먼저 우리를 알아채면 바다로 뛰어들 수도 있습니다."

오치아이가 말했다. 지금의 우노는 무슨 짓이든 할 것 같다.

"차라리 하코다테에 도착할 때까지 수색을 기다리는 수도 있습니다만. 우노는 반드시 하코다테에서 내릴 테니까요."

이와무라가 제안했다.

"안 돼. 만약 요테이마루에 타지 않았다면 우리는 돌이킬 수 없는 얼간이 짓을 하게 되는 거야. 우노가 아오모리에서 도주 자금을 얻기 위해 일단 시내로 나갈 가능성이 없다고 할 수도 없으니까. 출항 전에 수색하는 수밖에 없어."

니이가 거절했다. 확실히 출항했는데 우노가 배 안에 없다면, 눈 뜨고 볼 수 없는 참상인 것이다.

"그럼 출항 전에 선내 방송으로 불러내는 것은 어떨까요? 승객은 모두 승선 명부를 제출했을 겁니다." 이와무라가 말했다.

"자네는 어수룩한 사람이군. '우노 간지 님, 전해드릴 말씀이 있습니다. 속히 역무원실로 와주십시오'라고 하면 어슬렁어슬렁 나타날 거라고 생각하나? 아무리 바보라도…… 이제 우노는 바보가 아니야. 명부도 가짜 이름을 적었을 게 뻔하고."

"아니, 그 수는 쓸 수 있을지도 모릅니다."

오치아이가 말했다. 두 사람이 얼굴을 돌렸다. 오치아이는 지금 생각난 안을 말했다.

니이가 잠시 끙끙거린 후 "달리 수도 없고, 한번 해볼까?" 하고 못마땅한 얼굴로 말했다. 이와무라는 판단이 서지 않는 듯 입을 일자로 꾹 다물고 있었다.

기적이 울리고 열차는 아오모리 역 승강장으로 들어섰다. 정확히 일출 시각과 겹쳐 역사의 동쪽으로 펼쳐지는 시가지의 넓은 길에서 아침 해가 비쳐 들고 있었다. 느닷없이 무대에 올라간 것처럼 차내가 빛으로 감싸인다. 눈에 비치는 것은 온통 아침 안개에 떠오른 기와지붕이다. 혼슈의 북쪽 끝 아오모리의 아침은 얼마나 아름다운가. 오치아이는 문을 열기까지의 시간 동안 그 아름다움에 넋을 잃고 말았다.

"아오모리, 아오모리."

역 플랫폼의 방송이 흘러나온다. 열차가 멈추고 문이 열렸다. 오치아이 일행은 잔교를 향해 쏜살같이 달렸다.

53

출항 20분 전에 게이트가 열리고 연락선 요테이마루의 승선이 시작되었다. 세 군데인 트랩에는 각각 행렬이 생겼고 물건을 사서 돌아가는 큰 짐을 진 노파의 모습이 눈에 띄었다. 낙

농조합의 완장을 찬 단체객도 있는데, 경기가 좋은 건지 다들 일등석 게이트에 서 있었다. 간지는 선미 쪽 트랩에서 승선하고 다다미가 깔린 일반실로 들어갔다. 방석을 확보하고 방구석에 진을 쳤다. 드러누워 등을 펴자 밤 기차의 좁은 좌석에서 몸을 웅크리고 잤던 반동으로 기분 좋은 통증이 온몸에서 느껴져 자연스럽게 신음 소리를 냈다.

"자네, 홀가분하네, 학생인가?"

거무스름하게 햇볕에 그을린, 물건을 사서 돌아가는 노파가 말을 걸어왔다.

"예, 그렇죠, 뭐."

부정하는 것도 귀찮아서 이야기를 맞춰주었다. 학생으로 보여 기쁜 것도 있었다.

"도쿄에서 핫코다로 온 건가?"

"예, 그런데요." 간지는 일부러 표준어 억양으로 대답했다.

"그렇군. 도쿄에서?"

도쿄라는 말을 듣는 것만으로도 노파는 감탄하며 주위의 동료들에게 말을 퍼뜨렸다.

"자네, 도쿄 올림픽 공사는 많이 진행되었나?"

다른 노파가 물었다.

"국립경기장은 이미 완성되었어요. 요요기 체육관과 일본무도관은 건설 중이고요."

간지는 적당히 대답했다.

"흐음. 굉장하군, 굉장해."

노파들이 웃었다. 그리고 다다미 위에 원을 만들더니 주먹밥을 먹기 시작했다. 간지는 자신에게도 나눠줄 거라고 기대했지만 그런 일은 없고 소리를 내며 씹을 뿐이었다. 간지는 일단 일어나 그 자리를 떠났다. 매점에 가서 빵이라도 사려고 생각했지만 막상 가게 앞에 서자 마음이 바뀌어 하이라이트를 샀다. 갑판으로 나가 담배를 피웠다.

차가운 바닷바람이 기분 좋았다. 11월 상순의 아오모리는 이미 겨울로, 스웨터 하나로는 몸이 떨릴 정도였지만 레분토에 비하면 별거 아니다. 계부를 죽이면 레분토로 한번 돌아가보는 것도 좋을 거라고 생각했다. 오바와의 약속을 또 어기게 되지만 사형을 당하게 되는 것이니 그 정도 멋대로 하는 것쯤은 용서될 거라는 생각이 든다.

트랩 쪽을 보자 올라타는 승객이 점점 많아졌다. 다음 열차가 아오모리 역에 도착하여 연락선으로 갈아타는 손님이 밀려드는 모양이었다.

꽁초를 바다에 버리고 선실로 돌아가려고 할 때 방송이 흘러나왔다.

"삿포로에서 오신 고미야 쇼조 씨, 삿포로에서 오신 고미야 쇼조 씨. 부인인 요시코 씨가 매점 앞에서 기다립니다. 선내에 계시면 속히 로비 매점 앞으로 오시기 바랍니다."

간지는 순간적으로 머릿속이 새하얘졌다. 잘못 들은 건가? 아니, 정확히 계부와 어머니 이름을 불렀다. 어떻게 된 일이지? 간지는 혼란스러웠다. 머리 안쪽에서 신경이 마비되어가는 감각이 들고 시야가 흐릿해졌다. 안개 너머로 끌려간다. 여느 때의 증상이다. 문득 시간이 돌아간 것이 아닐까 하고 생각했다. 나는 어린애이고 계부와 어머니, 이렇게 셋이서 살고 있다. 여행을 떠나 배 안에서 일행을 놓쳤다.

아니야, 나는 어른이다. 간지는 깨어나려고 세게 고개를 저으며 선실 창에 비친 자신의 모습을 봤다. 현실 세계가 있다. 두 손으로 얼굴을 문질렀다. 제대로 감촉이 있다.

어쩌면 어머니와 계부는 이혼하지 않은 게 아닐까. 나 몰래 만나고 있었던 것이 아닐까. 어쩌면 내가 레분토를 떠나고 나서 재결합한 것일까? 도통 영문을 알 수 없다. 다시 한번 얼굴을 문지른다. 꿈은 아니다.

어쨌든 이대로 넘어갈 수는 없다. 마주칠 수는 없으니까 떨어진 곳에서 상황을 살필까?

간지는 발이 뜨는 듯한 들썽들썽한 감각으로 걸어갔다. 이명이 들리기 시작하고 주위의 소리가 사라졌다.

살짝 선내로 돌아가 누구와도 눈을 마주치지 않도록 하며 로비의 벽 가장자리를 걸었다. 기둥이 있어서 그 뒤에 숨어 조금

전에 담배를 산 매점의 상황을 엿보았다. 카운터 앞에는 몇 명의 손님이 있고 뭔가를 사고 있었다. 거기에 어머니의 모습은 없다. 이미 계부와 만나서 그 자리를 떠난 것일까. 어쩌면 내가 잘못 들은 걸까. 애초에 방송을 하기는 한 걸까. 너무 복수를 생각한 나머지 착각하고 있는 게 아닐까. 간지는 자신이 없어졌다.

그때 뒤에서 누가 어깨를 두드렸다. 깜짝 놀라 돌아보았다.

"우노, 찾았었어." 오치아이 형사가 거기에 있었다. 간지는 생각할 틈도 없이 뛰기 시작했다. 그러자 앞쪽에도 억센 남자가 있어 두 팔을 벌리고 막고 서 있었다.

"꼼짝 마! 너는 포위되었어!"

옆을 보았다. 거기에도 다른 남자가 있었다.

"두 손을 들어! 저항하지 마!"

쩌렁쩌렁하게 울리는 큰 목소리에 무슨 일인가 하고 로비에 있던 승객들이 시선을 향했다.

간지는 유일하게 막혀 있지 않은 매점 쪽으로 달렸다. 손님이 놀라 흩어졌다. 간지는 카운터 안으로 머리부터 뛰어들었다. "꺅" 하는 여점원이 비명을 지르는 가운데 일어나 뒷문을 찾았다. 바로 눈앞에 있었다. 문을 열고 종업원용으로 보이는 통로를 달렸다. 환한 방향으로 나아가자 갑판이 나왔다. 트랩 쪽을 봤다. 조금 전의 형사 한 명이 길을 막아서고 있었다.

"우노! 도망칠 수 없어!"

뒤에서도 쫓아왔다. 간지는 선미를 향해 달렸다.

"6시 30분발 요테이마루 곧 출항합니다. 승객 여러분께서는 수하물 등은 가까이 두시고 자리를 떠날 때는 귀중품을 가지고……."

방송이 흘러나오는 가운데 간지가 선미 갑판의 난간에서 바다를 내려다본다. 형사가 몇 명이나 있는지 알 수 없다. 선내는 포위되었는지도 모른다. 그러나 어떻게 여기에 있는지 알았을까—

간지는 난간을 넘었다. 바닷새가 머리 위에서 울고 있다. 올려다보니 하늘이 높았다. 아래를 본다. 해면은 현기증이 날 정도로 저 아래쪽에 있다.

"기다려!"

후방에서 형사가 외쳤다.

간지는 하늘을 향해 점프했다.

54

"뛰어들었습니다! 우노가 뛰어들었습니다!"

이와무라가 큰 소리로 외치고 자신도 난간을 넘어갔다. 오치아이와 니이는 몇 초 늦게 달려가 난간에서 몸을 내밀고 바다를 내려다보았다. 우노가 짙은 청색 파도에 떠 있었다. 그리고 방향을 정하고 해안을 향해 헤엄치기 시작했다. 바로 앞의 안벽에는 사다리가 있다. 우노는 자살을 시도한 것이 아니다. 아직 도주할 생각인 것이다.

이와무라가 윗옷을 벗어 갑판으로 던졌다. 바닷새가 모여들었다.

"이와무라, 기다려! 그만둬!"

오치아이가 외쳤지만 이와무라는 말을 듣지 않고 우노에 이어 뛰어들었다.

이와무라가 일단 가라앉았지만 곧 떠올라 크롤 영법으로 우노를 쫓았다.

"좋아, 하선한다! 잔교에서 협공이야!"

니이가 지시하고, 오치아이는 이와무라의 윗옷을 집어 들고 둘이서 갑판을 달렸다. 스피커에서는 '올드 랭 사인'의 멜로디가 흐르고 있다. 잔교 쪽 난간에는 몇 명의 승객이 우르르 몰려 배웅하는 친구, 지인과 헤어짐을 아쉬워하고 있다. 바로 앞에는 트랩이 떼어지려 하고 있었다.

"기다려! 경찰이다! 내려간다!"

큰 소리로 작업을 중단시키고 트랩을 건넜다. 입체 연락통로를 달린다. 여기서도 스피커에서 '올드 랭 사인'의 멜로디가 흐르고 있다. 배웅하러 나온 사람들이 안색을 바꾸고 달리는 두 형사를 신기한 듯이 바라보고 있다.

통로의 모서리에 다다랐을 때 물가로 기어오른 우노의 모습이 보였다.

"있다! 저기다!"

우노는 스웨터를 벗어 던지고 물가의 콘크리트를 달렸다. 바닷물에 젖은 신발 자국이 점점이 찍혀간다. 30초쯤 늦게 이와무라도 물가로 올라왔다. 물방울을 흩뿌리며 쫓아간다.

그때 기적이 울렸다. 귀청을 찢을 만큼의 음량에 오치아이는 자기도 모르게 목을 움츠렸다. 직후에 징 소리가 몇 번 울렸다. 세이칸 연락선이 드디어 출항한다.

오치아이와 니이는 계단을 뛰어 내려가 다시 아오모리 역의 승강장으로 돌아왔다. 선로와 철책을 끼고 동쪽 도로를 따라 우노가 달려간다. 예상외로 발이 빠른 것에 놀랐다. 죽을힘을 다한다는 것은 이런 것을 말하는 것인가. 협공한다는 계산은 틀어졌다. 무슨 생각인지 바닷새 몇 마리가 따라왔다.

니이가 선로로 뛰어 내려갔다. 오치아이도 따라갔다. 비스듬히 가로질러 철책을 넘어갔다. 여기서 시간을 허비하여 이와무라가 앞서갔다. 인기척이 없는 아스팔트 도로를 우노, 이와무라, 니이, 오치아이 순으로 달려간다. 기다리라는 소리도 나오지 않았다. "하악, 하악" 하는 자신의 숨소리가 안쪽에서 고막을 진동시켰다. 북쪽 지방의 차가운 공기를 가르며 남자들이 달려간다.

우노가 역 앞의 로터리를 일직선으로 가로질렀다. 중앙에 열 대 이상의 택시가 세워져 있고 우노는 피하지 않고 보닛을 밟고 넘었다. 운전사가 안색을 바꾸고 차에서 내린다. 불평을 하려고 하지만, 뒤에 따라오는 오치아이 일행을 보고 범인 체포라는 것을 알았는지 입을 다물었다.

우노는 신호를 무시하고 큰길을 건넜다. 버스가 급정차하고 경적을 울린다. 역 앞 파출소의 경찰관이 무슨 일인가 하며 밖으로 나왔다. 무슨 일이 일어났는지 알지 못하는 듯 그저 오치아이 일행의 추적을 바라보고만 있다.

우노는 뒤쪽 골목으로 들어갔다. 오치아이 일행도 따라간다. 골목은 갑자기 사람으로 흘러넘쳐 급정지하지 않을 수 없었다. 과일과 채소의 싱싱한 냄새가 가득 떠돌고 있다. 포장되지 않은 길 양쪽에는 식료품 가게가 늘어서 있다. 아침 장이라는 것을 알 수 있었다.

골목 앞쪽에서 "꺅"이라거나 "위험해" 하는 소리가 들려온다. 우노가 인파 속을 돌진하고 있는 것이다. 사람을 피하고 누비듯이 다시 달리기 시작한다.

"경찰이다! 비켜! 비켜!" 이와무라가 외쳤다. 그 말이 주효하여 통행인은 옆으로 비켰다. 모세의 기적으로 바다가 갈라지듯이 길이 열렸다. 그 앞으로 우노의 등짝이 보였다.

이와무라가 맹렬하게 질주하여 거리를 좁힌다. 탁 하고 지면을 박차고 우노의 허리를 향해 태클을 했다. 두 사람이 땅바닥을 굴렀다. 무수한 사과가 길을 다 메웠다.

따라잡은 니이가 덤벼들어 두 사람을 한꺼번에 양다리로 깔고 앉았다. 두 손으로 우노의 머리 뒤를 누르며 "포기해!" 하고 고함을 질렀다.

오치아이는 사과에 발이 걸려 앞으로 고꾸라졌다. 세 사람 위에 겹쳐져 남자 네 명의 산이 생겼다.

"이와무라, 양말을 벗어." 니이가 말했다.

"예에?" 이와무라가 숨을 헐떡이며 되물었다.

"우노가 혀를 깨물었어. 빨리 벗어."

의도를 알아차린 이와무라가 밑에서 빠져나와 양말을 벗었다. 젖은 양말을 뭉쳐서 건넸다. 니이는 그것을 우노의 입속에 밀어 넣었다. 우노의 입가는 선혈로 물들었다.

"오치아이, 자네가 수갑을 채워."

"알겠습니다."

오치아이는 숨을 헐떡이며 허리에 찬 수갑을 손으로 더듬었다. 떨리는 손으로 가까스로 꺼내 우노의 양손에 수갑을 채웠다. 그제야 하늘을 보고 땅바닥에 쓰러졌다. 니이도, 이와무라도 나뒹군 채 일어날 수가 없었다. "하악, 하악, 하악." 오치아이 일행의 거친 숨소리만이 아침 장이 열리고 있는 골목에 소용돌이쳤다. 통행인이 주위를 둘러싸고 들여다보고 있었다. 그런 가운데 가게의 라디오 소리가 들려왔다.

"어젯밤 도쿄 다이토구 엔다이지의 묘지, 묘석 밑에서 남자아이의 사체가 발견되었습니다. 사체는 10월에 아사쿠사에서 유괴된 스즈키 요시오 군으로 보이며 현재 확인을 서두르고 있습니다. 또한 어제 오후 현장검증을 하던 중 신주쿠에서 도주한 우노 간지는 현재도 도주 중이며 경찰은 전력을 다해 행방을 쫓고 있습니다……."

오치아이 일행은 파란 하늘을 올려다보며 뉴스를 듣고 있었다. 우노도 진이 빠졌는지 움직이지 않고 있었다. 지금 내려다보고 있는 사람들도 이 체포극이 요시오 군 유괴사건의 그것이라고는 아무도 생각하지 못할 것이다.

"이봐, 가자. 역 앞에 파출소가 있었어."

니이가 일어났다. 오치아이도 이와무라도 일어났다. 우노의 양 옆구리를 잡아 일으켜 세워 역을 향해 걸어간다. 입에 양말을 물고 있는 우노는 신음 소리도 내지 않고 눈도 내리뜨지 않고 흔들흔들 머리를 흔들며 뭔가를 비웃는 듯한 표정을 짓고 있었다.

오치아이도 말을 걸지 않았다. 모든 감정이 하얗게 칠해져 아무런 말도 찾아지지 않는다.

범인을 체포한 흥분은 없다. 그저 가슴에 오가는 것은 임무를 완수했다는, 죄인을 놓치지 않았다는 생각뿐이다.

정신을 차리고 보니 바닷새가 머리 위를 선회하고 있었다. 좀 더 놀자고 말하는 듯이 깍깍 울고 있다.

그때 남자가 나타났다. 무릎에 손을 얹고 힘들다는 듯한 표정으로 "하악, 하악" 하고 거친 숨을 내쉬고 있다. 〈주오신문〉의 마쓰이 기자였다. 카메라를 목에 걸고 있다. 오치아이는 완전히 잊고 있었다. 그러고 보니 미행한다고 말했었다.

"아, 오치아이 형사님, 사진 한 장 찍을게요."

마쓰이가 숨을 헐떡이며 검지를 세우고 말했다. 오치아이 일행은 무시하고 계속 걸어갔다. 호통을 칠 힘도 없다. 마쓰이는 카메라를 들고 뒷걸음질을 치며 셔터를 한 번 눌렀다. 그리고 사과를 밟고 어이없이 넘어졌다. 체력을 다 쓴 것인지 일어나지 못하고 있었다.

남자들 전원의 가쁜 숨이 좀처럼 진정되지 않았다.

55

엔다이지 묘지에서 사체가 발견되고 사흘 후에 스즈키 상점에서 요시오 군의 장례식이 치러졌다. 마치이 미키코는 찢어질 것 같은 가슴을 애써 누르고 참석했다. 어머니도 따라왔다.

"아사쿠사에서 아키오가 우노라는 남자에게 말을 걸지 않았다면 이런 일이 일어나지 않았을 거야"라며 상당히 비약한 논리로 책임을 느끼고 깊이 동정했던 것이다.

"엄마, 머리만 숙이고 쓸데없는 말은 하지 마."

미키코는 어머니에게 못을 박았다. 그렇지 않아도 아키오는 유괴 교사를 의심받아 이번에는 지검에 호출되어 있다. 묘한 오해는 받고 싶지 않았다.

아키오도 일단 몸값의 일부를 받은 것이므로 검찰도 그냥 넘어갈 수는 없는 모양이었다. 아무래도 아사쿠사서가 중간에 끼어들어 도잔회가 아키오로부터 가로챈 돈을 스즈키가에 반납하는 것을 조건으로 일을 매듭지은 모양이다. 아키오는 요시오 군의 사체 발견에 충격을 받고 완전히 기운을 잃고 말았다. 미키코가 "머리라도 밀고 와"라고 했더니 정말 그렇게 하고 왔다.

요시오 군의 사체가 발견되었다는 뉴스는 일본 전역을 뒤흔들었다. 어딘가에 살아 있는 게 아닐까 하는 국민의 기대는 무참히 깨지고, 최악의 결과에 많은 사람들이 눈물을 흘렸다. 도쿄 도지사와 총리가 애도 성명을 발표하고, 예능인이나 프로야구 선수, 스모계에서는 요코즈나까지 매스컴의 취재에 응해 애도의 말을 했다. 미키코도 여관업조합에 손을 써서 부의금과 꽃을 보냈다. 국민 모두가 친척 아이를 잃은 듯한 심정이었다.

도망친 끝에 아오모리에서 체포된 우노 간지는 사건에 대해 순순히 자백하고 있는 모양이다. 아이의 사체를 숨긴 장소를 스스로 자백했고, 실제로 거기에서 사체가 나왔기 때문에 더 이상 발뺌이 통하지 않는다며 체념했을 것이다. 다만 반성이나 사죄의 말은 없고 "왜 이렇게 되었는지 모르겠다"라고 마치 남의 일 같은 말만 되풀이하고 있다고 한다.

주간지나 텔레비전 뉴스쇼에서 사건에 관해 여러 가지 추리를 펼쳤지만, 뚜껑을 열고 보니 아주 즉흥적으로 일어난 사건이었다. 돈을 마련하는 일에 쫓긴 우노 간지가 유괴를 생각해냈고, 아이가 울자 제정신을 잃고 목을 졸랐을 뿐이었던 것이다. 그리고 그 즉흥성이 역으로 비극을 부각시켜, 우는 정도의 일로 왜 아이를 죽였는가, 애초에 아이를 유괴할 필요가 있었는가, 하고 다들 우노 간지의 천박함을 원망스럽게 생각했다.

그런 시민 감정의 영향을 받아서인지 신문에서는 우노 간지의 어린 시절을 파헤치고 부모로부터 자해 공갈에 이용당한 과거 등 범인의 특이한 인격이 어떻게 형성되었는지에 초점을 맞춘 기사가 눈에 띄게 되었다. 귀축의 소행을 접했을 때 뭔가 이유를 붙이지 않으면 사람은 불안해 견딜 수 없는 것이다.

지카다 변호사는 우노 간지의 정신감정을 요구한다고 매스컴에 호소하고 있다. 범인이 살해할 때의 기억이 없다고 말하기 때문에 그런 요구는 이해할 수 있다. 신문사의 판단으로는 법원이 그것을 인정하고 실제로 이루어지리라는 것이다. 검찰이 사형을 구형하는 것은 틀림없다는 것도 포함하여 재판은 길게 이어질 것 같다. 그때마다 스즈키가가 괴로움을 당할 것을 생각하면 미키코는 견딜 수가 없다.

장례는 가게의 절반이 치워지고, 거기에 장부 기입과 분향을 위한 대를 설치하여 일반 조문객을 맞았다. 제단은 안채에 설치되고 거기에 친족이 나란히 섰다. 가게 앞의 길은 실제적으로 통행을 금지하고 동네 사람들이 교통정리를 하고 있었다. 그만큼 조문객들이 많은 것이다. 스즈키가와 일면식도 없는 사람이 무슨 일이 있어도 분향을 하고 싶다며 멀리서 찾아왔다. 매스컴도 아침부터 스즈키가를 에워싸고 떨어지려고 하지 않았다.

미키코는 뭐라도 돕고 싶어 장부 기입 접수대를 자진해서 맡았다. 어머니는 접객을 담당하고 참석자에게 차를 대접했다.

안채에서는 승려의 독경과 목탁 두드리는 소리가 흘러나왔다. 그 짬짬이 흐느끼는 소리가 여기저기에서 들려왔다. 도우러 와 있는 마을 사람들은 다들 눈이 벌게져 있었다.

그때 교사가 인솔하여 아이들이 조문을 왔다. 요시오 군의 반 친구들이다. 교장과 교감인 듯한 인물이 안채로 들어가고 담임인 교사와 아이들은 가게 안의 분향대에 나란히 섰다. 기다리고 있었다는 듯 매스컴 관계자가 에워싸며 카메라 셔터를 눌러댔다. 아이들은 쭉 늘어선 카메라를 겁내며 양 떼처럼 엉겨 붙었다.

"그만 좀 해주세요." 보다 못한 미키코가 사이에 끼어들었다.

"당신, 방해되니까 비켜요." 한 카메라맨이 위압적으로 말했다.

"상대는 어린애들이에요. 조심 좀 해주세요."

꺾이지 않고 응수하자 카메라맨들은 불만스럽다는 듯이 얼굴을 찌푸리며 3미터쯤 물러났다.

아이들은 반 친구가 죽었다는 것을 그다지 이해할 수 없는 모습으로, 어디까지나 천진난만했다. 남자아이들끼리 서로 쿡쿡 찌르며 장난을 치기도 하고 여자아이는 머리카락을 만지작거리고 있었다. 사건에 대해 제대로 알지도 못할 것이다. 그저 시키는 대로 한 사람씩 합장을 하고 고개를 숙였다. 하지만 담임교사가 유영 앞에서 오열을 하자 순식간에 표정이 변했다. 다들 매달리듯이 담임교사를 올려다본다. 그리고 한 여학생이 울음을 터뜨리자 파도처럼 전염되어 절반에 가까운 학생들이 울기 시작했다. 다시 카메라 셔터 소리가 울리기 시작한다. 미키코는 위로의 말도 없이 함께 눈물을 흘렸다. 오늘은 모든 국민들이 울고 있을 것이다. 이 세상에서 가장 슬픈 것은 어린아이가 살해당하는 일이다.

그 밖에도 본 적이 있는 얼굴의 조문객이 있었다. 한번 요시와라에서 미키코에게 말을 걸었던 다치키라는 남자다. 야쿠자가 무슨 일인가 했더니 얌전한 얼굴로 분향을 하고 부의금을 놓고 갔다.

형사 이와무라와 오치아이도 모습을 드러냈다. 이와무라는 눈이 벌게져서 울고 있었다. 내내 스즈키가에 대기하고 있던 만큼 슬픔도 클 것이다.

이전에 종업원으로 일했다는 젊은 여자도 찾아왔다. 동네 사람들 이야기로는 유괴사건 직전에 가게를 그만두고 바텐더와 사랑의 도피를 한 아가씨로, 경찰의 의심을 받은 시기도 있었던 모양이다. 수수한 용모의 여자는 눈물을 뚝뚝 흘리며 유족과 끌어안고 있었다.

승려의 독경이 끝나갈 무렵 이번에는 가게 앞에 검은색 크라운 자동차가 정차했다. 어느새 제복을 입은 경관 몇 명이 주위에 서 있었다. 운전사가 공손하게 문을 열자 멋진 옷차림의 신사가 내렸다. 매스컴이 활기를 띠었다.

"총감님, 한마디 부탁해도 되겠습니까?"

"이번 사건으로 사임하지는 않습니까?"

기자의 질문으로 이 인물이 경시총감임을 알 수 있었다. 경시청의 톱이 직접 조문하러 온 것이다. 그러고 보니 유괴사건이 발생했을 때 텔레비전에 나와 범인에게 호소한 것도 이 경시총감이었다.

경시총감은 질문에는 답하지 않고 가게 안으로 들어갔다. 목소리는 들리지 않았지만 친족에게 자기소개를 했을 것이다. 조문객이 황공한 표정으로 안으로 맞아들였다.

"누구야, 저 사람?" 어머니가 옆으로 와서 물었다.

"경시총감인 모양이야. 왜, 텔레비전에도 나왔던 사람." 미키코가 조그만 소리로 대답했다.

"저 사람이 경시총감이야? 그렇다면 한마디 해줘야지." 어머니가 단단히 별렀다.

"가만히 좀 있어. 텔레비전 카메라도 찍고 있으니까." 미키코는 어머니를 쏘아보며 말렸다.

요시오 군의 사체가 발견되었을 때 경시총감이 기자회견을 열었다. 범인은 유괴한 직후에 아이를 살해했고, 몸값을 받을 때는 이미 사망한 상태였다는 사건의 경위를 설명했다. 그 말투는 어딘가 변명 같아서 아이의 죽음과 수사 미스에 인과관계가 없다는 사실을 국민에게 호소하는 것으로 보였다.

분명히 그럴지도 모르지만, 그것으로 경찰의 실수가 없었던 일이 되는 건 아니라며 신문의 경찰 비판은 지금도 계속되고 있다. 경시청의 형사부장은 책임을 지는 형태로 사표를 제출한 모양이다.

미키코의 뇌리에는 아오모리에서 우노가 체포당했을 때 신문의 1면을 장식한 사진이 각인되어 있다. 자살을 방지하

432

기 위해 천으로 입을 막히고 형사에게 두 팔을 잡힌 채 끌려가는 우노 간지의 모습이다. 딱 한 번 만난 적이 있는 그 사람이 왜……. 범인에 대한 미움보다는 좀 더 큰 극도의 슬픔이 미키코의 가슴을 저민다.

분향을 끝낸 경시총감이 나왔다. 매스컴이 에워싸려고 다가간다. 바로 그때 어머니가 한마디를 날린다.

"야, 경찰! 어린아이 목숨 하나 지키지 못하는 거야!"

미키코는 서둘러 어머니 입을 막았다. 매스컴과 구경꾼들이 일제히 돌아본다.

경시총감은 순간적으로 새파래진 후 오른쪽으로 돌아, 가게 안쪽을 향해 머리를 깊숙이 숙였다. 셔터 소리가 울려 퍼진다. 그 절은 10초쯤 이어졌다.

경시총감이 돌아가자 다시 일반 조문객의 장부 기재와 분향이 이어졌다. 조문객은 끊어질 것 같지 않았다. 미키코는 그 한 사람 한 사람에게 정중히 고개를 숙였다.

옮긴이의 말

유괴사건인 만큼 잔혹한 이야기다. 결국 범인이 잡히고 비
극적인 사건은 해결된다. 하지만 범인을 미워할 수가 없고 그
비극이 안타깝기만 해서 어딘가 개운치 않은 마음이 남는다.
쫓기는 자와 쫓는 자. 우리는 어느 편에서 사건을 볼까.

"나쁜 짓이라는 건 연결되어 있어요. 내가 훔치는 것은 내 탓
만이 아니에요."

범인은 이렇게 말한다. 아주 진부한 변명처럼 들린다. 그러
나 이 소설 속의 우노 간지에게 진부한 변명이라고 말할 수 있
을까. 여전히 해결되지 않아 진부하게 남아 있는 문제라면 '진
부한 변명'이라는 말이야말로 진부하지 않을까. 구체적으로
어떤 사람의 불행도 진부하지 않다. 그런데 범인은 또 이렇게
말한다.

"나는 지금까지 자신이 왜 살아 있는지를 몰랐어요. 아무도 상대해주지 않고, 하고 싶은 일도 없고, 왜 이 세상에 있는지 몰랐어요."

우노 간지의 성장 내력을 알게 되면 누구나 공감할 수 있는 이야기다. 그렇다고 인정하고 넘어가도 좋은 걸까.

오치아이 마사오. 평범한 가정에서 태어나 그런대로 괜찮은 대학을 졸업하고 형사가 되었으며, 결혼하여 아들 하나를 두었고 교외의 조그만 아파트에서 소박하게 살고 있다. 우노 간지. 태어났더니 아버지는 없고 할머니에게 맡겨졌다. 얼마 후 재혼한 어머니와 함께 살게 되었으나 계부로부터 폭행을 당하고 어머니는 못 본 체한다. 급기야 계부의 자해 공갈에 이용되고 그 과정에서 뇌에 장애가 생겨 주위로부터 바보라며 조롱당하고 있다. 마치이 미키코. 날품팔이 노동자가 흘러넘치는 도쿄의 산야 거리에서 간이 숙박소를 운영하는 어머니 일을 돕고 있는 귀화한 재일조선인이다. 쓰레기와 땀과 술 냄새로 충만한 노동자의 거리 산야를 떠나는 게 꿈이다. 제주도 출신의 아버지는 야쿠자 두목이었으나 몇 해 전에 돌아가셨고 남동생은 야쿠자 똘마니다.

소설은 이 세 인물의 시점이 번갈아가며 이야기된다. 세 사람은 우리와 마찬가지로 각자 다른 사람의 입장에 설 수 없다. 각자의 입장에서 세상을 볼 뿐이고 또 나름대로 절박하다. 우리도 마찬가지다. 그렇다면 그것으로 끝인가. 꼭 그 입장에 서야 제대로 이해할 수 있는 걸까. 꼭 그렇지만은 않을 것이다.

아무리 그렇더라도 우노의 처지는 지나치게 극단적이거나 전형적이다. 이런 설정은 비현실적이기까지는 아니라 하더라도 비겁하다. 과연 누가 그를 비난할 수 있겠는가. 설령 법적으로 처벌할 수 있다 하더라도 누가 그를 도덕적으로 비난할 수 있을 것인가. 피해자의 부모라도 그저 헛헛하기만 할 것이다. 그 분노를 어디에 부딪쳐야 한단 말인가. 물론 그런 사건이 있다. 정신적인 문제로 심신미약 상태를 인정받는 경우 말이다. 그런데 오쿠다 히데오는 정말 그런 이야기를 하고 싶었을까. 우노가 자해 공갈에 이용되었으나 뇌에 큰 문제가 생긴 정도는 아니었다면 어땠을까. 그래도 우노는 위와 똑같은 말을 할 수 있었을 것이다.

"시민 감정의 영향을 받아서인지 신문에서는 우노 간지의 어린 시절을 파헤치고 부모로부터 자해 공갈에 이용당한 과거 등 범인의 특이한 인격이 어떻게 형성되었는지에 초점을 맞춘 기사가 눈에 띄게 되었다. 귀축의 소행을 접했을 때 뭔가 이유를 붙이지 않으면 사람은 불안해 견딜 수 없는 것이다."

위의 말이 더 설득력을 가지려면 우노의 뇌에 특별한 문제가 없고 '바보'가 아니어야 할 것이다. '뭔가 이유를 붙이지 않으면 불안해 견딜 수 없는' 사람들에게 너무 쉬운 근거를 던져

준 셈이다. 기억의 문제를 우노의 자기변명으로 읽히게 만들었다면 어땠을까.

흉악한 범죄가 일어날 때마다 사이코패스 범죄로 규정하여 범인과 우리 사이에 명확한 선을 그음으로써 불안을 해소하려는 것과 크게 다르지 않은 느낌이다. 사이코패스는 사전에 존재하는 게 아니라 흉악한 범죄를 저질렀을 때 비로소 탄생하는 것이다. 우리는 모두 사이코패스가 될 수 있다. 잠재적 사이코패스인 우리는 그 불안과 공포를 해소하기 위해 아예 우리와 구별된 사이코패스라는 존재를 만들어내고 안도한다.

작품이 시작되는 무대가 너무 인상적이어서 지도에서 레분토를 찾아보았다. 홋카이도의 최북단, 바로 사할린 턱밑에 있는 곳이 왓카나이다. 그리고 그 왼쪽에 두 개의 섬이 나란히 있는데, 그중 왼쪽의 길쭉하게 생긴 섬이 레분토다. 위도를 보니 중국의 하얼빈과 비슷한 위치다. 섬 사진을 찾아보니 고산지대와 같은 서늘한 풍광의 섬이 그대로 새파란 바다에 잠겨 있는 모습이다. 여기서 도쿄는 낯설고 물선 아주 먼 외국이나 다름없다.

이 소설을 펼치면 사할린 턱밑에 있는 섬 레분토에서의 따분한 생활을 하던 우노가 빈집 털이를 하다 들키는 바람에 배를 훔쳐 섬에서 도망치는 이야기가 펼쳐진다. 동료에게 속아

기름도 없는 배를 몰고 나와, 폭풍우를 만나 조난을 당하고 가까스로 홋카이도 본토에 표착한다. 영화를 보는 것처럼 생생하게 다가온다. 이 소설에 사로잡히는 순간이다.

이것은 시작에 불과하다. 조사실에서 진행되는 형사와 범인의 줄다리기, 현장검증 중 범인이 도주하는 장면은 또 어떤가. 발로 뛰는 형사들의 이야기는 마쓰모토 세이초의 소설을 읽는 것처럼 쇼와 시대 형사물의 분위기를 그대로 살려낸다. 거기서는 무엇보다 기차의 시각표, 공중전화, 도시락, 주먹밥, 닳은 구두, 싸구려 여관이 중요하다. 무엇보다 인상적인 장면은 아오모리항의 세이칸 연락선에서 범인을 추적하는 장면이다. 범인이 배에서 바다로 뛰어드는 장면, 범인과 세 형사가 헐떡이며 쫓아가는 장면이야말로 압권이다. 글자는 사라지고 영상만 남는다. 굳이 영화로 만들 필요가 없을 만큼. 그래도 영화로 만들지 않을 수 없을 것 같다.

송태욱

죄의 궤적 2

1판 1쇄 발행 2021년 5월 14일
1판 3쇄 발행 2021년 8월 30일

지은이 · 오쿠다 히데오
옮긴이 · 송태욱
펴낸이 · 주연선

책임편집 · 허유민
표지 및 본문 디자인 · 이다은

(주)은행나무
04035 서울특별시 마포구 양화로11길 54
전화 · 02)3143-0651~3 ∣ 팩스 · 02)3143-0654
신고번호 · 제 1997—000168호(1997. 12. 12)
www.ehbook.co.kr
ehbook@ehbook.co.kr

잘못된 책은 바꿔드립니다.

ISBN 979-11-91071-02-3 04830
ISBN 979-11-91071-00-9 세트